Sewer Gansowski

Phantastische Erzählungen

Universitas Verlag Berlin

Ausgewählt von Hannelore Menke
Aus dem Russischen

1. Auflage 1974
Nutzung der deutschen Übersetzung mit Genehmigung
des Verlages Volk und Welt, Berlin – DDR, © 1972
Printed in the German Democratic Republic
ISBN 3-8004 – 0804 X
Satz und Druck: Offizin Andersen Nexö,
Graphischer Großbetrieb, Leipzig

Schritte ins Ungewisse

Ein Gespräch am Strand

„Manchmal glaube ich, ich hätte alles nur geträumt." Der Ingenieur rieb sich nachdenklich die Stirn. „Dabei weiß ich genau, daß ich damals nicht geschlafen habe . . . Aber was rede ich nur! Die Sache wird bereits wissenschaftlich erforscht. Durch eine besondere Arbeitsgruppe. Und dennoch . . ."

Er lachte leise vor sich hin. Ich lauschte gespannt.

„Sehen Sie", fuhr er fort, „gewöhnlich betrachten wir unseren Lebensrhythmus als den einzig möglichen. Das ist aber völlig falsch. Verstehen Sie, was ich meine?"

Ich nickte und murmelte etwas von Relativitätstheorie, hatte jedoch, offen gestanden, nicht allzuviel Ahnung davon.

Der Ingenieur winkte ab.

„Das ist nicht ganz dasselbe. Versuchen Sie einmal sich vorzustellen, was geschähe, wenn wir plötzlich schneller lebten, nicht: uns schneller bewegten, nein: lebten. Die Wesen auf der Erde bewegen sich mit unterschiedlicher Geschwindigkeit fort – von einigen Millimetern bis zu vielen Kilometern in der Stunde. In Schottland soll es eine Fliege geben, die so schnell ist wie ein Flugzeug. Aber davon rede ich jetzt nicht."

„Viele Kreaturen leben aber doch auch bei weitem schneller als der Mensch!" wandte ich ein und kramte meine Kenntnisse aus dem Biologieunterricht hervor. „Die einzelligen beispielsweise. Die Pantoffeltierchen. Sie leben, soviel ich weiß, nur vierundzwanzig Stunden. Einige Arten von Geißeltierchen sogar noch kürzere Zeit."

Mein Gesprächspartner schüttelte den Kopf.

„Sie leben bloß nicht so lange wie wir, keineswegs jedoch schneller." Er überlegte einen Augenblick. „Es fällt Ihnen sicherlich schwer, mich zu begreifen ... Haben Sie denn nichts von den Ereignissen im Lebjashje-Bezirk gehört?"

„Und ob! Vor einem Monat sprach ja ganz Leningrad davon. Doch niemand wußte etwas Genaues. Man erzählte sich die reinsten Gespenstergeschichten. Von einem kleinen Mädchen, das ein Unsichtbarer unter einen Zug geworfen oder darunter hervorgezogen haben soll, auch von einem Ladendiebstahl ... Ist Ihnen Näheres bekannt?"

„Natürlich. Ich war ja selber eines der Gespenster!"

„???"

„Wenn Sie wollen, erzähle ich Ihnen die Geschichte."

„Großartig! Schießen Sie los!"

Das Gespräch fand am Rigaer Strand in Dubulti, einem kleinen, etwa eine halbe Fahrstunde von Riga entfernten Badeort, statt.

Ich verbrachte den ganzen September dort und kannte nachgerade alle Bewohner unseres unmittelbar am Strand gelegenen Erholungsheimes. Nur von einem Feriengast – einem hochgewachsenen, hageren blonden Mann – wußte ich bisher wenig. Und das war um so verwunderlicher, weil wir von unserer ersten Begegnung an Sympathie füreinander empfanden.

Wir hatten es beide gern, morgens, zwei Stunden vor dem Frühstück, am völlig leeren Strand spazierenzugehen. Korostyljow – so hieß der Blonde – stand gewöhnlich noch eher als ich auf und schlenderte in Richtung Bulduri davon. Wenn ich ans Meer kam, trat er bereits den Rückweg an. Wir trafen uns auf dem menschenleeren, verwaisten Strand, nickten uns lächelnd zu und setzten unseren Weg fort.

Danach, so schien es, hatte jeder von uns den Eindruck, daß es für uns beide interessant gewesen wäre, stehenzubleiben und miteinander zu plaudern.

Heute morgen hatte ich ihn wieder auf der Uferpromenade getroffen, wo er sich diesmal äußerst seltsam verhielt. Als ich ihn gewahrte, saß er auf einer Bank. Plötzlich hockte er sich hin und begann mit dem Finger im Sand zu scharren. Dabei machte er ein bekümmertes Gesicht. Nach ein paar Fingerbewegungen beruhigte er sich jedoch wieder. Darauf erblickte er einen fliegenden Schmetterling und versuchte, ihn zu greifen. Schließlich hüpfte er noch ein paarmal hoch.

Ich hüstelte, um Korostyljow zu bedeuten, daß er nicht allein sei. Er sah zu mir hin. Als sich unsere Blicke begegneten, wurden wir beide ein wenig verlegen.

Aber sogleich winkte mich Korostyljow lachend heran.

„Kommen Sie nur! Glauben Sie bloß nicht, ich sei verrückt geworden!"

Ich trat näher. Wir kamen ins Gespräch, und so erfuhr ich, was es mit den „Gespenstern" am Finnischen Meerbusen auf sich hatte.

Korostyljows Erzählung

Die erste Stunde in der veränderten Welt

Ich bin von Beruf Wärmeingenieur. Ich habe zwar die Aspirantur beendet, widme mich jedoch mehr praktischen Aufgaben als der Theorie. Daher fällt es mir auch schwer, eine ausreichende Erklärung für meine jüngsten Erlebnisse zu finden.

Mein Spezialgebiet ist die Konstruktion von Dampfturbinenausrüstungen für Sonnenkraftwerke. Ich lebe mit meiner Familie in einer Waldsiedlung am Finnischen Meerbusen und arbeite im wissenschaftlichen Forschungsinstitut eines kleinen Sonnenkraftwerks, das ausschließlich Versuchszwecken dient. Unser Häuschen steht als letztes an der Straße, die ein Weg kreuzt, der die Strandchaussee mit der Station der elektrischen Vorortbahn verbindet. Hinter unserem Garten zieht sich eine Schonung bis zum Gelände des Kraftwerkes hin. Uns gegenüber wohnt mein Freund, der Dozent Mochow, ebenfalls ein Mitarbeiter des Instituts, und unmittelbar neben seinem Haus befindet sich ein Lebensmittelgeschäft.

Es geschah am Sonntag, dem 25. Juni. Meine Frau war mit den beiden Jungen tags zuvor nach Leningrad gefahren, um einen neuen indischen Film anzusehen. Ich dagegen blieb zu Hause, da ich mich in meine Arbeit vertiefen wollte. Wir hatten vereinbart, daß die Kinder den Sonntag über bei der Großmutter bleiben und meine Frau morgens mit dem Zehnuhrzug allein zurückkehren sollte.

Ich fuhr meine Familie zur Bahn, brachte den Wagen wieder

in die Garage und setzte mich an den Schreibtisch. Ich arbeitete ziemlich lange.

Gegen Mitternacht brach ein Gewitter los. Ich sehe gern Blitze. Daher stand ich auf, trat ans Fenster und schob den Vorhang beiseite. Es war ein schweres Gewitter. Der Regen peitschte die Baumwipfel, daß sie sich bogen, lärmend prasselte das Wasser auf das Dach. Das Fenster meines Arbeitszimmers geht zum Kraftwerk hinaus. Jedesmal, wenn ein Blitz aufleuchtete, waren die Linden hinter der Umzäunung und das Dach des Reaktorgebäudes sekundenlang in blaues Licht getaucht.

Plötzlich erblickte ich eine bläuliche, zitternde Kugel – so groß wie eine kleine Melone; sie war fast durchsichtig und schimmerte wie Phosphor. Ich sah eine solche Erscheinung zum erstenmal in meinem Leben.

Die Kugel glitt dicht an unserer Veranda vorbei und flog zum Kraftwerk hinüber. Mein Blick konnte ihr mühelos folgen, da sie inzwischen eine grellgelbe Farbe, wie geschmolzenes Eisen, angenommen hatte. Sie stieß an das Dach des Reaktorgebäudes, prallte zurück, stieß noch einmal dagegen und verschwand im Dach, ohne zu explodieren.

Ich befürchtete, daß dort ein Feuer ausbrechen könnte, und eilte hinaus, um zu sehen, ob dem Kraftwerk Gefahr drohe. Doch ich entdeckte keinerlei Anzeichen eines Brandes. Nachdem ich eine Weile im strömenden Regen an der Hauswand gestanden hatte, kehrte ich durchnäßt ins Arbeitszimmer zurück und ging, da es bereits sehr spät war, gleich schlafen. Am nächsten Morgen begannen dann die Erlebnisse, von denen ich berichten will.

Ich erwachte gegen acht Uhr. Das Gewitter hatte sich in der Nacht verzogen. Durchs Fenster sahen ein Stück blauer Himmel und die Krone einer dicht am Haus wachsenden Linde zu mir herein. Ihr Laub bewegte sich nicht, der Tag schien windstill.

Bald darauf empfand ich, daß im Zimmer eine sonderbare Atmosphäre herrschte. Vor allem drangen ununterbrochen eigentümliche Geräusche an mein Ohr, als lege jemand in meiner Nähe große Papierbogen von einer Stelle auf die andere.

Plötzlich wurde mir bewußt, daß ich das gewohnte deutliche

Ticken der alten Uhr nicht hörte. Rasch sprang ich aus dem Bett und trat ans Fenster, von dem man zur Bucht sehen kann. Ich warf einen flüchtigen Blick über den Strand und die Chaussee und wandte mich der Uhr zu. Doch der Eindruck, den ich beim Hinaussehen gewonnen hatte, beunruhigte mich. Die Welle, die auf das sandige Ufer rollte, die beiden Fußgänger am Straßenrand und das Motorrad, das die Chaussee entlangjagte – all das erschien mir ganz alltäglich und berührte mich dennoch seltsam.

Ich trat zu der Uhr, einem alten Schweizer Werk und Erbstück meines Großvaters, um nachzusehen, warum sie stehengeblieben war. Als ich die Tür ihres geschnitzten eichenen Gehäuses öffnete, stockte mir der Atem: Das lange schwere Bronzependel hing nicht vertikal, sondern verharrte am äußersten Punkt seiner Linksschwingung!

Ich weiß nicht, wie ein anderer sich an meiner Stelle verhalten hätte. Ich jedenfalls starrte eine Weile fassungslos das Pendel an. Danach schüttelte ich heftig den Kopf und rieb mir die Augen.

Die Uhr ging nicht, das Pendel aber befand sich in äußerster Linkslage. Das war unglaublich, und dennoch stimmte es!

Verwirrt blickte ich zum Fenster und – zuckte zusammen.

Die Landschaft hatte sich seit vorhin auch nicht um einen Deut verändert! Noch immer rollte dieselbe Welle auf den Strand – ich erkannte sie an ihrem umgeschlagenen Schaumkamm –, und auch die beiden Fußgänger befanden sich noch an derselben Stelle.

Am meisten verblüffte mich das Motorrad. Es raste mit mindestens fünfzig Kilometern Stundengeschwindigkeit, was ich an den bläulichen Auspuffgasen erkennen konnte, und rührte sich doch nicht vom Fleck.

Aus all dem schloß ich, daß ich wahrscheinlich träumte. Als ich mich aber, wie es üblich ist, in den Arm kniff, schrie ich auf. Ich schlief also doch nicht. Noch einmal blickte ich mich im Zimmer um und schaute durchs Fenster.

„Ich bin Wassili Petrowitsch Korostyljow", sprach ich laut vor mich hin, „fünfunddreißig Jahre alt und von Beruf Ingenieur. Heute ist Sonntag, der fünfundzwanzigste Juni."

Nein, verrückt geworden war ich auch nicht.

Bleich vor Schreck wankte ich in die Diele, drehte den Schlüssel im Schloß der Eingangstür und stieß sie auf. Aus den Angeln gerissen, fiel sie krachend um.

Ich stand wie vom Donner gerührt. Auch die Tür hatte sich anders verhalten als sonst.

Dieses Krachen war übrigens das erste normale Geräusch, das ich an diesem Morgen vernommen hatte. Solange ich mich im Zimmer aufhielt, hatte mich die ganze Zeit eine sonderbare Stille umfangen, die nur von einem leisen Rascheln unterbrochen wurde.

Ohne eine Erklärung für das soeben Geschehene zu finden, ging ich auf dem Gartenweg zu der Pforte in dem niedrigen Zaun, der unser Anwesen von der Straße trennte. Dabei erlebte ich wieder etwas Seltsames. Als ich die Gartenpforte beinahe erreicht hatte, fühlte ich, daß es mir schwerfallen würde, stehenzubleiben. Es war, als trüge mich eine mechanische Kraft vorwärts.

An der Pforte angelangt, „bremste" ich nur mit Mühe und trat dann auf die Straße.

Friedlich standen die Häuschen unserer Siedlung da. In den Gärten war Kinderwäsche zum Trocknen aufgehängt. Der riesigen Pappel neben Mochows Haus, die mit ihrem glänzenden Laub majestätisch emporragte, entströmte ein würziger, frischer Duft. Am klaren Himmel schien hell die Morgensonne.

Das Gras hatte sich geneigt, und die Pappelzweige waren zur Seite gebogen. Daraus schloß ich, daß eine ziemlich starke Brise wehen mußte. Auch die Welle am Strand sprach dafür. Von diesem Wind verspürte ich jedoch nichts. Mir war recht warm.

Nachdem ich eine Zeitlang an der Gartenpforte gestanden hatte, ging ich zu dem Motorradfahrer.

Je näher ich kam, um so deutlicher hörte ich das Auspuffgeknatter, jedoch in einem viel tieferen Ton als sonst. Es klang wie fernes Donnergrollen. Als ich stehenblieb, verwandelte es sich in das eigentümliche Geräusch, das ich im Zimmer vernommen hatte.

Der Fahrer – ein braungebrannter Bursche mit breiten Bakkenknochen – saß ein wenig vorgeneigt auf dem Sattel und blickte konzentriert auf die Straße. Mich nahm er nicht wahr.

Alles schien normal an ihm, bis auf den Umstand, daß er sich nicht vorwärtsbewegte. Ich berührte mit der Hand den Zylinder des Motors und zuckte zurück: der Zylinder war heiß.

Hierauf machte ich eine noch größere Dummheit. Ich versuchte den Fahrer umzuwerfen. Weiß der Teufel, wie ich auf diesen Gedanken verfiel. Wahrscheinlich hielt ich es nur für recht und billig, daß ein Motorrad, das nicht fuhr, umkippen müsse, anstatt, allen physikalischen Gesetzen zum Trotz, aufrecht stehenzubleiben. Mit beiden Händen stemmte ich mich gegen den Soziussitz und drückte das Fahrzeug ein wenig zur Seite.

Glücklicherweise wurde nichts aus diesem Versuch. Eine geheimnisvolle Kraft hielt die Maschine in der Lage, in der sie sich befand.

Erst nach einer ganzen Weile bemerkte ich: Das Motorrad stand durchaus nicht auf einem Fleck, sondern rollte, wenn auch nur sehr langsam, vorwärts. Ich erkannte es am Hinterrad, an dessen Reifen ein Stückchen Teer mit einem Streichholz klebte. Während ich mich mit dem Motorrad beschäftigt hatte, war das Streichholz von unten nach oben gewandert.

Ich stellte mich etwa einen halben Meter vor dem Fahrer auf. Der Bursche sah mich nicht.

Ich beugte mich vor und schrie ihm ins Gesicht: „Hallo! Hören Sie!“

Er hörte mich nicht.

Ich fuchtelte mit der Hand dicht vor seinen Augen. Auch das rief nicht die geringste Reaktion bei ihm hervor. Ich existierte für ihn ganz einfach nicht.

Schließlich war das Vorderrad bei mir angelangt. Es drückte – anfangs nur schwach, dann immer stärker – gegen mein Knie, so daß ich zuletzt weichen mußte.

Ganz benommen wankte ich zu den beiden Fußgängern. Ich spürte jetzt, daß ich beim Gehen einen ziemlich starken Luftzug verursachte, der nachließ, sobald ich stehenblieb. Dies war sicherlich auch schon vorher der Fall gewesen, nur hatte ich es nicht beachtet.

Die Fußgänger – eine dunkelhaarige junge Frau und ein alter Mann mit einem Rucksack auf dem Rücken, wahrscheinlich Vater und Tochter – standen etwa fünfzig Meter hinter dem

Motorrad. Genauer gesagt, sie standen nicht, sondern gingen, jedoch schrecklich langsam.

Für einen einzigen Schritt benötigten sie zwei, drei Minuten. Es dauerte eine halbe Ewigkeit, bis das hinten befindliche Bein vom Asphalt gelöst und nach vorn gezogen wurde. Unendlich langsam verlagerte sich das Schwergewicht des Körpers auf das andere Bein.

Auch die beiden Wanderer schienen durch nichts beunruhigt. Ich ging einige Male um sie herum, sprach sie an und berührte sogar die Hand des Mannes.

Danach setzte ich mich neben die Frau an den Straßenrand und saß fünf oder zehn Minuten dort. Zu guter Letzt schien sie mich wahrzunehmen. Sie drehte den Kopf ganz allmählich in meine Richtung, und als ich mich bereits wieder erhoben hatte und weggegangen war, blieb er noch lange dorthin gewendet. Auf ihrem Gesicht malte sich Erstaunen. Sie war sehr hübsch und glich mit ihren verwunderten Augen einer Modellpuppe in einem Konfektionsgeschäft.

Ich taumelte, die Hände an den Kopf gepreßt, zum Strand hinunter.

Was hatte das alles nur zu bedeuten? Vielleicht war unser Planet auf verdichtete kosmische Materie gestoßen, die alles auf der Erde zum Stillstand gebracht oder verlangsamt hatte? Aber weshalb war nicht auch ich davon betroffen worden?

Ich trat ans Wasser und versetzte der unbeweglichen Welle einen kräftigen Fußtritt, was ich jedoch augenblicklich bereute, denn ich trug Hausschuhe und hatte das Gefühl, mich an einer steinernen Wand gestoßen zu haben. Ich stöhnte vor Schmerz, griff nach dem verletzten Zeh und hüpfte auf einem Bein um mich selbst.

Dann sank ich verzweifelt zu Boden. Ich wälzte mich im Sand und stieß sinnlose Worte hervor. Ich hatte nur den einen Wunsch, „dies" möge aufhören und alles wieder sein wie vorher. In jenem Augenblick war ich wirklich nahe daran, den Verstand zu verlieren.

Schließlich blieb ich völlig ermattet am Wasser sitzen. Unendlich träge näherte sich mir die nächste Welle. Ich sah ihr stumpfsinnig entgegen. Langsam, ganz langsam, wie geschmolzenes Glas, rollte sie heran, umfing meine Füße, die Waden, die

Hüften. Meine Nerven spannten sich bis zum äußersten an, beinahe hätte ich geschrien.

Aber alles endete gut. Nach fünf Minuten war die Welle zurückgewichen, und ich saß im nassen Schlafanzug da.

Jetzt spürte ich, daß die Wunder ringsum mich einfach anekelten.

Ich stand auf und schleppte mich nach Hause, um mich vor den reglosen Menschen in unserer Siedlung zu verbergen. Insgeheim hegte ich die Hoffnung, daß ich nach einem kurzen Schlaf wieder in der normalen und sich bewegenden Welt erwachen würde.

Der Unbekannte

In unserem Garten wachsen rechts von der Pforte ein paar dichte Jasminbüsche. Inmitten des Gesträuchs steht eine Hundehütte. Ein Freund von mir ließ, als er einmal eine längere Dienstreise antrat, seinen Schäferhund den ganzen Sommer über bei uns. Für diesen Hund hatten wir die Hütte gebaut, und als unser Bekannter das Tier wieder zu sich nahm, blieb sie verwaist zurück. Meine Söhne benutzten sie zuweilen in der warmen Jahreszeit für ihr Indianerspiel.

Während ich nun den Gartenpfad entlang dem Hause zuschritt, entdeckte ich plötzlich, daß ein Paar Männerbeine mit großen abgetragenen und verschmutzten Schuhen an den Füßen aus der Hütte ragten.

Wie alle Landhausbesitzer habe ich es nicht gern, wenn Fremde unerlaubt den Garten betreten. Außerdem stutzte ich über die seltsame Pose dieses Menschen und fragte mich, was er wohl in einer Hundehütte zu schaffen habe.

Ich trat näher und betrachtete seine Beine.

Plötzlich vernahm ich eine menschliche Stimme. Zum erstenmal an diesem Morgen durchdrangen menschliche Laute das merkwürdige, ununterbrochene Geräusch.

„Lassen Sie mich! Lassen Sie mich!“ murmelte der Unbekannte. Dann folgten ein paar Schimpfwörter, und wieder: „Lassen Sie mich!“

„He, Sie! Kommen Sie da heraus!“ befahl ich.

Der Fremde zog die Beine an und schwieg.

Ich hockte mich nieder, zerrte ihn am Schuh und rief: „Kriechen Sie schnell hervor! Sie haben keine Ahnung, was passiert ist!"

Der Mann stieß fluchend mit dem Fuß nach mir.

Ich verlor die Geduld, umklammerte sein Bein mit beiden Händen und zog ihn mit Gewalt aus der Hütte.

Nun starrten wir uns an – er auf dem Rücken liegend und ich neben ihm kauernd.

Er war ein stämmiger Bursche, Mitte Zwanzig, mit blasser, ungesunder Gesichtsfarbe, einer Stupsnase und kleinen, verstörten grauen Augen.

Schließlich brach ich das Schweigen: „Begreifen Sie, was auf der Erde geschehen ist?"

Der Fremde setzte sich im Grase auf und blickte ängstlich durch den Lattenzaun zur Chaussee, wo die beiden reglosen Wanderer zu sehen waren.

„Da", stammelte er, „sehen Sie nur!"

Und ohne meine Reaktion abzuwarten, drehte er sich auf den Bauch, um wieder in die Hütte zu kriechen. Nur mit Mühe hielt ich ihn zurück.

Von nun an sprachen wir aus unerfindlichem Grunde im Flüsterton miteinander.

„Die ganze Welt steht still", sagte ich leise. „Und dieses merkwürdige Geräusch . . ."

„Und das Fahrrad", warf der Bursche ein. „Haben Sie den Kerl auf dem Rad gesehen?"

„Welchen Kerl?"

„Den im Turnhemd. Ich hab ihn umgeworfen."

„Weshalb?" fragte ich, erinnerte mich jedoch zugleich, daß auch ich große Lust verspürt hatte, den Motorradfahrer umzukippen.

„Weil er sich nicht rührte, der Trottel", antwortete der Bursche erbost.

So saßen wir eine Zeitlang neben der Hundehütte und tauschten unsere bisherigen Erlebnisse aus.

„Wo waren Sie denn, als dies alles begann?" wollte ich wissen.

„Ich? Hier."

„Wo ‚hier'? Im Garten?"

„N-nein. D-dort", stotterte er plötzlich verwirrt und wies zur Bucht.

„Dort? Am Strand?"

Er zeigte mit der Hand bald in die eine, bald in die andere Richtung, und ich wurde nicht schlau daraus, wo ihn die wunderlichen Veränderungen überrascht haben sollten.

„Jedenfalls begann es bei Tagesanbruch", stellte ich fest.

„Bei Tagesanbruch", echote er und ließ seiner Zustimmung noch einen kräftigen Fluch folgen.

Überhaupt würzte er fast jedes seiner Worte mit einer Verwünschung.

„Na schön." Ich erhob mich. „Gehen wir erst einmal ins Haus, etwas essen. Und hinterher laufen wir nach Gluschkowo und erkunden, wie es dort aussieht. Vielleicht hat es nur unsere Siedlung erwischt, während anderswo alles beim alten geblieben ist."

Ich verspürte plötzlich einen Bärenhunger.

Der Fremde stand ebenfalls auf und fragte unsicher: „In welches Haus?"

„In dieses."

Er blickte scheu nach allen Seiten.

„Und wenn sie uns schnappen?"

„Wer?"

„Die hier wohnen."

„Das ist doch mein Haus", erklärte ich ihm.

Er machte ein verdutztes Gesicht, dann platzte er lachend heraus: „Ausgezeichnet. Gehen wir."

Sein Betragen war mysteriös – vorhin die ungenauen Angaben über seinen nächtlichen Aufenthalt und nun dieses unmotivierte Lachen.

Während wir in der Küche Butterbrote mit kaltem Hammelbraten kauten, musterte er aufmerksam unseren Kühlschrank, die Waschmaschine und den Geschirrspültisch.

„Nicht übel", bemerkte er. „Wo arbeitest du?"

Ich beantwortete seine Frage und erkundigte mich nach seinem Beruf. Er erzählte mir, daß er im Sowchos von Gluschkowo beschäftigt sei.

Der Sowchos ist acht Kilometer von unserer Siedlung entfernt. Meine Kinder sind dort eine Zeitlang zur Schule gegangen, und ich kenne in Gluschkowo fast jeden. Diesen Burschen hatte ich nie dort gesehen, deshalb war ich nicht sicher, ob er mich beschwindelte.

Nachdem wir uns gestärkt hatten, brachen wir auf. Als wir aus dem Hause traten, schaute er zum Himmel.

„Die Sonne auch“, sagte er düster.

„Was ist mit ihr?“

„Sie steht.“ Er deutete auf den Schatten des Hauses, der über den Pfad fiel. „Sie steht noch an derselben Stelle wie vorhin.“

Mein Arbeitszimmer und das Kinderzimmer haben Fenster nach Süden, die Haustür aber befindet sich auf der Nordseite. Wenn ich im Sommer gegen acht Uhr früh zur Arbeit gehe, hat der Schatten vom Dach bereits das Dahlienbeet erreicht. Als ich an diesem Tage zum erstenmal aus dem Haus getreten war, um mir den unbeweglichen Motorradfahrer anzusehen, hatte der Schatten gerade den ersten Busch gestreift. Das war mir trotz der Aufregungen nicht entgangen. Und nun war der Schatten noch immer nicht weitergewandert, obwohl seitdem mindestens zwei Stunden verstrichen waren. Die Sonne stand also still, oder richtiger: die Erde drehte sich nicht mehr um ihre Achse.

Wirklich – Grund genug, verrückt zu werden! Wir warteten noch einige Zeit und beobachteten bald die Sonne, bald den unbeweglichen Schatten.

Schließlich machten wir uns auf den Weg nach Gluschkowo. Ich eilte noch einmal ins Zimmer, vertauschte meine Hausschuhe mit Sandalen, und wir gingen los.

Ich weiß selbst nicht, was uns dorthin trieb. Vielleicht der Gedanke, daß es unerträglich wäre, müßig herumzusitzen und abzuwarten, was weiter mit uns geschähe. Irgend etwas mußte man doch unternehmen.

Außerdem wußten wir einfach nicht, was wir in diesem Zustand mit uns anfangen sollten.

Die Wanderung nach Gluschkowo

Als ich mich an die neuen, wunderlichen Eindrücke ein wenig gewöhnt hatte, begann ich auf Dinge zu achten, die mir vorher nicht aufgefallen waren.

So kostete es uns beispielsweise einige Mühe, beim Gehen den ersten Schritt zu tun. Wir hatten das Gefühl, als machten wir diesen Schritt im Wasser oder in einem anderen ebenso dichten Medium. Wir mußten unsere Hüftmuskeln ziemlich anstrengen, bis der Widerstand nachließ und wir normal gehen konnten.

Außerdem schwebten wir bei jedem Schritt ein wenig in der Luft – ähnlich wie man im Wasser durch den Auftrieb emporgehoben wird. Bei meinem federnden Gang muß ich einem Balletttänzer geglichen haben, der eine endlose Kette von Gleitsprüngen ausführt.

Die Luft schien dichter geworden zu sein. Es war, als habe jemand eine dickflüssige Masse hineingegossen, die den Sauerstoffgehalt und die Durchsichtigkeit der Luft nicht beeinträchtigte, aber ihre Konsistenz verändert hatte. Und dann der Wind! Er setzte mit zunehmender Stärke ein, sobald wir uns von der Stelle bewegten, und hörte sofort auf, wenn wir stehenblieben.

Auf der Chaussee überholten wir die beiden Fußgänger. Shora Buchtin – so hieß mein Gefährte – machte einen weiten Bogen um sie und stieg dabei sogar in den Straßengraben. Er fürchtete sich anfänglich vor all den reglosen Gestalten, die wir unterwegs antrafen.

Hinter dem letzten Haus unserer Siedlung wich ich von der Straße ab, um mir für den Weg einen Stock von einem Erlenstrauch zu brechen. Ich wählte einen kräftigen Ast und packte zu. Er löste sich so leicht vom Stamm, als sei er nur mit Büroleim angeklebt.

Und ebenso gaben alle übrigen Äste ohne den geringsten Widerstand nach. Ich nahm sie einfach vom Stamm.

Die Welt war also nicht nur stehengeblieben – sie hatte auch ihre physikalischen Eigenschaften verändert. Die Luft war dicht geworden, die festen Körper dagegen hatten ihre Stabilität eingebüßt.

Um den Weg abzukürzen, bogen wir auf einen zum Sowchos führenden Feldpfad ab. Hier stießen wir auch auf den Radfahrer, den Buchtin umgeworfen hatte. Das Rad lag im Gras, während der junge Bursche danebenstand und mit schmerzverzogenem Gesicht die Hand auf der Schulter hielt. An seiner bestürzten Miene sah man, daß er nicht begriff, was für eine Kraft ihn zu Boden geworfen hatte.

Wir überließen es dem Radfahrer, sich von seinem Schreck zu erholen, und gingen weiter. Der Pfad führte in einen Wald. Nach einer Weile erblickte ich einen fliegenden Vogel. Ich blieb stehen, um ihn genauer zu betrachten. Es war, glaube ich, ein Stieglitz. Er hing in der Luft und rückte nur dann und wann durch einen langsamen, schlaffen Flügelschlag ein wenig vorwärts. Der Flug war gar kein Gleiten, sondern bestand aus kraftlosen, ruckartigen Bewegungen. Ich hätte den Vogel in die Hand nehmen können, unterließ es jedoch aus Furcht, ihn zu verletzen.

Hinter dem Wald dehnten sich junge grüne Weizenfelder und saftige Wiesen, die angenehm nach Klee dufteten. Wir gelangten auf einen Fahrweg. Ich beobachtete, daß der Staub, den unsere Füße aufwirbelten, in der Luft blieb.

Anfangs schritten wir rüstig aus. Mit der Zeit schmerzte jedoch mein Fuß, den ich mir an der Welle gestoßen hatte, immer heftiger, und ich begann zu hinken.

Der Sowchos lag, wie gewöhnlich am Sonntagmorgen, völlig menschenleer da. Nur auf dem Viehhof sahen wir neben der Pumpe eine reglose Gestalt mit einem Wassereimer in der Hand.

Unbewußt steuerten wir auf die Schule zu. Hier stand vor dem offenen Fenster eines Bauernhauses der Sowchosdirektor Pjotr Iljitsch Iwanenko, ein rundlicher blonder Mann in einem Leinenanzug. Aus dem Fenster lehnte eine Frau mit einem Kopftuch. Beide sprachen miteinander.

Die Frau hatte ihre Hand erhoben, weil sie sich offenbar gegen etwas verwahrte. Bei mir und meinem Gefährten erweckte diese Geste jedoch den Eindruck, als wolle die Frau dem Sowchosdirektor eine Ohrfeige verpassen. Pjotr Iljitsch wiederum schien mit offenem Munde und hochgezogenen Brauen erstarrt zu sein. Die Szene war urkomisch.

Shora hielt sich in einigem Abstand vom Direktor.

„Er ist übergeschnappt!" sagte er, mit dem Finger auf Pjotr Iljitsch weisend.

„Weshalb übergeschnappt?"

„Deshalb." Shora öffnete seinen Mund und ahmte Pjotr Iljitsch nach.

Ich wurde ärgerlich.

„Er ist durchaus nicht verrückt“, belehrte ich ihn, „mit unserer Erde ist etwas passiert – eine Katastrophe –, verstehen Sie?“

Shora schwieg.

„Etwas, was die Welt verlangsamt hat, während wir so geblieben sind wie vorher – oder auch umgekehrt ...“

Dieses „Umgekehrt“ fügte ich gedankenlos hinzu, biß mir jedoch im selben Augenblick auf die Lippe. Was, wenn es sich tatsächlich umgekehrt verhielt?

Mir kam eine Vermutung. Ich verglich die Geschwindigkeiten der Welle, des Motorrades und den Stand der Sonne miteinander und erkannte, daß sich die Welt zwar langsamer bewegte, daß jedoch alles harmonisch aufeinander abgestimmt war.

Ich faßte Shora beim Handgelenk, ließ mich auf der Bank vor dem Bauernhaus nieder und zog ihn neben mich. Dann starrte ich auf die Armbanduhr, die ich seit gestern nicht abgenommen hatte.

Fünf Minuten lang – ich zählte sie an Shoras Pulsschlag ab – beobachtete ich den Sekundenzeiger. Ich überzeugte mich davon, daß er in dieser Zeit nur um eine einzige Sekunde weiterrückte.

Und in dieser einen Sekunde hatte die Frau, die sich mit dem Sowchosdirektor stritt, ihre Hand sinken lassen und Pjotr Iljitsch seinen Mund wieder zugemacht.

Die Welt war danach dreihundertmal langsamer geworden, oder umgekehrt: unser Lebensrhythmus hatte sich um das Dreihundertfache beschleunigt.

Da jedoch weder Pjotr Iljitsch noch sonst einer der Menschen, denen wir an diesem Morgen begegneten, beunruhigt oder aus der Fassung geraten schien, sondern jeder friedlich seinen Geschäften nachging, folgerte ich, daß sich das Seltsame und Unerklärliche mit uns ereignet haben mußte und nicht mit unserer Umwelt.

Ich fühlte mich bei diesem Gedanken erleichtert. Shora und ich würden uns schon aus dieser mißlichen Lage herauswinden, Hauptsache war, der Menschheit drohte kein Unheil.

„Nur wir beide sind unnormal geworden“, sagte ich zu meinem Begleiter.

Shora sah mich töricht an.

„Eine geheime Kraft hat uns beschleunigt, verstehen Sie? Wir leben und bewegen uns jetzt schneller als die anderen Menschen. Die leben normal."

„Normal! Daß ich nicht lache!" Shora sprang auf und ging ein paarmal hin und her. „Bitte! Ich gehe normal, und der steht da wie ein Ölgötze mit offenem Mund." Pjotr Iljitsch hatte seinen Mund inzwischen wieder geöffnet. „Und das nennst du normal?"

Auf dem Rückweg zur Siedlung versuchte ich, Shora die Lehre von der Bewegung und Geschwindigkeit aus der klassischen Physik zu erklären.

„Es gibt keine absolute Geschwindigkeit", begann ich, „die Geschwindigkeit eines Körpers wird relativ zu der eines anderen errechnet, den wir als unbeweglich betrachten. Nach allem, was wir heute erlebt haben, hat sich unsere Geschwindigkeit gegenüber der Erde verändert. Bei den anderen Menschen ist sie gleichgeblieben. Deshalb scheint uns auch, daß sie stillstehen."

Shora sah mich mißtrauisch an wie einer, dem man faule Ware aufschwatzen will.

„Stellen Sie sich einmal vor, Sie jagten im Auto mit sechzig Kilometern in der Stunde dahin. Das wäre jedoch nur Ihre Geschwindigkeit im Verhältnis zur Erde. Denn führe neben Ihnen ein Wagen mit fünfzig Sachen, so betrüge sie ihm gegenüber nur zehn. Klar?"

Er runzelte die Stirn, schnaubte und dachte angestrengt nach.

„Und das Tachometer?" fragte er schließlich. „Wieviel zeigt es an?"

„In Ihrem Wagen natürlich sechzig – im Verhältnis zur Erdgeschwindigkeit, wohlgemerkt."

„Na also! Und du sagst zehn." Er lachte triumphierend.

Ich wollte es ihm noch einmal erklären, sah jedoch, daß er keinerlei Interesse dafür zeigte. So verstummte ich, und wir gingen ungefähr drei Kilometer schweigend nebeneinander her, jeder mit seinen eigenen Gedanken beschäftigt.

Angenommen, wir wären tatsächlich um das Dreihundertfache beschleunigt, dann mußten wir den Weg von der Siedlung bis zum Sowchos in einer halben Minute normaler menschlicher Zeit durchrast sein! Das bedeutete, daß wir wie Schatten, wie ein Windhauch an unserer Umwelt vorbeigestrichen waren.

Mir kamen Bedenken. Konnten wir uns denn überhaupt mit solcher Geschwindigkeit bewegen? Mit tausend oder tausendzweihundert Kilometern in der Stunde? Ich erinnerte mich, daß sich bei Geschwindigkeiten von mehr als zweitausend Kilometern, die nur Düsenflugzeuge erreichen, die Oberfläche des Flugzeugs auf 140 bis 150 Grad Celsius erhitzt.

Uns dagegen war es nicht einmal allzu heiß. Daraus schloß ich, daß mit der Beschleunigung aller Lebensprozesse in unserem Körper auch der Wärmeaustausch sehr viel schneller erfolgte...

Mein Fuß schmerzte so heftig, daß ich allmählich hinter Shora zurückblieb.

Als wir auf die Strandchaussee kamen, zeigte es sich, daß auch Shoras Hirn die ganze Zeit über gearbeitet hatte.

Er wartete am Straßenrand auf mich.

„Wir sind also schnell und sie langsam?"

„Wer ‚sie'?" fragte ich.

„Alle." Er umschrieb mit der Hand einen weiten Kreis, um zu zeigen, daß er die ganze Menschheit meinte.

„Natürlich sind sie viel langsamer als wir."

Shora dachte nach.

„Sie können uns also nicht fangen?"

„Nein." Ich wurde stutzig. „Weshalb sollten sie uns denn fangen? Wir versuchen doch gar nicht auszureißen."

Er lachte hintergründig und setzte sich mit langen Schritten wieder in Bewegung. Sein ganzes Verhalten änderte sich jetzt. Bisher hatten ihn die reglosen Menschen unterwegs geängstigt. Nun wurde er unangenehm zudringlich gegen alle, die uns in den Weg kamen.

Kurz vor der Siedlung holten wir einen offenen Wagen ein. Er fuhr mit etwa hundertzwanzig Kilometern Stundengeschwindigkeit, für uns jedoch bewegte er sich langsamer als eine Straßenwalze vorwärts.

Wir blieben neben dem Auto stehen und betrachteten die fünf Insassen. Wahrscheinlich machten sie einen Ausflug an die Seen. Man sah es ihnen an, daß sie sich glücklich und selbstvergessen der rasenden Fahrt und dem angenehmen Gegenwind hingaben.

Hinten rechts saß ein etwa siebzehnjähriges Mädchen in

einem bunten Kleid. Sie hatte ein frisches klares Gesicht und schöne lange Wimpern. Ihre Augen waren zusammengekniffen und der Mund leicht geöffnet.

Shora sah sie eine Weile an, dann versuchte er ihr mit seiner schmutzigen Hand ins Gesicht zu fassen.

Ich riß ihn zurück, und wir rangen miteinander, wobei er kichernd immer wieder entschlüpfen wollte. Nur mit Mühe gelang es mir, ihn von dem Wagen wegzuziehen.

Shora war stark wie ein Stier, und mir wurde zum erstenmal bewußt, welche Gefahr für die Menschen die Vorzüge unserer Beschleunigung in sich bargen.

Wir kamen zu dem Motorradfahrer. Er hatte inzwischen anderthalb Kilometer zurückgelegt. Shora packte wieder die Lust, ihn umzuwerfen, und als ich ihn daran hindern wollte, riß er sich los und fauchte mich wütend an: „Hau ab, oder ich mach dich kalt!"

Ich war sprachlos.

„Was willst du von mir? Ich brauche keinen Aufpasser!"

Es dauerte lange, bis ich ihn beruhigt hatte und wir unseren Weg fortsetzen konnten.

Nach diesen unliebsamen Zwischenfällen atmete ich erleichtert auf, als wir zu guter Letzt die Siedlung erreichten und ich Shora sicher in mein Haus brachte.

Die Schlägerei

Wir waren nur etwas über eine Minute normaler „menschlicher" Zeit weggewesen, und in der Siedlung hatte sich inzwischen so gut wie nichts verändert.

Im Hause meines Freundes Mochow war jetzt ein Fenster geöffnet, und ich sah Andrej an seinem Arbeitstisch sitzen. Vor der Wäscheleine im Garten der Juschkows war das junge Hausmädchen Mascha mit einer Windel in der Hand erstarrt.

Ermattet sank ich in unserem Wohnzimmer auf einen Stuhl. Zum Teufel mit dem ganzen Zauber! Ich hatte ihn gründlich satt. Meine Niedergeschlagenheit war so groß, daß ich nicht einmal die Ursache der sonderbaren Veränderungen zu ergründen suchte.

Wir hatten beide Hunger.

Ich erhob mich, schlurfte in die Küche und brachte alles auf den Tisch, was ich noch im Kühlschrank und auf der Herdplatte vorfand.

„Ich hole uns schnell einen Wodka", schlug Shora vor.

„Halt! Ich komme mit", rief ich. Denn ich wollte nicht, daß er allein in die Siedlung ging.

Er fügte sich mürrisch. Meine Fürsorge war ihm schon längst zuwider, allzu gern hätte er sich selbständig gemacht.

Unser Mittagsmahl währte fast drei Stunden. Es gab dabei vieles, worüber wir uns wundern mußten. Eine vom Tisch fallende Gabel blieb in der Luft hängen, und es dauerte anderthalb Minuten, ehe sie sanft auf dem Fußboden landete. Der Wodka ließ sich nicht ins Glas gießen; Shora mußte ihn aus der Flasche saugen.

Während ich auf die hinabschwebende Gabel starrte, überkam mich plötzlich das Gefühl, eine derartige Erscheinung bereits früher einmal gesehen zu haben.

Richtig! Ich schlug mir an die Stirn. Nicht gesehen, sondern gelesen hatte ich etwas Ähnliches, und zwar in einer Erzählung von Herbert Wells. Auch dort gab es einen in der Luft hängenden Gegenstand – ein Glas – und einen unbeweglichen Radfahrer.

Nach dem Essen goß ich kalten Tee ein. Dabei beobachtete ich zum erstenmal ganz genau, wie ein fallender Wassertropfen aussieht. Zuerst löste sich vom Kannenschnabel ein Gebilde, das wirklich einem Tropfen glich. Doch dann riß der obere längliche Teil vom unteren ab und nahm die Form einer winzigen Spindel an. Der untere Teil indessen rundete sich zu einer Kugel. Danach zerfiel die Spindel durch die Einwirkung der molekularen Anziehung in mehrere kaum wahrnehmbare Wasserperlen, während sich die Kugel an beiden Polen abplattete. In dieser Weise sank das Ganze auf den Tisch.

Es sah aus wie ein herabhängender Faden, auf den eine große und mehrere winzigkleine Perlen gezogen waren.

Überhaupt fielen die Tropfen so langsam, daß ich sie in der Luft zerschnippen konnte.

Mein neuer Bekannter ließ mir jedoch keine Zeit für Beobachtungen. Er wurde bald betrunken und in diesem Zustand äußerst unangenehm.

Nach einem erneuten Zug stellte er die Flasche auf den Tisch, kreuzte seine kurzen Arme über der Brust, preßte die Lippen aufeinander und blies die Luft mehrmals geräuschvoll durch die Nase. Danach blickte er verächtlich im Zimmer umher.

„Ha, mein Lieber! Du verstehst nicht zu leben!" meinte er geringschätzig.

„Wieso?"

Er zuckte nur die Achseln, ohne mich einer Antwort zu würdigen.

„Aber Sie verstehen es, nicht wahr?" fragte ich nach einer Pause.

Er bemerkte meine Ironie nicht und nickte überlegen. Plötzlich verfinsterte sich sein Gesicht, zwei tiefe Falten erschienen auf der Stirn, und er knirschte mit den Zähnen.

Ich glaubte, er wollte mich einschüchtern, und fand sein Gehabe lächerlich. Doch im Grunde gab es nichts zu lachen.

„Schööön!" zischte Shora. „Jetzt werde ich's ihnen zeigen!"

„Wem?"

Er sah durch mich hindurch, als wäre ich Luft für ihn.

„Den Schnüfflern natürlich", stieß er durch die Zähne.

„Welchen Schnüfflern?"

„Von der Miliz und . . ." – er lachte böse – „und diesem Iwanenko vom Sowchos."

Nach und nach brachte ich aus Shora heraus, daß er gerade eine dreijährige Gefängnisstrafe für alle möglichen Gaunereien verbüßt hatte.

Plötzlich beugte er sich über den Tisch und klopfte mir väterlich auf die Schulter.

„Abgemacht, mein Lieber. Ich werde dir zeigen, wie man das Leben genießen kann."

Angewidert schüttelte ich seine Hand ab.

„Vor allem brauchen wir eins", fuhr er unbeirrt fort, „Geld. Kapiert? Und ich weiß, woher wir's nehmen. Aus der Kasse des Kraftwerks. Halte dich nur an mich, mein Lieber!"

„Wozu brauchen wir denn Geld?" fragte ich. „Wir können uns ohnehin nehmen, was wir nötig haben."

Dieser Gedanke verblüffte ihn. Er musterte mich argwöhnisch und sagte, wenn auch etwas unsicher geworden: „Geld regiert die Welt. Basta."

Dann kam ihm ein neuer Einfall. Wir sollten nach Amerika fliehen, das er sich als ein Land vorstellte, in dem man den lieben langen Tag nichts anderes zu tun hätte, als in eleganten Autos einherzufahren und Saxophon zu blasen.

Während er auf mich einredete, nahm ich mir vor, ihn nicht mehr aus den Augen zu lassen. Wer weiß, was er in seiner Dummheit noch alles ausheckte. In dem Zustand, in dem wir uns befanden, waren unsere Mitmenschen völlig wehrlos gegen jede seiner Dreistigkeiten. Ihm war jetzt beinahe alles zuzutrauen. Er konnte stehlen, jemand niederschlagen oder sogar ermorden.

Plötzlich stand er auf.

„Wir brauchen noch einen halben Liter", verkündete er, und ehe ich ihn daran hindern konnte, war er auch schon zur Tür hinaus.

Nachdem ich mich mit einem Blick durchs Fenster vergewissert hatte, daß Shora tatsächlich auf den Laden zusteuerte, ging ich ins Bad, stopfte mir ein Kinderhandtuch in die Tasche und nahm meinen Beobachtungsposten im Wohnzimmer wieder ein.

Shora blieb ziemlich lange im Laden, und als er schließlich herauskam, bummelte er. Vor einem Fußgänger in Golfhosen blieb er stehen; dann ging er langsam um ihn herum und betrachtete ihn von allen Seiten; und mit einemmal gab er ihm einen kräftigen Stoß, so daß der Mann umfiel.

Mich packte die Wut. So schnell ich konnte, rannte ich hinaus.

Shora bemühte sich gerade, über den Gartenzaun zu dem Hausmädchen von Juschkows zu gelangen. Als ich ihn anrief, setzte er nur widerwillig sein Bein auf den Boden zurück.

Ich näherte mich ihm und sah, daß seine Taschen verdächtig abstanden.

„Was hast du da?"

Er schwankte einen Augenblick, dann zog er ein dickes Bündel Fünfzigrubelscheine halb aus der Tasche.

„Auf das Kleingeld hab ich verzichtet", erklärte er. „Die andere Quelle ist ja auch noch da. Wir können halbe-halbe machen. Einverstanden?"

Während er sprach, wickelte ich mir hinter dem Rücken das Handtuch um die rechte Hand und trat dicht an Shora heran.

„Hör zu, was ich dir sage. Wir gehen jetzt in den Laden zurück, und du legst alles wieder dorthin, woher du es genommen hast. Klar?“

Er blinzelte verständnislos.

„Wohin soll ich es legen?“

„In die Ladenkasse.“

„Weshalb denn?“

„Weil ich nicht zulasse, daß du stiehlst.“

Nun dämmerte es bei ihm. Er kniff die Augen zusammen und blickte mich lauernd an. Er war nahezu einen Kopf kleiner, in den Schultern jedoch viel breiter als ich.

Was nun folgte, hätte sich ebensogut in einem amerikanischen Gangsterfilm abspielen können. Shora holte mit dem Bein aus; ich konnte gerade noch meinen Kopf hochreißen, als er mich auch schon mit seinem schweren Schuh in die Magengrube traf. Vor Schmerz vergingen mir die Sinne, ich schnappte nach Luft und klammerte mich gekrümmt am Zaun fest, um nicht zusammenzusacken.

„Hat's geschmeckt?“ fragte er hämisch. „Kriegst noch mehr ab. Hab dich doch gleich richtig eingeschätzt, elender Schnüffler!“

Während seiner Schimpfkanonade kam ich allmählich wieder zu mir. Shora holte erneut aus, doch diesmal war ich auf der Hut und sprang zur Seite.

Einen Augenblick lang standen wir uns wie zwei Kampfhähne gegenüber.

„Noch 'ne Kostprobe?“ brüllte er wuterstickt.

Ich machte einen Schritt auf ihn zu und erhob geballt die linke Hand. Sein Blick folgte ihr. Diesen Umstand nutzte ich und versetzte ihm mit meiner Rechten aus voller Kraft einen Kinnhaken. Ohne das Handtuch hätte ich mir bei diesem Schlag die Finger gebrochen.

Shora wußte nicht, wie ihm geschah, er hielt sich noch eine Sekunde lang aufrecht und ging in die Knie. Es war ein klassischer Knockout.

Aber Shora blieb nicht lange am Boden. Er zog ein Messer aus der Tasche und stürzte sich auf mich.

Ich schlug noch einmal zu. Doch erst nach dem dritten Kinnhaken gab er auf. Er ging wieder in die Knie und ließ das Messer fallen.

„Na?“ fragte ich. „Hast du genug?“

Er schwieg.

„Hast du genug oder nicht?“

„Laß mich“, heulte er auf. „Was willst du von mir? Warum bist du mir dauernd auf den Fersen?“

Danach trugen wir das Geld in den Laden zurück. Ich trieb Shora an, der flennend vor mir hertorkelte.

Der Verkäufer im zerknitterten weißen Kittel war über seiner von Shora geplünderten Kasse erstarrt.

Als wir wieder auf die Straße kamen, versuchte ich den Mann mit den Golfhosen aufzurichten. Behutsam faßte ich ihm unter die Achseln. Sein Kopf haftete jedoch wie angeklebt am Boden. Obwohl ich alles außerordentlich langsam tat, zog ich ihn für normale menschliche Begriffe so schnell empor, daß der Kopf hinter den Schultern zurückblieb.

Shora sah aus einiger Entfernung mit finsterer Miene zu. Er begriff offensichtlich nicht, daß ich mich um einen wildfremden Menschen bemühte.

Ich wollte den Mann nicht verletzen und ließ ihn liegen. Als ich aufstand, sagte Shora hüstelnd: „Ich gehe!“

„Wohin?“

Energisch deutete er mit der Hand zur Station.

„Dorthin – nach Hause.“

„Kommt nicht in Frage. Allein gehst du nirgends hin“, erklärte ich kategorisch. „Wir bleiben die ganze Zeit hübsch beisammen. Komm!“

Er versuchte sich wieder auf mich zu stürzen. Ich stellte ihm blitzschnell ein Bein, so daß er der Länge nach hinflog. Nun war sein Widerstand endgültig gebrochen, und er folgte mir.

Zu Hause schaute ich auf die Uhr. Allmächtiger! Zwei und eine halbe Minute waren verstrichen, seit ich mich am Morgen aus dem Bett erhoben hatte. Einhundertundfünfzig Sekunden hatte die Menschheit durchlebt. Für Shora und mich aber waren es elf oder zwölf mit Abenteuern bis an den Rand gefüllte Stunden gewesen. Wir hatten uns kennengelernt, miteinander gerungen, zweimal unseren Hunger gestillt, wir waren nach Gluschkowo gegangen und zurückgekehrt. Ich hatte einen verrenkten Fuß, meine rechte Hand schmerzte, meine Wangen und mein Kinn waren dicht mit Stoppeln bedeckt.

Wie lange würden wir noch in diesem seltsamen Zustand verharren? Oder sollten wir womöglich für unser ganzes Leben dazu verdammt sein! Wodurch war das alles nur gekommen?

Ich hatte nicht mehr die Kraft, eine Antwort auf diese Fragen zu suchen.

Kaum waren wir im Wohnzimmer angelangt, warf sich Shora auf die Couch und gab alsbald laute Schnarchtöne von sich.

Auch ich fühlte mich todmüde. Ich ging zunächst ins Bad, um mich zu waschen. Als ich jedoch den Pyjama ausziehen wollte, riß das Gewebe, und ich beschloß, ihn lieber anzubehalten.

Die nächste Überraschung war das Wasser. Es reinigte nicht, sondern glitt über Gesicht und Hände, als seien sie eingefettet.

Ungewaschen legte ich mich im Zimmer auf dem Teppich schlafen. Auf die Couch über Shora stellte ich drei Stühle, damit sie mich mit Gepolter weckten, falls er wach würde und sich aufrappelte.

Ich vergaß dabei ganz, daß uns eine Grabesstille umgab, die lediglich von unseren Stimmen durchbrochen wurde. Nur dann und wann hörten wir neuartige, rätselhafte Geräusche. Im gewöhnlichen Leben nehmen unsere Ohren Töne mit einer Schwingungsfrequenz von sechzehn- bis zwanzigtausend Hertz wahr. Das ganze Geräuschregister hatte sich nun für uns verschoben. Die alten Töne waren zum größten Teil verschwunden und neue aufgetaucht, deren Herkunft wir nicht kannten.

Jedenfalls hätte ich das Geräusch der herunterfallenden Stühle nicht gehört, da sie für mich und Shora wie Watte zu Boden geschwebt wären.

Zu der Zeit dachte ich jedoch nicht daran und schlief sofort ein.

Mein erster Kontakt zur normalen Welt

Ich schlief nur zwei Minuten normaler Zeit. Für mich waren es jedoch volle zehn Stunden.

Als ich erwachte, spürte ich sofort, daß meine Müdigkeit völlig verflogen war. Ich stand auf und sah nach Shora. Er lag da, Arme und Beine von sich gestreckt, und schnarchte laut.

Alle drei Stühle waren heruntergefallen, doch weder Shora

noch ich hatten es gehört. Auf Zehenspitzen schlich ich aus dem Haus und ging in den Garten. Rings um mich her war noch immer alles erstarrt und unverändert.

Da ich aber so herrlich ausgeschlafen hatte, sah ich unsere Lage nun in ganz anderem Lichte. Immerhin war ich doch ein richtiger Kolumbus in dieser sonderbaren Welt. Ich brannte förmlich darauf, meine neuen Fähigkeiten zu erforschen.

Schon gestern – ich betrachtete die Zeit vor meinem zehnstündigen Schlaf als vergangenen Tag – hatte ich das Gefühl gehabt, ich könnte jetzt von großer Höhe hinunterspringen, ohne befürchten zu müssen, daß ich mir dabei das Genick breche. Neben der Veranda stand eine lange Gartenleiter. Vorsichtig stieg ich auf das Dach der Veranda. Die Höhe betrug von hier aus ungefähr zweieinhalb Meter. Unten war weicher Rasen.

Ich schwankte einen Augenblick und sprang. – O Wunder! Ich fiel nicht, sondern schwebte in der Luft. Die Anziehungskraft der Erde wirkte zwar auf mich ein wie auf jeden beliebigen Körper, denn ich fiel mit einer Geschwindigkeit von 10 Metern in der Sekunde. Doch für mich zog sich diese Sekunde endlos lange hin, so daß ich nur ganz allmählich zur Erde sank. Das war ein so neues und prickelndes Gefühl, daß ich, kaum unten angelangt, wieder hinaufstieg, und diesmal auf das Dach des Hauses.

Von oben betrachtete ich die Siedlung und sah, daß der von Shora umgestoßene Passant nicht mehr auf dem Wege lag. Allem Anschein nach hatte er sich während der zwei Minuten, die wir geschlafen hatten, erhoben und war hinter der Straßenbiegung verschwunden.

Mich drängte es ungemein, noch einmal das Gefühl des Fliegens zu erleben, und so sprang ich denn erneut hinunter. Übrigens war das von mir aus gesehen kein Springen, ich schritt vielmehr vom Dach einfach in die Luft.

Diesmal betrug die Höhe ungefähr fünf Meter. Das entsprach einer Flugdauer von einer Sekunde normaler Zeit oder fünf Minuten unserer Rechnung.

Fünf Minuten geruhsames Schweben in der Luft! Man muß es selber erfahren haben, um es nachfühlen zu können. Ich streckte Arme und Beine aus, zog sie wieder an, rollte mich zusammen, drehte und wendete mich nach Belieben. Mir schien, als sei die ganze Umwelt mit einer dünnen, durchsichtigen Flüssigkeit gefüllt, die mich leicht und sanft trug.

Kaum hatte ich mit den Beinen den Boden berührt, wollte ich gleich noch einmal zur Leiter zurückkehren. Das gelang mir jedoch nicht. Ich hatte nicht an die Trägheitskraft gedacht. Beim ersten Sprung aus geringerer Höhe war sie kaum wahrnehmbar. Jetzt aber drückte mich eine seltsame Last gegen die Erde, bog mir die Knie ein und zog meinen Kopf herunter.

Im ersten Moment bekam ich es mit der Angst zu tun. Doch als mir klar wurde, was los war, legte ich mich flach auf den Rücken. Die Schwere ging durch Kopf, Rücken, Brust und Beine und verlor sich gleichsam in der Erde.

Mir kam nun der Gedanke, daß ich eigentlich auch imstande sein müßte, wie ein Vogel zu fliegen. Dazu brauchte ich nur Flügel. Das ganze Problem lag im Kraftaufwand pro Zeiteinheit. Normalerweise bringt es das Muskelsystem des Menschen zu keiner solchen Leistung, die genügen würde, ihn in der Luft zu halten. Meine Muskeln waren nun dazu in der Lage.

Ich „sprang“ noch einige Male vom Dach. Danach beschloß ich, endlich mit der normalen Welt Verbindung aufzunehmen. Warum sollte ich nicht ein paar Zeilen vor Andrej Mochow auf den Tisch legen? Vom Garten aus sah ich ihn in seinem Arbeitszimmer sitzen. So schrieb ich denn mit Bleistift auf einen Zettel:

„Bin in ein anderes Zeittempo geraten. Lebe beschleunigt, dreihundertmal schneller als sonst. Ursache nicht klar. Halte mit mir Verbindung. W. Korostyljow.“

Ich steckte den Zettel in die Tasche meines Schlafanzuges und warf einen Blick ins Wohnzimmer. Shora schlief noch in derselben Stellung. Dennoch verschloß ich auf alle Fälle die Tür.

Durch das Fenster kletterte ich in Mochows Arbeitszimmer. Andrej saß noch immer an seinem Tisch. Am Rande des Tisches stand eine Reiseschreibmaschine. Ich kann das Gefühl kaum wiedergeben, das ich empfand, als ich mich auf einem Stuhl neben meinem Freunde niederließ. Ich mußte mich zwingen, ihn als lebenden Menschen zu betrachten.

Für mich war er eine Wachsfigur, eine meisterhaft angefertigte Puppe, die dem lebenden Mochow aufs Haar glich. Die

Wachsfigur hielt einen Rechenschieber in der Hand und tat, als rechnete sie damit.

Eine verteufelte Angelegenheit, dieses dreihundertmal beschleunigte Leben! Alle unsere Freunde und Bekannten kennen wir nur in der Bewegung, obwohl wir uns das niemals so recht vergegenwärtigen. Gerade durch die Bewegung wirken sie auf uns – durch die ständige Veränderung der Gedanken und Gefühle, die sich im Gesicht, in den Augen, in den Gebärden widerspiegeln.

Ich legte meinen Zettel vor den reglosen Mochow und wartete darauf, daß er ihn bemerkte.

Es dauerte eine Ewigkeit. Endlos lange zog sich die Zeit hin. Ringsum war es so still, daß ich meinen Puls schlagen hörte. Zwanzig Schläge, fünfzig, hundertzwanzig ...

Nach fünf Minuten hatte Mochow meinen Zettel immer noch nicht entdeckt. Sein Blick haftete weiterhin an dem Rechenschieber.

Ich saß wie auf Kohlen, da ich befürchtete, daß Shora inzwischen aufwachen könnte. Schließlich wurde mir das Warten unerträglich. Ich nahm die Schreibmaschine, was mir sehr schwerfiel, setzte sie in die Mitte des Tisches direkt vor Andrej und schob den Rand des Zettels darunter.

Das half. Ich beugte mich hinab und blickte ihm von unten in die Augen. Nach und nach, kaum wahrnehmbar, änderten seine Pupillen die Richtung, und sein Blick wanderte allmählich zum Tischrand, wo die Maschine vorher gestanden hatte, und danach dorthin, wo sie sich jetzt befand. Und ebenso langsam erschien auf seinem Gesicht der Ausdruck höchster Verwunderung. Natürlich hatte er nicht verfolgen können, was ich mit der Maschine tat. Das Sehzentrum des menschlichen Gehirns vermag nur das aufzunehmen, was länger andauert als eine Zwanzigstelsekunde. Ich aber hatte die Maschine in einer Hundertstelsekunde umgestellt. Mochow hätte lediglich sehen können, daß sie von ihrem alten Platz verschwand und fast im selben Augenblick direkt vor ihm wieder sichtbar wurde.

Sein Blick ging zu meinem Zettel. Der Ausdruck der Verwunderung verwandelte sich in Interesse. Er las den Inhalt und überlegte drei oder vier Sekunden normaler Zeit. Für mich aber waren es an die zwanzig Minuten. Ich stand auf, setzte mich wieder hin, ging durchs Zimmer, lehnte mich aus dem Fenster, um nach unserem Haus zu sehen, Mochow aber starrte noch immer auf meine Botschaft.

Danach machte er eine merkwürdige Bewegung.

Ich verstand nicht sogleich, wozu er sich anschickte. Zuerst neigte er den Oberkörper vor, dann zog er die Knie unter dem Stuhl an, und zum Schluß bewegte er die Hände nach hinten. In dieser Haltung glich er einem Schwimmer, der im Begriff ist, sich vom Startblock ins Wasser zu stürzen. Danach machte er die Knie gerade, griff an den Stuhl und reckte den Hals, das Hauptgewicht seines Körpers verlagerte sich nach vorn.

Ich erkannte nun, daß Mochow dabei war aufzustehen. Wahrscheinlich wollte er seine Frau rufen, damit sie Zeugin all dieser Wunderlichkeiten sei. In der Zwischenzeit konnte ich es noch schaffen, nach Shora zu sehen.

Dieser erste Versuch, mit den Menschen zu verkehren, hinterließ bei mir einen bitteren Nachgeschmack. Es zeigte sich, daß ich auf meine Fragen erst nach zwei Stunden eine Antwort bekommen konnte. Die Tatsache, daß mich eine unüberwindbare Mauer von allen trennte, war nicht gerade erfreulich.

Als ich eilends an unserer Garage vorüberging, in der mein Moskwitsch stand, kam mir der Gedanke, daß ich Shora hier einsperren könnte, falls er erneut aufsässig werden sollte. Meine Garage war ziemlich geräumig. Es war ein stabiler Ziegelbau mit einem Eisenblechdach. Ich vergaß in dem Moment völlig jene Kraft, über die wir beide verfügten. In Gedanken versunken, ging ich hinter die Garage und – blieb betroffen stehen.

Das ganze Erdbeerbeet an der Wand des Ziegelbaus war zertrampelt. Jemand hatte ein breites Brett gegen das Fenster gelehnt und den Rahmen zerbrochen.

Ein Unbekannter mußte versucht haben, in die Garage einzudringen. Das Eisengitter im Fenster hatte ihm Einhalt geboten.

Ich brauchte nicht lange darüber nachzusinnen, wer wohl der Einbrecher gewesen sein könnte; denn ich erinnerte mich sofort an die mit Erde beschmierten Schuhe Shoras, an seine Verlegenheit, als ich ihn zu mir ins Haus bat, und daß er nicht erzählen wollte, wo ihn die seltsame Veränderung überrascht hatte.

In diesem Augenblick erregte mich jedoch nicht so sehr Shoras Missetat als vielmehr etwas anderes.

Er und ich! Er hier an der Garage, und ich in unserem Schlafzimmer. Was hatte uns miteinander verbunden? Weshalb hatte jene geheimnisvolle Kraft nur Shora und mich erwählt, um uns diesen ungewöhnlichen Schabernack zu spielen?

In Gedanken zog ich eine gerade Linie von der Garage zu unserem Schlafzimmer. Ich trat ein paar Schritte zurück und betrachtete unser Haus. Ja, natürlich! Die gerade Linie verlief durch die Rückwand der Garage zum Schlafzimmer und weiter zum Kraftwerk zu dem Gebäude mit dem Atomreaktor.

Ein feiner Strahl hatte mich und Shora von dort aus getroffen und die Geschwindigkeit aller unserer Lebensprozesse verändert. Aber was war das für ein Strahl? Wie mochte er durch die dicken Schutzwände gedrungen sein, die die Neutronenströme und die gefährlichen Strahlen, die bei der Uranspaltung entstehen, abschirmen?

Da fiel mir die kleine bläuliche Kugel ein, die ich in der Nacht beobachtet hatte. Der Kugelblitz! Er war genau an der Stelle im Dach des Kraftwerks verschwunden, wo meine in Gedanken gezogene Gerade endete.

Gab es hier einen Zusammenhang?

Ich überlegte, was ich von Kugelblitzen wußte. Bekanntlich sind sie für die moderne Wissenschaft immer noch ein ungelöstes Rätsel. Im allgemeinen fliegt der Kugelblitz mit dem Wind, doch kommt es zuweilen auch vor, daß er sich gegen den Luftstrom bewegt. In der Kugel herrscht eine ungeheure Temperatur, doch gleitet der Blitz auch über Nichtleiter wie beispielsweise Holz oder Glas, ohne sie zu versengen. Trifft er auf einen Menschen, so weicht er ihm aus, als wäre der lebende Organismus mit einem unsichtbaren Schutzgürtel umgeben. Viele Forscher sind heute der Ansicht, daß der Kugelblitz gar kein Blitz ist, sondern eine ionisierte Plasmawolke, das heißt eine gasförmige Masse aus Atomkernen und ihnen entrissenen Elektronen.

Wenn dies stimmt, so hat die Natur im eigenen Labor bereits das verwirklicht, worüber sich heutzutage die größten Koryphäen der Wissenschaft den Kopf zerbrechen.

Ob vielleicht das Plasma des Kugelblitzes beim Prozeß der

Uranspaltung im Reaktor unseres Kraftwerkes eine neuartige Strahlung verursacht hatte?

Der Gedanke, eine bisher unbekannte Energieform entdeckt zu haben, trieb mir das Blut ins Gesicht und ließ mein Herz schneller schlagen.

Eine neue Energieform! Strahlen, die den Zeitablauf beschleunigen!

Mir fielen Professor Walzews Versuche ein, mit denen er bewies, daß unter der Einwirkung radioaktiver Strahlen die Reifezeit von Äpfeln stark verkürzt wird. Auch in einem amerikanischen Laboratorium hatte man derartige Versuche durchgeführt.

In höchster Erregung stürzte ich nach Hause, um Shora meine Entdeckung mitzuteilen. Hastig griff ich in die Tasche nach dem Zimmerschlüssel, schloß die Tür auf und – stand wie angewurzelt.

Shora war weg!

Er hatte sich nicht einmal die Mühe gemacht, das Fenster zu öffnen, um ins Freie zu gelangen, sondern hatte einfach den Rahmen mitsamt den Scheiben eingedrückt.

Was würde er nun anrichten, da er sich unbeaufsichtigt wußte? Wie würde er mit den Menschen verfahren, die ihm in den Weg kamen? Unsichtbar, wie er war, und durch die ungeheure Beschleunigung mit Riesenkräften ausgestattet?

Ich schalt mich für meinen Leichtsinn, Shora allein gelassen zu haben, und rannte auf die Straße.

Die Verfolgung

Wie ich bereits erwähnte, verbindet der Weg, der die Hauptstraße unserer Siedlung kreuzt, die Strandchaussee mit dem Bahnhof der Vorortbahn, der ungefähr zwei Kilometer vom Kraftwerk entfernt liegt.

Als ich die Straße hinunterblickte, war ich aus irgendeinem Grunde überzeugt, daß Shora nur die Strandchaussee in Richtung Leningrad gewählt haben konnte.

An seiner Stelle hätte ich das gleiche getan, da der elektrische Zug für uns viel zu langsam fuhr.

So hinkte ich denn eilends zur Chaussee und hielt Ausschau. Von Shora keine Spur!

Der Finnische Meerbusen bildet an dieser Stelle eine kleine Bucht, und die von Linden umsäumte Chaussee verläuft parallel zu ihrer Krümmung.

Ich stand lange spähend am Ufer. Da ich mit Sicherheit annahm, Shora sei nach Leningrad gelaufen, schien es mir auch, als bewege sich in der Ferne zwischen den Straßenbäumen ein dunkler Punkt.

Und plötzlich schoß mir ein rettender Gedanke durch den Kopf. Ich konnte ja quer über die Bucht laufen und dem geflüchteten Gauner den Weg abschneiden!

Das Gefühl, das ich beim Betreten der ersten unbeweglichen Welle empfand, ist schwer zu beschreiben. Ich ging wie auf einer dünnen, elastischen Haut und glaubte, jeden Moment einsinken zu müssen, doch bevor es dazu kam, hatte ich meinen Fuß bereits weitergesetzt.

Als ich mitten auf der Bucht einmal stehenblieb, zerriß die Haut, und ich begann langsam zu sinken. Aber schon beim ersten Schritt stieg ich mühelos wieder auf die Oberfläche.

Am Ufer angelangt, bahnte ich mir durch Erlengesträuch den Weg zur Chaussee. Ich frohlockte innerlich bei dem Gedanken, was Shora für ein Gesicht machen würde, wenn ich plötzlich vor ihm auftauchte.

Doch meine Freude war verfrüht. Ich traf Shora nicht.

Auf dem Rückweg zur Siedlung kam ich an einigen Omnibussen vorbei. Der eine – in Richtung Leningrad – war fast leer, während zwei andere, die entgegengesetzt fuhren, mit Fahrgästen voll besetzt waren. Mir fiel ein, daß ja heute Sonntag war. Alle erholten sich, ich dagegen jagte diesem Banditen hinterher.

Nun wurde mir zum erstenmal bewußt, wie wenig der Begriff „Freiheit" gleichbedeutend ist mit der Möglichkeit, zu tun, was man möchte. Ich hatte jetzt diese Möglichkeit, ich konnte sogar übers Wasser laufen. Und dennoch kam ich mir vor wie ein Gefangener in Einzelhaft. Alle fuhren an den Strand, um sich zu sonnen, zu baden und mit ihren Freunden zu plaudern; mir dagegen war es nicht einmal vergönnt, jemandem meine wundersamen Erlebnisse mitzuteilen. Frei ist nur, wer mit den

Menschen verkehren kann; ohne diesen Umgang verliert alles andere seinen Wert.

Mit diesen und ähnlichen Gedanken beschäftigt, langte ich wieder in der Siedlung an. Ich blieb unschlüssig stehen. Wohin sollte ich mich wenden? Sollte ich zuerst von Andrej Mochow die Antwort auf meine Botschaft holen oder nach Hause gehen, um etwas zu essen, oder weiter Shora suchen?

Ich lief zunächst zur Station und sah mich dort eine Weile nach dem flüchtigen Gauner um.

Da gerade ein Zug aus Leningrad angekommen war, wimmelte es auf dem Bahnsteig von sonntäglich gekleideten Männern und Frauen, Kindern und Jugendlichen mit Rucksäcken und Fahrrädern. Ich kam mir vor wie inmitten einer Schar von Modellpuppen, die dem Schaufenster eines Konfektionsgeschäftes entstiegen sind.

Auf den Stufen vom Bahnsteig zur Straße stand, von seinem Großvater gestützt, ein etwa zweijähriger Junge im Matrosenanzug. Er hatte sein rundes Gesichtchen zu einem freudigen Lächeln verzogen. Zwei Schritt vor ihm standen seine glückstrahlenden Eltern und streckten ihre Arme nach ihm aus.

Ich schämte mich hier zum erstenmal, daß ich nicht so war wie die anderen. Später verstärkte sich dieses Gefühl immer mehr. Mich bedrückte es, daß alle Menschen gut angezogen, sauber und fröhlich waren, während ich mitten unter ihnen in einem schmutzigen und stellenweise zerrissenen Schlafanzug unrasiert und müde einherlief.

Nachdem ich auf dem Bahnsteig vergeblich gesucht hatte, trat ich auf die Straße hinaus, die parallel zur Bahnlinie nach Leningrad führt. Und hier schließlich, ungefähr achthundert Meter vor mir, entdeckte ich Shora.

Nun begann ich meine Verfolgungsjagd, die volle zwei Stunden dauerte. Wie zur Zeit des Urmenschen hing das Ergebnis nur von unseren Beinen ab. Und bei Shora waren sie schneller, da ich mit jedem Schritt mehr und mehr lahmte.

Als wir uns der nächsten Station näherten, geschah etwas, was mich zu guter Letzt zwang, die Verfolgung aufzugeben.

Ich ging hinkend neben einem endlos langen Güterzug her, als plötzlich ein tiefes und immer stärker werdendes Geheul an mein Ohr drang. Dieses Geheul erschreckte mich. Es war gewaltig, als schreie die ganze Erde. Sollte der Wunder und kosmischen Katastrophen noch immer kein Ende sein?

Ich blickte zur Lokomotive. Eine Dampfwolke hing neben der Sirene. Nun wußte ich: Der Zug pfiff, der Lokomotivführer kündete dem Stationsvorsteher das Nahen des Zuges an.

Zuerst kam ich an einigen mit Steinen beladenen offenen Güterwagen vorbei, dann folgten Viehwagen, drei Kesselwagen, wieder offene Güterwagen und wieder geschlossene Waggons.

Ich hatte den Eindruck, als ginge ich in normalem Schritttempo neben einem endlosen Zug her, der sich kaum von der Stelle bewegte. In Wirklichkeit fuhr er mit einer Geschwindigkeit von vierzig Kilometern in der Stunde.

Als ich an den vorderen Wagen angelangt war, mischten sich in das Pfeifen des Zuges noch andere, schrillere Heultöne. Sie schienen von den Rädern herzurühren.

Dann, in Höhe des Tenders, sah ich unten an der Böschung eine alte Frau in einer Strickjacke. Sie streckte verzweifelt ihre Arme nach etwas aus, das sich vor dem Zug auf den Schienen befinden mußte.

Als ich die Lokomotive überholte, erblickte ich ungefähr zwanzig Meter von den Vorderrädern entfernt ein vier- oder fünfjähriges Mädchen, das auf den Bahnschwellen stand. Eigentlich stand es nicht, sondern lief. Nur mir, für den die ganze Welt unbeweglich war, schien es in Laufpose erstarrt zu sein.

Ich warf einen Blick auf das Mädchen, die alte Frau und den Lokomotivführer, der sich weit aus seinem Fenster beugte, und ging weiter. Shora sah ich noch immer ungefähr einen halben Kilometer vor mir auf der Straße.

Aber ich hatte mich kaum zehn Meter entfernt, als es mich plötzlich durchzuckte.

Was tat ich? Wohin ging ich? Hinter mir geschah ein Unglück! Ein Kind geriet unter den Zug!

Erst später begriff ich, wie es dazu gekommen war. Am Bahndamm gibt es im Juni immer sehr viele Erdbeeren. Obwohl die Bahnbehörden dagegen einschreiten, sammeln hier die Sommergäste aus den umliegenden Siedlungen und die Dorfkinder häufig die Beeren. Höchstwahrscheinlich waren auch die alte Frau und das Kind damit beschäftigt gewesen. Als die Frau plötzlich den herannahenden Zug erblickte, rief sie ihrer Enkelin auf der anderen Seite des Dammes zu, sich in acht zu nehmen. Die Kleine aber verstand die Warnung nicht und eilte zur Großmutter.

Was sollte ich nun tun? Nahm ich das Mädchen schnell von den Bahnschwellen, so würde mein Griff es wie ein Geschoß treffen.

Die Lokomotive kam allmählich, doch unaufhaltsam näher. Auf dem Gesicht des Lokführers malten sich Entsetzen und Verzweiflung. Jetzt wurde mir klar, daß die schrillen Heultöne das Kreischen der Bremsen waren.

Zuerst versuchte ich, das Mädchen am Kleid hochzuheben. Aber der leichte Stoff zerriß unter meinen Fingern.

Ich mußte mich beeilen. Noch eine Sekunde normaler Zeit, und der Zug hätte die Kleine zermalmt.

Äußerst vorsichtig schob ich dem Kind meine Hände unter die Achseln und hob den zerbrechlichen kleinen Körper langsam empor. Das Mädchen verharrte in seiner Laufstellung, auch als die Füße sich von den Schwellen gelöst hatten.

Der runde, flache Puffer kam dicht an mich heran, aber ich rührte mich nicht und hielt das Kind behutsam in der Luft. Der Puffer stemmte sich gegen meinen Rücken, heißer Schmieröldunst stieg mir in die Nase. Ich balancierte ein paar Schritte auf den Schwellen entlang, als trüge ich eine bis an den Rand mit Wasser gefüllte Tasse, stieg vom Damm und setzte das Mädchen sanft auf die Erde. Für einen Zuschauer muß der ganze Vorgang so ausgesehen haben, als sei das Kind unmittelbar vor den Rädern des Zuges vom Wind hinweggeblasen worden.

Die alte Frau stand da wie vorher, der Lokführer aber beugte sich noch weiter aus seinem Fenster und schaute voller Verzweiflung nach unten auf das Gleis, wo er mit Sicherheit das Kind wähnte. Ich empfand für ihn ein warmes Gefühl. Am liebsten hätte ich ihm auf die ölbeschmierte Schulter geklopft und gesagt, daß alles ein gutes Ende genommen habe.

Während ich das Mädchen rettete, war Shora außer Sichtweite geraten. Ich marschierte noch bis zur nächsten Station. Dort gab ich die Hoffnung, ihn einzuholen, endgültig auf.

Ich verspürte Hunger. Die Bahnhofsgaststätte war geöffnet,

doch konnte ich mich nicht entschließen, in den überfüllten Raum zu gehen. Ich schämte mich wieder, daß ich nicht war wie alle anderen.

Hinkend machte ich mich auf den Heimweg. Meine Stimmung sank unter Null. Mir kam der Gedanke, daß ich bei meinem dreihundertmal schnelleren Rhythmus die restlichen dreißig Jahre in einem oder anderthalb Monaten normaler Zeit durchlebt haben würde. Wir hatten Juni, und Mitte August würde ich ein alter Mann sein und sterben.

Immerhin aber würden es für mich dreißig Jahre sein, mit Hoffnungen und Enttäuschungen, mit Plänen und Arbeit. Und die ganze Zeit würde ich in völliger Einsamkeit leben!

Es war zehn Minuten nach acht. In zwei normalen „menschlichen" Stunden mußte meine Frau aus der Stadt zurückkehren. Wie sollte ich ihr begegnen? Wie würde ich ihr begreiflich machen, daß ich im gewöhnlichen Zeitablauf nicht mehr existierte? Was würde sie den Kindern von ihrem Vater erzählen?

Bei diesen bitteren Gedanken seufzte ich tief.

Mein großer Zeh war dick angeschwollen und blau geworden. Allmählich tat der ganze Fuß weh. Ich lahmte immer mehr und mußte, bevor ich unsere Siedlung erreicht hatte, ab und zu ausruhen.

An einem Ast blieb ich hängen und riß meinen Schlafanzug ein. Als der Riß auf dem Rücken immer größer wurde, zog ich die Jacke aus und warf sie weg.

Ich langte in einem recht kläglichen Zustand zu Hause an – lahm, müde, hungrig und mit bloßem Oberkörper. Hastig verschlang ich ein übriggebliebenes Stück Brot und warf mich auf die Couch.

Neue Begegnungen mit Mochow

Nachdem ich einige Stunden tief geschlafen hatte, erhob ich mich und versuchte, eine Kompresse um den verstauchten Zeh zu wickeln. Doch die Binde zerriß mir unter den Händen, und ich mußte letzten Endes meinen Schuh auf den nackten Fuß ziehen.

Danach ging ich zu Mochow.

Als ich aus dem Haus trat, schüttelte ich den Kopf über den Schaden, den wir in der kurzen Zeit unserem Häuschen zugefügt hatten. Im Wohnzimmer war der Fensterrahmen zerbrochen, in der Küche lagen Flaschenscherben auf dem Fußboden verstreut, und die Außentür war aus den Angeln gerissen und lag nun auf dem Rasen.

Wieder stieg ich zu Andrej durchs Fenster seines Arbeitszimmers. Er und seine Frau Walja standen nebeneinander am Tisch.

Ich hatte gehofft, daß ein paar Zeilen für mich bereitliegen würden. Doch leider!

In meinem nervösen Zustand machte mich diese Enttäuschung noch gereizter. Warum beantwortete er meine Zeilen nicht?

Ich warf einen Blick auf die Armbanduhr, und mir stockte der Atem. Seit meinem ersten Besuch in diesem Zimmer waren im ganzen nur vier normale „menschliche" Minuten vergangen. Zum Teufel! Natürlich konnte Mochow sich in dieser kurzen Zeit nichts Richtiges überlegen.

Ich nahm die Schreibmaschine vom Tisch und stellte sie auf den Fußboden, damit sich auch Walja davon überzeugen konnte, daß dies alles durchaus kein Scherz war. Ich zog den Bleistift aus Andrejs starren Fingern und schrieb mit großen Buchstaben oben an den Rand des vor ihm liegenden Zeichenblattes:

„Ich lebe in einer anderen Zeit. Bestätige mir, daß Du gelesen und verstanden hast, was hier geschrieben steht. Schreib mir eine Antwort. Ich kann Deine Stimme leider nicht mehr vernehmen. Schreib sofort! W. Korostyljow."

Danach stieg ich wieder zum Fenster hinaus und ging in den Laden, um mir Butter und Konserven zu holen.

Die nächsten Stunden verbrachte ich in banger Erwartung.

Als ich schließlich zu Mochow zurückkehrte, fand ich ihn immer noch schreibend vor. Gespannt schaute ich ihm über die Schulter. Ehrlich gesagt, ich hatte alles andere erhofft als das, was ich nun zu lesen bekam:

„Wassili Petrowitsch, unterlaß Deine Taschenspielertricks und zeige Dich endlich! Das alles ist doch Unsinn. Du störst mich bloß bei ..."

Mochow schrieb gerade den letzten Satz zu Ende. Es ist verständlich, daß mich diese Antwort sehr aufbrachte. Taschenspielertricks! Unsinn! Was ich seit diesem Morgen erlebt hatte, war alles andere als das. Na warte, gleich zeig ich dir meine Tricks! dachte ich erbost.

Aber ich riß mich zusammen und fragte mich, ob ich wohl selber daran glauben würde, wenn mir ein Freund auf einem Zettel mitteilte, er lebe in einer anderen Zeit. Ein paarmal wanderte ich im Zimmer zwischen den erstarrten Mochows auf und ab und überlegte, wie ich es ihnen am besten beweisen könnte. Plötzlich kam mir die Erleuchtung: Das war ja ganz einfach!

Ich setzte mich an den Tisch direkt neben Andrej und saß dort unbeweglich fünf Minuten. Und tatsächlich nahmen mich jetzt beide wahr. Erst Andrej, dann Walja.

Andrej stand leicht gebeugt am Tisch. Er beendete die Niederschrift seiner Antwort. Dann richtete er sich auf und wandte seinen Kopf mir zu. Verwunderung und Schrecken wechselten verhältnismäßig rasch auf seinem Gesicht und machten schließlich dem Ausdruck höchsten Mißtrauens Platz, der ungefähr fünfzehn Minuten lang seine Miene beherrschte. Er stand neben mir wie versteinert. Mir tat allmählich vom langen Stillsitzen der Rücken weh.

Darauf hob Andrej mit einer unendlich langsamen Bewegung seine Hand. Er wollte mich berühren, um sich zu überzeugen, daß ich keine Fata Morgana sei.

Walja war geradezu entsetzt. Sie öffnete weit den Mund und riß die Augen auf. Dann wandte sie sich ganz allmählich der Tür zu, hielt inne und drehte den Kopf wieder zu mir. Auf ihrem Gesicht lag aber immer noch ein panischer Schrecken.

Andrejs Hand legte sich indessen auf meine Schulter. Ich zählte meinen Puls, 25 Schläge, nochmals 25 ... zwei Minuten, drei, vier ... Mir begann nun auch noch der Nacken zu schmerzen, trotzdem war ich bemüht, ruhig sitzen zu bleiben.

Merkwürdig dieser gedehnte Prozeß der Empfindung!

Andrejs Hand lag auf meiner Schulter, wahrscheinlich fühlte er es aber noch nicht, denn sein Gesicht hatte denselben Ausdruck wie vor fünf Minuten, obgleich er mich doch lange genug festhielt.

Ich zählte die Sekunden. Plötzlich mußten die Nervenspitzen

seiner Finger meinen Körper gespürt haben. Das Signal lief den Nervenstrang entlang zum Gehirn, die empfangene Botschaft vereinigte sich mit der des Sehnervs, und es erging ein Befehl an die Nerven, die die Gesichtsmuskeln regieren. Kaum merklich hoben sich seine Mundwinkel: Er lächelte.

Erst hinterher begriff ich, daß der Vorgang, den ich soeben beobachtet hatte, die Materialität der Gedanken bewies.

Danach erlosch Andrejs Blick. Er sah mich zwar immer noch an, aber die Augen veränderten sich jetzt. Etwas verschwand aus ihnen. Sie wurden matt.

Sein Kopf wandte sich zur Seite, als hätte ihn mein Anblick gekränkt. Nach vier Minuten endlich begriff ich, daß Andrej sich nur überzeugen wollte, ob auch Walja mich gesehen hatte.

Es war wirklich merkwürdig, wie der Blick erlosch. Sobald Andrej mich für den Bruchteil einer Sekunde vergaß, veränderte sich sein Blick, er wurde gleichgültig, obwohl er immer noch auf mich gerichtet war. Derselbe Augapfel, dieselbe blaugraue Pupille mit den blauen radialen Linien! Und trotzdem waren diese Augen ganz anders als vorher. Was geht vor sich, wenn ein Gedanke schwindet? Die chemische Zusammensetzung des Augapfels bleibt doch wohl unverändert?

Ich saß noch eine Weile, damit Walja herantreten und sich ebenfalls davon überzeugen konnte, daß ich existiere. Inzwischen war jedoch mein krankes Bein immer mehr angeschwollen.

Noch ungefähr zwei Stunden blieb ich in Andrejs Arbeitszimmer, aber von einem direkten Kontakt konnte keine Rede sein.

Wieder verspürte ich ein dringendes Bedürfnis nach Schlaf; überhaupt ermüdete ich rascher als unter normalen Bedingungen. Für einen Augenblick dachte ich daran, mich in Mochows Arbeitszimmer hinzulegen. Wenn ich etwa fünf Stunden schlief, könnten mich Walja und Andrej eine normale Minute lang beobachten.

Doch dann wurde mir bei diesem Gedanken unbehaglich zumute. Törichterweise stellte ich mir vor, die beiden fast leblosen Gestalten könnten meinen Schlaf ausnutzen und mich fesseln, so daß ich nicht einmal mehr in der Lage wäre, etwas aufzuschreiben. Mit anderen Worten, ich begann die Nerven zu verlieren.

Die Geschwindigkeit wächst

In mein Haus zurückgekehrt, stellte ich fest, daß meine Lebensgeschwindigkeit ständig anstieg.

Ich merkte dies zunächst daran, wie langsam das Messer fiel, als ich es in unserem Wohnzimmer über dem Tisch losließ. Die Gegenstände waren auch vorher schon sehr träge zu Boden gesunken, doch nun schwebte das Messer weitaus länger in der Luft.

Auch mit dem Wasser wurde es schwieriger. Vorher hatte ich zehn Minuten gebraucht, um in der Küche unter dem Hahn ein Glas Wasser zu füllen, jetzt dauerte es zwölf bis vierzehn Minuten, ehe das Glas voll war.

Nachdem ich mich ausgeschlafen und zu Mittag gegessen hatte, begab ich mich erneut zu Andrej Mochow, um endlich eine Bestätigung zu erhalten, daß er an meine Existenz in einer anderen Zeit glaubte.

Tatsächlich lagen auf dem Tisch ein paar Zeilen für mich bereit: „Was sollen wir tun? Brauchst Du Hilfe?“

Andrej und Walja standen wiederum am Tisch und schienen auf etwas zu lauschen.

Ob ich Hilfe brauchte? Ich wußte eigentlich selber nicht, was mir not tat.

Noch zweimal tauschte ich mit Andrej Botschaften aus. Ich schrieb ihm auch, daß sich Shora irgendwo herumtreibe und meine Geschwindigkeit ständig anwachse. Er antwortete mir mit der Bitte, sich ihm wieder zu zeigen.

So setzte ich mich erneut zweieinhalb Stunden in sein Arbeitszimmer, damit er und Walja mich sähen.

Diese Begegnungen waren äußerst anstrengend, denn nur mit Mühe konnte ich die Gereiztheit unterdrücken, die die langsamen Bewegungen der normalen Menschen bei mir hervorriefen. Außerdem führten mich die Gesten Waljas und Andrejs häufig irre. So erhob zum Beispiel Andrej langsam seine Hand, und ich glaubte, er schicke sich an, mich zu berühren. Doch die Hand ging an mir vorbei. Eine Minute, zwei, drei verstrichen. Dann dachte ich schon, er wolle auf etwas zeigen. Schließlich – erst nach fünf oder sechs Minuten – strich er sich eine Haarsträhne aus der Stirn.

Im Grunde genommen hatten diese Besuche auch kaum einen Sinn. Wir konnten uns lediglich schriftlich verständigen.

Ich verfügte jedoch über viel freie Zeit und wußte anfangs nicht, wohin damit.

Natürlich machte ich mir Gedanken über die geheimnisvolle Kraft, die in mich und Shora gefahren war, und ich fand an meinen Hypothesen über den Kugelblitz durchaus nichts Unglaubhaftes.

Da ich bereits eine Menge Beobachtungen angestellt hatte und annahm, daß späterhin für die Wissenschaft alles interessant und wichtig sein würde, was der erste beschleunigt lebende Mensch erfuhr und sah, begann ich, ein Tagebuch zu führen.

Einige Seiten sehe ich noch heute deutlich vor mir:
„25. Juni, 8 Uhr 16 Minuten 4 Sekunden.

Ich verfolgte den Weg des Strahles vom Kraftwerk bis zur Bucht. Alles menschliche, tierische und pflanzliche Leben in dieser Zone wurde beschleunigt. Der Päonienstrauch, der ebenfalls der Bestrahlung ausgesetzt war, blüht bereits. Sonst treibt er um diese Zeit gerade Knospen.

Das Gras in der Bestrahlungszone ist zwei bis drei Zentimeter höher als das übrige. Das kann man aus einiger Entfernung deutlich erkennen.

8 Uhr 17 Minuten.

Ich schlug im Garten mit einem Hammer gegen einen großen Stein. Der Hammer wurde platt wie ein Eierkuchen, als sei er aus Lehm. Mit einigen weiteren Schlägen verwandelte ich ihn in einen rundlichen Klumpen.

Auch das Holz war butterweich geworden. Ein zolldickes Brett schnitt ich mit Leichtigkeit quer durch. Beim zweiten Versuch wurde das Messer jedoch ganz stumpf, und ich konnte es nur mit Mühe herausziehen.

Im Garten sah ich einen Schmetterling. Es gelang mir nicht, ihn zu fangen, immer wieder flog er davon. Das ist ein weiterer Beweis dafür, daß jene beschleunigende Kraft alles Lebende erfaßt hat. Aber eben nur alles Lebende. Meine Uhr – ein toter Gegenstand – gibt die Zeit an wie vorher . . .“

Als ich den Hammer durch mehrmalige Schläge gegen den Stein bald in einen Fladen, bald in eine Kugel verwandelte und dies so lange tat, bis das Eisen bröckelig wurde, erkannte ich, daß die physikalische Beschaffenheit des Metalls unverändert blieb. Auch das Holz, das ich wie Butter zerschnitt, veränderte sich in seiner Substanz nicht. Nur meine Kräfte waren in unerhörtem Maße gewachsen.

Mir kam in diesem Zusammenhang der Gedanke, daß die Menschheit später einmal, wenn sie über ein Mittel zur Beschleunigung des Lebens verfügen würde, gewaltige Macht über die Natur besäße. Bisher hat sich doch alles Leben auf der Erde – der Mensch mit einbegriffen – in voller Übereinstimmung mit der unbelebten Natur entwickelt. Im Endeffekt unterliegt der menschliche Körper den gleichen Gravitationsgesetzen wie beispielsweise ein Stein. Der Mensch ist darüber hinaus genauso träge in seinen Bewegungen wie die Mehrzahl der Tiere. Das bedeutet doch nicht nur Übereinstimmung, sondern geradezu sklavische Abhängigkeit. Ein Stein hält sich nicht in der Luft, weil sein spezifisches Gewicht größer ist als das der Luft, und der Mensch ist gegenwärtig ebenfalls nicht in der Lage, ohne komplizierte Vorrichtungen zu fliegen. Der denkende Mensch und ein Stück Quarz sind also gegenüber der Schwerkraft gleich.

Ich erkannte nun als erster, daß man diese Gleichheit einst beseitigen wird. Mit einfachen Flügeln aus Aluminium oder Plast wird sich der Mensch, nachdem er einen Beschleunigungsimpuls empfangen hat, in der Luft halten und mehrere Dutzend Flügelschläge in der Sekunde ausführen können.

Die Menschen werden auf dem Wasser gehen, und sie werden sich auch nicht fürchten, von einer geringen Höhe hinabzustürzen, da die Beschleunigung des freien Falles ihnen unendlich langsam erscheinen wird.

Gewaltige Möglichkeiten werden sich für die Produktion eröffnen. Metall und Holz werden weich wie Wachs in den Händen des Menschen sein, ohne dadurch ihre Stabilität gegenüber allen übrigen Naturkräften einzubüßen.

Ich begriff, daß alle bisherige Geschichte tatsächlich nur die Jugend der Menschheit war und daß die Zeit herannaht, da der Mensch nicht nur neue Maschinen und Mechanismen für sich schaffen wird, sondern auch andere physische Existenzbedingungen.

Dies waren übrigens meine letzten ruhigen Stunden, denn

das ständige Anwachsen der Lebensgeschwindigkeit verschlechterte mein Befinden.

Ungefähr neunzehn Minuten nach acht Uhr stellte ich fest, daß alles, was sich in der Siedlung bewegte, noch langsamer wurde. Das bedeutete natürlich, daß sich mein Lebensrhythmus immer mehr beschleunigte.

Die Luft wurde für mich noch dichter. Beim Gehen war ihr passiver Widerstand immer schwerer zu überwinden. Das Wasser floß nicht mehr aus dem aufgedrehten Hahn, sondern glich jetzt einem starren durchsichtigen Eiszapfen. Diesen Eiszapfen konnte man abbrechen, und er blieb in der Hand eine ganze Weile fest wie Gelee. Erst allmählich schmolz er und zerfloß über der Handfläche.

Mir war ständig heiß, und ich schwitzte sehr. Solange ich in Bewegung war, trocknete der Schweiß im Nu. Doch kaum blieb ich stehen, war ich sofort von einer widerlichen gallertartigen Masse bedeckt.

All das wäre noch zu ertragen gewesen, wenn mich nicht ständig der Durst geplagt hätte. Ich wollte immerzu trinken, doch das Wasser floß ja für mich viel zu langsam aus der Leitung. Zum Glück war ich bereits einige Stunden zuvor auf den Gedanken gekommen, den Hahn über der Badewanne aufzudrehen, trotzdem bedeckte das Wasser knapp den Boden der Wanne. Ich wußte, daß dieser Vorrat nicht lange reichen würde, und bemühte mich, mit dem auszukommen, was der Hahn hergab.

Später gesellte sich zum Durst auch noch der Hunger. Das Verlangen nach Essen stellte sich bei mir viel, viel häufiger ein als im gewöhnlichen Leben. Wahrscheinlich gab ich bei der Bewegung zu viel Energie ab.

Mit dem Essen aber war es schlecht bestellt. Ich konnte aus dem Laden jedesmal nur drei Brote und ein paar Konservenbüchsen holen – so viel also, wie meine Hände faßten. Von meinen Koffern rissen die Griffe ab, kaum daß ich sie berührt hatte, und mein Rucksack zerfiel in Fetzen, als ich ihn vom Haken nehmen wollte.

Doch die drei Brote und die Fischbüchsen sättigten mich nur für drei, vier Stunden, danach mußte ich wieder in den Laden.

Meine Geschwindigkeit wuchs ständig, und die Siedlung erstarrte vollends. Der Sohn von Juschkows, der gerade seine Morgengymnastik machte, stand unbeweglich wie eine Statue. Die Luft wurde dick wie Gelee. Wenn ich gehen wollte, mußte ich mit den Armen richtige Schwimmbewegungen vollführen. Das Atmen fiel mir schwer, und das Herz klopfte wie beim Hundertmeterlauf.

Die schrecklichste aller Plagen aber war die Hitze. Solange ich reglos dalag, schwitzte ich nur, doch schon beim bloßen Erheben der Hand war diese sofort wie mit kochendem Wasser übergossen. Jede Bewegung verursachte Schmerzen, und wenn ich gezwungen war, ein paar Schritte durch die dicke Luft zu machen, kam es mir vor, als ginge ich durch eine glühende Wüste. Nirgends konnte ich mich vor dieser Glut verbergen. Sie entstand durch die ungeheure Geschwindigkeit meiner Bewegungen, die mir selbst jedoch sehr langsam erschienen.

Ich hätte natürlich die ganze Zeit über liegen können, wenn mich nicht Hunger und Durst geplagt hätten. Wasser hatte ich zu Hause, die Lebensmittel aber waren im Laden. Also mußte ich hin- und herpendeln.

Wieder einmal machte ich mich auf den Weg zum Laden.

Bis zum Gürtel war ich unbekleidet, was meine Qualen noch steigerte. Anfangs versuchte ich, mit den Armen meine Brust und mit den Händen das Gesicht zu schützen. Ich konnte jedoch die Arme beim Gehen durch die dicke Luft einfach nicht entbehren. Ein paarmal verlor ich sogar das Bewußtsein. Erst nach drei Stunden erreichte ich den Laden.

Der Verkäufer stand in einer merkwürdigen Pose hinter dem Ladentisch. Sein bärtiges Gesicht war wutverzerrt. Sicherlich hatte er bemerkt, wie die Konservenbüchsen nacheinander verschwanden. Nun holte er mit dem großen Fleischmesser zum Schlag gegen das Regal aus, um den unsichtbaren Dieb in Stücke zu hauen. Dabei machte ihm das Rätselhafte an dieser Sache offenbar weniger Kopfzerbrechen als die Sorge, den Räuber zu bestrafen und dem Verschwinden der Ware ein Ende zu bereiten.

Ich hätte den ganzen Laden ausräumen können, bevor sein großes Messer mich traf. Das heißt: theoretisch hätte ich es gekonnt. Denn seltsamerweise verwandelte sich meine Kraft allmählich in Unvermögen. Mit der weiteren Beschleunigung meiner Bewegungen verringerte sich die Widerstandskraft, die mir die Dinge entgegensetzten. Nichts konnte ich richtig anfassen. Alles zerbrach, zerbröckelte, zerriß mir unter den Händen. Das Übermaß meiner Kraft machte mich völlig hilflos. Nicht einmal ein Brot konnte ich mitnehmen. Es zerbröckelte, sobald ich es nur berührte. Ich blieb also eine Zeitlang neben dem Verkäufer stehen und stopfte mir das Brot brockenweise in den Mund. Dann nahm ich zwei Konservenbüchsen und verließ den Laden. Ich begab mich sofort auf unsere Straßenseite, da das Überqueren für mich der schwerste Teil des Weges war. Ich fürchtete, hinzufallen und nicht wieder aufstehen zu können. Erst am Gartenzaun fühlte ich mich einigermaßen sicher.

In meinen Ohren dröhnte das Blut, bei jeder Bewegung betäubte mich ein durchdringendes Pfeifen, vom schrecklichen Durst war mein Mund ausgedörrt, und es flimmerte mir rot und weiß vor den Augen.

Ich erinnere mich noch, mit welch hoffnungsloser Traurigkeit ich durch das Fenster auf meinen Freund Mochow blickte. Selbst wenn ihm bekannt gewesen wäre, welche schrecklichen Qualen ich litt, hätte er mir doch nicht helfen können. Niemand konnte mir helfen.

Zu Hause aß ich den Inhalt der Büchsen – das Blech zerschnitt ich mit dem Messer, als sei es Papier –, trank und machte danach wieder eine Notiz in meinem Tagebuch.

„25 Minuten nach 8 Uhr.

Offenbar lebe ich jetzt neunhundertmal so schnell wie die anderen Menschen. Vielleicht auch noch schneller. Auf der Straße sehe ich einen Mann und eine Frau mit einem großen roten Koffer vom Bahnhof kommen. Wenn sie an meinem Haus vorübergehen werden, bin ich gewiß schon tot."

Nach dieser Eintragung stieg ich in die Badewanne, legte mich auf den Bauch und begann mit grimmigem Behagen das zu dickem Gelee gewordene Wasser hinunterzuschlingen.

Plötzlich vernahm ich einen mir bekannten Laut, mußte jedoch erst eine Weile hinhören, ehe ich begriff: In der Nähe stöhnte ein Mensch.

Ich stützte mich auf – von dieser Anstrengung brannte mir der ganze Rücken – und blickte über den Rand der Wanne.

Auf dem Fußboden im Korridor lag Shora. Ich erkannte ihn

sofort an seinem gestreiften Jackett, obwohl es völlig zerfetzt und stellenweise versengt war.

Ich weiß heute noch nicht, woher ich die Kraft nahm, aus der Wanne zu steigen und zu Shora zu kriechen. Als ich ihn auf den Rücken drehte, entdeckte ich, daß sein Gesicht rot und verschwollen war. Ich selber sah gewiß nicht viel anders aus. Das war jedenfalls kein Gesicht mehr, sondern eine aufgeschwemmte rote Masse mit Augenschlitzen und einer schwarzen Mundöffnung.

Das Ansteigen der Geschwindigkeit mußte ihn viele Kilometer von der Siedlung entfernt überrascht haben. Vielleicht hatte er versucht, von den normalen Menschen Hilfe zu erlangen. Als er aber merkte, daß nichts von ihnen zu erhoffen sei, erinnerte er sich wahrscheinlich an mich und daß ich allein ihn begreifen und ihm beistehen könne.

Ich wußte natürlich, was ihm vor allen Dingen not tat. Ich zerrte ihn ins Bad und versuchte mit einem Emaillekrug Wasser aus der Wanne zu schöpfen. Doch nur ein längliches Stück Gelee schabte ich los, das aber langsam wieder auf den Wannenboden sank.

So nahm ich denn das Wasser einfach mit der Hand auf und stopfte es Shora in den Mund. Gierig schlürfte er das farblose Gelee.

Danach öffneten sich seine Augen ein wenig, und ich sah in ihnen Tränen. Er weinte vor Schmerzen, denn er war fürchterlich verbrannt.

Ich riß ihm zunächst das versengte, zerfetzte Jackett und das Hemd vom Leibe, steckte ihn in die Badewanne und preßte seinen Mund an das letzte bißchen Wasser.

Dann überlegte ich, daß er etwas zu essen haben müßte. Wenn ich ihm nichts gäbe, könnte er mir nach einer Stunde sterben.

Rasch nahm ich noch einige Handvoll Wasser aus der Wanne, biß die Zähne zusammen und wankte abermals zum Laden. Draußen warf ich mich in die dicke Luft und ruderte rücksichtslos hindurch, obwohl Brust und Rücken wie Feuer brannten.

Als ich an der Pforte war, blickte ich mich um. Die beiden Passanten mit dem roten Koffer waren noch 30 Meter von mir entfernt. Im Garten gegenüber stand immer noch Juschkows Sohn mit erhobenen Armen. Neben ihm war die Hausangestellte

Mascha seit einigen Stunden dabei, eine Windel von der Leine zu nehmen.

Der schlimmste Teil des Weges – das Überqueren der Straße – stand mir noch bevor. Ich nahm alle Kräfte zusammen und tat den ersten Schritt, danach den zweiten. Ich weiß noch, daß ich dabei laut stöhnte. Doch plötzlich ... ja, plötzlich ...

Ich begriff selber nicht sofort, was vorging.

Von hinten und von der Seite umwehte mich ein frischer Wind. Der Mann und die Frau erwachten aus ihrer Erstarrung und kamen so rasch auf mich zu, daß ich befürchtete, sie würden mich mit ihrem Koffer umwerfen. Die Windel entwand sich Maschas Händen und flatterte in Richtung Bahnhof. Juschkows Sohn ging mit der Geschwindigkeit eines Akrobaten in die Hocke und warf die Arme zur Seite.

Gleichzeitig drang an meine Ohren lautes Klavierspiel, und ich hörte in der nahen Bucht die Wellen rauschen. Die Welt war aus ihrem Schlaf erwacht und stürzte auf mich ein. Ich weiß noch, daß mich im ersten Augenblick Panik ergriff. Ich drehte mich um, rannte Hals über Kopf in mein Haus zurück.

Einige Male stolperte ich und fiel hin. Mir schien, ich käme viel zu langsam voran und könne all den seltsamen Geräuschen und erschreckend schnellen Bewegungen der erwachten Welt niemals entrinnen. Auf der Treppe stolperte ich erneut und verletzte mir die Knie, danach hastete ich in die Küche, blieb jedoch an der Schwelle hängen und fiel der Länge nach hin.

Gleichzeitig drang in mein Bewußtsein ein beglückend heiteres, lebenspendendes Geräusch.

Wasser plätscherte!

Es floß aus dem Hahn in der Küche, es strömte in die Wanne und spritzte nach allen Seiten, und über dem Rand der Wanne erschien Shoras aufgedunsenes, verblüfftes Gesicht.

Und wieder das Gespräch am Strand

„Und weiter?" fragte ich begierig. „Was passierte dann?"

„Sehr viel." Der Ingenieur lehnte sich zurück. „Meine Frau kam wieder und fand Shora und mich im Hause, abgemagert, mit Brandwunden am Körper, voll blauer Flecke und mit zentimeterlangem Bart. Anfangs wußte sie nicht, ob sie meinen Erklärungen glauben sollte. Doch dann kamen die Mochows und erzählten von meinen Botschaften, von der hüpfenden Schreibmaschine und davon, daß ich für sie nur sekundenlang sichtbar geworden war. Später stellte sich heraus, daß es auch in der Siedlung, auf der Station und der Chaussee viele Zeugen von Shoras und meinen Abenteuern gab. Der Mann, den Shora umgestoßen hatte, lag mit einer leichten Gehirnerschütterung im Hause seiner Bekannten. Die Hausangestellte Mascha hatte ein paarmal geheimnisvolle Schatten auf der Straße vorbeihuschen sehen und ein Pfeifen gehört. Und der Lokführer erhielt eine Disziplinarstrafe für das ungerechtfertigte Anhalten des Güterzuges. Doch am interessantesten ist, daß alles, was Shora und ich erlebt hatten, sich innerhalb von zwanzig Minuten abgespielt hatte. Das heißt in einer Zeit, in der man auf eine Zigarettenlänge mit dem Nachbarn plaudert und sich angelegentlich erkundigt, ob er am Vortag viele Fische geangelt habe. Ohne meine Besuche bei Mochow hätte niemand gewußt, was mit uns geschehen war. Toll, nicht wahr?"

„Toll!" pflichtete ich ihm bei. „Kaum zu glauben. Wenn ich nicht selber von den Gespenstern am Finnischen Meerbusen gehört hätte ..."

Wir schwiegen beide.

Der Strand belebte sich. Hinter uns auf der Veranda des Erholungsheimes klapperten die Serviererinnen mit den Bestecks. Das Frühstück wurde vorbereitet. In der glasklaren Morgenluft waren alle Laute besonders deutlich vernehmbar.

„Es geht jetzt nicht mehr darum, ob dies alles geschehen ist oder nicht", bemerkte Korostyljow. „Eine Gruppe von Wissenschaftlern erforscht die Sache bereits."

„Und Shora?" fragte ich.

Korostyljow lächelte.

„Er ist vorläufig im Sanatorium. Er sagt, daß er die Abendschule besuchen und Physiker werden wolle. Wer weiß, vielleicht wird noch ein rechtschaffener Mensch aus ihm."

„Und was für Perspektiven eröffnen sich durch diese Wirkung der Strahlen!" sagte ich. „Zum Beispiel für die Raumfahrt. Früher konnten wir nicht einmal im Traum daran denken, zu anderen Milchstraßensystemen zu fliegen. Kein Menschenleben hätte dazu ausgereicht. Wenn es hingegen möglich ist, das Leben zu beschleunigen, kann man es gewiß auch verlangsamen, und der Mensch wird in der Lage sein, zu anderen Milchstraßensystemen zu gelangen."

„Durchaus", stimmte Korostyljow bei. „Aber das ist nicht das Wichtigste, verstehen Sie? Die Wissenschaft macht gegenwärtig einen großen Sprung vorwärts. Die Atomenergie, die Halbleiter, die kybernetischen Apparaturen ... Wir können uns ungefähr vorstellen, was sie uns bringen werden. Aber wir wissen nichts über solche noch bevorstehenden revolutionierenden Entdeckungen wie beispielsweise diese Strahlen. Im Verlauf der gesamten Menschheitsgeschichte vervollkommnete der Mensch stets nur die Arbeitsmittel. Noch niemals versuchte er bewußt, das wichtigste Instrument, das ihm Gewalt über die Natur gibt, seinen eigenen Körper, zu verbessern. Unsere physische Kraft ist während der vier Jahrtausende der Zivilisation sogar verkümmert. Der Durchschnittsmensch von heute ist physisch schwächer als der Urmensch – zum Beispiel vermag er nicht, einen erlegten Hirsch zwanzig Kilometer weit auf dem Rücken zu tragen. Gewiß, dafür ist die geistige Entwicklung um ein Vielfaches vorangeschritten. Aber eine Vervollkommnung unseres Körpers wäre doch auch dem Gehirn dienlich! ... Ja, ich bin überzeugt – in hundert Jahren, im Kommunismus, werden die Menschen anders sein und anders leben, als wir uns das heute denken."

Wir schwiegen wieder. Das Rauschen der Brandung lag über dem sonnenbeschienenen Strand. Einen Augenblick lang versuchte ich mir vorzustellen, daß die Wellen in ihrem Lauf innehielten und die Möwe über dem Ufer im Flug erstarrt sei. Aber die Wirklichkeit war nicht so.

Noch ist der Mensch nicht Herr der Zeit, und alles verläuft in uralter Harmonie. Doch jeder Wassertropfen, jedes Sandkorn birgt neue ungelöste Rätsel und Möglichkeiten in sich.

Aus dem Russischen von Ruth Henkel

Die Stimme aus der Antiwelt

Die Wissenschaft ist bislang nicht imstande, das sogenannte Phänomen von Kratowo zu erklären.

Am ersten August dieses Jahres um zwei Uhr nachts tauchte im Umkreis der Eisenbahnstation Kratowo, vierzig Kilometer von Moskau entfernt, am Himmel eine schwach schimmernde Regenbogensäule auf. Sie leuchtete etwa drei Stunden lang und verlosch dann. Ihre Breite wurde auf dreihundert Meter geschätzt. Der Fuß der Säule stand ungefähr anderthalb Kilometer über der Erde, ihr oberes Ende verschwand in einer Höhe von achtzig bis neunzig Kilometern in der Ionosphäre (einmal kreuzte eine silbrige Wolke den oberen Säulenteil, wodurch die annähernde Höhe bestimmt werden konnte).

Mehrere Personen in Ramenskoje und Shukowskoje beobachteten diese Erscheinung. Alle wunderten sich darüber, daß die Lichtsäule nicht allmählich verblaßte, sondern schlagartig erlosch – als habe sie jemand ausgeschaltet.

Ein Foto des Phänomens, von einem jungen Amateur aufgenommen, wurde in der Zeitschrift „Technik für die Jugend" veröffentlicht. Es mangelt auch nicht an wissenschaftlichen Deutungen. Die meisten Anhänger hat die Hypothese gefunden, derzufolge ein Strom elektrisch geladener Teilchen, von der Sonne kommend, in die Erdatmosphäre eindrang und das Leuchten verursachte.

Doch niemand weiß, daß im August zum erstenmal in der Menschheitsgeschichte die Bewohner einer anderen Welt mit uns in Kontakt getreten sind. Niemand außer Mischa Peryschkin und seinen Bekannten. Peryschkin fiel die Ehre zu – wenn wir seiner Erzählung glauben wollen –, als erster Mensch mit Geschöpfen einer außerirdischen Zivilisation zu sprechen.

Doch zuvor ein paar Worte über Mischa.

Mischa ist Bildreporter an unserer Zeitung. Den Lesern sind gewiß seine Aufnahmen „Ein neues Lebensmittelgeschäft in der Straße des Friedens“, „Nina Rywina, Laienkünstlerin im Werk ‚Elektroblitz‘“, „In Moskau hielt der Winter Einzug“, „Es wird Frühling in der Hauptstadt“ und andere dieser Art aufgefallen.

Mischa arbeitet schon lange bei der Zeitung. Seine Bildung ist lückenhaft – er hat nur die Grundschule besucht. Aber er ist arbeitsam, und man schätzt ihn in der Redaktion. Seine Ansprüche sind sehr bescheiden. Des Abends sitzt er gern vor dem Fernsehapparat, und an den Sonntagen ist er einem Spielchen mit den Nachbarn nicht abgeneigt. Man kann beim besten Willen nicht sagen, daß er viel liest, aber er ist Abonnent der Zeitschrift „Sowjetische Fotokunst“ und blättert mit Vorliebe in den Bänden der „Großen Sowjet-Enzyklopädie“.

An den Streitgesprächen der „Physiker und Lyriker“, die häufig bei uns in der Redaktion geführt werden, nimmt er nicht teil. Er mag überhaupt keine „klugen Gespräche“. Da braucht nur einer vom italienischen Neorealismus anzufangen, schon zieht er ein bekümmertes Gesicht, schlägt sich an die Taschen, wühlt in den Papieren auf dem Schreibtisch und verläßt mit den Worten „Wo hab ich bloß die Abzüge hingesteckt?“ eilig das Zimmer.

Das wäre eigentlich alles, was es über Mischa Peryschkin zu sagen gibt. Er ist verheiratet, und seine Frau kocht einen vorzüglichen ukrainischen Borstsch. Seine zehnjährige Tochter besucht die Musikschule; der Sohn Kolja lernt am Technikum und interessiert sich für Segelflugzeugmodelle.

Ja, und noch etwas: Mischa hat ein bewundernswertes Gedächtnis. Ein Spaßvogel, der sich übrigens nur kurze Zeit in unserem Kollektiv hielt, sagte einmal über ihn: „Ein verblüffendes Gedächtnis, das an Dummheit grenzt.“ Mischa nahm ihm das nicht weiter übel; er ist überhaupt niemals beleidigt.

Aber wie dem auch sei – sein Gedächtnis ist wirklich fabelhaft, und nur dank diesem Umstand erinnert er sich bis in alle Einzelheiten an sein seltsames Erlebnis in der Nacht zum ersten August.

Es passiert häufig, daß bei der Schilderung eines großen Ereignisses von Details gesprochen werden muß, die für sich genommen unbedeutend sind, die aber jenes Ereignis begleiten und ihm einen bestimmten Anstrich verleihen.

Solch ein Begleitdetail ist in unserem Falle die Tatsache, daß Mischa am Tage vor dem Erscheinen der Regenbogensäule seine Redaktionsaufgaben nicht erfüllte und daß durch sein Verschulden das Bildmaterial für einen Beitrag der kommenden Nummer ausblieb.

Schon eine Woche vor dem ersten August hatte einer unserer Redakteure einen umfangreichen Artikel über die Sauberkeit des Hofes in einem der neuen Wohnhäuser in der 2. Jaroslawstraße vorbereitet. Mischa hatte den Hof mehrmals fotografiert und die Aufnahmen zum Retuschieren gegeben. Aber da war eben der Haken. Der Retuscheur erwies sich als ein gewissenloser Mensch. Er versprach die Aufnahmen für Sonnabend und brachte sie nicht. Dabei hatte gerade Mischa den Mann sehr empfohlen, während unser Redaktionssekretär Pjotr Iwanowitsch Techminimum von Anfang an Bedenken gegen ihn hegte.

Am späten Nachmittag wurde klar, daß man auf die Bilder nicht mehr zu warten brauchte. Mischa beschloß, nach Kratowo ins Redaktionsheim zu fahren – er hatte dort die Negative –, neue Abzüge zu machen und mit ihnen wieder an Ort und Stelle zu sein, bevor die Nummer in die Setzmaschine ging. Er schwang sich in den Vorortzug, legte die zwei Kilometer vom Bahnhof im Eiltempo zurück und mußte feststellen, daß das Zimmer, das er im Sommer mit seiner Familie bewohnte, verschlossen war. An der Tür steckte ein Zettel, auf dem seine Frau mitteilte, sie sei mit den Kindern zu Großmutters Geburtstag gefahren und habe den Schlüssel beim Verwalter hinterlegt. Ohne zu verschnaufen, lief Mischa zum Nachbarhaus, aber der Verwalter war nicht daheim, und nach der Stimmung seiner Frau zu urteilen, war er ganz gewiß nicht in die Bibliothek gegangen.

Mischa ließ sich voller Verzweiflung auf der Treppe nieder, um auf den Verwalter zu warten. Hier muß erwähnt werden, daß Mischa sehr die Meinung seiner Vorgesetzten über sich achtete und daß ihm ein solcher Fall vielleicht das erstemal seit zehn Jahren passierte.

Es verstrich eine Stunde, die zweite, die dritte. Jetzt kämen die Aufnahmen nicht mehr für die Nummer zurecht, selbst wenn Mischa sie schon abgezogen in den Händen hielte. Er ging zum Bahnhof und rief von der Post aus an, daß sie nicht länger warten und den Platz in der Zeitung mit einem Reservebeitrag füllen sollten. Mischa traute sich nicht mit dem Redaktionssekretär, der gerade Nachtdienst hatte, persönlich zu sprechen, sondern ließ sich mit den Korrektoren verbinden und bat, die Mitteilung auszurichten. Zum Heim zurückgekehrt, traf er schließlich den Verwalter an, erhielt seinen Schlüssel und nahm sich, tief verstimmt, die Negative vor, obwohl Eile jetzt nicht mehr not tat.

Es war ein Uhr nachts. Nicht weit entfernt, in einem Sommerhaus des Verlages „Junge Garde", lärmte ein Plattenspieler. Aber bald hörte Mischa, wie eine Frau, offenbar eine übermüdete Redakteurin, gebieterisch Ruhe verlangte. Die jungen Leute stritten noch eine Weile und gingen schließlich auseinander. Es wurde völlig still.

Mischa löste das Entwicklungspulver auf und bereitete das Fixierbad, dann schaltete er die rote Lampe an und machte sich ans Werk.

Die Nacht war warm, es duftete nach frischem Heu, das im Garten aufgehäufelt war.

Mischa machte einen Abzug, den zweiten ...

Plötzlich verspürte er Unruhe, ihm wurde schwül und beängstigend. Über seinen Rücken lief Schweiß.

Er öffnete sperrangelweit das Fenster. Doch das drückende Gefühl ließ nicht nach, immer stärker bemächtigte sich seiner eine unerklärliche Erregung. Er dachte, daß vielleicht ein Gewitter aufzöge, aber der mondlose nächtliche Himmel über dem Garten war still und klar.

Plötzlich klirrten im ganzen Haus die Fensterscheiben, und das Glas auf dem Tisch sang in zartem Ton. Diese Erscheinung wiederholte sich zweimal. Die Scheiben klirrten wie vor einem Erdbeben.

Mischas Unbehagen wurde größer. Beinahe physisch spürte er, daß etwas über ihm in der Luft hing. Er mußte an die Front denken, an das sekundenlange Warten in dem Augenblick, da unweit eine Bombe gefallen war, der Blitz der Explosion bereits in die Augen stach, aber das Krachen noch nicht herangerollt, die Splitter nicht herangewirbelt waren und der Körper sich, die tödliche Gefahr ahnend, zusammenzog.

Ihm schien, als hinge ein Ton in der Luft, zu tief, als daß man ihn hören konnte, doch das Trommelfell in Schwingung versetzend. Und dieser Ton drohte jeden Augenblick die Grenze der Hörbarkeit zu durchbrechen, drohte Mischa mit einem furchtbaren Schlag zu betäuben und zu Boden zu schmettern.

Unversehens streifte Mischas Blick die Uhr an der Wand, und er sah, daß es zwei Minuten vor zwei war. Wir erinnern daran, daß die Regenbogensäule zuerst um zwei Uhr nachts beobachtet wurde.

Der Alpdruck nahm zu. Mischa ertappte sich dabei, daß er den Bleistift hinwarf, den er in der Hand gehalten hatte; er knetete seine Finger und konnte nur mit Mühe ein lautes Schreien unterdrücken.

So etwas war ihm noch nie passiert. Er stand auf, ohne selbst zu wissen, weshalb, eilte die Treppe hinunter und lief in den Garten.

Hier riß das beklemmende Gefühl plötzlich ab, doch Mischa erblickte im Garten etwas Eigentümliches.

Über den jungen Tannen, nur zehn Schritt von ihm entfernt, tanzte und drehte sich ein großer, in allen Regenbogenfarben schillernder Fleck. Ein zweiter Fleck hing neben der Schaukel. Und als sich Mischa umschaute, sah er einen dritten auf dem Dach dicht über seinem Fenster.

Zuerst glaubte er, das sei eine Halluzination. Doch die Flecke wirkten allzu real und kompakt. Sie waren undurchsichtig und beleuchteten mit mattem Schein ihre Umgebung.

Mischa wollte sich dem Fleck über den Tannen nähern, aber er stellte plötzlich fest, daß er keinen Schritt tun konnte. Beine und Arme gehorchten ihm nicht mehr.

Da spürte er eine Stimme.

Wir sagen ausdrücklich: „spürte“ und nicht: „hörte“. Später konnte Mischa nur mit großer Mühe erklären, auf welche Weise sich dieses Wesen aus der anderen Welt mit ihm verständigt hatte. Es hatte keine Augen, keinen Körper und folglich auch keine Sprechorgane. Dennoch unterhielt sich Mischa mit ihm, und zwar sehr leicht und fließend.

Kurz gesagt, Mischa kam ein Gedanke. Und er begriff, daß

es nicht sein Gedanke war, nicht das Erzeugnis seines Gehirns. Jemand zwang ihn, so zu denken. Jemand benutzte von außen her sein Gehirn und ließ ihn denken: „Haben Sie keine Angst. Ihnen droht nichts."

Sogleich dachte Mischa, diesmal selbst: Was ist das?

Und in seinem Kopf erwiderte es: „Das ist die Antiwelt. Wir unternehmen einen gigantischen Versuch. Das zweite Mal. Wir treten mit Ihrer Welt in Kontakt. Haben Sie bitte keine Angst. Wir fügen Ihnen keinen Schaden zu."

„Aber ich hab ja gar keine Angst", sagte Mischa heiser. „Wovor soll ich denn Angst haben?"

In Wirklichkeit hatte er natürlich mächtige Angst und glaubte zu phantasieren.

Er wollte sich umdrehen und noch einmal auf den Fleck über dem Fenster schauen, doch er war wie gelähmt.

Wieder erklang die Stimme in seinem Gehirn, eine Stimme ohne Lautstärke, ohne Timbre. „Wir geben Ihnen jetzt die Möglichkeit, sich zu bewegen. Verzeihen Sie uns."

Mischas Erstarrung wich. Unsicher wandte er den Hals, hob den Arm, ließ ihn wieder sinken. Dann blickte er sich um und konnte verfolgen, wie der Fleck vom Dach durch das geöffnete Fenster in seinem Zimmer glitt.

„Bestimmt habe ich Fieber", sagte er laut. Er zitterte am ganzen Körper.

„Nein, das ist kein Fieber", erklang die Stimme in seinem Gehirn. „Mit Ihnen hat die Antiwelt Verbindung aufgenommen. Zum zweitenmal führen wir einen gewaltigen Versuch durch. Das erste Mal taten wir es vor einer Million Jahren. Damals gab es auf Ihrem Planeten noch keine denkende Materie."

„Nein, nein, ich träume", sagte Mischa zu sich selbst. „Ganz klar. Koschkin hat mich fertiggemacht." Koschkin hieß der Retuscheur, der die Bilder nicht gebracht hatte.

Mischa wischte sich über die Stirn und wollte nach oben gehen, um seine Frau zu wecken. Doch da fiel ihm ein, daß sie nicht zu Hause war.

Und wieder dachte er: „Wir bedauern sehr, daß wir Sie behelligen müssen. Aber es geht nicht anders. Fürchten Sie sich nicht. Sie werden keine unangenehmen Empfindungen mehr haben."

Abermals war es nicht sein Gedanke, sondern ein fremder. Er unterschied sehr deutlich, wann er selbst dachte und wann er gezwungen wurde zu denken.

Mischa blickte zum Himmel und sagte verzweifelt: „Hören Sie, können Sie nicht irgendwie beweisen, daß ich nicht phantasiere? Irgend etwas tun?“

Die Antwort erhielt er in seinem Kopf: „Bitte sehr. Wir können Sie zum Beispiel in die Luft heben. Möchten Sie?“

Mischa hatte noch nicht zugestimmt, als plötzlich der Rasen und der ins Gras getretene Pfad unter seinen Füßen verschwanden und er in der Luft schwebte. Einige hohe Birken nahmen sich von oben wie Sträucher aus. Das Haus glitt ebenfalls nach unten weg, und beiläufig fiel ihm auf, daß über dem Zimmer seiner Nachbarin ein großer Teil der Dachschindeln morsch war.

Mischa hatte nicht einmal Zeit, gehörig zu erschrecken, als die Erde schon wieder näher kam, ihm unter die Füße glitt und er sich auf dem früheren Platz befand.

„Sind Sie nun überzeugt?“ klang es in Mischas Gehirn.

Ringsum war wieder der vertraute nächtliche Garten mit dem dunklen Geäst der Bäume. In dem zweigeschossigen Heim der „Jungen Garde“ schimmerte aus einem Dachfensterchen noch Licht. Am Himmel flimmerten die Sterne, und quer durch sie spannte sich der helle Bogen der Milchstraße.

„Ja, ich bin überzeugt“, sagte Mischa.

Er war wie von Sinnen; seine Beine versagten ihm den Dienst. Er machte ein paar Schritte und ließ sich auf der Bank neben dem Sandhaufen nieder, an dem die Kinder am Tage ihre Piroggen backen.

Einige Zeit schwieg die Stimme, dann sprach sie erneut in Mischa: „Wenn Sie nichts dagegen haben, untersuchen wir Ihre Wohnung. Erlauben Sie?“

Mischa erschauerte, sagte aber: „Schon gut. Gehen Sie nur.“

Die beiden im Garten verbliebenen Regenbogenflecke lösten sich von ihren Plätzen und flogen zum Fenster, worin der dritte bereits verschwunden war. Mischa blickte ihnen nach.

Allmählich begriff er, daß dies alles – wenn ihn kein Fiebertraum narrte und die Antiwelt tatsächlich mit der Erde Verbindung suchte – eigentlich toll war. Er stellte sich vor, die leuchtenden Flecke seien Wesen der Antiwelt.

Doch da klang es wieder in seinem Kopf: „Nein. Das sind keine Lebewesen. Das sind bloß meine Erscheinungsformen."

„Aber das ist ja toll!" sagte Mischa, der an den seltsamen Geschehnissen langsam Gefallen fand. „Wirklich toll!"

„Was ist ‚toll'?" fragte die Stimme.

„Na, die Antiwelt . . . Und überhaupt . . ."

„Was ‚überhaupt'?"

„Nun, daß Sie gekommen sind. Zu uns gelangt sind."

„Ja", bestätigte die Stimme. „Das ist ein grandioses Ereignis. Wir wollten schon lange Kontakt mit Ihnen aufnehmen."

Dann vertieften sich Mischa Peryschkin und der Vertreter der Antiwelt in eine Unterhaltung, die etwa eine Stunde dauerte. Die Regenbogenflecke huschten die ganze Zeit über im Zimmer hin und her, flogen um das Haus und näherten sich auch Mischa selbst. Doch er hatte sich schon so an sie gewöhnt, daß er keine Scheu mehr vor ihnen empfand.

Zuerst interessierte sich Mischa dafür, wieso die Fragen und Antworten der Stimme ihm als seine eigenen Gedanken erschienen.

Die Stimme erwiderte, sie habe ein Gerät, das alles, was Mischa mitgeteilt werden solle, in Ströme verwandle, die dann auf sein Gehirn gelenkt würden. Gleichzeitig gestand die Stimme, daß sie weder Russisch noch eine andere irdische Sprache beherrsche.

Später erzählte uns Mischa, die Stimme habe ihm wirklich prima erläutert, wie es käme, daß sie beispielsweise mit einem Franzosen französisch und mit einem Deutschen deutsch sprechen könne. Mischa hatte die Erklärung sogar verstanden und für fünfzehn oder zwanzig Minuten behalten. Aber als er sie dann für sich wiederholen wollte, begriff er nur, daß er sie nicht mehr begriff.

Des weiteren beunruhigte Mischa der Gedanke, daß die Vertreter der Antiwelt, da sie früher zu uns gelangt waren als wir zu ihnen, doch technisch stärker seien und den Menschen Schaden zufügen könnten.

Aber sogleich entgegnete die Stimme: „Nein, das ist nicht möglich."

„Weshalb nicht?" fragte Mischa.

„Aber Sie sind doch Vertreter der denkenden Materie!"

„Na und?"
„Wie können wir Ihnen da Schaden zufügen?"
„Und weshalb nicht?"
„Eben weil Sie denkende Wesen sind."

So erörterten sie dieses Thema eine ganze Weile, bis die Stimme schließlich fragte: „Das heißt also, bei Ihnen auf der Erde gibt es einander feindlich gesinnte Gruppen denkender Lebewesen?"

„Ja", gestand Mischa. „Das heißt, es gibt sie bis jetzt. Bald wird es sie nicht mehr geben. Wir werden uns alle vereinen."

Dann fragte er, ob die Antiwelt fortan eine engere Verbindung zur Erde unterhalten werde.

„Ja", erwiderte die Stimme. „Aber solange Sie einander noch befehden, ist das sehr schwierig. Anders wird es sein, wenn Sie sich vereinigt haben."

Unterdessen setzten die Regenbogenflecke ihre Forschungen an dem Haus und in Mischas Zimmer fort. Von Zeit zu Zeit wandte er sich nach ihnen um.

Der Vertreter der Antiwelt hatte offenbar einen unausgesprochenen Gedanken Mischas erhascht; denn die Stimme erklärte, daß die Flecke Informationen über die Menschen sammelten und sie in die Antiwelt weiterleiteten. So hatten sie bereits den Inhalt aller im Schrank befindlichen Bücher übermittelt – es waren die Lehrbücher von Mischas Sohn und ein paar Bände Belletristik –, hatten die Materialien bestimmt, aus denen der Fotoapparat bestand – das gab Aufschluß über die irdische Metallurgie –, und die auf den Tellern befindliche Nahrung analysiert.

Danach versiegte das Gespräch. Mischa sah auf die Armbanduhr – es war zehn Minuten vor drei. Wir möchten darauf hinweisen, daß sich im Umkreis von fünf bis acht Kilometern um Kratowo mehrere Personen schon eine knappe Stunde lang an der Regenbogensäule erfreuten.

Mischa fühlte, daß er den Vertreter der Antiwelt noch etwas fragen müsse, aber ihm fiel nichts ein. Außerdem wurde er allmählich müde. Aus Höflichkeit hielt er die ganze Zeit den Kopf zur Pforte gewandt, woher er die Stimme zuerst vernommen hatte, und nun schmerzte ihm der Hals. Er wollte rauchen, befürchtete aber, der Gast aus der Antiwelt könne, wenn er ins

Zimmer ginge, meinen, er wolle das Gespräch nicht weiterführen.

Mischa hatte den Gedanken noch nicht zu Ende gedacht, als er schon die Antwort erhielt: „Bitte, wenn Sie wollen, gehen Sie ins Zimmer. Wir können uns trotzdem weiter unterhalten."

Mischa lief die Treppe hinauf. Alle drei Flecke machten sich in seinem Zimmer zu schaffen – der eine am Bett, der zweite auf dem Schrank, der dritte auf dem Tisch neben dem Vergrößerungsapparat. Mischa bekam Angst, daß er ihm den Film entzünden könne, und winkte mit der Hand. Der Fleck entfernte sich.

Im Garten steckte sich Mischa eine Zigarette an. Er überlegte, daß die Wesen aus der Antiwelt, wenn sie nun schon mal hierher zur Erde geflogen waren, ihn bestimmt eine Weile zu sich ins Raumschiff nehmen könnten. Wie es wohl dort bei ihnen aussah? Er räusperte sich und sagte in die Luft: „Hören Sie, wie wäre es, wenn Sie mich zu sich nähmen? Vielleicht ein Viertelstündchen."

Einige Zeit erhielt er keine Antwort, dann trat ein Gedanke in sein Gehirn: „Das wäre möglich. Aber Sie würden bei uns nichts sehen. Sie würden aufhören, Sie selbst zu sein."

„Weshalb?"

„Nun, Sie sind doch ein Kolloid."

„Wer? Ich?"

„Ja, Sie. Alle Lebewesen auf Ihrem Planeten sind Kolloide", erklärte die Stimme. „Alles Lebende bei Ihnen stellt kolloide Lösungen unterschiedlicher Dichte und unterschiedlicher Struktur dar. Stimmt das etwa nicht?"

„Hm, ja ... doch ..." Mischa schluckte. Er erinnerte sich, im Biologieunterricht Ähnliches gehört zu haben. „Annähernd."

„Na, eben. Und da Sie ein Kolloid sind", fuhr Mischas Gesprächspartner fort, „wäre es möglich, Sie zu verdünnen und zum Beispiel durch das Schlüsselloch in Ihrer Tür zu schleusen. So ist es auch mit der Antiwelt. Wir können Sie zu uns holen. Aber dann würden Sie aufhören, als das zu existieren, was Sie jetzt sind. Verstehen Sie?"

„Ja", sagte Mischa und fügte rasch hinzu: „Dann ist es natürlich nicht nötig."

„Sie würden Ihre kolloide Struktur zerstören."

„Nein, nein, ich habe schon begriffen", erwiderte Mischa, „wenn es nicht geht, dann geht es nicht."

Nach kurzem Schweigen fragte Mischa: „Sagen Sie, und wie sind Sie zu uns gelangt? Bei Ihnen geht das wohl? Ihre Struktur zerstört das nicht?"

Da erhielt er eine Antwort, die ihn zutiefst verwunderte. „Wir sind ja gar nicht bei Ihnen. Wir befinden uns in der Antiwelt."

„Wie – in der Antiwelt?" Mischa war verblüfft. „Das heißt also, Sie sind jetzt gar nicht hier? Sie persönlich, mit dem ich mich unterhalte?"

„Nein", erklang es in seinem Kopf. „Wir sind nicht auf der Erde. Wir sind bei uns im wissenschaftlichen Zentrum, wir sitzen im Labor und beobachten an den Geräten."

„Das heißt, Sie sind nicht hierhergeflogen?"

„Nein", bestätigte die Stimme. „Das ist es ja gerade, daß wir nicht geflogen sind. Wir brauchten nirgendwohin zu fliegen. Wir sind auch so hier. Uns trennt nicht der Raum von Ihnen. Wir sind eine andere Form der Materie, die Sie noch nicht kennen. Verstehen Sie, wir existieren in einer anderen Reihe, parallel zu Ihnen. Und jetzt sind wir zu Ihnen durchgebrochen, haben Ihre Welt erreicht. Verstehen Sie?"

„Ich verstehe", erwiderte Mischa nachdenklich. „Aber Sie sehen mich?"

„Nein, ich sehe Sie nicht", sagte die Stimme. „Ich habe keine Augen."

Danach erzählte der Fremde Mischa von der Antiwelt. Er sagte, daß sie sehr schön sei, obwohl ihre Bewohner nicht das Licht wahrnähmen wie zum Beispiel die Menschen. Die Magnetfelder bildeten dort bewundernswerte Landschaften. Es gebe auch Tag und Nacht, aber auf eigene Art, und wenn ihre Sonne aufgehe – es blieb ungewiß, ob sie nun dieselbe Sonne hatten oder eine andere –, dann umreiße deren Kraftfeld deutlich die anderen Felder und trete mit ihnen in komplizierte Wechselwirkungen, wenn aber die Nacht komme, werde ihre Welt undeutlich und verschwommen.

Doch Mischas Aufmerksamkeit ließ jetzt nach. Wieder schien ihm, alles sei nur ein Fieberwahn. Bemüht, die fremden Gedanken zu verscheuchen, dachte er, daß er schon lange nicht so spät schlafen gegangen sei, und er gähnte nervös.

Die Stimme verstummte.

Im Osten graute es. Blasses Licht löste die nächtliche Finsternis ab. Die Bäume und die Nachbarhäuser wirkten schwerelos, wie Trugbilder fast.

Es wurde merklich kühler.

Plötzlich verspürte Mischa erneut eine starke Beklemmung. Die Fensterscheiben klirrten, und sein Körper krümmte sich unter schmerzhaftem Druck.

Abermals vernahm er die Stimme: „So, das mag genügen. Unsere Aufgabe ist erfüllt. Wir haben ungeheuer viel Material gesammelt und sind Ihnen sehr dankbar, daß Sie uns bei diesem bemerkenswerten Unternehmen geholfen haben. Allen vernunftbegabten Welten, mit denen wir bereits Verbindung haben, werden wir von dem großen Ereignis berichten. Es wird nicht mehr lange dauern, und andere Zivilisationen werden mit Ihnen ständigen Kontakt aufnehmen. Leben Sie wohl. Wir beenden den Versuch. Leben Sie wohl!"

Anfangs hatte die Stimme deutlich gesprochen, doch allmählich wurde sie schwächer, und gleichzeitig beschleunigte sich der Tanz der Energiefelder um Mischa.

Einige Zeit gab er sich ganz seinen Empfindungen hin, doch dann begriff er: Sie hören auf! Der Versuch ist zu Ende.

Rasch erhob er sich von der Bank und rief: „He, hallo, warten Sie!"

„Ja bitte?" fragte die Stimme. Die Spannung in der Luft ließ ein wenig nach.

„Warten Sie", sagte Mischa ruhiger. „So geht es nicht, wirklich nicht! Wer soll mir glauben? Sie müssen einen Beweis dalassen."

„Einen Beweis?" fragte die Stimme zurück.

„Ja."

„Einen Beweis können wir nicht liefern", erklang es in Mischas Gehirn. „Verstehen Sie, es ist besser, wenn es ein Geheimnis bleibt, daß wir mit Ihnen in Verbindung getreten sind. Wir wußten nicht, daß es auf Ihrem Planeten noch einander feindlich gesinnte Gruppen gibt. Gewöhnlich verfährt man anders, gewöhnlich wartet man, bis sich die Bevölkerung der betreffenden Welt vereinigt hat. Aber wir sind bereit, etwas für Sie persönlich zu tun."

„Dann tun Sie es", willigte Mischa ein.
„Und was?" fragte die Stimme. „Was sollen wir für Sie tun?"

Dieser zweite Teil von Mischas Abenteuer mag einem Außenstehenden erst recht unglaubwürdig erscheinen. Aber für jemand, der den modernen Stand der Physik verfolgt, sind Mischas Flug nach Moskau und sogar die Vorschläge des Vertreters der Antiwelt, ein Auto und ein Klavier betreffend, durchaus nicht so abwegig. Die Möglichkeit, Energie in Materie umzuwandeln, hat auch unsere Wissenschaft entdeckt. Sie ist in der Lehre Einsteins enthalten, der die Materie bildhaft als „erstarrte Energie" bezeichnete.

Aber wir wollen nicht vorgreifen.

Als die Stimme Mischa fragte, was er sich wünsche, erkundigte er sich seinerseits, welche Möglichkeiten die Antiwelt habe und ob sie zum Beispiel etwas Materielles schaffen könne. Die Stimme bejahte und erklärte, die Antiweltbewohner seien imstande, durch Energiebündel jede beliebige Arbeit auf der Erde zu verrichten und jeden beliebigen materiellen Körper herzustellen. Allerdings gäbe es einige Vorbehalte. Sie dürften lediglich eine persönliche Bitte Mischas erfüllen, eine solche, die nicht an die Interessen anderer Menschen rühre. Das sei Regel für den Verkehr mit Planeten, auf denen die Bevölkerung noch nicht eines Willens sei. Andernfalls käme es zu einer Einmischung in die souveränen Rechte der Bewohner einer vernunftbegabten Welt. Kurzum, Mischa solle etwas Persönliches vorschlagen.

„Etwas Persönliches?" wiederholte Mischa.

„Ja, Persönliches."

Mischa ging vor der Bank auf und ab und dachte nach. Jetzt glaubte er wieder an die Existenz der Stimme, und ihn beschäftigte die Frage, wie er diesen Wunsch nicht zu billig vergebe.

„Vielleicht brauchen Sie noch einen Anzug?" schlug die Stimme vor. „Wir können einen ebensolchen Anzug materialisieren, wie er bei Ihnen im Schrank hängt."

„Und es muß unbedingt etwas Persönliches sein?"

„Unbedingt."

Mischa überlegte noch einen Augenblick, dann sagte er, blaß vor Erregung: „Gut. Ich verstehe. Entwässern Sie die Sahara."

„Was?“

„Entwässern Sie die Sahara.“

Vor nervlicher Anspannung hatte er tatsächlich „entwässern“ statt „bewässern“ gesagt. Aber sogleich verbesserte er sich: „Ich meine bewässern. Bewässern Sie die Sahara.“

„Die Sahara?“ fragte die Stimme zurück.

„Ja, die Sahara.“ Mischa spürte, daß der Vertreter der Antiwelt nur noch wenig Zeit hatte, und fügte rasch hinzu: „Das ist eine Wüste in Afrika. Da gibt es überhaupt kein Wasser.“

Der Vertreter der Antiwelt schwieg, dann erklärte er behutsam, daß Mischa offensichtlich den Kern des Angebots nicht erfaßt habe. Es sei ihnen unmöglich, etwas zu tun, was das Schicksal größerer Bevölkerungsgruppen verändern könne. Dazu hätten sie nicht das Recht. Und wie solle man die Sahara überhaupt bewässern? Wenn man beispielsweise Wasser aus dem Mittelmeer dorthin leite, könne leicht jemand ertrinken. Solche Dinge seien nicht auf Anhieb zu bewältigen. Und ob Mischa etwa nicht wisse, was „persönlich“ bedeute.

„Aber natürlich weiß ich das.“ Mischa winkte ungehalten ab. Er überlegte wieder und sagte dann: „So zerstören Sie die Australische Kordillere. Tragen Sie sie einfach ab.“

Und er erklärte sogleich, daß die Australische Kordillere eine gewaltige Bergkette sei, die sich am ganzen Ostufer Australiens entlangziehe und den vom Meer kommenden feuchten Wind aufhalte; das hatte er in der Enzyklopädie gelesen.

Diesmal schwieg der Vertreter der Antiwelt ziemlich lange, dann erkundigte er sich sachlich: „Ist das für Sie persönlich notwendig? Stören diese Berge Sie persönlich?“

„Ja, mich persönlich“, antwortete Mischa fest. Doch er erschrak bei dem Gedanken, daß er gefragt werden könne, ob er schon in Australien gewesen sei. Er war natürlich nicht dort gewesen, und lügen mochte er nicht.

Aber die Stimme wollte etwas anderes wissen. „Sagen Sie, was verstehen Sie unter ‚persönlich‘? Was bedeutet das für Sie?“

Und da zeigte sich, daß Mischa nicht wußte, was „persönlich“ war. Er meinte, etwas Persönliches sei das, was er am meisten wolle. Im Krieg hatte er zum Beispiel gewünscht, daß möglichst schnell der Frieden einkehre. Dann, daß die Kriegsfolgen schneller beseitigt würden. Und später, daß man schneller Häuser baue. All das waren seine persönlichen Wünsche gewesen; durch sie angespornt, hatte er als Soldat tapfer gekämpft, war er von der Redaktion aus zum Bau eines Kolchoskraftwerkes gefahren, hatte er sich samstags bei Aufbaueinsätzen abgerakkert. Und jetzt bekümmerte ihn, daß es in der Sahara kein Wasser gab, daß ein großer Teil des sowjetischen Territoriums aus Frostboden bestand, daß zwischen England und Frankreich noch kein Tunnel errichtet war, daß die Zahl der Abonnenten unserer Zeitung langsamer wuchs, als uns lieb war, und daß man der Ausnutzung der Flutenergie bislang nicht die gebührende Bedeutung beimaß.

„Aber warten Sie!" unterbrach ihn die Stimme. „Vielleicht wünschen Sie, daß wir für Sie ein Auto kopieren? Genau so eins wie im Nachbargarten?"

Einen Moment erstand vor Mischas geistigem Auge die Vision eines neuen, mit seiner verchromten Kühlerhaube glänzenden Wolgas. Doch er malte sich sogleich aus, daß die Kraftwageninspektion bei der Registrierung solch eines Autos zweifelhafter Herkunft sicherlich immense Schwierigkeiten machen würde.

„Und ein Klavier?"

Ein Klavier konnte er nirgendwo hinstellen, denn er bewohnte mit seiner Familie nur ein einziges Zimmer in der Serpuchowka.

„Dann vielleicht eine Wohnung?"

Aber auch das fiel weg, weil er dieser Tage von der Redaktion eine Zuweisung erhalten sollte.

So verwarfen sie beide einen Vorschlag nach dem anderen, und allmählich wurde klar, daß Mischa persönlich nichts nötig hatte. Das heißt, nötig hatte er schon einiges. Ihm wäre weder ein Auto noch ein Häuschen noch ein neuer Anzug noch ein Pelz für die Frau oder gar einfach eine Gehaltserhöhung ungelegen gekommen. Aber das alles wollte er selbst erreichen.

Schließlich hob Mischa den Kopf und fragte, ob ihn die Vertreter der Antiwelt nicht nach Moskau bringen könnten. Für fünf Minuten. Er wollte sehen, wie sie in der Redaktion mit dem Druck der Nummer zurechtkämen.

„Bitte", erwiderte die Stimme.

Und im selben Augenblick versank der Garten unter Mischas

Füßen, wurde er selbst in die Höhe gehoben und sah unter sich die Dächer der Sommerhäuser, die dunklen Rechtecke der Gärten und das zweifache Band der Eisenbahnlinie, das sich in der Ferne verlor.

In Mischas Ohren pfiff es, der Wind kroch ihm unter die Jacke und umfing Brust und Rücken mit festem, kaltem Griff. Wie Mischa später erzählte, dauerte der Flug etwa fünfzehn Minuten. Doch er konnte sich wenig daran ergötzen, weil ihm von dem starken Luftdruck die Augen tränten. Anfangs krallte er die Finger in seine Jacke – ihm schien, so sei es ungefährlicher –, aber dann drückte er die Arme an die Brust, um sich zu wärmen.

„Wohin jetzt?“ fragte die Stimme nach einiger Zeit.

Das Tempo verringerte sich, Mischa öffnete die Augen und sah, daß er über der Gorkistraße hing, in der Nähe des Zentralen Telegrafenamtes. Völlig erstarrt, bat er, ihn abzusetzen. Als er wieder auf den eigenen Füßen stand, schaute er sich interessiert um.

Seltsam ungewohnt sah die Gorkistraße in dieser vormorgendlichen Stunde aus. Der Himmel war noch dunkel, über dem Asphalt schimmerte Laternenlicht, und die Schaufenster waren hell beleuchtet. Auf der Fahrbahn und dem Bürgersteig glänzten, allmählich trocknend, dunkle Pfützen, die von den unlängst vorübergefahrenen Sprengwagen herrührten.

Anfangs schien es Mischa, als sei keine Menschenseele ringsum. Doch nachdem er sich ein wenig akklimatisiert hatte, erblickte er hier und da einen Hauswart in frischgewaschener Schürze, außerdem zwei Wagen von der Müllabfuhr und gegenüber dem großen Käsegeschäft einen Reparaturturm der Straßenbahn- und Trolleybusverwaltung. Ganz nahe jedoch, nur fünf Schritt von ihm entfernt, standen zwei dubiose Gestalten, wovon die eine, der gutturalen Aussprache nach zu urteilen, ein Ausländer, die zweite – mit salopper blauer Jacke und kleinem Schnurrbart – ein Einheimischer war. Der Schnurrbärtige verbarg hastig ein in Zeitungspapier gewickeltes Päckchen unter seiner Jacke.

Als die beiden den jäh erschienenen Mischa bemerkten, trennten sie sich erschrocken voneinander.

Unser Held überlegte schon, ob er sich nicht näher für diesen geheimnisvollen Handel interessieren solle, aber da gewahrte er den dritten Akteur der kleinen Szene. Vom Jermolowtheater her nahte ein Leutnant der Miliz, und dessen Blick war so konzentriert auf den Schnurrbärtigen gerichtet, daß Mischa sofort klar wurde: Hier brauchte er sich nicht einzumischen.

Unterdessen hatte er sich ein wenig erwärmt und bat nun den Vertreter der Antiwelt, ihn wieder in die Luft zu erheben. Die Richtung weisend, flog er in geringer Höhe über den Ochotny Rjad und den Dsershinskiplatz.

Es ist wirklich ärgerlich, daß sich Mischa nicht aufraffen konnte, während dieser ereignisreichen Nacht in die Redaktion zu gehen oder, besser gesagt, zu fliegen. Hätte er zum Beispiel durchs Fenster das Ressort Bauwesen betreten – es befindet sich im dritten Stock – und wäre er vor den Augen des Ressortleiters, unseres verehrten Pjotr Petrowitsch, aufgetaucht, bestünde jetzt keinerlei Zweifel an der Echtheit des Geschehenen.

Aber leider – Mischa Peryschkin flog nicht in die Redaktion. Er schwirrte nur vier, fünf Minuten lang vor ihren Fenstern umher.

Nach seinen Worten sah er, wie Pjotr Petrowitsch am Schreibtisch saß und, mit seinem klugen Kahlkopf den Schein der Tischlampe widerspiegelnd, über einem noch feuchten Bürstenabzug die Stirn krauste. Und richtig, wie sich hinterher herausstellte, studierte Pjotr Petrowitsch gerade um diese Zeit in ebenjener Pose den überaus gehaltvollen Artikel über die Reinigung der Höfe mit dem markanten, aber möglicherweise nicht ganz glücklichen Titel „Zeit zu leben und Zeit zu säubern".

Mischa hatte sich bereits dem Fensterbrett genähert – das Fenster war geöffnet – und wollte hineinsteigen, aber da ging die Tür auf, und einen Packen Blätter schwenkend, stürzte Pjotr Iwanowitsch Techminimum ins Zimmer.

Und wieder erwies sich, daß es sich genau so zugetragen hatte. Pjotr Iwanowitsch war in dieser Nacht sogar mehrmals ins Ressort Bauwesen gerannt und hatte verlangt, daß der Artikel über die Sauberhaltung der Höfe gekürzt werde: zuerst um fünf, dann um zehn und schließlich um fünfzehn Zeilen.

Als Mischa den Redaktionssekretär erblickte, fiel ihm natürlich sofort ein, daß er die Zeitung mit den Bildern hatte aufsitzen lassen. Sein Herz schlug ihm bis zum Hals, er stieß sich rasch von der Hauswand ab und bat, ihn zurück nach Kratowo zu tragen.

Ohne Zwischenfälle erreichte er das Sommerhaus und wurde im Garten an der Stelle niedergelassen, von der er gestartet war. Während des Fluges sprachen beide kein Wort – Mischa, weil er sehr müde war, und der Vertreter der Antiwelt offenbar aus demselben Grund.

Nach der Landung dankte die Stimme nochmals für das Entgegenkommen, das Mischa der Antiwelt bei ihrem Versuch erwiesen habe, und fügte hinzu, die nahe Bekanntschaft mit ihm und besonders seine Konzeption des Persönlichen lasse den Schluß zu, daß der Moment, da es auf der Erde keine feindlichen Gruppierungen und Klassen mehr geben werde, weit näher sei, als man in der Antiwelt anfänglich vermutet habe. Das bedeute, daß regelmäßige Kontakte auch zu vernunftbegabten Wesen anderer Welten, Konsultationen und gegenseitige Hilfe in greifbare Nähe rückten.

Als Mischa das Wort „Hilfe" vernahm, lebte er wieder auf und fragte noch schnell, ob die Antiwelt nicht eine Brücke über die Straße von Messina zwischen Sizilien und dem eigentlichen Italien bauen könnte. Er hatte sich erst unlängst mit seinem Sohn darüber unterhalten, daß eine solche Brücke doch den Italienern einen unermeßlichen ökonomischen Nutzen bringen würde.

Die Stimme aber verneinte.

„Nun, dann reparieren Sie wenigstens unser Dach!" rief Mischa. Er erinnerte sich an die morschen Schindeln, die er während seines ersten Aufstiegs gesehen hatte, und an die Beschwerde seiner Nachbarin, daß es bei ihr durchregne.

„Gut", antwortete die Stimme schon aus weiter Ferne, und das war das letzte fremde Wort, das in Mischas Gehirn erklang.

Danach wiederholte sich alles, was Mischa vor drei Stunden erlebt hatte. Den Garten erfüllte jener unhörbare Ton, am Haus erzitterten die Fensterscheiben. Es wurde schwül, unsichtbare Kraftfelder umkreisten Mischa. Die Beklemmung verstärkte sich, alle Glieder taten ihm weh, und ein steigender Druck beengte seine Brust.

Den Schmerz im ganzen Körper verspürend, machte er ein paar unsichere Schritte auf das Haus zu, dann sank er zusammengekrümmt ins Gras. Der unhörbare Ton schwoll weiter an, und Mischa war, als müsse ihn jeden Augenblick eine schreckliche Welle treffen.

Doch nach kurzer Zeit war alles vorbei. Die Scheiben hörten auf zu klirren, die Schwüle ließ nach, und der Schmerz im Körper schwand.

Mischa richtete sich auf, holte einige Male tief Luft; dann taumelte er in sein Zimmer und sank erschöpft aufs Bett.

Es war fünf Uhr morgens. Nach Aussage der Beobachter verlosch um diese Stunde die Regenbogensäule über Kratowo.

Ja, das ist eigentlich alles, was Mischa Peryschkin über seine Begegnung mit den Bewohnern jener anderen Welt zu berichten weiß.

Inwieweit die Geschichte glaubwürdig ist?

Lassen wir diese Frage vorerst offen und wenden wir uns einer anderen zu. Wie viele Zweifel Mischas Erzählung in uns auch aufkommen lassen mag, so zwingt sie uns doch zum Nachdenken.

Die Unendlichkeit des Weltalls stellen wir uns gemeinhin als die Möglichkeit vor, von der Erde aus in eine beliebige Richtung unendlich weit fliegen zu können. Seltsamerweise vergessen wir dabei jedoch, daß das All unendlich und unergründlich nicht nur in der Breite, sondern auch in der Tiefe ist. Kann denn solch einseitiger Standpunkt richtig sein?

Weshalb glauben wir, daß vernunftbegabte Welten und andere aufsehenerregende Phänomene lediglich von Kosmonauten in den entferntesten Winkeln der Galaxis entdeckt werden können? Weshalb lassen wir außer acht, daß ebenso erstaunliche Dinge auch bei einer Erforschung der Tiefen der unendlichen Materie zum Vorschein kommen können? Hier, auf der Erde, in den Labors der Wissenschaftler?

Haben denn die „Tierchen", die Leeuwenhoek* einst in seinem „Mikroskopium" sah, nicht seinerzeit alle unsere Vorstellungen von der Welt umgestoßen? Kann man etwa behaupten, die erste Bekanntschaft mit der Mikrowelt sei ein Ereignis ge-

* Der holländische Naturforscher Antony van Leeuwenhoek (1632 bis 1723) sah im Mikroskop als erster Bakterien.

ringeren Maßstabs gewesen als beispielsweise die Entdeckung der Ringe des Saturns? Und ist es denn schließlich so undenkbar, daß uns den ersten Gruß anderer vernunftbegabter Wesen nicht ein Radiogramm von einer Mehrstufenrakete übermittelt, sondern die Vibration eines Zeigers an dem kompliziertesten und genauesten Gerät in Dubna?

Das zum ersten.

Und zweitens zwingt uns die Geschichte von Mischa Peryschkin, darüber nachzudenken, inwieweit unsere heutige Welt auf eine Begegnung mit anderen denkenden Wesen vorbereitet ist.

Wollen wir einen Augenblick annehmen, die Erde sei bereits von Abgesandten einer außerirdischen Zivilisation besucht worden. Nehmen wir an, das war im Mittelalter, in der Epoche der Kreuzzüge. Mit wem hätten sie Kontakt aufnehmen, auf wessen Seite sich stellen sollen? Auf die Seite der Ritter, die die Bevölkerung von Nikäa, Doryläum und Antiochia dem Feuer preisgaben, oder auf die Seite der seldschukischen Sklavenhalter? Wäre es für die Fremdlinge nicht ratsamer gewesen, ihren Besuch im dunkeln zu lassen und ihn zu einer besseren Zeit zu wiederholen?

Aber wozu reden wir übers Mittelalter! Schauen wir uns heute um. Was würde die Menschheit tun, wenn heutzutage die Vertreter einer anderen Welt auf der Erde landeten? Wenn sie landeten und ihre Hilfe anböten, sagen wir mal bei der Bewässerung der Sahara? Würden sich nicht jene dagegen wenden, die diese Wüste für ihre Atomwaffenversuche brauchen? Würde nicht ein beliebiger, vom Standpunkt der werktätigen Menschheit aus kluger Plan von denen hintertrieben werden, die selbst nicht arbeiten, aber bislang noch über riesige Gebiete unseres Planeten herrschen?

So gesehen, ist es durchaus nicht unwahrscheinlich, daß jemandes aufmerksame, gütige Augen schon lange unseren Planeten beobachten, daß die Geschöpfe einer fremden Welt bereits bei uns waren und nun auf eine Zeit warten, da sie mit der nicht mehr in Klassen gespaltenen Menschheit endlich Verbindungen anknüpfen können. So gesehen, ist die Aufnahme von Kontakten zu anderen Welten nicht nur eine Frage unserer wissenschaftlichen Erfolge, sondern auch eine Frage des gesellschaftlichen Fortschritts. Der erste Tag eines allumfassenden

Kommunismus auf der Erde kann uns das erste Glückwunschtelegramm von einer anderen großen Zivilisation bringen.

Doch kehren wir zu Mischa Peryschkin zurück.

Heißen Disput in Fachkreisen wird vermutlich die Frage auslösen, weshalb die Stimme von sich als von einem Vertreter der Antiwelt sprach. Bekanntlich vermag die Berührung eines Teilchens der Antimaterie mit der Materie nichts anderes als eine vernichtende Explosion hervorzurufen. Aber vielleicht war es gar nicht die Antiwelt? Vielleicht war es etwas ganz anderes, für das es in unserer Sprache keinen Namen gibt, und die Stimme benutzte das Wort nur, um sich Mischa verständlich zu machen.

Weiterhin werden Zweifel an der Geschichte als Ganzes auftreten. Bestimmt finden sich Skeptiker, die sagen, Mischa habe, zermürbt durch sein Mißgeschick mit den Bildern, die Stimme wie auch den Flug nach Moskau nur geträumt. Gut, nehmen wir an, das sei so.

Aber was ist mit den Dachschindeln? Die neuen Schindeln, die statt der alten und morschen auf dem Dach erschienen sind?

Es ist schließlich erwiesen, daß Mischa zwei Tage nach jener Nacht aufs Dach kletterte und sich überzeugte, daß die morsche Stelle repariert war. Und erwiesen ist auch, daß das Dach seitdem keinen Regen mehr durchläßt.

Wir wollen in diesem Zusammenhang nicht verschweigen, daß in der Redaktion die Hypothese, das Dach habe der Verwalter in Ordnung gebracht, teilweise auf fruchtbaren Boden gefallen ist. Aber jeder, der unseren ehemaligen Verwalter – er ist inzwischen abgelöst worden – auch nur flüchtig kannte, wird diese Theorie nicht nur als antiwissenschaftlich, sondern als geradezu schädlich verwerfen.

Warten wir also ab. Uns aus der Redaktion will scheinen, daß unser bescheidener Freund Mischa Peryschkin in der Nacht zum ersten August tatsächlich mit Vertretern einer anderen Welt gesprochen hat.

Aus dem Russischen von Anneliese Globig

Elektrische Inspiration

„Das Prinzip meines Apparates", sagte der Erfinder, während er, einen schweren Metallkasten hinter sich herschleifend, dem Chefregisseur zwischen Bergen von Kulissenkram folgte, „besteht darin, daß ich solche veralteten Begriffe aus dem Theaterwesen ausschalte wie Inspiration, Talent und dergleichen. Ich schalte überhaupt den Menschen aus. Doch zuvor gestatten Sie mir einige Worte über die Kunst. Wie Sie wissen, ist die Kunst eine Form wechselseitiger Beziehungen. In unserem Fall, daß heißt im Theater, handelt es sich um distantielle Beziehungen zwischen dem Schauspieler und dem Zuschauer."

„Ich weiß, ich weiß", erwiderte der Chefregisseur. Er starrte finster auf den Hintergrund der „Unübersehbaren Fernen", der auf der grünen Waldwiese aus dem „Sergeanten der Miliz" lag. „Ist das ein Volk, was? Wie oft hab ich gesagt, sie sollen das Zeug nicht übereinanderschmeißen. Ein Brand kann ausbrechen, und wen macht man dafür haftbar?" Er sah sich nach dem Erfinder um. „Über die Kunst weiß ich Bescheid. Aber wie man dreißig Meter Tüll für die ‚Zwei Brüder' auftreibt, das hat uns niemand gelehrt." Er unterbrach sich, wühlte in einem Haufen Dekorationen, zog ein Stück Leinwand hervor, das mit giftgrüner Anilinfarbe bestrichen war, und musterte es mißtrauisch. „Was ist das? Nein, das darf doch nicht wahr sein!" Seine Stimme klang schrill. „He, ist hier jemand?" Er drehte sich nach dem Erfinder um. „Wissen Sie, was sie gemacht haben? Sie haben das Portal aus ‚Maria Stuart' zerschnitten."

Der Erfinder schwieg taktvoll. Er stellte den Kasten mit den zahllosen, grob zurechtgebastelten Umschaltern auf dem Fußboden ab.

Aus einer dunklen Ecke des Raumes trat ein Bürger in abgetragenem Jäckchen, mit farbbekleckten Händen. Die alte Geschichte von dem bescheidenen Verdienst, der Arbeit „aus reinem Enthusiasmus" und dem Mangel an Material stand ihm förmlich im Gesicht geschrieben und wies ihn auf den ersten Blick als Maler eines Provinztheaters aus.

„Ich hab's zerschnitten, Saltan Alexejewitsch", erklärte der Bürger mit bebender Stimme. „Wir brauchten es als Draperie. Für die Wohnung der Tscheboksarows in ‚Tolles Geld'."

„Wie bitte?" Der Chefregisseur erbleichte, dann wurde er puterrot. „Die ‚Maria' läuft doch morgen in der Parallelvorstellung gleichzeitig mit dem ‚Tollen Geld'." Er wandte sich an den Erfinder. „Was sagen Sie dazu, kann man so arbeiten oder nicht?"

In das Gesicht des Erfinders gruben sich tiefe Falten. Er hatte vorstehende Kiefer, und der Ansatz seines dichten, borstigen blauschwarzen Haares begann dicht über den Augenbrauen. Trotz seines neandertalerhaften Äußeren zeigte er sich als Mann von Welt, und mit einer unbestimmten Geste wich er abermals einer Antwort aus.

„Wir hatten keine andere Wahl", sagte der Maler, von einem Bein aufs andere tretend. „Die Zuschauer murren sonst. Ich habe selbst gehört, wie jemand in der Pause sagte: ‚In Ostrowskis Bühnenanweisung heißt es: Ein reichmöblierter Salon. Das hier ist nicht die Wohnung der Tscheboksarows, sondern ein Rauchzimmer in einem Filmtheater ...' Sie wissen ja, wie die Leute heutzutage sind. Für die ‚Maria' nehmen wir die grauen Schirme aus ‚Ich glaube an dich'. Die fangen das Licht gut auf."

„Nein!" kreischte der Chefregisseur. „Das ist kein Leben mehr." (Im zweiten Satz klangen schon Baßtöne durch.) „Heute noch kündige ich. Haben Sie denn vergessen, daß ‚Ich glaube an dich' morgen zur gleichen Zeit gespielt wird wie die anderen beiden Stücke?" Mit zitternden Händen tastete er seine Taschen ab, fand das Röhrchen mit dem Nitroglyzerin, nahm eine Kapsel heraus, steckte sie in den Mund, wankte zu dem niedrigen Kellerfensterchen mit den trüben Scheiben und stützte sich aufs Fensterbrett.

Der Maler – ihm war schon alles gleichgültig – räusperte sich.

„Und was ich Ihnen noch sagen wollte, Saltan Alexejewitsch,

die Ersatzlinse im zweiten Scheinwerfer ist geplatzt. Sie ist zu heiß geworden. Und Smirnow, der Elektriker, ist heute nicht zur Arbeit gekommen. Er hat angefangen, in der ersten Loge eine Leitung zu verlegen, und alles stehenlassen. Wir müssen uns irgendwie behelfen."

Der Chefregisseur sagte nichts mehr, winkte nur matt ab.

Draußen, auf der Straße, zog das Kleinstadtleben vorüber, das nichts mit der Kunst zu tun hatte. Junge Mädchen in Nylonkleidern liefen an einer alten, aus dem sechsten oder sechzehnten Jahrhundert stammenden Kirche vorbei. Neben einem noch im Bau befindlichen Wohnblock hüpften Kinder mit Springseilen. Auf dem vorsintflutlichen Kopfsteinpflaster schritt gemächlich der Mitarbeiter des Gebietsexekutivkomitees zum Dienst; die ozeanische Breite seiner an den Umschlägen vollgestaubten Hose konnte den neuesten Moderichtungen als Herausforderung dienen.

Der Chauffeur eines MAS beugte sich aus dem hohen Fahrerhaus und gab seiner Liebsten in einer der Wohnungen ein Hupsignal.

Wie sehr beneidete der Chefregisseur sie alle! Er begriff, daß sein ganzes Leben ein einziger Irrtum war. Weshalb mußte er auch in das GITIS* eintreten und sich unglücklich mit einer Frau verheiraten, die nach wie vor nicht aus der Hauptstadt wegziehen wollte. Weshalb hatte er sich überreden lassen, in diese abgelegene Kleinstadt zu gehen, wo ihn das Publikum nicht verstand und noch immer nicht anerkannte. Und überhaupt, ihm war alles zuwider.

Danach seufzte der Chefregisseur zweimal tief und dachte ohne jeden Übergang, daß seine eigenen Inszenierungen doch gar nicht so schlecht von den Zuschauern aufgenommen wurden, daß seine Frau – was blieb ihr anderes übrig – doch noch nachkommen würde, daß es schlechtere Rayonzentren gab und daß er es doch noch nicht nötig hatte, zur Feuerwehr umzusatteln, wenn er sich mit der Bühne so verwachsen fühlte.

Alles das spielte sich in knapp zweieinhalb Sekunden ab.

„Gut", sagte er. „Wir müssen uns tatsächlich behelfen. Übrigens, wo ist denn der rote Busch aus Porolon geblieben? Den uns das

* Moskauer Staatliches A.-W.-Lunatscharski-Institut für Theaterkunst

Giproteatr* zur Verfügung gestellt hat. Ich brauchte ihn für den ersten Akt im ‚Tollen Geld'."

„Zu spät", sagte der Maler, der schon daran gewöhnt war, daß sich Chefregisseure rasch von einem seelischen Schock erholen. „Er ist grün geworden. Sie wissen doch, wie schnell Plastsachen die Farbe verändern. Es war ein Herbststrauch, jetzt taugt er nur noch für Frühlingsszenen."

„Und der andere Busch? Der zweite, der grüne? Vielleicht ist er inzwischen rot geworden? Sehen Sie mal nach." Der Chefregisseur wandte sich ruckartig dem Erfinder zu. „Also, was ist? Ich bin ganz Ohr."

Der Erfinder trat einen Schritt vor.

„Haben Sie meinen Artikel ‚Perzeption und Apperzeption bei Rollenspielen der Kinder im Vorschulalter' gelesen?"

„Hab ich. Im ‚Theaterleben'. Fahren Sie fort."

„Nein, nicht im ‚Theaterleben', sondern in der Zeitschrift ‚Fragen der Vorschulerziehung'."

„Meinetwegen. Ich hab doch gesagt, daß ich ihn gelesen habe. In dieser ... Zeitschrift für Vorschulerziehung. Voriges Jahr schon. Weiter, ich höre."

„Im vorigen Jahr existierte diese Zeitschrift noch gar nicht. Übrigens ist das unwichtig. Die Sache ist die, daß ich die Theaterkunst vom Standpunkt der Elektrowellentheorie betrachte. Auf der einen Seite steht der Schauspieler, das heißt der Induktor, auf der anderen – der Zuschauer, den ich Perzipient nenne. Zwischen ihnen wird eine distantielle bioradiale Verbindung hergestellt. Der Schauspieler erlebt und induziert demzufolge Energie. Sie dringt in das Gehirn des Zuschauers ein und erzeugt dort eine Umgruppierung der Atome, eine Emotion. Können Sie meinen Gedanken folgen? Auf diese Weise unterscheidet sich ein talentierter Künstler von einem mittelmäßigen nur durch eine besonders aktive Induktionstätigkeit seiner elektromagnetisch sendenden Gehirnstruktur. Was, glauben Sie, hat beispielsweise Eleonora Duse mit ihrem Publikum angestellt? Nichts Übernatürliches. Sie hat nur eine Umgruppierung der Atome im Kern der Ganglienzellen erzeugt. Stimmen Sie mir zu oder nicht?"

* Staatliches Projektierungsinstitut für Theater, Bühnen usw.

Der Chefregisseur, dessen Blick sich während der langen Rede des Erfinders getrübt hatte, gähnte mit den Nasenflügeln und sagte: „Im großen ganzen, ja ... Dann hängt es also nicht vom Stück ab?"

„Von welchem Stück?"

„Na, von dem, das gerade gespielt wird."

„Ach, von dem!" Der Erfinder überlegte einen Augenblick. „Natürlich hängt es davon ab. Aber nicht sehr. Streng genommen hängt überhaupt nichts davon ab. Im Theater kommt es doch darauf an, dem Zuschauer Emotionen zu suggerieren. Stimmt's? Folglich besteht unsere Hauptaufgabe darin, die Kraft des Induktors zu steigern, die Ausstrahlung seiner Gehirnströme zu verstärken. Ich will Ihnen das an einem Beispiel verdeutlichen." Er trat auf den Regisseur zu und nahm ihn bei der Hand. „Schauen Sie mir in die Augen. Empfinden Sie etwas? Gleich werde ich induzieren."

Der Chefregisseur blickte in die kleinen Schlitzaugen des Erfinders.

„Nein, ich empfinde nichts."

„Sehr gut!" rief der Erfinder. „Bleiben Sie so stehen." Er lief in die andere Ecke des Raumes, zog ein Notizbuch aus der Tasche und schrieb etwas hinein. Dann stürzte er zu seinem Kasten, knipste einen der Schalter an, worauf der Apparat leise zu summen anfing. Eine Stromquelle befand sich an der Wand. „So, Achtung!" Der Erfinder richtete das Auge des Apparates auf sein Gesicht, straffte sich und heftete den Blick auf seinen Gesprächspartner.

Sekunden verstrichen. Der Chefregisseur hob die Hand und rieb sich die Nasenspitze.

„Wunderbar!" frohlockte der Erfinder. Er schaltete die Maschine aus, lief zum Regisseur und zeigte ihm sein Notizbuch. Dort stand: „Die Nasenspitze reiben."

„Hier."

„Was hier?"

„Na, haben Sie begriffen?"

„Was sollte ich denn begreifen?"

„Das Prinzip der Induktion. Verstehen Sie, ich habe mir vorgestellt, daß mir die Nase juckt. Der Apparat hat dieses Gefühl verstärkt auf Sie übertragen. Aufgabe des Schauspielers ist es doch, dem Zuschauer Emotionen zu vermitteln. Das nennt man bioradiale Verbindung. Mein Apparat intensiviert die Tätigkeit der Nukleinsäurespiralen im Gehirn des Darstellers. Diese Spiralen übernehmen die Rolle einer Antenne und regen beim Zuschauer die entsprechenden Zellen an. Alles klar? Bleiben Sie mal eine Minute dort stehen."

Der Erfinder raste wieder in die Ecke zurück. Er arbeitete mit der Geschwindigkeit eines Affen. Am Apparat flammte ein rotes Lämpchen auf, dann noch ein gelbes. Er summte jetzt stärker.

Der Erfinder fixierte den Chefregisseur wieder mit Blicken.

Plötzlich tat sich etwas im Raum. Eine Katastrophe lag in der Luft. Alles war unsicher und fragwürdig geworden. Nutzlos drehte sich die Erde um die Sonne, ohne Sinn und Ziel kreisten auch die Planeten auf ihren Bahnen. Der Chauffeur des MAS, draußen vor der Tür, drückte immer noch auf die Hupe, aber es war schon klar, daß niemand zu ihm herunterkäme. Die unerbittlichen physikalischen Gesetze rissen die Erde, die Sonne und die ganze Galaxis mit jeder Minute rascher in die schwärzesten Abgründe des Kosmos. Und von dort, aus den Höllentiefen, kam schon die Antigalaxis angerast, um in einer ungeheuren Explosion alles zu vernichten. Es hatte keinen Sinn mehr, den zweiten Porolonbusch zu suchen. Die Welt ging ihrem Ende entgegen. Der Chefregisseur spürte, wie sich die Härchen auf seinen Handrücken sträubten. In seiner Kehle steckte ein Knäuel, das ihm die Luft nahm. Die Erde kam ihm wie ein auseinanderbrechendes Floß vor, das einem Wasserfall zutrieb. Er wollte schreien, weglaufen, doch er konnte sich nicht von der Stelle rühren.

„Angst", sagte der Erfinder. „Jetzt habe ich Angst induziert." Er bückte sich und schaltete den Apparat aus.

Fast gleichzeitig rief auf der Straße eine freudige Baßstimme: „Manjura!"

Jemand flitzte in Pantoffeln an dem niedrigen Fenster vorbei. Der MAS heulte befriedigt auf, Reifen quietschten, und der anrückende schwere Lastwagen rollte auf dem Steinpflaster davon.

Die Sonne drang durch die staubigen Fensterscheiben ins Zimmer. Triumphierend reckten die Klettengewächse ihre großen gewölbten Blätter. Alles war wieder in Ordnung. Die Täuschung war beendet.

„Sie müssen wissen", erklärte der Erfinder zapplig, „ich habe eben selbst Angst empfunden." Er machte eine entsprechende Handbewegung. „Der Apparat hat diese Emotion verstärkt und auf Sie übertragen. Aber das ist nicht alles. Meine Erfindung wird noch dadurch gekennzeichnet, daß ich alle Elemente der schauspielerischen Leistung in die Sprache der Elektrostatik und der Elektrodynamik umsetze. Identifikation mit der Rolle, künstlerische Ausstrahlung, Faszination sind für mich gleichbedeutend mit Funk, Elektrizität, mehr sehe ich darin nicht. Wenn Sie meinen Artikel gelesen haben: ‚Perzeption und Apperzeption bei Rollen ...'"

„Wissen Sie was ...", der Chefregisseur wurde plötzlich wütend, „verschonen Sie mich mit Ihrer Perpe ... Wie war das gleich? Kurzum mit Ihrer ... Sie wissen schon. Sagen Sie mir frei weg, was Sie für uns tun können und was Sie dazu brauchen; glauben Sie, ich hätte Zeit, mir Ihre Theorien anzuhören?"

„Der Schauspieler", sagte der Erfinder eindringlich, „wird die Rolle so gut spielen, daß alle vor Begeisterung umfallen."

„Damit hätten wir anfangen sollen. Ich werde Ihnen jetzt als erstes die Sadneprowskaja vorführen. Wir haben kürzlich ihre Gage gesenkt, nun ist uns selbst nicht wohl dabei. Sie ist schon überall hingelaufen – zum Staatsanwalt, zum Gebietskomitee, zum Gebietsexekutivkomitee. Kommen Sie hier hinauf. Sie muß gerade Probe haben. Den Kasten können Sie unten stehenlassen."

Im Probenraum, wo durch irgendein architektonisches Wunder im Winter wie im Sommer unverändert eine Temperatur von null Grad Celsius herrschte, wurde das Stück eines einheimischen Autors einstudiert.

Der Chefregisseur und sein Begleiter traten ein. Ein Zittern überlief die blaugefrorenen Gesichter der Schauspieler beim Anblick des gefürchteten Chefs. Danach hefteten sich sechs Augenpaare auf den Erfinder. In ihren Blicken lag die stumme Frage: Wer ist dieser Mann? Wird er mein Schicksal in irgendeiner Weise beeinflussen? Hilft er mir vielleicht aus diesem Krähwinkel heraus?

Doch der Chefregisseur erstickte sofort alle aufflackernden Hoffnungen. „Das ist Genosse Babaschkin vom ‚Giproteatr'. Er ist gekommen, um sich unsere Beleuchtungsanlagen anzusehen." Er wies, zum Erfinder gewandt, auf einen Stuhl. „Setzen Sie sich, danach reden wir weiter. – Fahren Sie bitte fort, Boris Genrichowitsch."

Der verantwortliche Regisseur Boris Genrichowitsch – er war ebenfalls leicht erblaßt, als er den hohen Chef erblickt hatte – gab ein Zeichen, und die Probe ging weiter.

Der Held und Liebhaber, ein langer Kerl mit theatralisch verkrampfter Miene und blauen Augen, begab sich in den von Stühlen abgegrenzten Raum, der eine Bauernhütte darstellen sollte, und setzte sich an den Tisch.

Den Raum betrat die negative Figur.

„Seid mir gegrüßt, Genossen."

„Einen Felsen bewegt man auch mit Anlauf nicht von der Stelle. Er aber möchte alles auf einmal ... Guten Tag."

„Nein, Sie sagen doch nicht ‚Guten Tag'", schaltete sich der verantwortliche Regisseur ein.

„Wer dann?"

„Wahrhaftig, wer sagt denn nun ‚Guten Tag'?"

Eine naive Kokette, die von dem Moment an, wo der Chefregisseur eingetreten war, wie erstarrt dagesessen hatte, besann sich: „Ach, ich muß es sagen! Entschuldigen Sie bitte ... Das heißt, nein ... Bei mir ist es auch gestrichen. Da, sehen Sie ..."

In diesem Stil ging es weiter. Der einheimische Autor – er saß dabei – trommelte nervös mit den Fingern auf sein Knie, und seine Lippen verzogen sich zu dem sarkastischen Grinsen eines verkannten Genies.

„Du berätst dich nicht mit den Menschen, Pjotr Petrowitsch", sagte die negative Person, „sonderst dich vom Kollektiv ab."

„Ich ... Einen Augenblick, Genossen. Hier ist wieder eine Klippe. Ich habe mich doch im dritten Bild beraten. Mit dem alten Kolchosbauern Michejitsch. Diese Stelle stimmt wieder nicht mit dem dritten Bild überein. Vielleicht sollte man sie auch streichen, Boris Genrichowitsch?"

„Meinetwegen."

„Andererseits, was bleibt von meiner Rolle übrig, wenn soviel gestrichen ist? Wie soll ich mich da aufregen?"

„Dann sag du ‚Guten Tag‘ und hau gleich auf die Pauke.“

„Aber ‚Guten Tag‘ steht doch gar nicht in meinem Text.“ Der Held und Liebhaber wurde abwechselnd rot und blaß. Er wandte sich an den Chefregisseur. „Nein, so geht das nicht weiter, Saltan Alexejewitsch. Ich bin froh, daß Sie gekommen sind und sich das hier mal ansehen. So ein Käse! Ich hab von Anfang an gesagt, daß dieses Stück für uns ein Reinfall wird.“

Er sprang auf, faßte sich ans Herz, öffnete hastig ein Röhrchen mit Nitroglyzerin, nahm eine Kapsel heraus und steckte sie in den Mund. Dann stellte er sich ans Fenster, wobei er den Anwesenden seinen zuckenden Rücken zukehrte.

In dieser improvisierten Nitroglyzerinszene war deutlich der Einfluß des Chefregisseurs zu spüren – sie entsprach dem Stil dieses Theaters. Und in völliger Übereinstimmung mit der von Stanislawski eingeführten Methode der physischen Handlungen setzten bei dem Helden und Liebhaber, einem eben noch völlig gesunden Mann, krankhafte Herzprozesse ein, die Aorta verengte sich, und im linken Herzvorhof traten Lähmungserscheinungen ein.

Alle schwiegen betroffen. Der einheimische Autor trommelte noch energischer mit den Fingern auf sein Knie.

„Na schön“, sagte der Chefregisseur, der Herzanfälle bei anderen nicht leiden konnte. „Dieses Problem werden wir später erörtern. Boris Genrichowitsch, jetzt möchte ich gern sehen, wie es mit dem sechsten Bild klappt, als die Frau nach Hause kommt.“

Stühle wurden gerückt. Die Sadneprowskaja, eine vierzigjährige Dame mit spärlichen Löckchen, sah den Chefregisseur verstört an, flatterte von ihrem Stuhl auf und stellte sich an die Tür. Der Held und Liebhaber seufzte zweimal tief am Fenster, bis er sich in seine Rolle gefunden hatte, dann schüttelte er den Kopf wie ein Ziegenbock, der jemand mit den Hörnern stoßen will.

„Mascha ist gekommen. Na grüß dich, grüß dich.“

Mit übertrieben einfältigem Gesichtsausdruck glitt die Sadneprowskaja katzengleich zu ihrem Mann und piepste: „Grüß dich, Petja. Wie lange habe ich dich nicht gesehen.“

Der verantwortliche Regisseur hob die Hand.

„Augenblick! Wera Wassiljewna, Teuerste, wem sagen Sie

das? Sie sprechen ja über seinen Kopf hinweg. Und dann ..." Er sah sich nach dem Chefregisseur um. „Sie haben den Ton überhaupt nicht getroffen. Er zieht das mittlere Register und Sie das höchste, das es gibt."

Auf dem Gesicht der Sadneprowskaja flammten rote Flecke auf. „Gleich."

Sie kehrte zur Tür zurück. Der Held und Liebhaber wiederholte die Begrüßungsworte, diesmal schwerfällig, als stemme er eine Hantel hoch.

„Mascha ist gekommen ..."

Jetzt war die Sadneprowskaja schon keine Katze mehr, sondern ein weiblicher Richter, der das Todesurteil verkündet – entschlossen marschierte sie auf ihren Partner zu und warf ihm mit Grabesstimme ein „Grüß dich, Petja!" vor die Füße.

Da sprang der Chefregisseur auf.

„Wera Wassiljewna, Sie sind doch erregt in diesem Augenblick, habe ich recht? Sie müssen sich erregen, hol's der Teufel!"

Ringsum bibberten alle.

Die roten Flecke auf dem Gesicht der Schauspielerin traten noch stärker hervor. Ihre Augen füllten sich mit Tränen, doch sie unterdrückte sie rasch.

„Ja, ich bin erregt."

„Aber merken Sie denn nicht, daß Ihre Erregung nur bis zur Gürtellinie reicht? Ihr Gesicht, Ihre Hände schlottern, aber das Bein steht so da."

„Gleich."

Die Sadneprowskaja schluckte und ging wieder zur Tür.

„Na, was meinen Sie?" fragte der Chefregisseur, als sie aus dem Probenraum traten.

„Sehr schön", sagte der Erfinder hingerissen. „Das ist genau das, was ich brauche."

„Sie hat fünfundzwanzig Spielarten zur Verfügung, müssen Sie wissen. Wenn eine nicht gefällt, versucht sie's mit der nächsten."

„Am interessantesten ist", bemerkte der Erfinder nachdenklich, „daß alles das, was bei Ihnen ‚Spielart', ‚nicht den Ton getroffen' und dergleichen mehr heißt, für mich eine klar umrissene elektroradiale Ursache hat. Sie sagen ‚Spielart', und ich sehe darin zu hohe Verluste an Neutronenkontakten des Gehirns in bezug auf die kondensatorische Hysteresis. Sie sagen, sie hat sich nicht in die Gestalt versetzt, für mich aber bedeutet dies, daß sich ihre Ganglien zu lange in einem unnötigen Spannungszustand befinden. Mit meinem Apparat reguliere ich das alles und ..." Er sah den Chefregisseur an und brach ab. „Mit einem Wort, ich werde eine Paschennaja aus ihr machen. Die ganze Stadt wird kopfstehen."

„Das wird was werden! Sorgen Sie lieber dafür, daß sie sich ins Ensemble einfügt und nichts verpatzt." Der Chefregisseur legte plötzlich die Hand aufs Herz. „Ach, ekelhaft! Wieder dieses Stechen. Wir werden uns hier alle noch einen Infarkt einhandeln. Andererseits, wie soll man da ruhig bleiben? Ich werde wieder die ganze Zeit hinter den Kulissen sitzen und die Leute in Schwung bringen. Sonst hören sie auch noch auf, die Mäuse zu fangen."

„Macht nichts", tröstete ihn der Erfinder. „Mit meinem Apparat werde ich alles verändern. In welchem Stück tritt die Sadneprowskaja heute auf, im ‚Tollen Geld'? Na, ausgezeichnet, über diese Aufführung wird man in Moskau schreiben, der WTO* wird jemanden herschicken, Sie werden es erleben. Meine Theorie ist wissenschaftlich fundiert. Haben Sie nicht meinen Artikel im ‚Theaterleben' gelesen?"

„Hab ich." Der Chefregisseur zog wieder ein Stück Leinwand aus einem Gerümpelhaufen. „Das heißt, ich hab ihn durchgeblättert. Wie ist es mit Ihrem Kasten, in welcher Entfernung von der Schauspielerin muß man ihn aufstellen?"

„Das steht in Belieben", antwortete der Erfinder. „Die Anlage hat einen Aktionsradius von fünfundzwanzig Metern."

Kurz vor der Abendvorstellung, als bereits das dritte Klingelzeichen ertönte, rannte der Erfinder – er hatte den Apparat in der ersten Loge aufgestellt – noch einmal auf den Gang hinaus. „Saltan Alexejewitsch, es wäre gut, wenn man sie vor ihrem Auftritt ein wenig beruhigte. Verstehen Sie, um einen Hemmfaktor gegen äußere Einwirkungen zu schaffen."

„Wen?" Der Chefregisseur drehte sich wütend nach ihm um.

„Na, die Sadneprowskaja. Sonst hat der Apparat keine Wir-

* Allrussischer Theaterverein

kung. Das ist wissenschaftlich-medizinisch erwiesen – sie muß in ruhiger Verfassung sein."

Der Chefregisseur rang die Hände. Aus seinem Mund hing die durchsichtige Plasthaut eines Wurstzipfels.

„Hören Sie, werden Sie mich einmal in Ruhe lassen?! Wir haben für den zweiten Akt noch keine Dekoration."

Zu Ostrowski hatten die Kleinstädter Vertrauen, deshalb war der Saal auch ohne Truppeneinheiten bis auf den letzten Platz besetzt. Die ersten drei Auftritte gingen glatt über die Bühne. Der verdiente Künstler Korowin – er spielte den Teljatew – gab sich mit der Ungezwungenheit des geborenen aristokratischen Nichtstuers. Der Held und Liebhaber – die Hoffnung und der Stolz des Rayontheaters – hatte sich inzwischen von dem kleinen Skandal bei der Probe erholt und mühte sich mit seinen treublickenden blauen Augen in der Rolle des Wassilkow redlich um die Gunst des Publikums. Man fühlte sich schon aus der Mitte des zwanzigsten Jahrhunderts in die zweite Hälfte des neunzehnten Jahrhunderts versetzt, und auch der unnatürlich violette Porolonbusch aus dem Giproteatr tat dem keinen Abbruch und schockierte die Zuschauer nicht allzu sehr.

Aber dann im vierten Auftritt, als die Sadneprowskaja auf die Bühne kam – sie spielte die Nadeshda Antonowna Tscheboksarowa –, drohte alles zusammenzubrechen.

„Stell ihn vor!" sagte die Sadneprowskaja-Tscheboksarowa hölzern zu dem Müßiggänger Teljatew. „Aber du bist ein Taugenichts, man kann dir nicht glauben." Das klang wie das Kratzen einer Gabel auf dem Teller, und alle im Saal waren von dem falschen Ton unangenehm berührt.

In der ersten Reihe saß der einheimische Autor, der eine Freikarte erhalten hatte. Er schlug die Beine übereinander und malte sich mit Behagen den vernichtenden Artikel aus, den er über diese Aufführung zu schreiben gedachte. Drei Reihen hinter ihm meditierte der Bühnenmaler, wie die Wohnung der Tscheboksarows im zweiten Akt aussehen würde. Die Leinwanddraperie erfüllte ihn mit banger Sorge. Er sank in sich zusammen und stieß unwillkürlich einen tiefen Seufzer aus.

Der Erfinder bereitete unterdessen in der Loge seinen Apparat vor. Er drehte an irgendeinem Schalter, worauf ein gelbes Lämpchen aufleuchtete, verband das Kabel mit der Steckdose und hantierte, vor sich hinbrabbelnd, an allen möglichen Knöpfen.

Die Sadneprowskaja-Tscheboksarowa aber setzte ihr miserables Spiel fort. Ihre Repliken klangen wie bei einer unerfahrenen Laienkünstlerin. Nachdem sie ihren Teil gesagt hatte, erstarrte sie zur Salzsäule.

„Sie empfindet nichts", schnaufte der Chefregisseur, der plötzlich in der Loge aufgetaucht war. „Sehen Sie nur, sie hat die Hand aufs Herz gelegt und glaubt, damit Interesse heucheln zu können. Aber das ist nur eine mechanische Geste für ein nicht vorhandenes Gefühl. Innen ist alles leer."

Der Erfinder nickte. „Haben Sie sie wenigstens beruhigt?"

Der Chefregisseur starrte auf die Bühne. Er schüttelte den Kopf, biß sich auf die Lippen. „Was meinten Sie? Ja, ich hab sie beruhigt. Vor ihrem Auftritt hab ich mit ihr gesprochen. Mit ihrem Sohn muß kürzlich etwas vorgefallen sein. Ob sie ihn aus der Schule geworfen haben, ich weiß nicht. Kurzum, ich bin zu ihr gegangen und hab sie gefragt, wie es ihrem Sohn geht. Sie wurde aus irgendeinem Grunde rot."

„Macht nichts, das schaffen wir schon", murmelte der Erfinder. „Wenn sie nur etwas empfindet, ich verstärke es dann." Er richtete den Apparat auf die Sadneprowskaja, drückte irgendeinen Knopf.

In diesem Augenblick trat ein wärmerer Tonfall in die Stimme der Schauspielerin. Die Worte „Wie schade, daß er so unvernünftig das Geld verschleudert" klangen beinahe echt aus ihrem Munde.

Der Erfinder ließ die Sadneprowskaja nicht eine Sekunde aus dem Aktionsbereich des Apparates. Im zweiten Akt zeitigten seine Bemühungen sichtbare Früchte. In der Szene zwischen der Tscheboksarowa und Kutschumow war die ehrliche Angst vor der Armut deutlich in der Art zu spüren, wie die einfältige alte Dame mit dem verkrachten Fürsten sprach. Im Zuschauerraum herrschte Stille. Das Räuspern, das die Schauspieler anfangs gestört hatte, war verstummt. In den Pausen zwischen den Dialogen hörte man die Scheinwerfer surren, die den mit der grünen Draperie aus „Maria Stuart" ausgestatteten Salon der Tscheboksarows anstrahlten.

„Ich weiß es auch nicht", sagte die Sadneprowskaja-Tscheboksarowa über Wassilkow. „Ich weiß nur, daß er ein Edelmann ist und sich anständig benimmt."

Der Chefregisseur beugte sich wieder über den Erfinder.

„Die Beziehung zum Stück ist nicht da, verstehen Sie? Sie spielt ihren eigenen Zustand, ohne die Logik der Handlung zu beachten. Sie geht von sich aus und nicht von dem, was auf der Bühne geschieht."

Der Erfinder, auf dessen niedriger Stirn bereits Schweißtropfen perlten, sah den Chefregisseur an. „Soll ich die Beziehung verstärken?"

„Nun ja. Der Schauspieler muß begreifen, daß er nicht Worte ausspricht, sondern Gedanken. Wenn er etwas fragt, ist das nicht Ausdruck seines Selbstgefühls, sondern entspringt dem Wunsch, etwas zu erfahren."

Der Erfinder dachte nach, heftete den Blick an die Decke, dann hellte sich seine Miene auf. „Ich werde die Spannung in ihren Ganglienfortsätzen erhöhen."

Er drehte irgendwo am Apparat, worauf sich die Sadneprowskaja, dem elektrischen Impuls gehorchend, mit so lebhaftem Interesse bei Kutschumow erkundigte, ob sie hoffen dürfe, ihn bald wiederzusehen, daß sogar der Bühnenmaler im Zuschauerraum einen Augenblick lang die Leinwanddraperie und die letzte Linse im Scheinwerfer vergaß. Der Feuerwehrmann, der aus Langerweile einen Blick in den Saal geworfen hatte, trat näher und blieb wie angewurzelt an der Tür stehen.

„Nicht schlecht", flüsterte der Regisseur erstaunt. „Aber sie wechselt den Rhythmus nicht. Sie spielt zu einförmig. So wie sie eben mit Kutschumow gesprochen hat, spricht sie jetzt mit Wassilkow. Aber im großen ganzen ist es schon besser."

Der Erfinder nickte und manövrierte weiter mit seinem Apparat.

Während des sechsten Auftritts, als die Sadneprowskaja nicht auf der Bühne war, lief der Chefregisseur hinter die Kulissen. Nach einer Weile kam er zurück. „Sie ist ganz aufgeregt", erklärte er dem Erfinder. „Sie fragt, warum Sie die ganze Zeit diesen Kasten auf sie richten. Ich habe ihr erzählt, das wäre eine Filmkamera. Sie wären von ihr so beeindruckt, daß Sie Aufnahmen von ihr in Moskau zeigen wollten. Dann habe ich sie noch gelobt. Wär wohl nicht nötig gewesen, was?"

„Das ist jetzt nicht mehr wichtig", antwortete der Erfinder. „Wenn sie beruhigt ist, garantiere ich für alles Weitere."

„Und was ihren Sohn betrifft", besann sich der Regisseur im Flüsterton, „sie hat mir eben erzählt, daß er in die neunte Klasse geht und bei einer Mathematik-Olympiade den ersten Platz errungen hat. Es war also ganz günstig, daß ich mich nach ihm erkundigt habe."

„Erstaunlich", sagte der Erfinder, „daß sie trotz allem noch so gespielt hat. Aber der Apparat verstärkt die winzigste Gefühlsregung und schafft den Eindruck einer guten schauspielerischen Leistung." Er strich liebevoll über die farbige Blechwand seines Kastens. „Und niemand glaubt es, niemand unterstützt mich. Die dort im Ministerium für Kultur leben immer noch im achtzehnten Jahrhundert. Drehen sich auf dem alten Karussell: Mensch, Talent, Schauspieler, Stück ... Was hat der Mensch damit zu tun? Heutzutage ist die Wissenschaft so weit, daß man eine Antenne auf die Bühne stellt, induziert, und der Erfolg ist gesichert."

Nach der Pause, als sich der Vorhang gehoben hatte, sahen die Zuschauer, welche Veränderung mit Nadeshda Antonowna Tscheboksarowa vor sich gegangen war. Sie war jetzt von spürbarer Unruhe und innerer Spannung erfüllt.

„Warum haben Sie uns dann so grausam getäuscht?" fragte sie Wassilkow, und allen im Saal klopfte das Herz im Vorgefühl eines unabwendbaren Unheils. „Das, was Sie Vermögen nennen, reicht in der Tat für einen Junggesellen; gerade für Handschuhe mag es genügen. Doch was gedenken Sie mit meiner armen Tochter zu tun?"

Bei dieser Frage nach dem weiteren Schicksal der jungen Schönen vergingen die Zuschauer fast vor Mitgefühl.

Der dritte Akt lief. Der verliebte Wassilkow verzweifelte, Lydia intrigierte kaltherzig, Teljatew trieb seine Späße. Doch allmählich rückte die Rolle der alten Tscheboksarowa, dargestellt von der Sadneprowskaja, immer mehr in den Mittelpunkt des Stückes. Die ratlose, töricht-naive Nadeshda Antonowna verwandelte sich in eine mutige Mutter, die ihr oberflächliches, launisches Kind verteidigte und die Ereignisse des Stückes gebieterisch in ihre schwachen Hände nahm. Ihre spärlichen Löckchen gaben ihr etwas Tragisch-Erhabenes, gekünstelte Anmaßung kam in ihren hoffärtigen und zugleich kläglichen Gesten zum Ausdruck. Als sie der Tochter eröffnete, daß Wassilkow arm sei, blickte sie so zwingend in die Menge, daß ein Stöhnen durch die Reihen ging, jeder vergewisserte sich ängstlich, ob sein Nachbar noch da war, und setzte sich dann bequemer im Sessel zurecht, um zu sehen, was weiter auf der Bühne geschehe.

Das Spiel der Tscheboksarowa-Sadneprowskaja riß auch die übrigen Darsteller mit. Teljatew gab sich noch leichtfertiger, ein zorniger, brüchiger Ton stahl sich in Kutschumows Stimme, etwas kalt Berechnendes ging von Lydia aus, das Mitleid mit sich selbst, erstaunliche Klugheit und einen seltsam verdrehten Stolz in ihren raschen, umwerfenden Entschlüssen erkennen ließ.

Der Erfinder glich einem erfahrenen Kameramann, der bei einem Fußballspiel keine Minute den Ball aus dem Sucher verliert. Er arbeitete mit Händen und Füßen, drehte gleichzeitig an zwei bis drei Umschaltern, drückte mit Stirn und Knie auf irgendwelche Knöpfe und richtete den Apparat blitzschnell auf die Sadneprowskaja, sobald sie hinter den Kulissen hervorkam.

Die Schauspielerin vollbrachte wahre Wunder. Ihr Blick, ihre Gesten – alles war bedeutungsvoll. In jedem ihrer Aussprüche erstanden und zerbrachen Welten. Unbemerkt hielt die kreuzfidele Adelsepoche ihren Einzug in das Theater, erhoben sich Gutshäuser mit weißen Säulen über wogenden Kornfeldern, galoppierten verwegene, schnurrbärtige Reiter nach Herzenslust dahin, perlte schäumender Champagner, zündeten Lakaien in den Parkettsälen die Kerzen an, und ein kleines Füßchen drehte sich im Walzertakt. Zusammen mit der Sadneprowskaja hielt diese Epoche ihren Einzug und zerbröckelte, zerfiel unter dem Ansturm praktischer Kaufleute wie Wassilkow. Die Alleen in den Parkanlagen verwilderten, Geißblatt und Erlenbüsche überwucherten die ungepflegten Beete, in den Sälen mit den eingeschlagenen Fensterscheiben erloschen blakend die Kerzen. Die Adelsepoche ging zu Ende, der Geldsack trat seine Herrschaft an.

Der Zuschauerraum rückte näher, wurde Zeuge, wie ein Zeitalter starb und ein neues anbrach.

„Ausgezeichnet, ausgezeichnet", schnaufte der Chefregisseur

über dem Ohr des Erfinders. „Alles ist da. Wenn man nur die Identifikation noch ein klein wenig steigern könnte. Ein klein wenig nur."

„Die Identifikation?" fragte der Erfinder stolz. Er war bereits schweißgebadet. „Wenn Sie wollen, kann ich die Schauspielerin vergessen lassen, daß sie auf der Bühne steht."

Er beugte sich über seinen Apparat, drehte irgendwo, bis es knackte. Das Knacken schoß über die Zuschauer hinweg, und einen Augenblick später zuckte die Sadneprowskaja zusammen, überquerte die Bühne und steuerte auf die Rampe zu.

Der Chefregisseur bekam Herzstiche. Er wollte schon schreien, weil die Sadneprowskaja, wäre sie einen Zentimeter weiter gegangen, in den Orchesterraum gefallen wäre. Doch die Schauspielerin merkte gar nichts von alledem. Sie schien tatsächlich jede Empfindung dafür verloren zu haben, wo sie war und was mit ihr geschah.

Hastig gestand sie: „Was ich leide! Wie sehr ich leide! Sie kennen das Leben, das ich in meiner Jugend geführt habe; bei der bloßen Erinnerung daran bekomme ich jetzt Nervenzustände. Am liebsten würde ich mit Lydia zu meinem Mann fahren; allein er schreibt, wir sollten nicht kommen."

Sie maß Kutschumow mit einem Blick, dann sich selbst, und ihre Lippen zuckten, als sie sich mit leeren Augen an die Menge wandte. Die Zuschauer ächzten, alle empfanden Bitterkeit, gleichzeitig aber überkam sie ein befreiendes Glücksgefühl bei der Berührung mit der vielgepriesenen Wahrheit in der Kunst. Ein ganzes Leben mit seinen Torheiten und Sinnlosigkeiten war in der kleinen Inszenierung an ihnen vorübergezogen, und es war beinahe beklemmend, wieviel der Dramaturg und die Schauspieler mit den wenigen Worten ausgesagt hatten.

„Jetzt sollen sie Babaschkin kennenlernen", murmelte der Erfinder in der Loge. Er achtete schon nicht mehr auf den Regisseur. „Ich werde ihnen so hohe Kasseneinnahmen im ganzen Land verschaffen, daß ihnen schwindlig wird. Das ganze Theaterwesen werde ich reorganisieren."

Einen wahren Triumph erlebte er im letzten Akt. Der Chefregisseur schwieg, um ihn nicht zu stören. Unsichtbare Energiefäden, die keine Sekunde lang rissen, verbanden die Sadneprowskaja mit der listigen Maschine, und die Schauspielerin hypnotisierte die Menge allein durch ihre Anwesenheit auf der Bühne. Man applaudierte ihr, sobald sie sich zeigte. Aber auch die anderen Darsteller übertrafen sich selbst. Zu einer prinzipiell neuen Auslegung seiner Rolle gelangte der Held und Liebhaber, der den Wassilkow spielte. Er spürte, daß in letzter Konsequenz nicht er Lydia zwang, sich einzuschränken, sondern daß im Gegenteil die alte Tscheboksarowa und ihre Tochter ihm zeigten, was ein unmenschliches, unerbittliches Budget bedeutet. Man betrog und hinterging ihn, seine Gefühle stumpften ab, aus einem Raubtier verwandelte er sich in das Opfer, dann jedoch wurde er wieder Sieger, aber ein anderer, merklich abgekühlter, zynischer, den man anhimmelte. Der Held und Liebhaber ging furchtlos zu Werke, alles vollzog sich in aufeinander abgestimmten Rhythmen, die ihn nach oben trugen.

Die Menge schwieg fasziniert. Auf der Bühne geschah ein Wunder. Die angemalten Runzeln existierten wirklich, die angeklebten Schnurr- und Zwickelbärte waren angewachsen, und die grüne Draperie – ein Stück Leinwand, löchrig wie ein Sieb, mit ätzender Anilinfarbe bestrichen – wurde zum Inbegriff aller Laster und deutete die künftige Vergeltung an.

Die Platzanweiser, die sich an die Türpfosten gelehnt hatten, standen wie erstarrt. Der Maskenbildner, der Schneider und die Bühnenarbeiter drängten sich in den Kulissengassen.

Stille herrschte auf der Straße vor dem Theater. Unter den Sternen schliefen die altertümlichen Zwiebelkuppeln der Kirche aus dem sechzehnten Jahrhundert und ein Welssches Marsungeheuer – der Baukran. Im Kosmos aber kreisten zahllose Planeten, wüteten gewaltige Massen glühender Materie, und im ganzen Weltall gab es keinen besseren Ort als das kleine Städtchen mit seinem Rayontheater, das sich schlagartig einen Platz neben allem Schönen erobert hatte, das von Menschenhand geschaffen war oder überhaupt auf der Welt existierte.

Eine letzte Anstrengung unternahm die Sadneprowskaja unter dem Einfluß des Apparates in ihrer stummen Szene am Ende des Stückes. Teljatew hatte bereits die Schlußworte gesprochen und Kutschumow umarmt, Lydia näherte sich Wassilkow und schmiegte sich zaghaft an ihn.

Da räusperte sich Nadeshda Antonowna und fing an zu husten, wodurch sie die Aufmerksamkeit des Saales auf sich zog; sie hob die Hand, um ihre Frisur oder etwas viel Bedeutenderes zu ordnen, dann ließ sie die Hand kraftlos sinken und beschloß so ihr eigenes gedankenloses Leben, eine ganze Periode des russischen Lebens und die Vorstellung.

Klirrend zersprang die letzte Ersatzlinse, auf der Bühne wurde es dunkler. Die Zuschauer faßten dies als Bestandteil der Regiekonzeption auf. Eine Minute lang herrschte Stille, dann brach ein Begeisterungssturm los, wie ihn das Rayontheater noch nicht erlebt hatte. Mit geröteten Gesichtern schrien die Kleinstädter: „Bis! Da capo!", klatschten sich die Hände wund und warfen einander bedeutsame Blicke zu.

Die Schauspieler waren jäh erschlafft; sie verbeugten sich wieder und wieder, wobei sie die Sadneprowskaja nach vorn schoben.

Der Chefregisseur stürmte hinaus. Als der dröhnende Beifall endlich abebbte, tauchte er wieder in der ersten Loge auf.

„Wunderbar! Großartig! Sie sind ein Genie."

Der Erfinder machte einen äußerst betretenen Eindruck. „Was ist wunderbar?"

„Was Sie vollbracht haben. Wie sie gespielt hat. Ein kolossaler Erfolg!"

„Humbug", sagte der Erfinder plötzlich wütend. Er hielt das Kabel mit dem Stecker in der Hand. „Alles Humbug, nichts habe ich vollbracht." Er ging zur Steckdose an der Logenwand, zog daran und riß sie heraus. „Die Leitung ist tot. Sie ist nirgends angeschlossen. Ihr Theater beschäftigt keinen Monteur, sondern einen Spitzbuben. Der Apparat war nicht in Betrieb, verstehen Sie? Er war überhaupt nicht eingeschaltet."

„Wirklich?" fragte der Chefregisseur ungläubig. „Aber das grüne Lämpchen brennt doch noch. Und das gelbe . . ."

„Das wird von einer Batterie gespeist. Ich sage Ihnen doch, das Gerät war nicht eingeschaltet. Die Batterie stammt aus einer Taschenlampe. Ich habe sie nur gebraucht, um die Wirkung zu erhöhen. Niemand glaubt mir doch, daß ich mit Elektrizität arbeite, wenn kein grünes Lämpchen brennt." Er trat beiseite, schneuzte sich und fuhr sich aus irgendeinem Grunde mit dem Taschentuch über die Augen. „Immer hindert mich etwas daran, das Experiment durchzuführen. Jedesmal kommt etwas dazwischen. Aber Sie haben sich doch überzeugt, daß der

Apparat im Prinzip funktioniert? Als ich ihn auf Sie richtete, haben Sie doch etwas gespürt?"

„Ja, ja. Natürlich." Der Chefregisseur winkte ab. „Dann war die Maschine also nicht in Betrieb. Aber warum hat dann ..."

Er überlegte krampfhaft.

Aus dem Russischen von Hannelore Menke

Freedays Erblindung

Manchmal möchte ich mich in die Nase beißen, wenn ich daran denke, wie dumm damals alles ausging ... Das heißt, natürlich bin ich auch so kein kleiner Mann. Wenn ich mit meiner Frau im Konzertsaal erscheine – in unserem kleinen Städtchen wurde unlängst ein Konzertsaal eingerichtet –, geht ein Wispern durch die Reihen: „Basker ist gekommen", und viele richten sich im Sessel auf, um meinen Blick zu erhaschen und mich zu grüßen. Aber das tröstet mich nicht. Wenn Freeday nicht diese Kurzschlußhandlung begangen hätte, lebte ich heute nicht mehr in diesem Nest. Ich würde mit meinen Milliarden schalten und walten können wie Rockefeller. Ironie des Schicksals, wie?

Im Grunde genommen kann man meine Beziehungen zu Freeday in zwei Etappen einteilen. In die Universitätszeit und die Zeit danach.

In der Zeit danach hat er mich denn auch so gräßlich hinters Licht geführt.

Ich kannte ihn seit langem. Eigentlich waren wir Landsleute, dann gingen wir zum Studium, besuchten die gleichen Vorlesungen und wohnten sogar zwei Semester lang zusammen in einem Zimmer. Viele hielten ihn für talentiert. Aber mir scheint das stark übertrieben. Natürlich besaß er Ausdauer und widmete dem Studium mehr Zeit als wir anderen alle. Er gehörte keiner Studentenverbindung an und nahm selten an irgendwelchen Festivitäten teil. Aber das hatte, glaube ich, nichts mit seiner Vorliebe für die Wissenschaft zu tun. Er besaß, meiner Meinung nach, einfach nicht genug Lebenskraft, um nächtelang durchzutanzen oder am Lenkrad von einer Stadt in die andere zu rasen. Außerdem war er an der Fakultät nicht sehr beliebt. Er glänzte nicht mit Geistesblitzen, kleidete sich schlecht, und wenn er einmal zufällig auf eine Party geriet, dann hockte er den ganzen Abend unbeweglich in einer Ecke.

Mit anderen Worten, er hatte nichts, womit er sich beschäftigen konnte, außer der Wissenschaft.

Ehrlich gesagt, ich glaube nicht an dieses Geschwätz von Talent und Genialität. Wenn von großen Entdeckungen die Rede ist, so war doch dabei zu neunzig Prozent der Zufall ausschlaggebend. Nehmen wir zum Beispiel das Penicillin: wäre in Alexander Flemings Tasse mit der Kultur nicht zufällig Schimmel geraten, gäbe es heute noch kein Penicillin, und an Fleming selbst dächten wir nicht mehr als an den vorjährigen Schnee. Nun aber hält man ihn für ein Genie und einen Wohltäter der Menschheit.

Natürlich gibt es Leute, die achtzehn-, neunzehnjährig schon mit irgendwelchen allumfassenden eigenen Theorien an die Öffentlichkeit treten. Sagen wir, Einstein zum Beispiel. Aber Freeday war nicht von der Sorte. Er hatte keinerlei besondere Theorien, jedenfalls hat man nie gehört, daß er welche gehabt hätte. Er hockte tagelang im physikalischen Labor, wo er mit Hilfe eines Prismas Licht zerlegte, oder er lümmelte sich im Gemeinschaftsheim auf dem Bett, neben dem er Berge von Büchern gestapelt hatte. Ansonsten war er ziemlich beschränkt. Wahrscheinlich noch beschränkter als ich. Er konnte sich zum Beispiel nie merken, wie man eine Apfelsine abpellen muß, damit die Schale leichter abgeht. Ich hatte ihm hundertmal erklärt, daß man da anfangen müsse, wo die Frucht am Baum gesessen hat. Doch sobald er eine Apfelsine in die Finger bekam, fing er prompt an der verkehrten Stelle an. Dumm, nicht? Man kann also nicht behaupten, daß Freeday genial war.

Im großen ganzen fand ich ihn jedoch sympathisch. Er tat mir sogar leid nach der Geschichte mit Natty. Die Sache ist die, daß Freeday keinen großen Erfolg bei Mädchen hatte. Und das ist nicht weiter verwunderlich, wenn man bedenkt, daß er nicht tanzen und nicht Auto fahren konnte und daß man jedes Wort sozusagen mit einer Zange aus ihm herausziehen mußte, wie einen verbogenen Nagel aus einem Brett. Aber er war ziemlich groß, hielt sich gerade, und sein Fleiß verschaffte ihm den Nimbus eines Wissenschaftlers. Wie dem auch sei, zu unser aller Erstaunen verliebte sich Natty Paels, die beste Partie in unserer

Stadt, in Freeday. Lustig und lebhaft, besaß sie außer dem Umstand, daß sie die Tochter des einflußreichsten Mannes in unserer Gegend war, noch einen weiteren Vorzug – sie hatte ungewöhnlich große violette Augen. Von meinen Kommilitonen wären viele nicht abgeneigt gewesen, sich mit ihr zu verloben, daß ihre Wahl jedoch auf Freeday gefallen war, grenzte in unseren Augen an kompletten Schwachsinn. Deshalb finde ich es auch ganz richtig, daß plötzlich jener Brief auftauchte. Als Natty und Freeday dazu übergingen, sich jeden Tag zu treffen, und man schon munkelte, zwischen ihnen wäre alles abgesprochen, schickte jemand dem alten Paels einen Brief, in dem behauptet wurde, Freeday sei erblich belastet, da sein Vater den Verstand verloren habe. Obwohl der Brief anonym war, prüfte der alte Paels die Sache nicht nach, sondern schickte seine Tochter kurzerhand nach Europa. An die Universität kehrte sie nicht zurück, und zwei Jahre später heiratete sie einen Bankgewaltigen in Nevada.

Freeday schien das alles sehr wenig zu beeindrucken. Die einzige Veränderung, die man an ihm bemerken konnte, war die, daß er irgendwie blaß aussah. Er war auf einer Farm groß geworden, und in den ersten drei Universitätsjahren hielt sich die ländliche Sonnenbräune auf seinen Wangen. Nach der Geschichte mit Natty aber wurde er immer bleicher, und diese Blässe verlor er nicht mehr in all den Jahren, die ich ihn kannte.

Über Natty liefen später Gerüchte um, daß ihre Ehe unglücklich sei und daß man sie sternhagelbetrunken in einem Hotel in Chicago gesehen habe. Mich persönlich beruhigte das irgendwie. Seinerzeit war ich ebenfalls scharf auf Natty gewesen, aber was hätte ich jetzt mit einer Frau angefangen, die dem Alkohol verfallen war.

Seine erste Entdeckung machte Freeday ... oder besser gesagt: auf seine erste Entdeckung stieß Freeday, als er im achten Semester war. Darüber erschien in der Universitätszeitung ein Artikel mit einer ellenlangen Überschrift von der Art etwa „Die Bildung einpaariger Materie aus Gammastrahlen beim Durchlaufen eines starken Magnetfeldes“. Vielleicht lautete sie auch noch anders und gemeint waren nicht Gamma-, sondern Lichtstrahlen ... Jedenfalls war darin die Rede von Versuchen, die Diracs Löchertheorie beweisen sollten. Soweit ich mich erinnere, interessierte das niemand an der Fakultät, außer zwei, drei Physikdozenten.

Seine zweite „Entdeckung" brütete Freeday in meinem Beisein aus. Wir waren damals im zehnten Semester und hatten gerade unser gemeinsames Zimmer bezogen. Eines Abends ging ich zu Freeday ins physikalische Labor, um mir von ihm den Schlüssel zu holen – meinen hatte ich irgendwo verbummelt. Freeday saß über einer Zeichnung, die er selbst angefertigt hatte. Sie stellte auf buntem Feld intermittierende, streng konzentrische Kreise dar. Bei längerem Hinsehen glichen sie einer Spirale, betrachtete man sie dagegen flüchtig, sahen sie wie Kreislinien aus, was sie auch wirklich waren. Freeday beleuchtete die Zeichnung mit einem Lichtblitz und beobachtete dabei, wieviel Zeit nötig war, bis das Auge eine Spirale statt der Kreislinie sah. Seine Augen waren schon müde, und er bat mich einige Male, auf die Zeichnung zu gucken, während er sie mit Lichtblitzen unterschiedlicher Dauer beleuchtete. Dann sagte er, an seinem Kopf befände sich ein Gerät, das noch präziser die Zeit bestimmen könne, die das Auge brauche, um die tatsächlich vorhandene Darstellung anstelle der nicht vorhandenen wahrzunehmen. Diese Zeitspanne nannte er „Trägheitsgröße der Sehkraft", und er nahm an, daß sie bei jedem Menschen unterschiedlich sei. Das Gerät ist heute in der Medizin unter der Bezeichnung „Trägheitsindikator nach Basker-Freeday" bekannt, es gehört zum Handwerkszeug jedes Ophthalmologen, und ich werde es daher nicht weiter beschreiben.

An jenem Abend gingen wir, über das Gerät diskutierend, zu uns aufs Zimmer, und Freeday skizzierte mir das Ganze auf einem Blatt Papier. Ich begriff das Prinzip des Gerätes so schnell und leicht, daß mir sofort der Gedanke kam, ich hätte so was auch erfinden können, wenn ich nur ein wenig über die Erscheinung nachgedacht hätte, die Freeday „Trägheit der Sehkraft" nannte.

Die ganze Nacht debattierten wir über die Zeichnung, und ich glaube, ich habe auch einiges zu ihrer Vervollkommnung beigetragen. In der vorgesehenen Konstruktion gab es eine Schwierigkeit, mit der wir zuerst nicht fertig wurden. Fünf Varianten, die Freeday vorschlug, verwarf ich, die sechste aber erschien mir, wie übrigens auch ihm, zufriedenstellend. Wir waren beide zum Umfallen müde, was mich nicht hinderte, gegen Morgen festzustellen, daß es nicht schlecht wäre, wenn wir *unser Produkt* noch heute im Patentamt registrieren ließen. Freeday war einverstanden. Ich muß sagen, ihn interessierte überhaupt immer nur die rein wissenschaftliche Seite dieses oder jenes Problems.

Danach begann für Freeday und mich eine fruchtbare Zeit wissenschaftlicher Arbeiten an der Uni. Zu meiner eigenen Überraschung entdeckte ich in mir eine große Begabung für die Physik. Unsere Methode, zu zweit etwas zu erfinden, sah so aus: Abends legten wir uns auf unsere Betten, und Freeday entwickelte mir Theorien, die er im Laufe der Jahre in der Abgeschiedenheit des Labors ausgebrütet hatte. Wenn ich etwas nicht kapierte, erklärte er es mir, wodurch die eine oder andere Theorie für ihn selbst klarer wurde. Dann pickte ich dank meinem Abstraktionsvermögen aus Freedays Gedanken das Wesentliche heraus und veranlaßte ihn, in dieser Richtung weiterzudenken. Die Ideen, die er mir vortrug, zählte ich zu unserem gemeinsamen geistigen Eigentum; ich wachte darüber und ermunterte Freeday weiterzuforschen. So kam unsere „Studie über den Ursprung des ‚Blinden Flecks' im Auge" zustande, schufen wir Geräte für die visuelle Bestimmung des Quantencharakters des Lichts und für die Bestimmung der Reizschwellen des Auges.

Ich will nicht verhehlen, daß sich an der Fakultät Neider fanden, die behaupteten, ich eignete mir Freedays Entdeckungen unrechtmäßig an. Aber das ist nicht wahr. Erstens zeigte schon die Tatsache, daß ich Freedays Gedanken so mühelos begriff, daß ich genausogut hätte darauf kommen können. Und zweitens hatte Freeday viele seiner Geistesblitze nur seinem Umgang mit mir zu verdanken. Er erzählte mir etwas und berauschte sich dann selbst daran. Ich würde sagen, der Funke entzündete sich an mir.

Bei dieser Gelegenheit fällt mir wieder ein, wie unbedarft Freeday war. Davon konnte ich mich gerade damals überzeugen. Weil ich ihm Abwechslung verschaffen wollte, unternahm ich den Versuch, ihn in meinen Freundeskreis an der Uni einzuführen, und machte ihn auch ein paarmal mit hübschen Mädchen bekannt. Aber damit handelte ich mir nur Unannehmlichkeiten ein. Einmal zum Beispiel bewies er seine Unbedarftheit bei einem Kinobesuch, als ich extra für ihn ein sehr gescheites

Mädchen eingeladen hatte. Wir sahen uns einen französischen Film an. „Schläge des Schicksals“ oder „Schwere Schläge“, mit Simone Signoret in der Hauptrolle.

Nach der Vorstellung erklärte das Mädchen, daß sie in diesem Film den Einfluß Freuds, des Existentialismus und noch irgendeines Ismus, an den ich mich nicht erinnere, gespürt habe. Mit einem Wort, ein Gespräch über Kunst entspann sich, das Sachkenntnis verriet und trotzdem nett dahingeplaudert war.

Was glauben Sie wohl, wie Freeday darauf reagierte? Er blieb plötzlich mitten auf dem Bürgersteig stehen, starrte das Mädchen wütend an und rief: „Haben Sie wirklich nicht begriffen, was dieser Film bezweckt?“

Dann rannte er fort. Wir waren natürlich völlig verdattert. Schön blöd, was? Wenn man schon nichts von Kunst versteht, soll man lieber den Mund halten.

Im letzten Semester verschlechterte sich Freedays Charakter zusehends.

Er war schon immer ziemlich mürrisch gewesen, nach der Geschichte mit Natty aber wurde es noch schlimmer mit ihm. Außerdem war er ständig in Geldverlegenheiten. An der Fakultät war er ein Einzelgänger, ich war der einzige, mit dem er sich angefreundet hatte, und auch mir fiel es oft schwer, seine Ausbrüche schlechter Laune zu ertragen.

Trotzdem machte unsere wissenschaftliche Arbeit Fortschritte, und sogar mein Vater glaubte fest daran, daß mir die Karriere eines großen Gelehrten bevorstehe. Wenn ich merkte, daß Freeday ärgerlich wurde, weil ich zu oft von „unserer Theorie“ oder von „unserem Verfahren“ gesprochen hatte, gab ich ihm Gelegenheit, völlig selbständig einen kleinen Artikel in einer wissenschaftlichen Zeitschrift zu veröffentlichen, und ich schwöre, daß ich nicht den geringsten Neid dabei empfand.

Bis eines Tages ein dummer Zwischenfall alles zerstörte.

Bei uns an der Uni gab es die Studentenverbindung „Alpha-Lambda“, zu der nur Männer zugelassen waren, und jeder, der ihr beitreten wollte, mußte sich einer ganzen Serie von Prüfungen unterziehen. Die idiotischste Prüfung bestand darin, daß der Anwärter etwas stehlen mußte, wobei er unbedingt einen Koffer aufbrechen sollte. Einem der heurigen Füchse, den es mit Macht in die „Alpha“ zog, fiel nichts Besseres ein, als meinen Koffer während meiner und Freedays Abwesenheit gewaltsam zu öffnen. Zu meinem Pech geriet ihm dabei die Kopie jenes Briefes in die Hände, den Nattys Vater seinerzeit erhalten hatte.

Selbstverständlich bewies diese Kopie noch gar nichts, zumindest nicht einem Uneingeweihten. Hätte man in meinem Koffer eine handschriftliche Kopie des „Hamlet“ gefunden, wäre es doch wohl hirnverbrannt gewesen zu behaupten, ich wäre Shakespeare, habe ich recht? Aber jeder bedeutende Mensch hat eben mißgünstige Feinde und Neider. Mit einem Wort, die Sache wurde aufgebauscht, und ... ich verließ die Universität.

Merkwürdigerweise verhielt sich ausgerechnet Freeday zu der ganzen Sache höchst passiv.

Als ich in unser Zimmer kam, um meine Sachen zu packen, war er gerade zu Hause. Er saß am Tisch und schrieb, sich auf die Lippe beißend, hastig etwas auf ein Stück Papier. Ich wollte ihm erklären, daß die Kopie des Briefes rein zufällig in meinen Besitz gelangt sei, doch er unterbrach mich mit einer abwehrenden Geste.

„Ach, pfeif drauf!“

Wenn ich jetzt so meine Vergangenheit überdenke, komme ich zu dem Schluß, daß mein freiwilliges Ausscheiden aus der Universität zu den klügsten, weitsichtigsten Taten meines Lebens zählt. Im Grunde meines Wesens bin ich doch kein Wissenschaftler. Um ein neuer Max Planck oder Robert Wood zu werden, mangelt es mir an Ehrfurcht vor den Fakten. Ich war immer bestrebt, mich über die Fakten zu stellen, die experimentell nachgewiesen waren, und nur Freeday mit seiner peinlichen und nachgerade langweiligen Gründlichkeit konnte mich davon abhalten.

Dafür fühlte ich mich auf einem anderen Gebiet völlig am Platze – auf dem Gebiet der Leitung und Koordination. Sobald ich Gelegenheit habe, zu koordinieren und anzuleiten, komme ich mir immer sehr weise und interessant vor. Wahrscheinlich rührt das daher, daß man es in dieser Sphäre weniger mit Fakten als mit Ansichten zu tun hat.

Wie dem auch sei, ich verließ damals die Universität, und

schon ein Jahr später wurde ich Chef der Reklameabteilung in der Firma meines Vaters.

Freeday kam ebenfalls in unsere Stadt zurück, aber unsere Wege kreuzten sich nicht. Irgendwo hatte ich aufgeschnappt, daß er sich ein kleines Labor eingerichtet habe, wo er sich mit Problemen des Lichts befasse. Hin und wieder veröffentlichte er Artikel in Spezialzeitschriften, und eines schönen Tages erzählte man mir, er habe eine sehr hohe Ehrenprämie von der Augenärztegesellschaft erhalten. Später hörte ich, er sei sehr menschenscheu geworden und lebe wie ein Einsiedler.

Fünf Jahre nachdem wir uns getrennt hatten, kam er dann plötzlich zu mir. Und kurze Zeit später führte er mich so gräßlich hinters Licht.

Ich kann mich noch sehr gut an seinen Besuch erinnern. An dem Tag – es war Mitte August – hing eine entsetzliche Hitze über der Stadt. Ich hatte im Büro eher Schluß gemacht, war bereits gegen vier nach Hause gekommen, hatte ein Bad genommen, mich umgezogen und war in den Salon hinaufgegangen, um mich, wie gewohnt, meiner Frau und den Kindern zu widmen.

Ich wollte gerade zuhören, wie mein Jüngster das Gedicht über das Zicklein vorlas, das er in der Schule aufbekommen hatte, als Forbes eintrat.

„Für Sie ist ein Besucher da, Sir.“ (Forbes ist mein Diener. In Wirklichkeit heißt er anders, aber für mich ist er Forbes. So nenne ich jeden, der mich bedient.)

„Aber Sie wissen doch, Forbes, daß ich Gäste nur im Büro empfange“, tadelte ich ihn, „zu den festgesetzten Zeiten.“

„Er sagt, er wäre ein alter Bekannter von Ihnen, Sir. Er heißt Freeday.“

Ich bekam plötzlich Herzstiche. Freeday! Instinktiv fühlte ich, daß sein Besuch etwas zu bedeuten hatte. Freeday kannte mich gut genug, um zu wissen, daß man nicht ohne triftigen Grund zu mir kommen durfte.

Ich entschuldigte mich bei Emily, tätschelte meinem Jüngsten die Wange und ging hinunter ins Erdgeschoß.

Das Vestibül in meinem Haus ist sehr geräumig und in gotischem Stil gehalten. Durch die hohen Fenster fiel das Licht direkt auf Freeday. Ich staunte, wie abgemagert er war. Die

Jacke hing auf seinen knochigen Schultern wie auf einem Kleiderbügel.

Als ich eintrat, wandte er den Kopf.

„Jim?"

„Ja", sagte ich.

Seine Stimme klang heiser, und sein Gesicht war seltsam unbeweglich. Er kam mir ein paar Schritte entgegen und stolperte plötzlich über die Teppichkante. Einen Augenblick lang dachte ich schon, er wäre betrunken.

„Hör mal", sagte er näher tretend, „ich brauche Hilfe. Deine Hilfe."

„So?" fragte ich.

Ich hasse nämlich Pechvögel. Einem Pechvogel kann man noch sooft unter die Arme greifen, es nützt ihm doch nichts. Das habe ich schon ein paarmal erlebt. Aber Freeday sah trotz seiner Blässe und seines alten, schäbigen Anzugs nicht wie ein Pechvogel aus. Im Gegenteil, er schien sogar ein wenig stolz zu sein. Außerdem erinnerte ich mich an unsere Arbeiten während der Studentenzeit und an die Prämie, die er von der Augenärztegesellschaft erhalten hatte. Deshalb erkundigte ich mich vorsichtig: „Worum dreht sich's denn?"

„Laß uns sofort zu mir fahren", sagte er. „Ich zeig dir etwas. Ich glaub, ich hab's geschafft, daß man im Dunkeln sehen kann. Komm schnell."

„Was? Jetzt gleich?"

„Ja, jetzt gleich", erwiderte er ungeduldig.

Ich weiß nicht, wie sich ein anderer an meiner Stelle verhalten hätte, ich jedenfalls liebe schnelle Entschlüsse. Wir setzten uns in den Wagen und fuhren los.

Freeday wohnte im westlichen Teil der Stadt. Wir parkten den Wagen vor dem Haus und fuhren zum dritten Stock hinauf.

Freeday führte mich in das erste Zimmer, dessen Fenster mit dicken schwarzen Rollos abgedunkelt waren.

„Da, sieh dir das an", sagte er.

„Was denn? Ich kann nichts erkennen."

Die Rollos ließen keinen Lichtschimmer herein.

„Ach so!" sagte Freeday. „Warte, gleich." Er ging im Dunkeln zu einem der Fenster und zog das Rollo hoch. „Sieh dir dieses Aggregat an. Daran arbeite ich seit drei Jahren."

Vor mir stand ein großer, langer Labortisch, auf dem sich ein Gerät befand, das einem Rheostaten ähnelte. Daran waren einige Kabel angeschlossen, die zur Decke hinaufführten, wo ein kleiner Metallkasten aufgehängt war, den ein elastischer Schlauch mit einem Reflektor verband. Der Reflektor glich einem Trolleybusscheinwerfer, er war nur größer.

„Was ist das?" fragte ich.

„Gleich." Freeday machte sich an den Kabeln zu schaffen. „Gleich werd ich's dir vorführen, und dann erklär ich alles. Stell dich hierhin."

„Wohin?"

„Hierhin." Er wies unter den Reflektor. „Hab keine Angst, dir passiert nichts."

„Ich habe ja gar keine Angst", entgegnete ich unsicher.

Ich stellte mich an den gewünschten Platz, und Freeday legte die Hand auf den Schalter, der neben dem Rheostaten angebracht war.

„Ruhig bleiben!"

Er knipste den Schalter an, und ich hätte beinahe aufgeschrien. Teufel noch mal, da mußte man ja einen Schreck bekommen! Meine *Augen* waren plötzlich *leer.* Es fällt mir schwer, dieses Gefühl zu beschreiben. Ich konnte nichts mehr sehen, nur Licht flutete mir entgegen. Gleichmäßiges, gedämpftes rotes Licht. Es war, als tauche man mit offenen Augen in trübem Wasser, das von der Sonne angestrahlt wird. Nur ist das Licht dann natürlich grünlichgelb. Jetzt aber war es rot. Mir war, als blickte ich auf eine gewaltige, das ganze Gesichtsfeld ausfüllende, leuchtende Leinwand.

Ich schlug die Hände vors Gesicht, schüttelte den Kopf, aber das Licht flutete immer noch in meine Augen, es schien durch meine Handflächen, durch meine Lider, durch alles hindurchzugehen. Als trüge ich es in mir, in meinem Kopf, was weiß ich.

„Was soll dieser Quatsch?" protestierte ich.

„Ruhig bleiben!" drang Freedays Stimme an mein Ohr. „Du brauchst keine Bange zu haben. Gleich werd ich die Stromstärke ein bißchen erhöhen."

Ich hörte, wie er sich ein paar Schritte entfernte. „Das ist nicht gefährlich."

Das rote Licht wurde noch heller, es brannte in meinen Augen wie glühendes Eisen. Die Helligkeit nahm zu, meine Augen schmerzten bereits.

„Tritt einen Schritt zur Seite", sagte Freeday.

Ich befolgte seine Anordnung, und das Licht verschwand. Ich sah wieder das Zimmer, in dem ich mich befand, und nur an den Wänden flimmerten goldgelbe Flecke, als hätte ich kurz zuvor in die Sonne geguckt.

„Teufel! Was sind das für Tricks?"

Freeday grinste kaum merklich. Eigentlich grinste er gar nicht, sondern stieß nur kurz die Luft aus der Nase. Dann nahm er eine Zigarette und Streichhölzer aus der Tasche und begann zu rauchen.

„Das sind Strahlen", erläuterte er. „W-Strahlen hab ich sie genannt. Du hast ihre Wirkung eben zu spüren bekommen."

„Was hat es damit für eine Bewandtnis?" fragte ich. Meine Augen schmerzten immer noch.

„Du hättest von selbst darauf kommen können", bemerkte Freeday. „Wir haben uns doch an der Uni damit befaßt. Mit dem Licht und mit dem Bau des Auges."

Dann klärte er mich über seine Entdeckung auf. Licht gehört bekanntlich zu den elektromagnetischen Wellen, die – angefangen bei einem tausendstel Millimikron der Gammastrahlen beispielsweise (ein Millimikron ist ein millionstel Millimeter) bis zu Dutzenden Kilometern der Funkwellen reichen. Aus diesem schier unendlichen Bereich nimmt unser Auge nur einen kleinen Ausschnitt wahr – Wellen mit einer Länge von etwa 400 bis 700 Millimikron. Und das ist auch das, was wir gewöhnlich Licht nennen, unser sichtbares Spektrum, das von der violetten Farbe über Indigo, Blau, Grün, Gelb, Orange bis zum Rot reicht. Ultraviolette Strahlen sehen wir schon nicht mehr, das gleiche gilt für infrarote.

Aber was wäre, wenn das Auge Lichtstrahlen wahrnehmen könnte, die eine größere Wellenlänge haben als 700 Millimikron? Infrarote zum Beispiel? Dann würde der Mensch praktisch erblinden.

Die Sache ist die, daß nicht nur die Sonne leuchtet, sondern auch jeder erwärmte Körper. (Nur absolut kalte Körper mit einer Temperatur von −273 °C, wie wir sie auf der Erde nicht haben, leuchten nicht.) Schwach erwärmte Körper senden infrarote Strahlen aus. Wir selbst, das Innere unserer Augen, das wie der Körper eine Temperatur von ungefähr 37 Grad hat, leuchten also und senden infrarote Strahlen aus.

Stellen wir uns nun vor, das Auge erhielte die Fähigkeit, sie zu sehen. Die Energie der infraroten Strahlen pro Einheit der Netzhaut wäre sehr groß, und verglichen mit diesem inneren Licht, würde uns die Sonne und alles ringsum stockdunkel erscheinen. Wir würden das Innere unseres Auges sehen und sonst nichts.

Freedays Entdeckung bestand gerade darin, daß er eine Methode gefunden hatte, die das Auge zwang, infrarotes Licht wahrzunehmen. Zu diesem Zweck setzte er das Auge mit Hilfe seines Reflektors irgendwelchen Strahlen aus.

„Versteh mich recht", sagte Freeday, „das rote Licht ist natürlich nicht Selbstzweck. Ich hab nach einer Möglichkeit gesucht, im Dunkeln sehen zu können. Erinnerst du dich, das Problem hat mich schon an der Uni beschäftigt. Nun stell dich noch mal unter den Reflektor."

„Aber ..."

„Mach schon, hab keine Bange."

Mir war gar nicht danach zumute, den Versuch zu wiederholen, aber ich hatte plötzlich das Gefühl, daß ich Freeday gehorchen mußte. Hinter dieser Sache verbarg sich ein Geschäft. Ein sehr lohnendes sogar. Dafür hatte ich einen Riecher.

Ich stellte mich an den alten Platz.

Freeday ging ans Fenster, zog das Rollo herunter und preßte es gegen den Rahmen, bis alle Ritzen abgedichtet waren.

„Ist es dunkel?" fragte er.

„Ja."

„Kannst du nichts sehen?"

„Absolut nichts."

Er kam zum Tisch zurück, schaltete den Apparat ein, und in meinen Augen flammte wieder das rote Licht auf.

„Achtung!" sagte Freeday. „Jetzt verringere ich die Stromstärke."

Das rote Licht wurde blasser, in dem verschwommenen rötlichen Schleier, der mich umgab, erkannte ich plötzlich eine Platte. Das war der Tisch. Danach tauchten Stühle auf, die Umrisse Freedays, der mich genau beobachtete, die Wände, die abgedunkelten Fenster.

Ich sah das Zimmer. Aber es hatte sich verändert. Es war ganz in Rot getaucht, das verschiedene Schattierungen aufwies.

„Siehst du etwas?"

„Ja."

Es war verblüffend, aber ich sah alles. Ganz klar. Nur völlig in Rot. Wie auf einem hypermodernen Bild.

„Gut", sagte Freeday. Er schaltete den Apparat aus, ließ das Rollo hoch, wodurch das Zimmer wieder sein gewohntes Aussehen erhielt, und setzte sich auf einen Stuhl. „Du hast die Ausstrahlung der Körper gesehen. Kein reflektiertes Licht, wie wir es im Normalfall sehen, sondern die Ausstrahlung der Körper."

Dann sprach er über die Perspektive seiner Erfindung, wie er sie sich vorstellte. Nach seinen Worten war die Menschheit bisher gezwungen gewesen, in Beleuchtungsfragen unökonomisch vorzugehen. Wir beleuchten jeden Baum, jeden Gegenstand, den wir sehen möchten. Aber Gegenstände gibt es viele, und deshalb verbrauchen wir enorme Energiemengen. Es wäre doch viel rentabler, wenn wir das Auge „beleuchteten" statt den Gegenstand, wenn wir es mit Strahlen beschickten, die ihm die Möglichkeit gäben, den unter normalen Bedingungen unsichtbaren Lichtschein der Körper wahrzunehmen. Ein kleiner tragbarer Apparat, der in Form eines Helmes über den Kopf gestülpt wird, eine kleine Batterie in der Tasche, und schon entfiele die Notwendigkeit zahlloser Lampen und Lämpchen, die abends und nachts Wege, Straßen, Produktionsräume und Wohnzimmer erleuchten.

Alles das klang nicht schlecht, und ich malte mir in meiner Phantasie schon das Bild einer nächtlichen Stadt aus, die scheinbar stockfinster ist – mit dunklen Straßen und schwarzen Fenstern –, in der aber Leben pulst und die taghell wird, sobald man sich Freedays Apparat über den Kopf stülpt. Gleichzeitig spürte ich jedoch, daß sich dahinter noch ein viel größeres, weltbewegendes Problem verbarg. Ich wußte nur noch nicht, worin es bestand.

„Wie schätzt du die Sache ein?" fragte Freeday.

„Nicht schlecht", gab ich zu. „Was hast du vor?"

„Ich brauche Hilfe." Freeday sah erschöpft aus. „Hier ist der

Apparat. Aber er ist sehr unhandlich, wie du siehst. Er muß noch anders konstruiert werden. Außerdem ist noch eine Reihe von Versuchen durchzuführen. In kleinen Dosen schadet die Bestrahlung nicht, das hab ich selbst ausprobiert."

Er tastete den Tisch ab, um die Streichholzschachtel zu finden, die er eben erst dorthin gelegt hatte. Während er sie suchte, blickte er vor sich hin, dabei fiel mir wieder sein starrer Gesichtsausdruck auf.

Diese Starre – gar nicht die Hand, die nervös über den Tisch fuhr – verriet mir, warum er im Vestibül über den Teppich gestolpert war und mich auf der Straße angerempelt hatte.

Freeday konnte nichts sehen. Er war blind wie ein Regenwurm.

Gleichzeitig mit dieser Erkenntnis durchzuckte mich eine Idee. Mir wurde plötzlich klar, worin die Hauptbedeutung dieser Erfindung bestand.

„Hör mal, du bist ja blind", sagte ich.

Sein blasses Gesicht rötete sich leicht, er lächelte verlegen, während seine Hand die Schachtel endlich gefunden hatte. Er zündete ein Streichholz an und begann zu rauchen.

„Nicht völlig", sagte er. Seine Hände zitterten. „Nicht völlig. Meine Sehkraft hat tatsächlich sehr nachgelassen. Tagsüber. Dafür kann ich im Dunkeln sehen. Genaugenommen hab ich mein Ziel erreicht. Ich brauche nicht einmal einen Apparat. Jetzt komme ich mir wie ein Uhu vor. Witzig, was?"

Ich stand vom Stuhl auf und schritt zur Tür. Freeday wandte beunruhigt den Kopf. Und ich sah deutlich, daß sein Blick nicht auf mich gerichtet war, sondern seitlich ins Leere ging.

„Na, was ist?" fragte er. „Kannst du mir helfen, Jim? Ich brauche einen gescheiten Assistenten." Er räusperte sich. „Geld hab ich genug, was mir fehlt, ist ein Mensch, der sich ein bißchen in der Optik auskennt. Hier in der Stadt ist niemand aufzutreiben. Du wirst doch noch einiges aus den Vorlesungen behalten haben. Außerdem muß ich mal ausspannen. Ich hab mich in den letzten Jahren überarbeitet. Meine Nerven sind nicht in Ordnung. Und überhaupt, ich muß mich mal auskurieren."

Ich ging im Zimmer auf und ab. Ich will nicht verhehlen, daß mich das alles ziemlich aufregte, einen Augenblick lang lief es mir sogar heiß und kalt über den Rücken.

Dann hatte ich mich wieder in der Gewalt und fragte: „Wie hast du denn das Augenlicht verloren?"

„Die Strahlung war zu stark. Ich stand unter dem Reflektor und hatte den Zeiger versehentlich zu weit gerückt. Damals war ich am Ende meiner Kraft."

„Na schön", sagte ich. (Seine Worte bewiesen mir die Richtigkeit meiner Idee.) „Ausgezeichnet. Und wie weit wirken die Strahlen? Hast du noch nicht versucht, jemand aus großer Entfernung zu bestrahlen? Straßenpassanten zum Beispiel?"

Er lächelte verlegen. „Doch. Als ich noch sehen konnte. Natürlich hab ich die Strahlung sehr niedrig gehalten. Trotzdem soll man es lieber nicht machen, weil die Leute selbstverständlich einen Schreck bekommen. Übrigens ist die Reichweite von der Leistungsfähigkeit der Anlage abhängig."

„Ich möchte es gern ausprobieren", sagte ich. „Laß uns feststellen, wie weit die Strahlen wirken, und danach sage ich dir, ob ich dir helfen kann oder nicht."

Freeday willigte, wenn auch sehr widerstrebend, ein. Wir nahmen den Reflektor von der Decke herunter und stellten ihn, da der Schlauch lang genug war, auf die Tischkante, die dem Fenster am nächsten war. Dabei entging mir nicht, daß Freeday trotz allem auch bei Licht noch einiges sah. Jedenfalls wußte er, in welcher Richtung das Fenster lag, und bemerkte sogar meine erhobene Hand.

Ich nahm den Reflektor und bemühte mich, ihn auf jemand zu richten, der unten die Straße entlangging. Es war unheimlich spannend, mit dem Apparat am Fenster zu stehen. Natürlich hätte ich es leichter gehabt, wenn die Strahlen sichtbar gewesen wären. Ich hätte dann wie mit einem Scheinwerfer arbeiten können.

Ein paar Minuten lang schwenkte ich den Reflektor nach rechts und links, wobei ich auf einen älteren Mann zielte, der mit einem Stock in der Hand und offener weißer Sommerjacke angehumpelt kam. Doch es gelang mir einfach nicht, ihn zu erwischen, und er entfernte sich wohlbehalten aus meinem Gesichtsfeld. Dann konzentrierte ich meine Aufmerksamkeit auf einen quirligen Büroangestellten, der, mit den Armen rudernd, näher eilte.

Und da geschah es.

Der junge Mann eilte an mir vorbei, und ich, der ich hundert Meter von ihm entfernt war, fing ihn mit dem Reflektor ein.

Er machte noch einen Schritt und blieb plötzlich ruckartig stehen, als wäre er gegen eine Glaswand geprallt oder mit einem unsichtbaren Seil nach hinten gezogen worden. Zwei oder drei Sekunden rührte er sich nicht vom Fleck, dann hob er die Hände und preßte sie gegen die Augen. Danach ließ er die Arme sinken und schüttelte den Kopf. Dann griff er sich erneut an die Augen. (Seinem Schreck nach zu urteilen wurden die Strahlen kaum gestreut.)

Der junge Mann streckte die Arme nach vorn und nach den Seiten aus und tastete sich wie ein Blinder zur nächsten Hauswand.

Später stellte ich fest, daß dies die erste Reaktion fast aller Betroffenen war. Sobald sie zeitweilig geblendet waren, trachteten sie danach, von der offenen Straße wegzukommen und den Rücken gegen einen festen Halt zu pressen. Als fürchteten sie einen Angriff von hinten.

Der Büroangestellte machte noch einen Schritt und war plötzlich aus der Strahlenzone herausgelangt. Sofort veränderte sich seine Haltung. Er wendete unsicher den Kopf und blickte sich um. Wahrscheinlich fragte er sich: Was war das eben? Was war das für ein Teufelsspuk?

Er schüttelte den Kopf, rieb sich die Augen. Und in diesem Moment hatte ich ihn wieder eingefangen.

Diesmal bekam er einen ganz schönen Schreck. Er warf die Arme hoch und fing an zu schreien. Wahrscheinlich brüllte er, so laut er konnte. Vom Fenster aus sah ich, wie weit er den Mund aufgerissen hatte.

Eine Frau wich entsetzt zur Seite, dann blieb sie stehen, betrachtete ihn und trat näher. Sie geriet ebenfalls in den Strahlenbereich. Anscheinend kreischte sie, denn ihr Mund war ebenfalls geöffnet. In der Hand hielt sie eine pralle Einkaufstasche, die sie vor Schreck fallen ließ.

Ich mußte lachen. Es war zu komisch, wie sie sich an die Augen griffen und reglos verharrten.

Den beiden näherte sich ein Polizist. Ich wollte ihm schon eine Ladung verpassen, doch da trat Freeday zu mir ans Fenster.

„Warum lachst du?" erkundigte er sich. „Hast du dich nun überzeugt?"

„Ja", erwiderte ich. „Es ist alles okay. Das genügt mir."

Er schaltete den Rheostaten aus und stellte den Reflektor auf den Tisch.

„Setz dich", sagte er, „auf einen der Stühle."

Ich führte Freeday zu seinem Platz, setzte mich ihm gegenüber und sagte, jede Silbe betonend: „Alles schön und gut. Und wie werden wir unsere Erfindung realisieren?"

„Unsere?" wiederholte er. „Ich sehe, du hast dich nicht verändert."

„Ja, unsere", erwiderte ich. (In solchen Situationen muß man konsequent sein. Das habe ich mir zur Regel gemacht.)

Eine Weile schwieg er, dann fragte er: „Was schlägst du vor?"

Danach vereinbarten wir, daß der Apparat, falls es uns gelänge, ihn fertigzustellen, unter dem Namen Basker-Freeday registriert und später in den Handel gelangen sollte. Finanzieren wollte ich die Sache. Freeday sollte mir die Hälfte meines investierten Kapitals entsprechend den Einnahmen zurückzahlen, die wir aus der Erfindung erzielen würden. An diesen Einnahmen war jeder von uns zur Hälfte beteiligt. (In Wirklichkeit hatte ich ganz andere Pläne und hoffte, daß es zu dem Apparat, der dazu befähigen sollte, im Dunkeln zu sehen, gar nicht erst käme.)

Dann bestellte ich ein paar Ziehleute und ließ das ganze Laboratorium und Freeday selbst in mein Haus schaffen. Ich wies Freeday zwei Zimmer im ersten Stock zu und erklärte Emily und den Kindern, sie sollten dafür sorgen, daß er sich bei uns wie zu Hause fühle.

Dann begab ich mich in mein Arbeitszimmer und setzte mich mit meinem Schwager in Verbindung, der einen Mann kennt, der wiederum Beziehungen zum Vorstand der Firma „Armour" hat, Sie wissen ja, die auf Panzer und Flugzeuge spezialisiert ist und alle Aufträge des Kriegsministeriums ausführt.

Mein Schwager traf am nächsten Morgen mit dem Flugzeug ein. Ich montierte die Anlage im Salon und setzte meinen Schwager den Strahlen aus. Er war rasch über alles im Bilde und griff nun seinerseits zum Telefonhörer. Gegen Mittag hielt vor meinem Haus ein Cadillac; ihm entstieg ein Mann, dem man schon von weitem ansah, daß er Millionär war. Sie hätten nur sehen sollen, wie er durch den Garten schritt. Alles ringsum glänzte plötzlich und bekam durch seine Anwesenheit einen völlig neuen Wert.

Wieder führte ich den Apparat vor, wieder ließ ich die Strahlen wirken. Der Millionär sah nach dem Versuch sehr nachdenklich aus. Aber das gab sich schnell; er bat mich, ihn in meinem Arbeitszimmer allein zu lassen, und führte ebenfalls ein Telefongespräch. Nachts weckte man mich. Zwei Dodges waren vorgefahren, von denen etwa dreißig Mann in Uniform absprangen. Sie umzingelten das Haus und den Garten, so daß nicht einmal eine Katze unbemerkt hätte hinausschlüpfen können. Der Millionär erklärte, das sei eine der üblichen Vorsichtsmaßnahmen, wenn es um große Geschäfte gehe. Ich wisse ja selbst, die Konkurrenz, Industriespionage und so weiter. Das leuchtete mir auch ohne seine Erklärungen ein.

Er eröffnete mir, daß die Vorstandsmitglieder der Firma am nächsten Morgen einträfen. Daraufhin ging ich zu Freeday.

Sie müssen wissen, daß die Idee, auf die ich bei der ersten Bekanntschaft mit den Strahlen gekommen war, eine viel größere Perspektive hatte als das Sehen im Dunkeln. Freeday in seiner Naivität ahnte ja nicht, auf was er da gestoßen war. Das Wichtigste an diesen Strahlen war beileibe nicht, daß sie die Möglichkeit boten, künftig auf jede Art von Beleuchtung zu verzichten. Stellen Sie sich vor, ein Flugzeug, das mit solchem Apparat ausgerüstet ist, natürlich mit einem viel leistungsfähigeren, überfliegt das Territorium eines feindlichen Landes. Im geeigneten Moment wird der Apparat eingeschaltet. Es muß übrigens kein Flugzeug sein. Noch besser ist ein Satellit, der in gewaltiger Höhe kreist. Zu einem genau berechneten Zeitpunkt läßt man die Strahlen auf das darunter befindliche Territorium einwirken, die Bevölkerung wird von dem roten Licht geblendet und ...

Alles das schilderte ich Freeday und machte ihm klar, daß wir der Firma „Armour“ unsere Erfindung überlassen müßten.

Er saß auf seinem Bett, während ich sprach, versuchte nur einmal, mich zu unterbrechen, und hörte mir dann schweigend zu. Als ich geendet hatte, schüttelte er den Kopf.

„Nein!"

„Was heißt – nein?"

„Nein – und basta! Was hast du dir da wieder ausgeknobelt, du Schwachkopf! Glaubst du, dafür hätte ich mein Leben lang gearbeitet? Am besten, ich ziehe wieder zu mir."

Dieser Naivling. Ich zuckte die Achseln, stand auf, trat ans Fenster und rief einen der Uniformierten, die unten Posten bezogen hatten. Der meldete sich sofort. Dann erklärte ich Freeday, daß wir keine andere Wahl hätten. Die Firma hätte sich unsere Erfindung faktisch schon angeeignet und gäbe sie nicht wieder heraus. Unsere Aufgabe bestünde jetzt nur noch darin, unser Geistesprodukt so teuer wie möglich zu verkaufen. Nach diesen Worten ließ ich ihn allein und eilte zu den Vorstandsmitgliedern, die mich bereits erwarteten.

Ich muß gestehen, daß ich damals noch gar nicht genau Bescheid wußte, wie der Apparat eigentlich funktionierte, der die Strahlen induzierte. Die wichtigsten Bauteile der Apparatur befanden sich in dem kleinen Metallkasten, der mit einer Stahlnaht zugeschweißt war. Freeday hatte einmal beiläufig erwähnt, daß irgendein künstlich erzeugtes Mineral ein wichtiges Element dieser Bauteile bilde. Vorerst hatte ich keine Erklärung von ihm verlangt, da ich annahm, er könne mir doch nicht entgehen.

Die folgenden drei Tage verliefen ziemlich hektisch. Der Apparat wurde wieder vorgeführt, Verhandlungen fanden statt. Freeday nahm nicht daran teil, ich sah ihn in der ganzen Zeit nur zweimal flüchtig. Es schien mir damals, als hätte er Vernunft angenommen. Er tat so, als wolle er den Apparat leistungsfähiger machen, und fragte mich einmal sogar, wo im Hause die Zuleitung der Stromkabel sei.

Den Höhepunkt der ganzen Geschichte bildete der Moment, als ich im Beisein aller Herren den Apparat auf dem Dach des Hauses anbrachte und den Reflektor bei strahlendem Sonnenschein auf eine Straßenkreuzung richtete.

War das ein Effekt!

Wir wußten gar nicht, wo wir zuerst hinsehen sollten. Die Passanten blieben wie auf Befehl stehen und griffen sich alle gleichzeitig an die Augen. Ein großer offener Chevrolet, der vierzig Stundenmeilen fuhr, bremste scharf, geriet ins Schleudern und rammte eine Hausecke. In den ersten zwei oder drei Sekunden herrschte Stille; die Leute versuchten sich wohl klarzuwerden, was mit ihnen geschehen war. Danach ertönte Geschrei. Erst leise, dann immer lauter und durchdringender.

Diejenigen, die das rote Licht auf der Fahrbahnmitte überrascht hatte, strebten schleunigst dem Trottoir zu. Die anderen aber, die ebenfalls einen Schreck bekommen hatten, wollten wissen, was auf dem Fahrdamm los war, eilten auf die Kreuzung und gerieten nun selbst in die Strahlenzone des Reflektors. Von panischer Furcht wie gelähmt, kamen sie nicht auf die Idee, daß sie nur auf den Gehsteig zurücklaufen mußten, um wieder sehen zu können.

Und die ganze Zeit schwoll das vielstimmige Geschrei auf der Kreuzung an. So ähnlich muß es in Hiroshima gewesen sein, als dort die Atombombe explodierte.

Dieser letzte Versuch entschied alles.

Das Aufsetzen der Verträge nahm mehrere Stunden in Anspruch, und als ich zu mir ins Erdgeschoß hinunterging, war es bereits Abend. Draußen kündigte sich ein Gewitter an, es goß in Strömen, und vor den Fenstern herrschte undurchdringliche Finsternis.

Ich wollte Emily und den Kindern gerade eröffnen, daß die Sache zu einem guten Abschluß gekommen sei, als das Licht im Zimmer plötzlich erlosch.

So etwas geschieht bei uns höchst selten. Ich nahm an, die Sicherungen wären durchgebrannt, und wartete, bis man sie ausgewechselt hätte. Drei Minuten waren verstrichen, fünf ... Das Licht ging nicht wieder an. Ich trat ans Fenster, öffnete es, beugte mich im Regen hinaus und stellte fest, daß das Licht nicht nur im linken Flügel und im Erdgeschoß erloschen war, sondern im ganzen Haus.

Aus dem Nebenzimmer fragte mich Emily, ob ich nicht zufällig Streichhölzer bei mir hätte. Ich erinnerte sie daran, daß ich Nichtraucher sei. Dann drückte ich auf den Klingelknopf, um Forbes zu rufen, doch die Klingel war ebenfalls außer Betrieb.

Das ganze Haus wimmelte von Leuten. Jemand lief den Flur entlang. Aber das Licht kam nicht wieder, und während es draußen goß, war es im ganzen Haus stockfinster.

Plötzlich fiel mir ein, daß Freeday doch im Dunkeln sehen konnte.

Nicht, daß ich Verdacht geschöpft hätte in diesem ersten Moment. Ich sagte mir nur, daß er als einziger im ganzen Haus sehen konnte, während wir übrigen alle mit Blindheit geschlagen waren. Ich fragte meine Frau, ob sie nicht wüßte, wo Freeday jetzt sei, und hörte von ihr, daß sie ihn vor zehn Minuten in den Keller habe hinuntergehen sehen, wo bei uns die Zählertafel mit den Sicherungen angebracht ist.

Da wurde mir schon unbehaglich zumute.

Ich tappte im Dunkeln zur Tür und trat auf den Flur hinaus. Jemand schob sich schnaufend an mir vorbei. Ein Streichholz flammte auf, und der Lichtschein fiel sekundenlang auf die Visage des Kerls von der „Armour“, der als erster hier eingetroffen war. Er war äußerst gereizt und fragte mich, wann der Unfug mit dem Licht endlich aufhöre.

Ich machte einen Bogen um ihn, brubbelte eine Entschuldigung und tastete mich an der Wand entlang zur Treppe. Der Apparat befand sich oben im Salon, und obwohl er ständig von zwei Posten bewacht wurde, hegte ich schon die schlimmsten Befürchtungen. Ich hatte die Treppe erreicht, als über mir die erste MPi-Salve krachte. Ich dachte, mich rührt der Schlag. Ohne auf die Stufen zu achten, stürmte ich hinauf, fiel, sprang wieder auf und rannte mit vorgestreckten Armen zum Salon.

Vor den Fenstern zuckte ein Blitz auf. Ein bläulich-bleicher Lichtschein erhellte alles sekundenlang, und ich sah jemand den Korridor entlanglaufen und einen leblosen Körper vor der Salontür liegen.

Ich hastete dem Laufenden entgegen, bekam etwas zu fassen, das sich später als der zweite Wachposten entpuppte, und fiel hin. Die Gestalt auf dem Flur kam näher, ich hörte ihre Schritte, kroch auf allen vieren heran und konnte sie am Bein packen.

Ich packte den Mann, er riß sich los, und im gleichen Moment bekam ich einen entsetzlichen Fußtritt gegen die Zähne. (Sie müssen wissen, ich trage oben und unten ein künstliches Gebiß.) Aus meinem Mund floß sofort Blut, ich wälzte mich bäuchlings auf dem Fußboden und schrie, dann rappelte ich mich mit letzter Kraft auf und stürzte Freeday hinterher. Der Flüchtende war nämlich Freeday gewesen. Ich hatte keine drei Schritte getan, als links von mir eine MPi-Salve losratterte, rote Punkte blitzten in der Dunkelheit auf.

... Mit einem Wort, ich wurde so zugerichtet, daß ich, bereits aus dem Krankenhaus entlassen, noch ein halbes Jahr nur auf Krücken laufen konnte.

Aber damals war ich trotz meiner Verletzungen nicht unterzukriegen. Ich wußte ja, was ich verliere. Ich kroch zur Treppe, schrie um Hilfe. Und gleich knatterte wieder ein Feuerstoß los. Was weiter geschah, übersteigt alle Vorstellungen.

Im Haus befanden sich etwa zehn bewaffnete Leute, mindestens genausoviel waren im Garten verteilt. Alle wußten, daß sie hier eine Erfindung von ungeheurem Wert bewachten, und als nachts das Licht ausging und die ersten Schüsse knallten, ballerten alle auf einmal los. Diejenigen, die im Garten und rings um das Grundstück postiert waren, glaubten, jemand wolle aus dem Haus ausbrechen, und nahmen die Fenster und Türen unter Beschuß. Die Leute im Haus aber fühlten sich angegriffen und bezogen Verteidigungsstellung.

Mit einem Wort, das Gefecht tobte die ganze Nacht hindurch. Ich lag im ersten Stock, blutüberströmt, und durfte mich nicht rühren, wenn ich nicht einen Feuerstoß in meine Richtung riskieren wollte.

Gegen Morgen, als sich die Gemüter etwas beruhigt hatten, stellte sich heraus, daß ungefähr zwanzig Wachposten verwundet waren, davon drei schwer. Ich hatte nur die eine Hoffnung, daß man Freeday verwundet oder tot im Garten finden möge.

Aber Freeday blieb verschwunden, genauso wie sein Metallkasten mit den wichtigsten Bauteilen. Wissen Sie, was dieser Verrückte gemacht hatte? Am Abend war er in den Keller hinuntergestiegen, in den Raum, wo sich die elektrische Zählertafel und die Kabelzuführung befinden, und hatte mit der Feuerwehraxt das Hauptkabel durchgehackt. Danach war er, die ägyptische Finsternis nutzend, in den Salon hinaufgeeilt, hatte die beiden Wächter dort betäubt und das Kernstück des Apparates fortgeschafft.

Unter meiner Anleitung arbeitete das Laboratorium der Firma „Armour“ noch ein Jahr lang an dem Projekt. Doch ich hatte Freeday zuwenig Wissen abgeluchst, um den Apparat rekonstruieren zu können. Da er irgendein künstlich erzeugtes Mineral erwähnt hatte, probierten wir sie alle durch – angefangen beim künstlichen Pflasterstein. Aber ohne Erfolg. Über Freeday selbst laufen Gerüchte um, daß er sich nach New York abgesetzt hat. Und von da aus weiter nach Europa.

Das ist eigentlich alles. Was mich betrifft, so bin ich auch heute kein kleiner Mann. Wenn ich mit meiner Frau im Konzertsaal erscheine ... Aber das sagte ich ja bereits.

Aus dem Russischen von Hannelore Menke

Der Kristall

Er sah sich in der überfüllten niedrigen Bar um.

„Sagen Sie", wandte er sich an mich, „was haben Sie bei dieser Kellnerin bestellt – zwei Einfache? Bestellen Sie lieber gleich zwei Doppelte, sonst können Sie das nächste Mal lange warten." Er lehnte sich im Sessel zurück. „Sagen Sie, haben Sie eine Ahnung von Kristallen?"

„Na, so ... in groben Zügen. Ich bin von Beruf hämologischer Atomograf mit syntaktischem Einschlag. Das ist ein Gebiet der Homotektonik. Der adaptiven, selbstverständlich. Ich könnte Ihnen eine interessante Geschichte erzählen. Und wenn Sie einverstanden wären ..."

Mein Tischnachbar unterbrach mich mit einem Nicken und überlegte kurz.

„Mit den Kristallen fing bei uns alles an. Verstehen Sie, Copse hatte sich ein seltsames Hobby ausgesucht – er schliff Kristalle. Er war nicht sehr helle, von Anfang an, in jungen Jahren schon stand für ihn fest, daß er's nicht weiter bringen würde als bis zum simplen Physiktheoretiker. Darum schlug er die Behördenlaufbahn ein. An unser Institut kam er mit Vierzig. Als Leiter. Das ist übrigens kein schlechter Job, weil es Doktoren der Wissenschaften, Suzeräne des Wissens, heutzutage wie Sand am Meer gibt, von den Magistern und Kandidaten ganz zu schweigen, ein Leiter hingegen genießt in seinem Amt alle erdenklichen Vorrechte. Sehr bald hatte er im Hauptgebäude einen geräumigen Keller gefunden, in dem er abends seiner Lieblingsbeschäftigung nachging. Allmählich verwandelte sich dieser Institutskeller in eine Art Klub. Unser Gebäude grenzte an den Hafen, und zu uns kamen auch Fremde. Vom Mond, vom Jupiter oder sogar vom Alpha Centauri. Copse bewirtete jeden mit einem Täßchen Kaffee oder mit herzhafteren Getränken. Die neuesten Nachrichten drangen eher zu uns als zur Akademie. Für mich gab's, offen gesagt, kein größeres Vergnügen, als mir's im Sessel bequem zu machen, mein Gläschen zu füllen und die Ohren zu spitzen. Das trug mir große Beliebtheit ein, und die Leute standen regelrecht Schlange bei mir. Wir hatten doch lauter erstklassige Erzähler bei uns, jeder strotzte vor Neuigkeiten, die er an den Mann bringen wollte, aber ihm fehlten Zuhörer. Sie müssen sich den Keller vorstellen, ziemlich groß mit gelbgestrichenen Wänden, grobgeweißter Decke. In einer Ecke befanden sich Tischchen, Sessel, Stühle und eine Kaffeemaschine. Über den ganzen Raum verteilt waren Kisten mit allem möglichen Plunder – angefangen bei Schraubenmuttern, Scheiben, alten zerbrochenen Laserpistolen bis zum modernsten Elektronenmikroskop –, und ganz hinten in der äußersten Ecke stand Copse an seiner Schleifmaschine. Copse, der selbst ständig schwieg, andere aber nicht am Reden hinderte. An ihn wandte man sich in Streitfällen, er galt gewissermaßen als letzte Instanz, als Verkörperung des gesunden Menschenverstandes. Er hörte sich alles geduldig an und beendete die Diskussion nicht damit, daß er jeden in dem Glauben ließ, er habe recht. Man hatte vielmehr den Eindruck, daß alle Argumente in seiner grenzenlosen Dummheit versanken wie im Schoße der Natur. Wenn so ein junger Akademiker, der auf irgendwelchen unbekannten Planeten durch Feuer, Wasser und Messingrohre gegangen war, der ein dutzendmal beinahe ertrunken, erfroren oder verbrannt wäre, auf Gelehrtenratssitzungen und erweiterten Lehrstuhlkonferenzen mit seinem Wissen geglänzt hatte, Copses einfältige Miene sah, verstummte er plötzlich, fragte sich: „Wozu das Ganze?" und steuerte bedenkenlos zur Theke. Die Kunde von unserer wohltuenden Einrichtung drang buchstäblich zu den entferntesten Sternen. Überall in den Kosmoshäfen wußte man, daß es für jeden, der einen neuen Witz hören, sich selbst produzieren, jemandem eine Nachricht hinterlassen oder etwas in Erfahrung bringen wollte, keinen günstigeren Ort auf der Erde gab. Fast alle, die bei uns verkehrten, waren Transitreisende, Leute, die wegfliegen wollten oder nach der Landung noch keine Arbeit gefunden hatten. Wir kannten keine Sorgen und trüben Gedanken, bei uns riß man Witze, gab an, wie es unter Männern üblich ist. Mir gefiel diese Atmosphäre ungemein. Ich überlegte ernstlich, ob ich nicht gänzlich in den Keller übersiedeln sollte, und hätte es auch getan, wenn ich mir nicht gesagt hätte, daß ich mein Bett nicht hinuntertragen konnte, ohne die ganze Ungezwungenheit zu zerstören. So nahm alles seinen Lauf, bis eines Tages ..."

„Und Sie? Haben Sie auch in dem Institut gearbeitet?" unterbrach ich ihn. „Was sind Sie von Beruf? Wenn Sie sich ein wenig in der Homotektonik auskennen und mit Materialisierungen zu tun hatten, müßte es Sie eigentlich interessieren ..."

Er sah mich vorwurfsvoll an. Seine kleinen grauen spitzbübisch-verträumten Augen paßten nicht recht zu seinem breiten roten Gesicht mit den scharfgeschnittenen, jetzt allerdings verschwommenen Zügen.

„Ja, ich habe dort gearbeitet. Aber ich habe mich nicht überanstrengt." Seine Stimme klang herausfordernd, den zweiten Teil meiner Äußerung ließ er unbeachtet. „Ich habe mir kein Bein ausgerissen. Die meisten von uns verausgaben ihre Kräfte doch nur aus purer Langerweile. Wenn der Mensch nichts hat, worüber er nachdenken kann, fürchtet er das Alleinsein, schuftet wie ein Besessener oder begibt sich auf die Jagd nach Neuigkeiten." Er warf einen Blick in den Teil der Bar, wo unter der gewölbten Decke lautes Stimmengewirr herrschte. „Die Leute haben sich das Nichtstun gänzlich abgewöhnt – das ist ja unser Unglück. Glauben Sie, sie wären hergekommen, um sich zu zerstreuen? Weit gefehlt! Sie sind weder zu ihrer Unterhaltung noch zum Trinken hier. Diese Kunst ist in Vergessenheit geraten. Sie reden auch jetzt über die Arbeit. Und wenn sie nicht darüber reden, dann denken sie daran." Er wandte sich jäh an seinen Begleiter, einen fünfzehnjährigen Lulatsch, der mit uns in die Bar gekommen war. „Na, was stehst du hier herum? Setz dich und hör zu, was sich kluge Leute zu erzählen haben."

Der Lulatsch zog die Nase hoch, trat von einem Bein aufs andere und blickte mißmutig zu Boden. Er war einen Kopf größer als ich, hatte lange Arme und einen dürren Hals.

„Na schön", sagte er gelangweilt. „Aber warum ..."

„Warum, warum!" äffte ihn der Rotgesichtige nach. „Geh schon. Wart an der Ecke auf mich."

Der Lulatsch nickte mir erleichtert zu und trollte sich zur

Tür. Sein Gang war schlaksig. Seine Handgelenke hingen zehn Zentimeter weiter aus den Ärmeln seiner Kombination als modern war.

„Er pfeift auf alles“, gestand mir der Rotgesichtige bekümmert. „Am liebsten lehnt er sich irgendwo gegen eine Hauswand und gafft vorbeikommende Mädchen an. Wenn er wenigstens eine anspräche, versuchte, mit ihr bekannt zu werden, wie früher. Aber nein, er schweigt sich aus und grinst nur.“ Er hob sein Glas und goß sich eine anständige Portion des hochprozentigen Mondwhiskys hinter die Binde. „Worüber sprachen wir doch gleich? Über den Keller, stimmt's? Um es kurz zu machen, eines Tages erschien bei uns ein wüst aussehender bärtiger Kerl und brachte einen riesigen Kristall an. Das heißt, ‚bringen‘ ist nicht der richtige Ausdruck, weil das Ding ungefähr eine Tonne wog. Auf irgendeine Weise hatte er spitzgekriegt, daß sich Copse für Kristalle interessierte. Er muß von der Wega oder vom Sirius gekommen sein, wir haben's uns nicht gemerkt, und es interessierte auch keinen. Er hatte im Raumschiff Ballast gebraucht und den Klumpen im Frachtraum verstaut. Auf der Erde mietete er sich einen Selbstlader, und so oder anders geriet der Kristall in unseren Keller. Der Bärtige protzte mit seinen Abenteuern, und zwei Stunden später flog er weiter, weiß der Teufel wohin. Seinen Namen erfuhren wir nicht, auch nicht den Namen des Betreffenden, der ihm von unserem Klub erzählt hatte. Copse versuchte als erstes, das Mineral auf Grund seiner Gitterstruktur zu bestimmen, und erklärte schließlich, daß er so einen Kristall noch nicht bei uns gesehen hätte. Dann astete er den Brocken auf seine Schleifmaschine. Hier muß ich einflechten, daß er nie wissenschaftliche Ziele verfolgt hat, wenn er sich mit seinen Kristallen befaßte. Er schliff lediglich Linsen daraus und verschenkte sie später an diejenigen, die welche brauchten oder Gefallen daran fanden. Linsen werden ja heutzutage gegossen, aber wenn man Ihnen oder Ihrer Dienststelle ein gut bearbeitetes Stück aus natürlichem Mineral anbietet, werden Sie es doch bestimmt nicht ausschlagen. Da Copse unentgeltlich arbeitete, kümmerte es ihn wenig, wenn er Ausschuß fabrizierte. Er nahm einfach seine Laserpistole, schoß die verdorbene Linse entzwei und legte den nächsten Kristall auf seine Schleifmaschine. Solche zerschossenen Linsen füllten ganze

Kisten bei ihm – ich weiß nicht, warum er sie aufhob. Zu der Zeit wurde im Institut gerade bekannt, daß die Laboratorien des chemischen Kontrapunkts in den oberen Stockwerken ein halbes Jahr später für irgend so einen Ultraharmonisator mit doppelter Oktave – ich erinnere mich nicht genau, wie dieses Gerät bei ihnen hieß – eine Linse mit einem Durchmesser von einem Meter sechzig benötigten. Copse freute sich darüber, er hatte plötzlich ein Ziel vor Augen und machte sich emsig an die Arbeit. Kurz gesagt, damit Sie mich recht verstehen, das war schon ein richtiges Hobby, so wie Briefmarken sammeln, daß er mit der Hand ein Teleskop herstellte, alle möglichen Punkte zeichnete oder ähnlichen Unsinn, mit dem die Leute die leere Stelle in ihrem Gehirn vollstopfen möchten. Copse wollte sich beschäftigen – das war alles. Aber wenn man sich mit Kristallen ‚beschäftigt', noch dazu mit so ausgefallenen, die niemand bisher erforscht hat, stellen sich Überraschungen ganz von selbst ein. Sie kennen sicherlich die erstaunlichen Eigenschaften dieser Strukturen. Kristalle können hart, flüssig, gasförmig oder plasmisch sein, wie beispielsweise ein Kugelblitz. Ihnen ist die Anisotropie eigen, das heißt, sie bewahren ihre Eigenschaften in den parallelen und verändern sie in den aufeinanderstoßenden Linien. Kristalle sind piezoelektrisch – bei Druck auf gegenüberliegende Grenzflächen treten verschiedenartige elektrische Ladungen auf, die sich beim Dehnen stellenweise verändern. Für die Kristalle sind weiterhin Doppelbrechung, Polarisation, Pleochronismus und dergleichen mehr charakteristisch. Der Pheonas – Copse hatte ihn so getauft – stellte einen länglichen Dodekaeder mit abgeschnittenen Höhen oder einen Tetrakaeder dar – wenn man solche Formen übereinanderlegt, füllen sie übrigens völlig den Raum aus. Der Pheonas besaß eine optische Achse, und die Symmetrieachse war von sechster Ordnung. Morgens bei einbrechendem Tageslicht war er rubinrot getönt, mittags färbte er sich grünlich, und bei elektrischem Licht war er völlig durchsichtig, was ihn für jenen doppelten Ultraharmonisator geeignet erscheinen ließ. Seiner Zusammensetzung nach war der Pheonas einem Diamanten ähnlich, er hatte nur bedeutend mehr Zusätze – ungefähr dreißig –, und alle in winzigen Mengen. Copse bettete den Kristallklumpen in Kanadabalsam oder irgendeinen anderen Spezialkitt und machte sich ans Werk. Zuerst beseitigte er mit der Lasersäge die gröbsten Unebenheiten, danach ging er zur feineren Bearbeitung mit Hilfe von Diamantenschablonen über. Und da setzten die Überraschungen ein. Der Kristall begann zu singen. Das erste Mal passierte es nachts, und seine Stimme jagte der jungen Laborantin, die auf dem freien Platz in der Nähe des Instituts den Sternenhimmel bewunderte und vielleicht in Gedanken gerade den Schnitt für eine neue Bluse entwarf, einen höllischen Schreck ein. Das Mädchen vernahm einen langgezogenen Klagelaut, der aus den Kellerfenstern erscholl. Einen, gleich darauf wieder einen und noch ein paar. Später verglich sie es mit den Schreien der Marsungeheuer aus Wells' Roman ‚Der Krieg der Welten'. Aber in jenem Augenblick war ihr nicht nach literarischen Assoziationen zumute. Sie flüchtete Hals über Kopf und weckte im Gemeinschaftsheim das ganze Erdgeschoß. Jemand besann sich, daß die Kellerschlüssel bei Copse sein mußten, man klingelte ihn wach, holte ihn aus dem Bett, und an die zehn Mann stürmten zum Institut. Sie liefen die Kellertreppe hinunter, aber der Kristall war schon verstummt. Und da man nicht glaubte, daß er's gewesen sein könnte, kam man zu dem Schluß, das Mädchen müsse, von der schier unlöslichen Frage geplagt: kurze oder dreiviertellange Ärmel, Gespensterstimmen gehört haben. Doch in der nächsten Nacht gab der Pheonas wieder Töne von sich, und zwar so laut und nachdrücklich, daß es bis zum Gemeinschaftsheim drang. Wieder sammelte sich ein Trupp, wieder wurde Copse geholt, und nun klärte sich alles auf. Im Keller war keine Menschenseele, verwaist standen Stühle, Tische und die Kisten mit dem Plunder da, der Kristall aber sang. Copse trat zu ihm, berührte ihn, darauf klang das Lied seltsam rauh. Es waren mittlere Töne, die anfangs ziemlich monoton wirkten. In ihnen spürte man tatsächlich etwas Unirdisches, Fremdes, und allen wurde klar, wie das Mädchen auf Wells gekommen war. Es klang wie eine Sternensinfonie, wie Sphärenklänge. Jemand schlug vor, den Kristall zu erden, und als man es getan hatte, verstummte der Pheonas. Der Gesang weckte uns beinahe einen Monat lang, in der ersten Zeit begann das Konzert so gegen ein Uhr nachts, danach verlagerte es sich immer mehr auf den Morgen zu, dauerte aber immer die gleiche Zeit. Es war anzunehmen, daß dies mit irgendwelchen außerirdischen Vorgängen zusammenhing. Anscheinend sang der Kristall, wenn bestimmte Wellen aus jenen Kosmosweiten zu ihm drangen, denen die Erde zu dieser Stunde des betreffenden Monats ihre unbeleuchtete Seite zukehrte. Anfangs stieß der Pheonas eine Reihe langer, schriller Töne aus, als wolle er sich einstimmen, danach stritten zwei Stimmen miteinander, und den Nachsatz bildete ein seltsames Flehen und Keuchen in tiefer Tonlage. Die einzelnen Rhythmen verschmolzen miteinander, alles steigerte sich zum Apogäum und entlud sich dann irgendwo in die Tiefe. Ein wenig wurde man an Schönberg erinnert, so zornig und traurig klang das.

Manchmal kam uns der Pheonas wie ein einfaches mechanisches Ohr vor, das ohne Sinn und Verstand Vorgänge auf fernen Planeten einfing, dann wieder hielten wir ihn fast für ein belebtes Wesen. Der bärtige Kerl hatte ihn von einem unbekannten Planeten oder von einem Asteroiden weggeholt, der Milliarden Jahre seine Bahn gezogen war, und nun sehnte sich der Kristall vielleicht nach der verlorenen Heimat, trauerte, weil er nicht mehr in das feierliche Ringen der Elemente, in die dramatischen Umwandlungen von Materie in Energie einbezogen war. Einige Nächte hörten wir uns das Konzert an, dann erdeten wir den Pheonas ständig, damit er seine Umgebung nicht mehr stören konnte. Copse schliff weiter an der Linse, und nach einiger Zeit kam die Stimme des Pheonas wieder zum Durchbruch. Aber völlig verändert. Anfangs hatte der Pheonas, wenn man so will, klassische Weisen bevorzugt, nun aber sank er auf das Niveau der Unterhaltungsmusik ab. Abends rauschte und knackte es in seinem Innern wie in einem schlechten Radioapparat; durch das Knacken drangen Fetzen abgedroschener Schlager, und einmal erklang sogar völlig störfrei ‚Mein Katerchen'. Später brach er in Geschimpfe aus. Als ich eines Abends in den Keller kam, hörte ich plötzlich: ‚Taugenichts! Machst den ganzen Tag nichts Gescheites!' Mir schien es, daß dies meine eigene innere Stimme war, ich wollte schon protestieren, doch da ertönte von der Schleifmaschine her ein ironisches: ‚Was verstehst du schon davon?' Das Geplänkel ging noch weiter. Irgendwo bahnte sich ein Skandälchen an, und der Pheonas übertrug ihn direkt. Bald kamen wir dahinter, daß das bedeutend interessanter war, als Radio zu hören. Entsprechend dem

Zustand der Erdatmosphäre, der Summe der Strahlungen und dem Verhalten des Magnetfeldes stellte sich der Pheonas auf wundersame Weise darauf ein, die Schallsituation an einem bestimmten Punkt der Oberfläche unseres Planeten ohne Nebengeräusche zu übertragen, und betätigte sich so als Umformer und Verstärker. Inzwischen ertönte im Keller das friedliche Summen einer Hausfrau, die den Suppentopf auf den Elektroherd gestellt hatte und ein Hemd ihres Mannes wusch. Danach folgten Liebesgeflüster, eine Szene aus einer öffentlichen Veranstaltung mit endlosen ‚Erlauben Sie mal . . .', das Geschnatter zweier Mädchen, das sich im wesentlichen auf die Fragen beschränkte: ‚Und was hat er gesagt?' – ‚Und was hast du gesagt?' Stundenlang konnte man den Lauten menschlicher Rede lauschen, den verschiedensprachigen Worten und Sätzen, die wir nicht immer verstanden, obwohl sie deutlich artikuliert waren. Bisweilen schwebte über den Kisten mit dem Plunder der leidenschaftliche Monolog eines Mannes, wir spürten aber am Tonfall, daß der Text nicht zum erstenmal gesprochen wurde, daß er einstudiert war, und stellten uns vor, wie einfältige Gemüter dennoch alles für bare Münze nehmen würden. Dann wieder wurden an anderer Stelle zwei, drei Worte gewechselt, die sich auf etwas ganz Alltägliches bezogen und so viel Zärtlichkeit verrieten, daß es einem durch und durch ging. Übrigens ging es nicht allen durch und durch. Copse zum Beispiel war sehr bekümmert über die Geschwätzigkeit des Kristalls. Er sah darin etwas Unsolides, das seine Arbeit in ein schiefes Licht rückte, und fürchtete, daß man die gesprächige Linse nicht für den zweireihigen Modifikator nehmen würde. Deshalb ließ er es nicht mit der Vorliebe des Kristalls für die leichte Muse bewenden (was jeder andere an seiner Stelle getan hätte), sondern entfernte Schicht um Schicht, bis er es schließlich geschafft hatte, daß der Pheonas wieder verstummte. Nachdem der Kristall jedoch seine Stimme eingebüßt hatte, verlor er auch seine optischen Eigenschaften. Er nahm allmählich einen rauchgrauen Ton an, danach färbte er sich bläulichweiß wie Kumys, den man auf einem dunklen Tisch verschüttet hat. Auf eine solche Linse war man in den oberen Stockwerken nicht erpicht, aber Copse, der Überraschungen gewöhnt war, rechnete mit weiteren Veränderungen. Er brachte einen Optikmesser an der Schleifscheibe an, überprüfte mit Hilfe eines Sonnenflecks die Beschaffenheit der Linsenoberfläche und setzte den Schleifvorgang fort. Und eines schönen Tages, als Copse den Optikmesser beiseite schob, um die Linse zu befühlen, griffen seine Finger statt auf die polierte Fläche ins Leere. Die Finger griffen ins Leere und kamen wieder zum Vorschein, aber nicht auf der anderen Seite der Linse, wie man es erwartet hätte, sondern auf der Seite, die Copse zugekehrt war. Sie kamen nicht weit vom Linsenzentrum heraus, und zwar symmetrisch zu der Stelle, wo er sie hineingesteckt hatte. Die Fingerspitzen ragten genauso weit aus der bläulichweißen undurchsichtigen Masse, wie er sie eingetaucht hatte. Copse war darüber so verblüfft, daß er die Hand unwillkürlich weiter hineinschob – daraufhin kam sie ihm auf der anderen Seite des Linsenzentrums weiter entgegen. Je tiefer er den Arm hineinsteckte, um so weiter ragte er dort heraus. Er merkte auch gleich, daß es sein Arm war, weil die Finger mit Kitt beschmiert waren und der Ärmel seines cremefarbenen Hemdes auch einiges abbekommen hatte. Da erschrak er, zog den Arm aus der Linse, worauf jener seitliche Arm verschwand, trat einen Schritt zurück und steckte vorsichtig alle möglichen Gegenstände in den Kristall ... Bei dieser Beschäftigung trafen wir ihn an ..."

Der Rotgesichtige verstummte und warf einen Blick aus dem Fenster auf die Straße. Dort bemerkte er die Gestalt seines jungen Begleiters, der sich, nachdem er lange genug auf und ab spaziert war, gegen eine Litfaßsäule gelehnt hatte.

„Warten Sie, ich komme gleich wieder."

Er stand auf und trottete zur Tür. Die Jacke bedeckte seine breiten, abschüssigen Schultern wie eine Decke, die man einem Elefanten in einem eisigkalten sibirischen Naturpark über den Rücken gezogen hat. Er trat aus der Bar auf die Straße und erschien gleich darauf vor dem Fenster neben dem Jungen. Beide redeten miteinander, dann griff der Rotgesichtige zum Portemonnaie. Das alles geschah so dicht vor meinen Augen, daß ich deutlich sah, wie er beim Zählen des Kleingeldes die Lippen bewegte, den Blick zum Himmel hob und nachdachte. Schließlich gab er dem Jungen das Geld. Der wollte sich entfernen, doch der Rotgesichtige rief ihn zurück, sagte etwas zu ihm und drohte dabei mit dem Finger.

Als sich mein Gesprächspartner wieder zu mir gesetzt hatte, erklärte er: „Ich habe ihm Geld gegeben, damit er essen gehen kann. Aber bei ihm weiß man nie, woran man ist. Vielleicht geht er lieber ins Kino oder kauft sich Eis. Er hat nur Kino, Mädchen und Eis im Kopf. Man darf ihn nicht aus den Augen lassen ... Aber wo waren wir stehengeblieben? Bei dem Effekt des Pheonas, nicht wahr? Stellen Sie sich mal dieses Bild vor. Wir – ein ziemlich beleibter Logorhythmiker aus dem dritten Stock, ein junger Astrophysiker, der vor kurzem vom Uranus zurückgekehrt war, und ich – kommen in den Keller. Vor uns steht Copse, völlig aufgelöst, zerzaust, mit einer Stativstange in der Hand. Er ruft uns zu sich, steckt die Stange in den Kristall, und sie kommt auf derselben Seite wieder heraus, im gleichen Neigungswinkel zur Oberfläche. Und da die Stange von oben bis unten gleichmäßig geformt war und Copse sie bis zur Mitte eingetaucht hatte, glich das herausragende Ende dem Spiegelbild dessen, was er noch in der Hand hielt. Es war, als teile ein senkrechter Spiegel die Linse. Ein seltsamer Spiegel, weil er weder Copses Hand noch ihn selbst noch uns reflektierte. Der flinke Astrophysiker sprang hinter die Linse, aber dort war nichts. Ich wollte die Oberfläche des Kristalls abtasten, doch meine Finger versanken in einem milchigen Nebel. Ich steckte den Arm bis zum Ellbogen hinein, und er kam auf derselben Seite bis zum Ellbogen wieder heraus. Ich steckte ihn so hinein, daß die innere Handfläche von mir abgewandt war, dort war sie mir zugekehrt. Ich bewegte die Finger, dort bewegten sie sich ebenfalls. Der Logorhythmiker griff nach ‚jener' Hand – ich spürte die Berührung. Ich drückte zu – er schrie auf. Dabei sah es so aus, als hätte jemand hier meinen Arm zur Hälfte abgeschnitten und dort an der Oberfläche der Linse wieder angeklebt. Ich rückte mit dem Arm, der immer noch in der Linse steckte, vom Zentrum weg, und dort rückte er genauso weit davon ab. Beide Arme hatten sich bereits zwei Meter voneinander entfernt, waren aber noch voll funktionsfähig. Ich versuchte, die Hand bis zum äußersten Ende der Linse zu schieben, aber irgendeine Kraft hinderte mich daran. Der Logorhythmiker nahm einen Schraubenschlüssel und warf ihn in die Linse. Der Schlüssel verschwand, versank wie im Wasser, tauchte seitlich von der Linsenmitte wieder auf und fiel vor unseren Füßen zu Boden. Copse griff nach einer Pistole, mit der man Nägel in Betonwände schießt, und drückte ab. Der Nagel verschwand im Kristall, flog gleich wieder heraus und riß dem Astrophysiker den Hut vom Kopf. Es war, als befände sich im Innern der Linse eine Vorrichtung, die alles aufnahm und wieder zurückbeförderte. Wir hoben ein langes Wasserleitungsrohr vom Boden auf und richteten es wie eine Kanone auf den Pheonas. Nach menschlichem Ermessen hätte es den Kristall durchbohren und gegen die Wand prallen müssen. Aber nichts dergleichen geschah. Das Rohr drang mühelos in die milchige Masse ein, schon waren mindestens zwei Meter darin verschwunden, ohne daß wir einen Widerstand spürten, als uns beinahe drei Meter Rohr entgegenkamen. Immer mehr Leute fanden sich im Keller ein, natürlich staunten alle, wenn auch nicht allzusehr. Wissen Sie, warum nicht allzusehr?"

„Natürlich weiß ich das", erwiderte ich. „Weil jeder selbst . . ."

„Genau. Weil heutzutage jeder mit seinen eigenen Wundern zu tun hat. Das Institut im vierzehnten Stockwerk befaßt sich mit Problemen des Einzelflugs. Im vierundzwanzigsten Stock sitzt die magische Jungfrau, die mit ihrem Blick schwere Lasten fortbewegt, und das Laboratorium für Telebotionsgleichungen bringt auch täglich eine Neuheit heraus. Sie wissen ja selbst, wie es ist. Da belästigt Sie vielleicht irgendein Kerl, der tatsächlich ein Perpetuum mobile erfunden hat. Er will Ihnen sein Gerät vorführen, aber Sie sind nur bereit, ihm Ihr Ohr zu leihen, wenn Sie sicher sind, daß er sich darauf einlassen wird, anschließend Ihren ständigen Hemmschuh zu begutachten. Niemand läßt sich heute noch durch irgend etwas beeindrucken. Manchmal fragt man sich – und möchte schier verzagen –, wozu leben wir eigentlich? Der Mensch kann dreißig Jahre an einer Erfindung basteln, dann kommt plötzlich jemand mit einer sensationelleren Entdeckung, und alles war umsonst. Darum sind die Leute heutzutage so abgestumpft, es gibt keine Neugier mehr, von freundschaftlicher Anteilnahme ganz zu schweigen. Zu meiner Zeit war das anders. Damals lebten wir noch wie Menschen. Man interessierte sich auch für Dinge, die außerhalb der eigenen Arbeit lagen. Jetzt findet man das kaum noch."

Die Augen des Rotgesichtigen wurden feucht. Er betrachtete wehmütig sein leeres Glas.

Ich winkte die Kellnerin heran und bestellte noch zwei Doppelte. Sie zögerte, musterte den Rotgesichtigen und spreizte herausfordernd ihre Roboterarme, als wäre sie unzufrieden mit ihm. Er wollte schon entrüstet aufstehen, doch ich bat ihn, noch ein Gläschen Mondwhisky mit mir zu trinken. Die Kellnerin hörte uns mit einer Miene zu, als wäre es eine große Gnade, daß sie stehengeblieben war, dann rollte sie weiter, mit verächtlich blitzenden Indikatoren. Manchmal muß man sich wundern, wie so ein ungehobeltes Benehmen in das Bedienungssystem der Roboter geraten ist.

„Sie sprachen vorhin von ‚Ihrer Zeit'", sagte ich. „Meiner Ansicht nach können Sie nicht viel älter sein als ich. Wie alt sind Sie jetzt?"

Er hob den Kopf und heftete den Blick an die niedrige Decke. „Als dieses Durcheinander begann, war ich fünfzig. Seitdem sind zwanzig Jahre verstrichen, dann bin ich jetzt also sechsundsechzig oder siebenundsechzig Jahre alt."

„Wie ist das möglich? Wenn Sie nicht auf anderen Sternen waren."

„Ja, es müssen sechsundsechzig Jahre sein. Jetzt läßt sich das nicht mehr so genau feststellen, weil man einige Jahre zurückrechnen muß. Nicht nur Jahre, sondern auch Monate, Tage und sogar Stunden. Ja, was soll ich Ihnen sagen, ich bin nicht einmal sicher, ob ich – ich bin! Und wenn ich ich bin, dann sind Sie möglicherweise nicht Sie."

„Wie soll ich das verstehen?"

„Ganz einfach. Sie glauben, daß Sie Sie sind, in Wirklichkeit verhält es sich aber anders."

„Das ist mir zu hoch. Meiner Ansicht nach dürfte klar sein, daß ich ich bin."

„Woher wollen Sie das wissen?" Er seufzte. „Das ist ja das Unglück, daß jetzt alles durcheinandergeraten ist, obwohl die meisten nichts davon ahnen."

„Und schuld daran ist der Kristall?"

„Nun ja."

„Und wie ist es dazu gekommen?"

„Das will ich Ihnen doch gerade erzählen."

Im selben Augenblick wurde uns der Mondwhisky serviert. Mein Gesprächspartner strich liebevoll über sein Glas.

„Ja, so war das. Die Leute wunderten sich und gingen wieder an ihre Arbeit. Wir aber blieben bei dem Pheonas. Das war vielleicht eine Überraschung! Der Kristall lag auf der Schleifmaschine – ein dickflüssiger, milchiger Brei mit undurchlässigen Enden – und gab eine Menge Rätsel auf. Der Astrophysiker ging auf die andere Seite der Maschine, steckte dort alle möglichen Gegenstände in die Linse, und diesmal kamen sie dort wieder heraus. Es war unmöglich, irgend etwas durch die Linse zu schieben, obwohl sie keinerlei Widerstand bot. Alles versank in den milchigen Nebel und kam daneben wieder zum Vorschein, unverändert und ohne die Verbindung mit dem Teil zu verlieren, der draußen geblieben war. Der Astrophysiker, der vor seinem Abflug nach Brasilien volle drei Tage bei uns herumlungerte, steckte einmal einen Topf mit roten Rosen in die Linse und nahm ihn ein Stück weiter wieder in Empfang. Die Rosen waren unverändert, das Experiment hatte ihnen nichts geschadet. Wunderbar! Wir versuchten das gleiche mit einem Aquarium, in dem drei rote und ein Dutzend schwarzer Fischchen herumschwammen – ich glaube, sie heißen Gurami. Wieder ging alles gut – die roten Fischchen blieben genauso träge, die schwarzen genauso flink. Allmählich wurden wir mutiger. Am dritten Tag tauchte ich meinen Arm mitsamt der Schulter und die Hälfte meines Gesichts in die Linse. Natürlich kam meine Gesichtshälfte dicht daneben wieder zum Vorschein, so dicht, daß sich beide Nasenflügel aneinanderfügten. Als ich dann mit dem Kopf von der Linsenmitte wegrückte, entfernte sich die andere Gesichtshälfte genauso weit. Dieser Umstand verleitete uns, ein Bein, den ganzen Körper in den Kristall zu tauchen und auf der anderen Linsenhälfte wieder herauszusteigen. Als erster entschloß sich der Astrophysiker dazu. Er kroch so hinein, daß er uns den Rücken zukehrte, und kam mit dem Gesicht zuerst wieder heraus, dann kletterte er erneut hinein und tauchte an der ersten Einstiegsstelle wieder auf. Ich möchte Ihre Aufmerksamkeit darauf lenken, daß die Zahl seiner Ein- und Ausstiege immer gerade war, im vorliegenden Fall ging er zweimal durch den Kristall. Auch die anderen alle krochen, gleichgültig ob es Fremde waren oder ob sie zum Institut gehörten, zweimal durch den Kristall. Erschien ein Reisender bei uns im Keller, machten wir ihn mit dem Kristall bekannt. Er stieg einmal hinein und kam wieder heraus. Dann, nach gewisser Zeit, probierte er es ein zweites Mal und ließ es dabei bewenden. Ich weiß einfach nicht, was ihn dazu bewog – vielleicht irgendein Instinkt? Später zeigte es sich, daß dies für das Leben all dieser Leute von ungeheurer Bedeutung war. Denn beim ersten Mal war gar nicht unser Astrophysiker aus dem Pheonas gestiegen, es war auch nicht unser Aquarium gewesen, das sich da aus dem milchigen Nebel schob, und nicht meine Gesichtshälfte, die sich Nasenflügel an Nasenflügel fügte, als ich meinen Kopf in die Linse steckte."

„Wessen dann?"

„Gleich werden Sie es erfahren. Kurz und gut, der Physiker reiste ab, neue Leute kamen, und wir amüsierten uns weiter mit der seltsamen Linse. Copse begriff natürlich nicht, daß der Kristall, den er da auf seiner Maschine hatte, schon kein Stück Materie mehr war, sondern eher ein Zustand. Er glaubte immer noch, er könnte den Kristall zurechtschleifen und, wenn dieser seine Durchsichtigkeit zurückerhielte, eine Linse daraus machen. Von Zeit zu Zeit rückte er dem Pheonas mit seinen Schablonen zu Leibe und mußte sich zum zehnten- oder zwanzigstenmal überzeugen, daß die Schleifkante in dem milchigen Nebel verschwand, um dicht daneben wieder zu erscheinen. Er konnte sich einfach nicht vorstellen, daß er ein Kraftfeld einer uns unbekannten physikalischen Natur vor sich hatte, gegen das Diamanten und Schablonen machtlos waren. So vergingen eine Woche oder acht Tage, da fiel mein Blick auf den Rosentopf, und ich war baff. Als wir ihn durch den Kristall transportierten, hatte er eine große Knospe und vier Blüten gehabt. Die Knospe hätte inzwischen aufgeblüht und die Blüten hätten verwelkt sein müssen, weil sich diese Rosen nicht lange halten. Aber nun waren an dem Busch drei große Knospen und eine kleine. Ich stürzte zum Aquarium – dort war es nicht anders. Die schwarzen Gurami und die roten Fischchen waren nicht gewachsen, sondern kleiner geworden. Nach weiteren zwei Wochen hatten sie sich in Fischbrut verwandelt, aus der Brut bildete sich Laich, der im Wasser umherschwamm, zu Boden sank und sich in Nichts auflöste. Alles, was durch den Kristall gegangen war, alterte nicht, sondern verjüngte sich. Der Prozeß verlief in umgekehrter Richtung. Da endlich begriffen wir dieses Phänomen.

Der Pheonas erwies sich als Fenster zur Antiwelt, wo alles genau so war wie bei uns; nur wenn etwas von einer Welt in die andere überwechselte, entwickelte es sich entgegengesetzt. Sie müssen sich das an zwei gigantischen Rädern veranschaulichen, die an derselben Achse befestigt sind, sich aber nach verschiedenen Seiten drehen. Nehmen wir an, diese Achse ist eine Linie. Die relative Geschwindigkeit am Außenrand der Räder kann sehr hoch sein, nach der Achsenmitte zu verringert sie sich jedoch und nähert sich dem Nullpunkt. So einen Nullpunkt stellte der Pheonas für unsere Welt und die Antiwelt dar, und das gab uns auch die Möglichkeit, von einer Sphäre in die andere überzuwechseln. Natürlich ist das keine sehr wissenschaftliche Erklärung, in Wirklichkeit ist die Sache viel komplizierter, aber ich sagte Ihnen ja bereits, daß ich in den exakten Wissenschaften nicht sehr beschlagen bin. Soviel steht jedoch fest: die Hand, die mir in dem Moment entgegenkam, als ich meine hineinsteckte, war gar nicht meine."

„Einverstanden. Aber Sie spürten doch, wie Ihre Finger berührt wurden. Von diesem ... Laborchef."

„Na und? Es war einfach so, daß nach meiner Hand, die sich bereits in der Antiwelt befand, der dortige Laborchef faßte. Derjenige aber, der seine Hand zu uns durchsteckte, mein Doppelgänger, spürte die Berührung unseres Logorhythmikers. Und als wir den Schraubenschlüssel in die Linse warfen, fiel er in die Antiwelt, von dort aber kam im selben Augenblick genauso einer angeflogen. Deshalb konnten wir auch nichts durch den Kristall hindurchstecken. Wir hatten geglaubt, wir schöben das Rohr in den Pheonas, in Wirklichkeit aber schoben wir es in die Antiwelt, und damit verschwand es. Dort aber unternahmen sie zur selben Zeit den gleichen Versuch, und uns kam ein Rohr entgegen, das wir fälschlicherweise für unseres hielten."

„Ganz begreife ich die Sache nicht."

„Was ist daran nicht zu begreifen? In der Antiwelt ist alles genau wie bei uns. Dort gibt es genauso ein Weltall, genauso eine Erde, genauso ein Institut und genauso einen Copse. In völliger Übereinstimmung mit dem, was sich bei uns abspielte, schliff jener Copse den einzigartigen Kristall, bis der gleiche Zustand erreicht war, und steckte genau zu dem Zeitpunkt die Hand hinein, als unser irdischer Tolpatsch in seine Linse griff.

Und danach stiegen genauso ein Logorhythmiker und Astrophysiker mit einem Mann wie ich in jenen Keller in der Antiwelt, und alles nahm seinen Lauf. Sie machten ständig das gleiche wie wir. Mit dem Rohr, mit dem Blumentopf und dem Aquarium. Und gleichzeitig mit uns erkannten sie, was los war. Auch jetzt sitzen in jener Bar zwei Männer, die uns aufs Haar gleichen, sie sprechen die gleichen Worte und denken das gleiche wie wir."

„Moment mal, Sie sagten, daß der Astrophysiker in den Kristall stieg und wieder herauskam. Dann haben Sie doch gesehen, daß es Ihr Astrophysiker war."

„Das nahmen wir anfangs an, weil sich derjenige, der aus dem Kristall stieg, in keiner Weise von ihm unterschied. In Wirklichkeit war unser Mann zu der Zeit schon in der Antiwelt."

„Und der andere, begriff er, wohin er geraten war? Was hat er danach über die Antiwelt erzählt?"

„Nichts."

„Warum nicht?"

„Na, weil er nicht ahnte, was mit ihm geschehen war. Wir wußten es doch damals selbst nicht. Er nahm an, daß er in seiner Welt geblieben war, und wunderte sich nur, daß sich alles, was rechts von ihm gewesen war, nun links von ihm befand. Ich habe das selbst erlebt. Man taucht in den milchigen Nebel, dann kommt man heraus und bildet sich ein, wieder bei seinen Leuten zu sein, weil dort alles genauso ist. Man wundert sich nur, daß das Fenster plötzlich hinter einem ist. Unterdessen taucht der Doppelgänger in dieser Welt auf, und für die übrigen hier hat sich nichts verändert. Später dann begriffen wir die Zusammenhänge. Man klettert hinüber und ruft: ‚Seid mir gegrüßt, ihr Antiweltler!' Der Doppelgänger aber kommt im selben Moment hier an und begrüßt Copse und die übrigen mit den entsprechenden Worten."

„Aber Sie hätten doch Ihren Copse mit einem Zeichen versehen, ihm die Hand mit Farbe bestreichen können, als er hinüberstieg. Dann hätten Sie gemerkt, daß ein anderer zurückkam."

„Das haben wir ja getan. Aber in jenem Keller hatten die Leute den gleichen Einfall, und der Ankömmling war genauso gezeichnet. Nein, wir wurden durch die rückläufige Entwicklung aller Prozesse darauf gebracht. Das machte uns stutzig. Das Geheimnis der ewigen Jugend, das war es, was uns winkte. Dagegen erschien uns der Zaubertrank, den Mephisto Faust verabreichen ließ, wie ein harmloses Mittel gegen Kopfschmerzen. Faust wurde noch einmal jung, um danach wieder der Gebrechlichkeit des Alters anheimzufallen. Der Kristall jedoch ermöglichte es, daß man, so oft man wollte, zurückkehrte – ins fünfundzwanzigste Lebensjahr oder ins zwanzigste – und sich überhaupt in der Altersskala frei bewegen konnte. Ich hatte natürlich auch über mich nachgedacht. Ich war fünfzig, mein Alter gefiel mir, dabei wäre ich gern geblieben. Aber wie? Die Antwort lag auf der Hand. Man brauchte nur ein Jahr in dieser Welt, ein Jahr in jener Welt zuzubringen und wurde nicht älter und nicht jünger. Aber da ich zu dieser Zeit schon die Übersicht verloren hatte und selber nicht wußte, in welcher Welt ich mich gerade befand, beschloß ich, diese Frist auf einen Tag zu verkürzen. Morgens erschien ich im Institut, stattete Copse im Keller eine Stippvisite ab, ging zu mir in die Abteilung, widmete mich dort irgendeiner Arbeit oder dem Nichtstun, und am anderen Morgen unterzog ich mich wieder der gleichen Prozedur. Da ich keinen Unterschied feststellen konnte, wußte ich nie genau, ob ich mich gerade bei den Antiweltlern oder bei den eigenen Leuten aufhielt. Keine schlechte Erfindung, was? Einen Tag hier, einen Tag dort? So vergingen ganze fünf Tage, im Institut hatte man sich an den Pheonas gewöhnt, die meisten dachten schon nicht mehr daran, den gewünschten zweioktavigen Kapillator konnte Copse natürlich nicht liefern, das Laboratorium erhielt ihn aus einer Gießerei. Doch am sechsten Tag benötigte man im Labor wieder eine große Linse. Copse faßte neuen Mut und machte sich noch einmal mit der ihm eigenen naiven Hartnäckigkeit an die Arbeit. Wieder holte er seine Schablonen vor, wieder schliff er den Kristall. Selbstverständlich wurde nichts draus und konnte auch nichts draus werden. Da griff dieser Esel in einem Wutanfall zu einer riesigen Laserpistole, stellte sich vor den Kristall und schoß mitten hinein. Erinnern Sie sich, ich erzählte Ihnen, daß er so mit verdorbenen Linsen verfuhr. Zu seinem Glück fiel der Strahl in Richtung der optischen Achse. Wäre es anders gewesen, hätte sich Copse auch nur um einen Millimeter geirrt, wäre der reflektierte Strahl zurückgekommen und hätte unseren Leiter zu seinen Ahnen befördert. So aber prallten zwei Strahlen in der Mitte des milchigen Nichts aufeinander, eine Explosion ertönte, und im ganzen Haus bröckelte der Putz ab. Das war alles. Der Kristall existierte nicht mehr, und Copse und ich befanden uns am Rande einer Katastrophe."

Der Rotgesichtige verstummte, seufzte und trank sein Glas leer.

„Wieso existierte er nicht mehr? War er denn völlig verschwunden?"

Der Rotgesichtige schüttelte den Kopf.

„Er war in winzige Kristalle zersprungen. In so winzige, daß man nichts mehr damit anfangen konnte. Verstehen Sie, die Leute strömten herbei, Copse stand wie verdattert da, die Laserpistole in der Hand, und der Pheonas existierte nicht mehr. Auf der Schleifmaschine lag nur noch ein glitzerndes Häufchen. Im Augenblick der Explosion hatte sich der Pheonas wieder in Materie, in ein Mineral verwandelt. Aber er war in ganz kleine Stücke zersprungen, in Kristallstückchen – in Dodekaeder. Und diese Dodekaeder besaßen leider die Eigenschaft, immer weiter zu zerfallen. Ich beugte mich darüber, versuchte einen in die Hand zu nehmen, doch er zerbröckelte unter meinen Fingern in winzige Körnchen. Ich griff nach einem besonders kleinen Kristall, er zerfiel in noch winzigere Körnchen. Das ging so weit, daß man die Reste der Kristalle schon nicht mehr mit bloßen Augen erkennen konnte. Das Häufchen auf der Schleifmaschine schrumpfte unter unserer Berührung, bei der leisesten Erschütterung und war schließlich gänzlich verschwunden. Später machten wir noch eine traurige Entdeckung. Copse hatte versäumt, vorher festzustellen, ob er sich gerade in der Antiwelt oder bei uns befand. Er hatte nicht gezählt, wie oft er durch die Linse geklettert war. Ein Jahr verging, ein zweites, drittes, da fiel uns plötzlich auf, daß unser Leiter erstaunlich gut aussah. Die beginnende Glatze an seinem Hinterkopf verschwand, seine Augen leuchteten, die Brauen, Nasenflügel und Mundwinkel hoben sich, sein ganzes Benehmen war lebhaft, forsch. Wir überlegten eine Weile und griffen uns an den Kopf, weil uns die Geschichte mit den Fischen wieder einfiel. Genauer gesagt, ich griff mir an den Kopf, denn Copse war damals schon so weit, daß er auf alles pfiff. Verstehen Sie, ich habe nichts gegen die ewige Jugend, aber wenn sich ein Mensch verjüngt, statt zu altern, dann wird die Sache problematisch. Na, denk ich, soll er ruhig wieder zwanzig werden, aber danach wird er doch zehn, fünf Jahre alt, und wie das weitergehen soll, kann man sich schwer vorstellen. Ich kehrte das Unterste zuoberst, um den Zettel zu finden, auf dem die Zusammensetzung des Pheonas notiert war; ich wollte einen zweiten Kristall herstellen, doch was half's – die Zusammensetzung war nicht mit der nötigen Sorgfalt ermittelt worden. Ich bemühte mich, Näheres über den bärtigen Kerl zu erfahren, doch von ihm fehlte jede Spur. Die Jahre gingen dahin, offiziell näherte sich Copse dem Rentenalter, in Wirklichkeit aber entwickelte er sich geistig und körperlich zurück. Sein Äußeres, seine Gewohnheiten und Manieren – alles veränderte sich. Früher hatte er an seiner Junggesellenwohnung gehangen. In dem Bestreben, sie so komfortabel wie möglich einzurichten, hatte er aus den Läden alle möglichen hauswirtschaftlichen Neuheiten angeschleppt. Er war nicht abgeneigt gewesen, sich Fußballspiele im Fernsehen anzusehen, und hatte nur Kriminalromane gelesen, sonst nichts. Nun kümmerte er sich nicht mehr um seine Wohnung, gab sein Hobby auf – die Kristalle –, erkundigte sich in der Bibliothek nach ernster Literatur über die Grundfragen des Lebens, verfaßte Berichte für die Wandzeitung und hielt auf Versammlungen aufrührerische Reden. Als wieder ein paar Jahre vergangen waren, siedelte er ins Gemeinschaftsheim über, weil er sich allein langweilte, sah sich Fußballspiele im Stadion an und stritt sich stundenlang herum, mit welchem Bein der Verteidiger von ‚Dynamo' in der zweiten Halbzeit das Tor geschossen hatte. Die Literatur über die Grundfragen flog in die Ecke, statt dessen abonnierte er nur noch Sportzeitschriften. Wieder verstrichen Jahre, der Sport reizte ihn nicht mehr, an seine Stelle trat der Jazz. Er schaffte sich eine Gitarre an, einen Motorroller und hatte nur noch Tanzveranstaltungen und Mädchen im Sinn. Ein paar Jahre später trat wieder eine Wende ein. Das Interesse für Mädchen blieb, aber rein platonisch, dafür wechselte er nun häufig die Frisur, verfaßte Verse, und von den alten Dichtern las er nur noch Jewtuschenko. Von der Arbeit hielt er überhaupt nichts mehr. Schließlich entließ man ihn aus dem Institut.

Ich hätte ja Rente für ihn beantragt, aber wie denn! Seinen Papieren nach war er fünfundsechzig Jahre alt, doch als er sich der Kommission vorstellte, mit seinem Stiernacken – der beste Stürmer in der Jungenmannschaft auf seinem Hof –, schüttelte man dort nur verwundert den Kopf. Auch dieses Stadium ging vorüber. Inzwischen ist er wieder abgemagert, die Ohren wäscht er sich überhaupt nicht mehr, und kürzlich habe ich gesehen, daß er angefangen hat, Etiketts von Streichholzschachteln zu sammeln. Sie haben ihn wohl nicht gekannt, als er noch der echte Copse war?"

Wir bezahlten unsere Zeche und traten auf die Straße hinaus.

„Früher? Nein. Ich kenne ihn ja auch jetzt nicht. Ist er denn überhaupt noch – funktionsfähig?"

Der Rotgesichtige blieb stehen.

„Wer?"

„Na, Copse."

„Allmächtiger! Er stand doch vorhin neben uns. In der Bar. Ich habe ihn zu mir genommen. Ich kann ihn doch jetzt nicht im Stich lassen. So lange waren wir zusammen, und die Geschichte mit dem Kristall hat sich in meinem Beisein zugetragen. So leben wir eben. Im Institut habe ich ausgedient, man zahlt mir eine kleine Rente. Ich persönlich stelle keine großen Ansprüche, und er braucht auch nicht viel. Als er achtzehn, siebzehn war, wurde es etwas schwierig mit den modernen Jacken, erst hatten sie einen Schlitz, dann zwei, dann drei. Jetzt, wo er fünfzehn ist, geht's wieder. Er vergißt übrigens sehr rasch, was er früher gewußt hat. Ich denke, ich werde ihn im Herbst in die Schule geben, in die neunte Klasse. Später kommt er dann in die achte und danach in die siebente. Man kann ihn doch nicht gänzlich ohne Bildung lassen." Der Rotgesichtige seufzte. „Ich habe nur die eine Hoffnung, daß sich jemand dieses Problems annimmt und eine Methode findet, den Kristall zu rekonstruieren und Copse zurückzuholen. Aber die Situation ist so, daß jeder mit seinen eigenen Dingen beschäftigt ist, allen tut die Zeit leid – Sie sehen ja, wie die Leute die Straße entlanghasten."

Tatsächlich ging niemand im Schrittempo, außer einigen Jugendlichen. Blitzartig wechselten an den Hauswänden die blauen, roten und orangefarbenen Reklameschriften, leuchteten die Schaufenster auf, in denen moderne Waren auslagen, die morgen schon veraltet sein würden. Vor unseren Augen stellten Maschinen den Seitentrakt eines langen Gebäudes fertig, während am anderen Ende schon mit dem Umbau begonnen wurde. Unter unseren Füßen dröhnte es – wahrscheinlich wurde dort eine unterirdische Transportlinie entlanggeführt. Die Passanten liefen im Trab, einige rannten sogar.

„Eine merkwürdige Geschichte", sagte ich. „Obwohl es Tolleres gibt. Die Sache mit dem Pheonas wirft ein neues Licht auf das Problem der Willensfreiheit, der zufälligen und der notwendigen. Wenn sich in der Antiwelt die gleichen Vorgänge vollziehen wie bei uns, dann wäre die Welt von Anbeginn an determiniert ... Andererseits ... Was verändert sich eigentlich? Alles hat sich nur verdoppelt. Mir ist bloß nicht klar, weshalb der Weg in die Antiwelt ausgerechnet durch einen Kristall führt."

„Na, weil die Kristallstruktur, soweit ich das überblicke, allem zugrunde liegt. Offensichtlich sind dem Sein, in größerem Maße als wir uns das bisher gedacht haben, Ordnung, Symmetrie und Harmonie eigen. Alles, was uns unsymmetrisch erscheint, stellt die rechte oder linke Seite von etwas dar, das wir noch nicht ergründet haben. Jedem Unten entspricht ein Oben, jeder Bewegung eine Gegenbewegung, ohne das gäbe es nicht die Ewigkeit und die Unendlichkeit. Ich glaube, daß das Dasein überhaupt kristallisch ist. Das Atom ist kristallisch, die Zelle ist ein Kristall, allerdings ein ziemlich komplizierter. Unsere Sonne ist ein Kristall und das ganze Weltall ebenfalls."

Wir blieben stehen, weil die Bauleute gerade einen tiefen Graben quer über die Straße zogen, die sie mit einem transportablen Zaun absperrten. Die Arbeit da unten ging zügig voran, man verlegte irgend etwas und traf schon Anstalten, den Fahrdamm in wenigen Minuten neu zu asphaltieren.

„Manchmal ärgere ich mich darüber, daß dort in der Antiwelt jemand ist, der ganz genau so denkt und handelt wie ich", meinte der Rotgesichtige versonnen. „Alles wird doch gedoubelt, sonst gäbe es nicht diese völlige Übereinstimmung. Wenn ich zum Beispiel, in der Absicht, Ihnen etwas mitzuteilen, stottere und den Satz neu beginne, passiert dem anderen ‚Ich' dort zur selben Zeit das gleiche. Dem entgeht man nicht, sosehr man sich auch dagegen sträubt. Dann wieder finde ich es ganz angenehm, daß ich nicht allein bin, daß es in der Antiwelt genauso einen armen Schlucker gibt, der sich mit dem anderen Copse abplagt. Daß wir aneinander denken, einer mit dem anderen mitfühlt. Ich würde mich gern mit meinem zweiten ‚Ich' treffen, doch das ist leider unmöglich. Selbst wenn wir eine neue Pheonaslinse hätten und ich zu ihm hinüberkletterte, würde er im selben Moment hier aussteigen. Übrigens bin ich gar nicht sicher, ob ich ich bin. Vielleicht gibt es auch nicht nur eine, sondern zahllose Antiwelten, und ich bin auf meinen Reisen durch den Kristall immer wieder in eine andere geraten. Nur bei den geraden Zahlen war alles wie bei uns, bei den ungeraden aber – entgegengesetzt."

Der Graben vor uns wurde wieder zugeschüttet.

„Und Sie glauben nicht, daß es vielleicht gar keine Antiwelten gibt und der Pheonas lediglich die Fähigkeit besaß, Rechtes in Linkes zu verwandeln und einen Prozeß, der in eine Richtung ging, in sein Gegenteil zu verkehren?" erwiderte ich.

Der Zaun wurde weggeräumt, und wir gingen weiter. Der Rotgesichtige schwieg. An der Ecke befand sich ein Kino, zu dem die Jugend in hellen Scharen strömte.

„Da ist er! Sehen Sie!" Der Rotgesichtige beschleunigte seine Schritte.

Tatsächlich, neben der Platzanweiserin stand der junge Schlaks.

Er zeigte seine Karte vor und verschwand im Eingang.

„Ich hab's ja gewußt", sagte der Rotgesichtige. „Wieder hat er nichts zu Mittag gegessen." Er seufzte plötzlich und packte mich am Arm. „Hören Sie, Sie sind doch ein hämologischer Syntaktiker, nicht wahr? Ist das nicht interessant für Sie? Das ist doch ein Problem, hm? Sie könnten Copse zurückbefördern und sich selbst die ewige Jugend sichern."

Ich entwand ihm meinen Arm, faßte ihn um die Schultern und zog ihn zu einer Parkanlage, wo unter einer Linde gerade zwei Plätze auf einer Bank frei geworden waren.

„Natürlich ist es interessant. Aber ich habe Ihnen zugehört, nun wollen wir uns meinem Thema zuwenden. Ihr Kristall ist dagegen eine Bagatelle. Stellen Sie sich bitte die Situation vor: Da sitzt jemand, widmet sich irgendeiner Tätigkeit, nehmen wir an, er schreibt Maschine oder konstruiert einen Körpergeruchsanzeiger. Und bei alledem ist er wahnsinnig eifersüchtig. Was glauben Sie – ist diese Eifersucht materiell oder nicht? Sie wissen es nicht. Oder nehmen wir Ihren Fall – Sie sind traurig, weil sich Copse rückwärts entwickelt. Wenn man nun mit dem Apparat, den ich erfunden habe und den ich Ihnen gern vorführen würde, Ihre Trauer ..."

Aus dem Russischen von Hannelore Menke

Vincent van Gogh

Gefällt Ihnen das Bild? Nun ja, natürlich. Es gefällt nicht nur, es erschließt eine andere Welt, besser gesagt, es zerreißt einen Schleier, läßt uns alles ringsum mit neuen Augen sehen. Die Materie lebt, man spürt, wie ihre Atome und kleinsten Partikel brodeln. Die Gegenstände, die Erscheinungen enthüllen ihr Wesen, alles verbindet sich mit allem, die Konturen anderer Dimensionen werden erkennbar. Ist es nicht so, daß er, einer der ersten flämischen Maler, nicht hinter den alten Meistern zurücksteht, hinter Rubens und van Dyck zum Beispiel? Und doch ist alles sein Ureigenstes, Unwiederholbares. Es scheint so, als hätte er keine Lehrer gehabt, und sollte er doch bei einem Maler in die Lehre gegangen sein, so hat er nicht genutzt, was er dort erfuhr. Die Kubisten wollten ihn später zu ihrem Vorboten, ihrem Vorläufer stempeln, aber Vincent van Gogh hat seine Verantwortung vor der Welt nie gescheut, dafür kann ich mich verbürgen. Im Gegenteil, er hat die Welt auf seine Schultern geladen und ist schließlich unter ihrer Last zusammengebrochen. Und immer war er allein.

Ich war übrigens ziemlich gut mit ihm bekannt. Ich bin ihm in den verschiedenen Perioden seines Lebens begegnet, bin, wissen Sie, aus dem letzten Jahrzehnt unseres 20. Jahrhunderts zu ihm in das vorletzte Jahrzehnt des 19. Jahrhunderts zurückgetaucht. Die Sache begann, nachdem diese Gesetze über die Reisen in die Zeit erlassen wurden, erinnern Sie sich? Aber nein, wie sollen Sie sich daran erinnern, Sie ahnen ja noch gar nichts davon. Ja, setzen Sie sich, hier auf diesen Klappstuhl, das ist kein Museumsstück. Ich trage ihn immer bei mir, damit sich jemand darauf ausruhen kann. Es ist doch angenehm, sich ein wenig zu erholen, nachdem man durch die Säle gehastet ist.

Übrigens, Sie gehören ja wohl nicht zu den Besuchern, die mit hängender Zunge von den Pharaonen zu den abstrakten Künstlern jagen und in zwei Stunden die Kunst der ganzen Welt abgrasen, nur um Bekannten später erzählen zu können, man habe nichts ausgelassen. Sie haben gewiß schon derartige Gespräche gehört: „Und die ‚Mona Lisa', haben Sie die gesehen?" – „Ja." – „Und haben Sie die ‚Badende' von Renoir gesehen?", und sobald man einander versichert hat, daß man alles gesehen habe, ist der Gesprächsstoff erschöpft, als wäre von Impfungen die Rede gewesen. Sie sind mir sofort aufgefallen, als Sie vor den „Zypressen" zehn Minuten verweilten.

Wo waren wir stehengeblieben? Ach ja, bei den Reisen in die Zeit. Sie müssen wissen, als die Politiker dahintergekommen waren, daß man die Vergangenheit besser ruhenläßt, und sich hinter sogenannten Kammern der Zeitschleife verschanzten, strömte ein ganz anderes Volk in diese neugegründete Behörde: Gelehrte, Künstler, Geschäftsleute und weiß der Kuckuck wer noch alles. Für jede Kammer wurde, versteht sich, ein Rat gebildet, der sich in der ersten Zeit aus alten Akademiemitgliedern zusammensetzte. Stürmt da irgend so ein Historiker herein, schlägt sich an die Brust, sagt, er müßte dringend einige Einzelheiten in der Schlacht bei Gaugamela klären. Ein Botaniker theoretisiert lauthals über Dinosaurier, ein Filmregisseur schwört Stein und Bein, er werde einen Film über die Kreuzzüge drehen. An Erklärungen mangelte es nicht; diejenigen, die abgewiesen wurden, spien Gift und Galle und verbreiteten alle möglichen Gerüchte. Die alten Akademiemitglieder schlugen sich wacker und öffneten schließlich doch die Tore. Und da begann es. Das Publikum raste wie besessen in sämtliche Zeitalter und zu sämtlichen Völkern, in die entferntesten Epochen bis herauf zur Steinkohlenära. Überall liefen sie umher, mischten sich in alles ein, drängten jedem ihre Ratschläge auf. Sie brachten die ganze Weltgeschichte durcheinander, niemand konnte sich vor ihnen retten. Besonders unbeliebt machte sich der Typ des Alleswissers – es gibt solche Narren, die es sich, wenn sie im Kino einen Detektivfilm zum zweitenmal sehen, nicht verkneifen können, den Zuschauern ringsum das Vergnügen zu rauben, indem sie verraten, was weiter geschehen wird. Da kommt beispielsweise im Jahre 1455 so ein eingebildeter Tölpel nach Italien zu dem großen Claudio Maderuzzi und sagt ihm: so und so, Sie werden trotzdem im Elend sterben. Claudio ist natürlich arg verstimmt und hört auf zu modellieren und zu malen. Treibt sich in Kneipen rum – und da hast du's, die italienische Renaissance hat ihren Maderuzzi verloren, es gibt nur noch Leonardo da Vinci, der in der früheren Variante Claudios Nennbruder war und sogar mit ihm zusammen einige Bilder gemalt hat...

Übrigens litt darunter nicht nur die Vergangenheit, sondern auch unser Jahr 1995, denn wir wurden ebenfalls von Leuten aus der ferneren Zukunft heimgesucht. Man brauchte nur eine Sache in Angriff zu nehmen, und schon wurden einem Dinge prophezeit, daß man die Hände sinken ließ. Als es dann für alle immer unerträglicher wurde, traten die Regierungen der Länder zusammen, die im Besitz der Zeitschleife waren, nahmen Verbindung zu den Reisenden aus anderen künftigen Zeitaltern auf und faßten den Beschluß, diesem Spuk ein Ende zu bereiten. Wenn du einen Blick in die Vergangenheit werfen willst, dann tu's, aber misch dich nicht ein. Man erließ das Weltgesetz zum Schutze der Vergangenheit, das nur solchen Leuten diese Reisen gestattete, die auch in höchster Todesnot nicht zugeben würden, daß sie aus der Zukunft gekommen waren, und die niemanden stören würden. Alle Abgesandten unterschrieben diese Konvention, aber bevor sie in ihre Länder zurückreisten, ereigneten sich noch einige haarsträubende Dinge. Man ließ beispielsweise Kolumbus wiederauferstehen, es gab nämlich schon die Variante, daß er gar nicht Amerika entdeckt hätte. Bei ihm, müssen Sie wissen, erschien auch so ein Schwätzer und bewies ihm auf einer Landkarte, daß er gar nicht nach Indien käme, wenn er auf dem Atlantik nach Westen führe. Ach, ich komme nicht hin, sagte da Kolumbus. Na dann laß ich's, ich werde mich doch nicht umsonst abrackern. Auf diese Weise blieb Amerika unentdeckt und wurde erst hundertfünfzig Jahre später bemerkt, als es schon eine Schande gewesen wäre, es nicht zu bemerken.

Was sagten Sie – ob es die Zukunft schon gibt? Ja, natürlich gibt es die. Sie ist in der Summe der Zeiten enthalten, die von den ersten Anfängen bis in die Unendlichkeit reicht. Die Vergangenheit und die Zukunft – alles existiert gleichzeitig und entwickelt sich doch ständig. Darum gibt es auch keine Gegenwart, die statisch, die unveränderlich wäre. Habe ich recht? Wohin man auch blickt, ob in die Vergangenheit oder in die Zukunft ... Übrigens, das sind philosophische Fragen, in die ich nicht tiefer eindringen will. Kehren wir zu unserem Ausgangspunkt zurück, zu Vincent van Gogh. Wenn Sie es genau wissen wollen, haben Sie es nur mir zu verdanken, daß Sie seine Werke hier im Louvre sehen können. Wären mir die Gemälde damals nicht zu schade gewesen ...

Um es kurz zu machen, von 1995 an wurden diese Reisen unter strengste Kontrolle gestellt. Jeder Kandidat mußte zwanzig verschiedene Kommissionen durchlaufen und ein Zeugnis seiner moralischen Standhaftigkeit vorlegen, das beinahe bis in seine Kinderkrippenzeit zurückging. Ja, und dann mußte er noch den tatsächlichen Zweck der Reise nachweisen und genau darlegen, wie er die absolute Unantastbarkeit der Vergangenheit gewährleistete. In London beispielsweise bereitete man sich ein ganzes Jahr darauf vor, einen kurzen Fernsehfilm über Heinrich VIII. zu drehen, und die Erlaubnis, ein Festmahl bei Hofe von der Luft aus zu filmen, wurde erst dann erteilt, als der Beweis erbracht worden war, daß die Tafelrunde kein einziges Mal nach oben zum Himmel blicken würde – es gibt doch solche Leute, die von einem bestimmten Alter an ihr ganzes übriges Leben nicht mehr den Kopf heben, um die Wolken, das Himmelsblau oder die Sterne zu betrachten. Und als, sagen wir, Spartacus' Lager im Jahre 73 vor unserer Zeitrechnung abgebrochen wurde, verbarg sich der Kameramann, der mit einem starken Teleobjektiv arbeitete, auf dem Gipfel des Vesuv, und es war vereinbart worden, daß er, falls sich jemand im Umkreis eines halben Kilometers seinem Versteck näherte, mitsamt seiner ganzen Apparatur in den Krater springen sollte, um seine Spuren zu verwischen. Solche Hindernisse schuf man, damit niemand durchschlüpfen konnte, und die Zeitschleifen wurden kaum noch in Anspruch genommen.

Aber wie Sie wissen, gibt es kein Gesetz, das man nicht umgehen könnte. Die bevollmächtigten Vertreter einiger Staaten hatten feierlich ihre Unterschriften unter das Dokument gesetzt, nicht aber die Wächter, Techniker und kleinen Angestellten, die in diesen Kammern arbeiteten. Einer von diesen Technikern, den ich 1996 wiedertraf, war ein Bekannter aus meiner Kindheit. Ich betone, ein Bekannter, nicht mein Freund. Freunde besaß ich damals nicht, weil ich mich auch allein sehr wohl fühlte. Ich hatte alles, was ich brauchte. War zwei Meter groß, breitschultrig, hatte scharfe Augen und ein rasches Reaktionsvermögen. Damals war ich gerade fünfundzwanzig geworden und hatte es bereits geschafft, aus der Gasse, in der ich geboren wurde, in meine eigene einstöckige Villa auf der Rue du Troisième Etat hier in Paris zu ziehen. Und die Rue du Troisième Etat ist, wie Sie wissen ... Aber die gibt es ja noch gar nicht. Ich habe schon als kleines Kind nicht nach den Sternen gegriffen, da ich auf der Erde alles vorfand, was mir gefiel. Und da lief mir doch eines Tages im Herbst in der Nähe der Pferderennbahn dieser Cabusse über den Weg und erzählte mir, daß er bei der Zeitschleife arbeite. Ich sperrte Augen und Ohren auf und erkundigte mich, ob nicht doch hin und wieder jemand heimlich still und leise in die Vergangenheit reise. Er bestätigte mir, daß noch Leute führen, warum nicht, wenn man es geschickt anstelle; man brauche nur einen großen Vorrat an Energie, die man, damit es im Institut nicht bemerkt würde, schwarz kaufen und heimlich zuführen müsse. Ich äußerte meine Bereitschaft, Kapital anzulegen, und wir zerbrachen uns den Kopf, was man denn eigentlich aus der Vergangenheit mitbringen könnte. Gold oder kostbare Steine entfielen, da beides jetzt synthetisch hergestellt wurde. Blieben nur Kunstwerke, vornehmlich Werke erstklassiger Maler. Ich zog Erkundigungen ein und erfuhr, daß es unter den hochgeschätzten Malern des verflossenen Jahrhunderts einen gegeben hatte, der van Gogh hieß. Ich ging in die Nationalbibliothek, wälzte alle möglichen Nachschlagewerke und überzeugte mich, daß einige Jahre nicht reichen würden, alles über ihn zu lesen. Vincent Willem van Gogh wurde im Jahre 1853 geboren, also fast ein anderthalbes Jahrhundert vor unserer Zeit. Er liebte und wurde zurückgewiesen. Er gab sich völlig seiner Kunst hin und malte, im Elend lebend, an die siebenhundert Bilder. Von Armut und fehlender Anerkennung gepeinigt, verlor er den Verstand und schied mit siebenunddreißig Jahren aus dem Leben, nachdem er sich eine Kugel in die Brust geschossen hatte. Ruhm wurde ihm erst nach seinem Tode zuteil, als sein Briefwechsel mit dem Bruder Theo und anderen Leuten veröffentlicht war. Was denn, all das gefiel mir ungemein – der typische Lebenslauf eines Genies, etwas Besseres konnte ich mir nicht wünschen. Um ganz sicherzugehen, begab ich mich in eine große Pariser Kunsthandlung auf der Avenue Sainte-Marie. Ich wandte mich an den erstbesten Verkäufer und erklärte, ich hätte ein Original van Goghs anzubieten. Ringsum wurde es plötzlich still.

„Van Gogh? Ein Original?“

„Ganz recht.“

Die Besucher sahen mich an. Der Verkäufer bat mich zu warten, verschwand, kam zurück und führte mich zu dem Besitzer der Kunsthandlung. Ich folgte ihm ins Zwischengeschoß. In dem kleinen Raum waren die Wände bis zur Decke mit Bücherregalen vollgestellt, dem Fenster gegenüber hing in einem dünnen Messingrahmen eine Reproduktion der „Sonnenblumen“. Ein kahlköpfiger eleganter Herr begrüßte mich und stellte ein Täßchen Kaffee vor mich auf den Tisch. Er war erregt, bemühte sich aber, es nicht zu zeigen. Er fragte mich, was ich anzubieten hätte. Ich sagte, eine Zeichnung. Welche? Na ja, sie ist ziemlich klein und stellt einen Hirten mit Schafen dar, erwiderte ich. Der Herr drückte auf einen Klingelknopf, den Raum betrat ein gebeugter Greis mit grauen Schnurrbartenden, die wie zwei Säbel abstanden – irgend so ein kunstsachverständiger Stubengelehrter. Der Besitzer der Kunsthandlung weihte ihn in unser Gespräch ein, der Alte straffte sich, seine Schnurrbartenden reckten sich steil in die Höhe. Welcher Hirt – hält er den Stab in der rechten oder in der linken Hand? Was für ein Gelände ist ringsum – Bäume oder kahles Feld? Ist der Himmel dunkel, und ragt im Hintergrund ein Turm auf? Allem Anschein nach hatte ich ihren Experten für van Gogh vor mir. Ich antwortete auf gut Glück, der Hirt trüge überhaupt keinen Stab, es wären auch keine Bäume oder Felder da, und der Himmel wäre weder dunkel noch hell, sondern grau mit einem weißen Fleck in der Mitte. Der Alte biß sich auf die Lippe, seine Miene verfinsterte sich, dann fing er an zu reden wie ein Buch: Das ist die Drenther Periode, die Idee zu dieser Zeichnung entstand dann und dann, ausgeführt wurde sie dann und dann, Erwähnung fand sie in den und den Briefen. Mit einem Wort, er betete eine ganze Lektion herunter. Alles das interessierte mich nicht, ich stoppte seinen Redeschwall und fragte geradeheraus, wieviel ich für solche Sache bekommen könnte. Der elegante Herr dachte nach, dann sagte er vorsichtig, daß man eine guterhaltene Zeichnung van Goghs zur Zeit für zirka zweitausend und eine weniger gut erhaltene für eintausend EOEne absetzen könne, vorausgesetzt, daß das Molekularniveau geprüft worden sei. Der Anschaulichkeit halber sei erwähnt, daß man 1996 über hunderttausend Einheiten Organisierter Energie verfügen mußte, wenn man sich an einer beliebig tiefen Stelle im Mittelmeer eine Insel aufschütten, einen Park anpflanzen, ein Haus bauen und Straßen anlegen lassen wollte ... Schön und gut. Nachdem ich diese Auskunft erhalten hatte, entfernte ich mich, erzählte alles Cabusse, und wir kamen überein, daß man, wenn die Sache so stehe, mehr aus der Vergangenheit herüberholen müsse. Ich erbot mich, in das Paris vor hundert Jahren zu reisen, das heißt in das Jahr 1895, als der Künstler bereits tot war und seine Bilder, die zu der Zeit noch wertlos waren, von der Witwe seines Bruders, Johanna, aufbewahrt wurden, die später den Briefwechsel van Goghs herausgegeben hat.

Wir trafen entsprechende Vorbereitungen. Cabusse ließ sich von mir fünfzehntausend EOEne geben und legte fünftausend von sich dazu. Bei einem Numismatiker erwarb ich Geld aus jener Epoche. Ich bestellte mir einen Anzug – gestreifte Pantalons, einen Cutaway und einen schwarzen Zylinder mit weichem, geschwungenem Rand. Damals trug man übrigens keine Krawatte, sondern ein schmales schwarzes Band. Alles war ziemlich unbequem, man kam sich vor wie eine Vogelscheuche, aber was sein muß, muß sein. Zwei Wochen gingen hin, bis unsere Vorbereitungen abgeschlossen waren. An einem klaren Abend begaben wir uns in das Institut auf dem Boulevard de Clichy. Dem verschlafenen Pförtner erklärte Cabusse, ich sei der zur Nacht herbestellte Chronospezialist. Auf den Gängen, in den Ecken war keine Menschenseele zu sehen. Cabusse schloß mit seinem Schlüssel die Tür zur Zeitkammer auf. Die Technik funktionierte folgendermaßen: Der Zeiger wurde auf das gewünschte Jahr, den Monat, das Datum und die Uhrzeit eingestellt. Dann wurde noch eine halbe Sekunde dazugegeben, während der man einen flüchtigen Blick um sich werfen konnte; weitere zwei Sekunden waren für eine genauere Orientierung und den anschließenden Transport einkalkuliert. Diese Vorsichtsmaßnahmen wurden angewandt, nachdem man einen berühmten Paläontologen, der in die hunderttausend Jahre zurückliegende Steinzeit gereist war, vor dem weitaufgerissenen Rachen eines Höhlenlöwen materialisiert hatte.

Bei mir verlief alles normal. Ich sah mich einmal um, ein zweites Mal, und schon fand ich mich im Paris des Jahres 1895 wieder. Es war der Sonntagmittag des 10. Mai.

Ich sage Ihnen, es ist schon eine spaßige Angelegenheit, in eine fremde Zeit zu geraten. Das erste, was einen immer wieder verblüfft – ist – die Stille. Versetzt man sich dagegen in eine Stadt aus meiner Zeit oder, sagen wir, aus dem Jahr 1970, kann man von Glück reden, wenn man – trotz der Lärmbekämpfung – hört, was zwei Schritte weiter vor sich geht. Bei uns übertönen die nahen Geräusche alle weiter entfernten. Hier aber vernahm man nicht nur die Schritte eines in der Nähe Vorübergehenden, sondern auch das Rattern einer Kutsche hinter dem Eckhaus oder sogar das schwache Gebimmel eines Pferdeglöckchens drei Straßen weiter. Natürlich gab es noch so gut wie keine Autos, der Himmel war klar, die Luft rein, so daß der Eindruck entstand, als hielten sich sämtliche Bewohner dieser Welt in einem Kurort auf. Und dann das steife Benehmen der Leute. Jeder Straßenpassant trug eine bestimmte Miene zur Schau, die sehr gekünstelt wirkte. Die Frau in dem langen schwarzen Kleid bemühte sich zu zeigen, daß sie die Bescheidenheit in Person sei. Dem Dicken mit der goldenen Kette über der Weste stand im Gesicht geschrieben, daß er ein über die Maßen ordentlicher Mensch sei, und der Bote, der den großen Karton aus dem Laden schleppte, gab sich betont dienstbeflissen. Jeder bestand gewissermaßen aus zwei Ichs: aus dem einen, das er in Wirklichkeit war, und aus dem anderen, das er darstellen wollte. In diesem Zusammenhang kam mir der Gedanke, daß der Fortschritt der Menschheit neben allem anderen auch zu einem natürlichen, ungezwungenen Verhalten geführt hat.

Ich stand auf dem alten Boulevard de Clichy, just an der Stelle, wo sich die Kammer der Zeitschleife befand. Nun schlenderte ich den Boulevard entlang, ein wohlerzogener, gut gekleideter junger Mann mit einem Spazierstock und einer großen

Reisetasche. Ich muß gestehen, daß mich unbändige Freude übermannte. Mühsam hielt ich an mich, um nicht irgendeine Narrheit zu begehen – sagen wir, eine Schaufensterscheibe einzuschlagen, eine Kutsche umzuwerfen oder einem aufgetakelten Stutzer, der sich hochmütig näherte, in die Nase zu zwicken. Meine Größe ließ mich neben den übrigen Passanten wie ein Riese erscheinen. Ich hatte das Gefühl, daß jede Ausschreitung für mich ohne Folgen bliebe. Hier hatte man noch nichts davon gehört, daß man hundert Meter in 8,5 Sekunden zurücklegen und daß man neun Meter achtzig weitspringen kann. Kein Fußgänger und kein Berittener hätte mich eingeholt, und wäre es zu einem Handgemenge gekommen, hätte ich, wenn ich mich der neuesten Box- und Judogriffe bediente, jede beliebige Anzahl Polizisten aufs Kreuz gelegt. Ich hätte überhaupt König der Unterwelt in dem nächtlichen Paris werden können, das keine Funkgeräte, keine Motorräder, keine Daktyloskopie, keine Abhörvorrichtungen, keine elektronischen Wächter und andere künftige Mittel zur Entlarvung und Festnahme eines Verbrechers kannte. Von meinem Standpunkt aus waren alle Menschen, die mich hier umgaben, klein und schwach. Ich verachtete sie und empfand gleichzeitig Mitleid mit ihnen.

Vor mich hin lächelnd, schlenderte ich durch ein, zwei Straßen, kam an einem kleinen Friedhof vorbei, fuhr eine Station mit der Pferdebahn, in die ich mich mühsam hineinzwängen mußte, irrte eine Zeitlang in den Gassen umher und stand schließlich vor Nummer 8 in der Rue de la Donation.

Das Häuschen mit der winzigen Außentreppe, dem Gärtchen, den kleinen Blumenbeeten, kam mir wie ein zerbrechliches Puppenhaus vor, ganz anders, als man es in meiner oder Ihrer Zeit gewohnt ist. Ich zog am Klingeldraht – das Glöckchen am Ende der Leitung schepperte nicht, nur Bienen summten über den gelben Lilien. Ich zog noch einmal, im Haus rührte sich etwas, doch die Tür blieb verschlossen. Ich riß ein drittes Mal an dem Draht, da endlich trat eine Frau in mittleren Jahren mit leicht vorquellenden Augen und verängstigtem Gesichtsausdruck auf die Außentreppe. Hinter ihr erschien eine alte Dienerin. Ich grüßte über den Zaun hinweg und erklärte, ich wäre Ausländer, hätte von Vincent van Goghs Werken gehört, die hier aufbewahrt würden, und wollte sie mir gern ansehen.

Die Hausherrin, es war Johanna selbst, beruhigte sich ein wenig. Die alte Dienerin schloß die Gartenpforte auf, und ich stieg die Freitreppe hinauf. Das Haus bestand aus drei Zimmern. Das erste schien so etwas wie die gute Stube zu sein, in der Gäste empfangen wurden, im zweiten lagen allerwärts Berge von Mappen und Papieren herum, und das dritte diente vermutlich der Madame und ihrer Dienerin als Schlafgemach. Die Einrichtung war recht ärmlich. Die Hausherrin erkundigte sich, wer mir von Vincents Bildern erzählt hätte. Ich nannte einige Namen, die ich in Nachschlagewerken und Monographien gelesen hatte. Sie war zufriedengestellt, ihr Gesicht belebte sich und zeigte sogar bescheidene Freude.

Sie führte mich in eine Kammer im Dachgeschoß. Es war ziemlich dunkel und eng hier, und da entdeckte ich auch auf grob zusammengehauenen Stellagen van Goghs Arbeiten.

Die Originale.

Ich machte gerade Anstalten, sie durchzusehen, als mich plötzlich Zweifel befielen. Warum hält man ihn für einen großen Künstler? Worin besteht seine Genialität? Was ist es, wofür die Kunstliebhaber horrende Summen ausgeben werden? Sie müssen verstehen, als ich die Reproduktionen in prachtvoll ausgestatteten Bildbänden betrachtet und alle möglichen Lobpreisungen dazu gelesen hatte, waren sie mir in einem anderen Licht erschienen. Jetzt aber stand ich hier vor den Bildern, ich hatte die Möglichkeit, sie mir aus nächster Nähe anzusehen und nicht durch das veredelnde Prisma der Zeit, und mir wurde klar, weshalb es dem Künstler zu seinen Lebzeiten nur ein einziges Mal geglückt war, ein Gemälde zu verkaufen. Auf den Landschaftsbildern waren die Bäume mit zwei, drei Pinselstrichen angedeutet, die Häuser bestanden nur aus groben Punkten. Malte er zum Beispiel einen Gemüsegarten, wußte man hinterher nie, was dort angepflanzt war – Kohl oder Salat. Er führte nichts aus, ließ jede Sorgfalt vermissen, warf alles eilig, hastig, nachlässig hin. Es machte den Eindruck, als wollte er alles, was er sah, vergröbern, verzerren, verstümmeln. Mir kam die Idee, daß der Ruhm der meisten berühmten Maler und vielleicht auch der Dichter nicht so sehr ihr Verdienst als vielmehr das Ergebnis des Rummels ist, den alle möglichen Kritiker und Kunsthistoriker später veranstalten. Wäre Ihnen ein Drama

Shakespeares, ein Poem Puschkins oder ein Kupferstich Dürers in die Hände gefallen, so wäre Ihnen, vorausgesetzt, Sie hätten vorher nie etwas davon gehört, das erste und das zweite vermutlich hochtrabend und das dritte einfach langweilig erschienen. Jedem von uns wird schon als Kind eingehämmert, daß, sagen wir, Shakespeare und Michelangelo Genies waren; hätte man uns das nicht beigebracht, würden wir ihre Werke keines Blickes würdigen. Alles das schoß mir durch den Kopf, aber ich ließ mir natürlich nichts anmerken und sagte mir, daß meine Meinung unmaßgeblich war, wenn für van Goghs Arbeiten soviel EOEne gezahlt wurden.

Ich drehte ein Gemälde hin und her, ein zweites, wandte mich an die Hausherrin – die Dienerin lungerte die ganze Zeit an der Tür herum – und sagte ihr, daß ich die Bilder kaufen könnte, zwar nicht alle, aber doch das Wichtigste. Es waren so an die zweihundert Ölgemälde. Johanna van Gogh hob die blassen Augen zu mir auf. „Sie wollen kaufen?" – „Ja kaufen, und ich kann jeden Preis in bar bezahlen, den Sie nennen." Bei diesen Worten nahm ich ein Päckchen Tausendfrancsnoten aus der Tasche und breitete sie fächerförmig auseinander. Und was erhielt ich darauf als Antwort? Stellen Sie sich vor, die Augen der verblühten Dame quollen noch mehr heraus, sie neigte den Kopf und teilte mir mit leiser, aber fester Stimme mit, daß die Bilder unverkäuflich seien. Sie sei, sagte sie, überzeugt, daß der Bruder ihres verstorbenen Mannes, Vincent van Gogh, sehr viel für die Kunst getan habe und sein Werk der Nachwelt erhalten werden müsse, deshalb fühle sie sich nicht berechtigt, seine Bilder an eine Privatperson zu verkaufen. Sie habe die Absicht, seinen Briefwechsel herauszugeben – darum also die Unordnung in dem einen Zimmer –, und hoffe, danach würden die Leute begreifen, was für ein wunderbarer Mensch und genialer Künstler Vincent war. Verkaufen könne sie nichts, aber da mir seine Arbeiten gefielen, sei sie bereit, mir einige Zeichnungen und ein, zwei Bilder, die er in mehreren Varianten gemalt habe, zu schenken. Stellen Sie sich bloß die Situation vor – verkaufen kann sie nichts, aber verschenken. Das war typisch für das altmodische 19. Jahrhundert.

Ich hörte mir das alles höflich an, spielte den Gekränkten und erwiderte darauf, daß ich für alles oder nichts sei.

Die Sache war die, daß ich auch diese Variante einkalkuliert hatte. Schließlich war ich, mit den Errungenschaften unserer Wissenschaft ausgerüstet, beinahe allmächtig im Vergleich zu den Menschen, die Ende des vorigen Jahrhunderts lebten – ich war sozusagen der einzige Sehende im Lande der Blinden. Einen Tag vor meiner Abreise hatte ich einem mir bekannten Apotheker eine Sprühflasche mit einem Spezialgemisch abgeluchst, das man bei uns verwendete, wenn man wilde Tiere von einem Käfig in den anderen schaffte. Man drückt auf einen Knopf, hält dabei vierzig Sekunden lang die Luft an, und alles, was lebt, versinkt im Umkreis von dreißig Metern in einen tiefen Schlaf. Ich zuckte die Schultern, steckte das Geld in die Tasche zurück und fühlte dort die Flasche. Beide Frauen fingen an zu gähnen, rieben sich die Augen und sanken eine halbe Minute später an der Stelle zu Boden, an der sie gestanden hatten. Ich aber zog aus meiner Reisetasche eine zweite, kleinere hervor und traf gemächlich meine Auswahl. Ich erinnere mich, daß ich die „Sonnenblumen", „Der Turm von Nuenen", „Das Café in Arles", den „Rundgang der Gefangenen" und, versteht sich, den „Sämann" einsteckte. Ich verstaute ungefähr zweihundert Ölgemälde und Pappzeichnungen, die zu meinem Glück ungerahmt dalagen. Dann warf ich noch einen Blick in das Zimmer im Erdgeschoß und angelte mir aus den Packen auf dem Tisch zwei Mappen mit Briefen. Ich stopfte meine Reisebehälter, kurz gesagt, bis obenhin voll, verließ das Haus, winkte einer vorüberfahrenden Droschke und fuhr seelenruhig zum Boulevard de Clichy. Cabusse und ich hatten vereinbart, daß er mich nach vierundzwanzig Stunden zurückholen sollte, zu diesem Zweck mußte ich mich zur festgesetzten Zeit an der gleichen Stelle einfinden, an der ich mich materialisiert hatte. Ich übernachtete in einem kleinen Hotel, ging mittags auf die Straße und hob beide Reisetaschen an. Ich verfolgte die Sekundenzeiger auf meiner Armbanduhr, verlor einen Augenblick lang das Bewußtsein (das war der Nullzustand), und schon befand ich mich wieder in der Zeitkammer des Instituts, in unserem Jahrhundert, und alles, was sich soeben noch zugetragen hatte, gehörte der fernen Vergangenheit an, lag hundert Jahre zurück. Der Schlüssel drehte sich im Schloß, vor mir erschien Cabusses Fuchsgesicht. Mir fiel sofort auf, daß sich mein Bekannter verändert hatte. Er schien ein wenig geschrumpft zu sein, dafür war seine Nase noch länger geworden.

Er musterte mein Gepäck.

„Hast du's?"

„Ja. Fast den ganzen van Gogh."

„Was für einen van Gogh? Wir hatten uns doch für Parisot entschieden."

„Parisot?"

Mit einem Wort, wir verstanden uns nicht. Aber zum Streiten war jetzt nicht der rechte Zeitpunkt. Wir mußten die prallen Reisetaschen aus dem Institut schaffen. Wohlbehalten passierten wir die Pförtnerloge. Ich fuhr Cabusse nach Hause und wartete ungeduldig, bis die Nacht vorüber war. Am Morgen schnappte ich mir ein paar von den Ölgemälden und eilte in die bewußte Kunsthandlung. Diesmal lief ich gleich die Treppe hoch und eröffnete dem kahlköpfigen Besitzer, daß ich einiges von van Gogh anzubieten hätte. Der hob die Brauen.

„Van Gogh? Wer ist denn das?"

„Wie bitte? Sie haben doch da eine Reproduktion von seinen ‚Sonnenblumen'." Ich ließ den Blick über die Wand gleiten, da sah ich, daß in dem Messingrahmen ein ganz anderes Bild hing.

Der Besitzer der Kunsthandlung drückte auf den Knopf, gleich darauf erschien wieder der Greis mit dem Schnurrbart. Der Besitzer fragte ihn, ob er van Gogh kenne. Der Alte heftete den Blick an die Decke, zögerte, hob die Schultern und dachte angestrengt nach. Ja, im vorigen Jahrhundert habe es so einen unbedeutenden Maler gegeben, erklärte er schließlich. Er werde in einem der Briefe Parisots erwähnt.

Der elegante Besitzer des Salons sah mich an.

„Hören Sie, Sie waren doch vor zwei Wochen schon einmal hier und versprachen uns eine Originalzeichnung von Parisot."

„Ich? Parisot?"

Nun ja. „Die schwankenden Laternen im Hafen". – Parisot hat sie in einem Brief an Bargue erwähnt. Das ist die Arbeit, die in dem Marseiller Zyklus fehlt.

Ich rannte in die Bibliothek und wälzte alle möglichen Nachschlagewerke über Kunst. Nirgends fand ich van Gogh erwähnt, dafür prangte überall der Name Parisot.

Ich nehme an, Sie können sich denken, woran das lag. Der

„Effekt der Zeitschleife“ hatte uns einen Streich gespielt, den Cabusse und ich nicht vorausgesehen hatten. Wissen Sie, was mit diesen Schleifen passierte? Als erste hatten die Franzosen 1994 die Möglichkeit entdeckt, in die Zeit zu reisen. Ihnen folgten die Sowjetunion, Kanada, ein italienisch-amerikanisches Unternehmen und noch andere. Sie wissen ja, wie es ist, wenn die Wissenschaft auf eine Barriere stößt – man tritt auf der Stelle und geht noch einmal alles der Reihe nach durch.

An sechs verschiedenen Orten war eine Schleife eingerichtet worden, von der aus man in die Vergangenheit springen konnte. Die Amerikaner hatten den Sitz ihrer Schleife nach Rom verlegt, weil ihnen die eigene Geschichte zu dürftig erschien. In ihrem Lande gab es nur haßerfüllte Indianer, die ihnen womöglich nach dem Skalp trachteten. Man kam schnell dahinter, daß die Vergangenheit die Gegenwart beeinflußt, und diesen Umstand machten sich natürlich die Politiker sofort zunutze. Sie gingen davon aus, daß jedes unerfreuliche Ereignis seine Wurzeln in der Vergangenheit hat, und wenn man diese Wurzeln absägte, so würde man damit auch das Ereignis aus der Welt schaffen. Nehmen wir nur den Skandal auf der Konferenz der Vereinten Nationen. Der irische Diplomat O'Brian beleidigte den englischen Delegierten Lord Fitzbrooks, der ihm von jeher unsympathisch gewesen war. Die beiden stritten sich, ein Wort ergab das andere, die Konferenz platzte. Die Situation war an sich leicht zu beheben. Es genügte, wenn ein Mitarbeiter des englischen Außenministeriums in die zwei Wochen zurückliegende Vergangenheit sprang, nach Dublin flog und die irische Regierung im Namen des Generalsekretärs der UN bat, auf die geplante Konferenz nicht O'Brian, sondern einen anderen Vertreter zu entsenden. So geschah es denn auch, und die Konferenz verlief reibungslos. Das war ein relativ geringfügiger Vorfall, man kann aber auch Ereignisse von größerer Tragweite beeinflussen. Welches historische Ereignis man auch nimmt, man wird immer einen Moment in der Vergangenheit finden, wo die Dinge noch anders hätten gelenkt werden können. Ich erinnere nur an den Krieg zwischen Brasilien und Argentinien im Jahre 1969. Eine am Iguaçu stationierte brasilianische Grenzeinheit feierte den Geburtstag ihres Korporals. Die Grenzer hatten ganz schön einen hinter die Binde gegossen und gaben Salutschüsse aus ihren MPis ab. Die Argentinier auf der anderen Seite glaubten, sie würden beschossen, und erwiderten das Feuer. Daraufhin gingen die vom Alkohol benebelten Brasilianer zum Angriff vor, es kam zu einem Handgemenge, Sie wissen ja, die Lateinamerikaner sind ein hitziges Volk, nicht umsonst gehört der Pfeffer zu ihren Hauptnahrungsmitteln. Die Brasilianer eroberten drei Kilometer des argentinischen Territoriums, bis sie auf das Sommerlager einer Panzerabteilung stießen. Die Panzermänner, die auch nur auf eine Gelegenheit gewartet hatten, sich Bewegung zu verschaffen, holten zum Gegenschlag aus und drangen vierzig Kilometer weit in das Nachbarland vor. Die Folge war eine eilig einberufene Versammlung des brasilianischen Präsidialrates und eine außerordentliche Sitzung des argentinischen Bundeskongresses. Ehe man in Genf munter wurde und eine Kommission bildete, hatten die brasilianischen Boeings einen Angriff auf Buenos Aires geflogen, und Rio de Janeiro war von der argentinischen Luftflotte bombardiert worden. Beide Städte standen in Flammen, auf den Straßen häuften sich Leichen und verbogene Straßenbahnschienen. Frankreich setzte sich für Brasilien ein, und die USA intrigierten prompt zugunsten Argentiniens. Der Konflikt nahm weltweiten Charakter an, dabei hatte alles mit einer Bagatelle begonnen. Für unser Jahr 1995 wäre das schon ferne Geschichte gewesen, hätte man nicht gerade die Zeitschleifen erfunden und geglaubt, man müsse den Leuten in der Vergangenheit das Leben erleichtern. Kurzum, ein Mann wurde in die zwanzig Jahre zurückliegende Vergangenheit beordert, in das Jahr 1949 also. Er fuhr nach Rio de Janeiro, suchte dort die künftige Mutter des unheilbringenden Korporals auf – sie hieß Estrella und kannte den künftigen Vater noch nicht. Der Sendbote aus unserer Zeit nahm das Mädchen aus dem Café, in dem sie Geschirr wusch, und verschaffte ihr eine Stelle als Stewardeß auf der Fluglinie Rio de Janeiro–Oslo. In dem norwegischen Hafen betrat die schöne Brasilianerin eine Imbißstube, ihr auf dem Fuße folgte der linkische weißblonde Zöllner Hanussen. Es war Liebe auf den ersten Blick: ein Häuschen in Arendal-Fjord, fünf Kinder, die ganze Familie maßlos glücklich ...

Was sagten Sie? Es gab im vorigen Jahr gar keinen Krieg zwischen Argentinien und Brasilien? Natürlich nicht. Das wollte ich Ihnen ja gerade erklären. Der Korporal wurde nämlich gar nicht erst geboren, folglich konnte sein Geburtstag auch nicht mit allen daraus erwachsenden Folgen gefeiert werden. Eine andere Alternativvariante der Zukunft erfüllte sich. Die erste war der Krieg gewesen, als man dann hinunterstieg und ordnend eingriff, veränderte sich die Realität. Diese Varianten sind ein interessantes Kapitel. Sie müssen wissen, jede Veränderung in der Vergangenheit zieht eine neue Folge von Ereignissen nach sich, und das Netz der Veränderungen dehnt sich sofort auf die ganze Zeitlinie aus, bis zu dem Moment, in dem der Sprung in die Vergangenheit erfolgt ist. Die ganze Geschichte wandelt sich sofort in die Nullzeit um, den Leuten aber erscheint es, als wäre es immer so gewesen. Das ist übrigens der springende Punkt. Den Leuten erscheint es so, nur nicht dem Betreffenden, der die Reise gemacht hat, er erinnert sich an die frühere Situation. Angenommen, Sie wären in das 14. Jahrhundert gereist, hätten sich dort eine Woche aufgehalten – das bedeutet übrigens, daß Sie eine Woche lang aus der Gegenwart verschwunden sind –, kämen zurück und sähen, daß Ihr Freund einen Buckel bekommen hat. Ihnen ist natürlich klar, daß dies eine der nicht vorauszusagenden Folgen Ihrer Abenteuer in der Vergangenheit ist – vor Ihrer Abreise war Ihr Freund in der ganzen Straße für seine gute Haltung bekannt. Jetzt hat sich das geändert, aber Sie schweigen sich aus, und der Freund beschuldigt Sie in keiner Weise, weil er unter den neuen Gegebenheiten so geboren wurde, sich an seinen Buckel gewöhnt hat und sich gar nicht vorstellen kann, wie es wäre, wenn er ihn nicht hätte. Gleichzeitig lösen auch Sie, wenn Sie die Zeitschleife benutzt haben, bei Ihrer Umwelt leichtes Befremden aus. Denn durch die Reise hat sich Ihre bisherige Persönlichkeit verändert, Sie haben aber, wenn Sie die Kammer wieder verlassen, Ihr ursprüngliches Aussehen behalten, das der ersten Variante entspricht. Folglich müssen sich Ihre Verwandten und Bekannten erst an Sie gewöhnen, und auch Sie haben Schwierigkeiten, sich Ihrer neuen Biographie anzupassen.

Eine verzwickte Geschichte ... Das ist es ja gerade. Anfangs kam den Politikern alles sehr einfach vor, später sahen sie dann die Komplikationen, die sich daraus ergaben. Nehmen wir wieder den Vorfall mit dem Iren und Lord Fitzbrooks. Der Abgesandte des englischen Außenministeriums erfüllte seine Mission, und als er drei Tage später der Zeitschleife entstieg, war die neue Variante bereits eingetreten, von der anderen, gescheiterten aber wollte keiner mehr etwas wissen. Unser Held mischte sich unters Volk und bemühte sich zu beweisen, daß die erfolgreiche Konferenz (die bereits stattgefunden hatte, denn er war ja danach weggefahren und noch später wiedergekommen) sein Verdienst sei. „Versteht doch", mümmelte er, „hätte man O'Brian delegiert, wäre alles anders ausgegangen." Seine Worte wurden jedoch mit einem Achselzucken quittiert. Wer wird denn so dumm sein, O'Brian zu schicken? Stand er überhaupt zur Debatte? Mit anderen Worten, die Situation war bereits umgeschlagen, und niemand wollte wahrhaben, daß es jemals anders gewesen sein könnte.

Indessen waren für unseren Reisenden zwei Tage in der Gegenwart ausgefallen, er hatte die Orientierung verloren, eine neue internationale Konferenz wurde vorbereitet, aber man vergaß, ihn auf die Delegiertenliste zu setzen. Genauso war es mit dem Krieg 1969. Jemand war in die Vergangenheit gefahren, hatte dort alles geregelt, und als er zurückkehrte, wies jeder gesunddenkende Mensch die Geschichte mit dem Grenzzwischenfall, der zu einem weltweiten Konflikt geführt hatte, als Hirngespinst zurück. „Welcher Korporal?" setzten sie dem leidgeprüften Zeitreisenden zu. „Da war gar kein Korporal, und überhaupt, um diese Grenze hat es nie Streitigkeiten gegeben."

Überraschungen dieser Art führten die Politiker zu der Erkenntnis, daß jeder, der sich in die Vergangenheit einmischt, unweigerlich in die Klemme gerät. Daraufhin gaben sie den einfachen Bürgern die Möglichkeit, in andere Zeitalter zu reisen, doch da entstand jenes Chaos, das schließlich das Gesetz zum Schutze der Vergangenheit nach sich zog. Aber stellen Sie sich vor, wir wußten darüber genausowenig wie die überwiegende Mehrheit der Erdenbevölkerung. Der Planet lebte sein Leben, die Varianten wechselten, aber der Menschheit erschien es jedesmal, als ob es immer so gewesen wäre. Denn hätte ich diese Geschichte jetzt nicht erzählt, wären Sie nie darauf gekommen, daß die Variante eines Krieges zwischen Argentinien und Brasilien existiert hat. Die Besonderheit dieses Falles lag darin, daß sich nur die Person, die in die Vergangenheit gereist war, erinnerte, wie die Situation früher gewesen war. Was wußte ich damals schon über die Zeitschleifen? Nun, ich hatte natürlich in der Zeitung gelesen, daß es so was gab, und mir im Fernsehen einige kurze, mit verdeckter Kamera aufgenommene Filme angesehen: „Das Festmahl Heinrichs VIII.“, „Spartacus' Lager“ und dergleichen mehr. Man munkelte, daß einige Leute, die Reisen in die Vergangenheit unternommen hatten, verschollen waren, wie dieser berühmte Paläontologe zum Beispiel. Das war aber auch alles. Mit etwas mehr Grips hätten Cabusse und ich natürlich daraufkommen müssen, daß van Goghs Bilder, wenn ich sie aus der Vergangenheit wegholte, auch aus unseren zeitgenössischen Museen und Privatsammlungen verschwinden würden. Aber wir hatten uns nicht lange den Kopf zerbrochen – er war damals neunundzwanzig und ich noch vier Jahre jünger. In unserer überreizten Phantasie hatten wir auf Millionen und sogar Milliarden EOEne spekuliert.

Die Folgen meiner blödsinnigen Eskapade sahen so aus: Ich hatte van Gogh gewissermaßen aus dem Verkehr gezogen. Hatte den Grundbestand seiner Werke weggeschleppt und auch noch einen bedeutenden Teil der Briefe an mich genommen. Folglich konnte die Witwe des Bruders nichts mehr herausgeben, und Vincent van Gogh war praktisch aus der Kunstgeschichte gestrichen. Später, um die Wende des 19. und 20. Jahrhunderts, trat ein anderes Talent auf den Plan, das ähnlich veranlagt war – Parisot. Als die Veränderungen des Zeitnetzes auf unsere Epoche übergriffen, wurde ich geboren, traf Cabusse, informierte mich über Malerei, stieß dabei auf Walter Parisot und beschloß, seine Werke aus der Vergangenheit herüberzuholen. Deshalb hatte Cabusse, als ich nachts der Zeitschleife entstieg, auch gesagt, wir hätten uns doch für Parisot entschieden.

Und was war das Ergebnis? Ich war im Besitz zweier Packen mit Bildern van Goghs, aber ich war der einzige Mensch auf dem ganzen Erdball, der wußte, daß dieser Künstler überhaupt gelebt hat.

Ich grübelte, grübelte und entschloß mich, die Spirale zurückschnellen zu lassen. Die verbrauchten EOEne erhielt ich dadurch nicht zurück ...

Die Spirale zurückschnellen lassen! Ach ja! Das habe ich Ihnen noch nicht erklärt. Die Sache ist die, daß gleich nach der Gründung der Zeitkammern eine Möglichkeit gefunden wurde, wie man die verhängnisvollsten Schritte korrigieren konnte. Dieses Manöver nannte man „die Spirale zurückschnellen lassen“ oder, einfacher „die Schleife aufziehen“. Nehmen wir an, Sie wären im 15. oder 5. Jahrhundert gewesen, tauchen ins 20. Jahrhundert zurück und stellen nun fest, daß die Folgen Ihrer Reise das gewohnte Maß doch ein wenig übersteigen. Dann müssen Sie sich wieder in die Kammer begeben, den Zeiger noch einmal auf den gleichen Zeitpunkt einstellen und zurückfahren, ohne in der Vergangenheit etwas zu unternehmen. In diesem Falle kehrt alles an seinen Platz zurück, als hätten Sie die Reise nie gemacht. Natürlich wird man den Zeiger nie genau auf denselben Punkt einstellen können, deshalb muß man kleine Abweichungen in Kauf nehmen.

Was? Kolumbus? Wie Sie erfahren haben, daß er in der ursprünglichen Variante existiert hat? Na ganz einfach, weil es zu jener Zeit nicht nur den einen Schwätzer gab, sondern noch eine Menge anderer Leute. Die anderen waren von den Veränderungen nicht betroffen, und als sie zurückkamen, schlugen sie Krach. Natürlich gelang es nicht, alles in seiner früheren Gestalt wiederherzustellen. Es ist sehr leicht möglich, daß jene Variante der Vergangenheit, deren Resultat wir selber sind, nichts mit der ersten Variante gemein hat. Von Claudio Maderuzzi habe ich Ihnen schon erzählt. Dummerweise muß man in solchen Fällen den gleichen Menschen in die Vergangenheit zurückschicken. Der Tölpel aber, der Maderuzzi sein trauriges Ende prophezeit hatte, starb am dritten Tag nach seiner Rückkehr in unsere Epoche. Er hatte sich in Ägypten amüsieren wollen und rammte dort mit seinem Privatflugzeug die Cheopspyramide – vom westlichen Teil mußte man danach noch tagelang den Brandbelag abkratzen, der sich bei der Explosion gebildet hatte. Ich glaube, daß Claudio nicht der einzige Leidtragende war. Auf ähnliche Weise sind uns wahrscheinlich noch viele andere Künstler, Gelehrte, Erfinder verlorengegangen.

Obwohl an ihre Stelle vermutlich eine Menge neuer getreten sind.

Aber kehren wir zu van Gogh zurück, das heißt zu uns.

Nachts drangen wir wieder ins Institut ein – ich hatte beide Reisetaschen bei mir – und zogen die Schleife auf. Am nächsten Morgen ging ich nochmals in die Bibliothek und überzeugte mich, daß alles in Ordnung war. Van Gogh war wieder auferstanden, jede Enzyklopädie widmete ihm mindestens eine halbe Seite, die Monographien und Artikel über ihn waren kaum zu zählen. Der arme Parisot aber war wie vom Erdboden verschluckt. Ich beriet mich mit Cabusse und kam zu dem Schluß, daß man nicht allem auf einmal nachjagen dürfe. Es war besser, ich konzentrierte mich auf ein einziges Werk, das genügend Wert besaß. Ich entschied mich für die „Kartoffelesser", die zu unserer Zeit auf ganze zweihunderttausend geschätzt wurden. Mein Plan sah folgendermaßen aus: Ich steige in die Vergangenheit hinab, erwerbe bei dem Künstler das erste seiner bedeutenden Gemälde, und er wird seinem Bruder bestimmt von dem Erfolg berichten.

In unserer Zeit verschwände das Gemälde daraufhin natürlich nicht nur aus der Galerie, in der es sich gerade befand, sondern auch aus sämtlichen Bildbänden und Reproduktionsmappen. In der Kunstgeschichte aber würde man es als verlorengegangenes Werk aufführen. Alle Forscher würden es erwähnen und bedauern, daß es an irgend jemand verkauft worden und seitdem verschollen sei. Ich jedoch würde ihnen, wenn ich in unser Jahrhundert zurückgekehrt war, das Märchen aufbinden, ich hätte es im Hause entfernter Verwandter in einer alten Dachkammer entdeckt.

Cabusse hatte keine Einwände, er knöpfte mir noch fünfzehntausend ab, fügte sie seinem Anteil zu, um im Laufe der nächsten Wochen das Reservoire des Instituts mit weiterer Energie speisen zu können, und ich machte mich daran, das Material gründlich zu studieren. Ich besorgte mir eine der letzten Ausgaben der „Briefe van Goghs". Das Buch war prächtig ausgestattet, aber, wie sich später herausstellte, nicht frei von Druckfehlern. Wie dem auch sei, ich überzeugte mich, daß mit den „Kartoffelessern" alles glatt gehen müßte. In seinen Briefen an den Bruder und an den Künstler Rappard schrieb Vincent ausführlich über die Absicht, die er mit dem Bild verfolgte, über die vorherigen Studien, wann er die Arbeit begonnen und wann er sie abgeschlossen hatte. Den „Kartoffelessern" maß er große

Bedeutung bei, immer wieder kehrte er in seinem weiteren Schriftwechsel zu diesem Thema zurück.

Wie ich dem Buch entnahm, hatte er das Bild im März 1883 fertiggemalt und am 6. April seinem Bruder Theo nach Paris geschickt. Ich mußte also am Dritten oder Vierten bei ihm eintreffen, damit ich das Gemälde trocken und transportfähig vorfand.

Der Biographie des Künstlers nach zu urteilen, war dies für ihn eine der schwersten Perioden. Hinter van Gogh lagen bereits dreißig Jahre seines Lebens, in denen er nichts erreicht hatte. Er war ein erwachsener Mann und hatte doch keine Familie, keine Frau, keine Freunde, kein Zuhause, und er war völlig mittellos. Er hatte sich als Verkäufer in einer Kunsthandlung versucht, aber man hatte ihn davongejagt. Er hatte sich bemüht, Geistlicher zu werden, aber die katholische Obrigkeit der kleinen Bergarbeitersiedlung in der Borinage geriet in Angst und Schrecken, als sie seine Predigten hörte. Das Mädchen, seine erste Liebe, reiste ab, nachdem er sich ihr eröffnet hatte. Die Gesellschaft brandmarkte ihn als Nichtskönner und verkrachte Existenz. Er war auch tatsächlich nicht imstande, sich der Welt anzupassen, in der er lebte, nicht einmal seinen Lebensunterhalt konnte er sich verdienen. Eine an Schizophrenie grenzende Wahrheitsliebe, gepaart mit einem aufbrausenden, ungeselligen Charakter, führte ihn in die Katastrophe, was immer er auch begann. Die Verwandten schämten sich seiner und waren bestrebt, ihn von sich fernzuhalten. Er irrte kreuz und quer durch Holland, abgerissen, hungrig, mit den kärglichen Groschen sein Dasein fristend, die ihm der Bruder schickte oder der Vater, der ihn verachtete. Das Jahr 1883 traf van Gogh in dem kleinen Dorf Hoogeveen im Norden des Landes, wo er beschlossen hatte, sich gänzlich der Kunst zu widmen und malen zu lernen. Aber er hatte keine Schule besucht, niemand hatte ihm die Anfangsgründe gezeigt, und so war er gezwungen, eine eigene Technik, eine eigene Theorie zu entwikkeln. In seinen Briefen an Theo bat er, seinen Stolz unterdrückend, ihm doch ein klein wenig Vertrauen, ein Fünkchen Wärme entgegenzubringen. Das Geld für Farben und Papier sparte er sich von dem wenigen ab, das ihm der Bruder zum Leben schickte. Dennoch nahm er nicht selten die Pose eines

Richters ein und widmete ganze Seiten einer harten Kritik an der zeitgenössischen Kunst.

Ehrlich gesagt, mich fesselten diese Briefe, von ihnen ging etwas Unerbittliches, Erhabenes aus, und ich konnte es kaum erwarten, dem Künstler gegenüberzutreten.

Ich reiste in das Jahr 1883, kam in Paris auf dem Boulevard de Clichy an, eilte schnurstracks zum Bahnhof, fuhr mit dem Zug nach Utrecht, von dort aus weiter auf dem Kanal nach Amstelland, dann mit der Postkutsche bis zu dem Städtchen Zuidwolde, und von da aus ging ich zu Fuß nach Hoogeveen. Ich brauchte ungefähr drei Tage, um die fünfhundertfünfzig Kilometer zurückzulegen, und ich sage Ihnen, es war keine leichte Strecke. Der Zug kroch im Schneckentempo dahin, die winzigen Waggons klirrten und ächzten, in der Kajüte des Schleppbootes konnte ich mich nicht drehen und wenden, und in die Postkutsche zwängte ich mich mit Mühe und Not. Überall wimmelte es von Mücken, und hatte man endlich einmal Ruhe vor ihnen, wurde man unablässig von Wanzen und Flöhen heimgesucht, die es im Zug und auf dem Schleppboot zur Genüge gab. Der Frühling hatte sich in diesem Jahr in ganz Europa verspätet. Ich hatte mir in meiner Zeit einen der Saison entsprechenden Mantel zurechtgelegt, aber nicht mitgenommen, da er mir im letzten Moment zu schwer und plump vorkam; nun war mir warm, solange die Sonne schien, doch sobald sie untergegangen war, bibberte ich vor Kälte. Auch in dieser Hinsicht erschien mir die Epoche vor hundert Jahren nicht wie eine Sommerfrische. 1895 war das Volk in Paris müßig umhergeschlendert; wie ich später feststellte, lag das daran, daß gerade Sonntag war und ich ausgerechnet in eine Straße geraten war, die von Beamten bewohnt wurde. Nun jedoch wurde mir klar, daß die Leute arbeiteten. Sie arbeiteten nicht nur, sie schufteten. Und alles machten sie mit der Hand. Der Straßenkehrer fegte, der Sämann säte, der Erdarbeiter grub, der Weber webte, der Heizer schürte pausenlos das Feuer, überall wurde gewaschen, gescheuert, geklopft. Die Leute standen im Morgengrauen auf, waren den ganzen Tag in Bewegung, plackten sich ab und legten sich erst nieder, wenn die Sonne untergegangen war. Vierzehn Stunden Arbeit dünkte ihnen noch wenig. In unserer Zeit war Arbeit gleichbedeutend mit Kopfarbeit, aber dort beruhte alles auf der Muskelkraft des Menschen, die jene Welt vorantrieb. Wohin man auch blickte, die Hände regten sich unablässig.

Gegen Abend traf ich in Zuidwolde ein; bis nach Hoogeveen waren es noch etwa drei Kilometer. Ich hatte gedacht, daß ich zu van Gogh gehe, das Bild kaufe und gerade noch die Nachtpostkutsche erreiche, die mich wieder nach Amstelland zum Schleppboot brächte.

Die Gegend war ziemlich trostlos und eintönig. Flaches Land, Sümpfe, Hecken und sonst eigentlich nichts. Meiner Ansicht nach konnte ein wahrer Künstler hier gar keine Anregung finden.

Ich kam in Hoogeveen an und erkundigte mich nach dem „Herrn, der malt"; man wies auf eine hühnerstallähnliche Torfhütte am äußersten Dorfrand. In so einer Kate hätte hundert Jahre später nicht einmal ein Hund nächtigen wollen. Dabei stellte sie keine Ausnahme dar, denn das ganze Dorf (oder die Stadt) bestand aus einigen Dutzend solcher Hütten.

Ich klopfte an, man rief mich herein. Ich folgte der Aufforderung und spürte sofort, daß ich es in dieser Höhle keine drei Minuten aushielte. Warme, muffige Luft, die mit Feuchtigkeit, Qualm und Ruß vermengt war, schlug mir entgegen. Ich wurde den Eindruck nicht los, daß hier nicht einmal einer allein genug Platz hatte, dabei befanden sich ganze sechs Personen im Raum. Ein Greis, der eine stinkige Pfeife rauchte, eine Frau mit einem Säugling auf dem Arm – sie hielt ihn mit einer Hand fest, mit der anderen rührte sie in einem Holztrog –, eine alte Frau im Bett, ein Mann, der am Tisch saß und mit schweren Kinnladen etwas kaute, das er aus einer Schüssel löffelte, und ein rothaariger Junge, der etwas abseits von den anderen saß und aus dem Fenster starrte. Er saß am äußersten Ende einer Bank, unnatürlich steif, wie jemand, der hier fremd ist, der vielleicht überall ein Fremder ist. Und alles das wurde von dem gelben Schein einer Petroleumlampe, die an der niedrigen rußgeschwärzten Decke hing, nicht erhellt, sondern eher getrübt, verdüstert.

Aller Augen richteten sich auf mich, nur der Mann am Tisch hob nicht den stumpfen, stieren Blick von der Schüssel. Ich fragte, ob ich Herrn van Gogh sprechen könne. Minutenlang herrschte Verwirrung. Der Junge stand auf, trat zu mir. Ich wiederholte gereizt, daß ich zu dem Maler van Gogh wolle. Alle sahen mich verständnislos an, schwiegen, der Junge machte eine unbeholfene Geste, und plötzlich sah ich, daß er gar kein Junge, sondern ein erwachsener Mann war. Er hatte ein rötliches Bärtchen, vorstehende Backenknochen, eingefallene Wangen, eine breite, gewölbte Stirn und schütteres, nach hinten gekämmtes Haar, das an den Schläfen schon stark gelichtet war. Seine herben Gesichtszüge waren scharf ausgeprägt. Ich hätte ihn jetzt nicht auf dreißig, sondern auf fünfundvierzig geschätzt, und nur sein niedriger Wuchs, das lächerlich kurze Jäckchen und die krampfhafte Haltung gaben ihm Ähnlichkeit mit einem kleinen Jungen.

„Ich bin van Gogh", sagte er und verbeugte sich steif, nicht nur mit dem Kopf, sondern mit dem ganzen Körper.

Ich begrüßte ihn und stellte mich unter falschem Namen vor.

Er verbeugte sich noch einmal leicht.

Ich sah mich um, die Situation war fatal.

Ich stand mitten im Zimmer, gebückt, außerstande, den Kopf auszustrecken, weil die Decke zu niedrig war. Mir war nicht klar, ob ich das Gespräch hier führen oder hinausgehen sollte, wo es schon dunkel wurde. Ich wäre gern hinausgegangen, aber würden das die Wirtsleute nicht als Unhöflichkeit auffassen? Andererseits war es unbequem, die ganze Zeit den Kopf einziehen zu müssen.

Van Gogh schwieg, die anderen ebenfalls.

Ich sah mich wieder um, von keiner Seite kam Hilfe. Mir war gräßlich zumute. Ich räusperte mich, erklärte, ich wolle mir seine Zeichnungen ansehen und vielleicht die eine oder andere käuflich erwerben.

Ach, die Zeichnungen! Van Goghs Gesicht hellte sich auf und bekam Farbe. Aber bitte sehr, mit Vergnügen! Er war sichtlich froh, fühlte sich geschmeichelt.

Er schaffte es, zwei Schritte zur Seite zu machen, bückte sich, kroch unter das Bett der Alten und kam mit einem Stoß Zeichenblättern wieder zum Vorschein. Er richtete sich auf, verharrte in dieser Stellung, unschlüssig, wo er die Blätter ausbreiten sollte, und sah weder die Wirtsleute noch mich an.

Der Mann am Tisch führte langsam den Löffel zum Mund,

stutzte und stellte die Schüssel aufs Fensterbrett. Er sagte etwas zu dem Greis. Dann gingen beide zu der Alten, mühsam schob sie die Beine aus dem Bett. Der Greis warf ihr ein Tuch über die Schultern, und alle drei entfernten sich. Die Frau mit dem Säugling streifte ihre Schürze ab, legte das Kind auf die Bank, tauchte ihre Hände in den Waschtrog und wischte mit einem Lappen den Tisch ab, der ohnehin sauber war, wenn man unter diesen Bedingungen überhaupt noch von Sauberkeit sprechen kann. Sie füllte die Lampe auf, nahm das Kind und setzte sich mit ihm an den Ofen. Alles das geschah schweigend und rasch.

Das Feld war geräumt. Van Gogh legte seine Zeichenblätter auf den Tisch. Er hatte mich noch immer nicht aufgefordert, Platz zu nehmen, sah nur die Frau an. Die wandte sich nach uns um, als hätte sie seinen Blick gespürt, wischte mit dem gleichen Tuch einen Schemel ab und schob ihn an den Tisch.

Endlich konnte ich mich setzen, und van Gogh legte mir seine Arbeiten vor.

Er war wie umgewandelt, die Verbitterung war gewichen, seine blauen Augen blickten nicht mehr so streng, sein Gesicht leuchtete.

Die meisten Zeichnungen waren mit Tusche ausgeführt, einige auf handgefertigtem, die meisten jedoch auf einfachem Papier.

Viele kannte ich schon. Das „Mädchen im Wald", „Fischer am Strand", „Garten im Winter". In der folgenden Zeit würde über jede dieser Zeichnungen eine ganze Literatur entstehen, sie würden Katalognummern erhalten, die man für Übersichten benötigte, und alle möglichen zusätzlichen Bezeichnungen. Ich erinnerte mich, daß es von dem „Garten im Winter" zwei Varianten gab. Die eine würde sich hundert Jahre später im Budapester Museum der Schönen Künste befinden, die andere in New York, und zwischen den Fachleuten beider Städte würde ein erbitterter Streit darüber entbrennen, welche Variante der berühmten Zeichnung zuerst entstanden sei. Doch bis dahin würden zehn Jahrzehnte verstreichen, jetzt hingegen darbte der Künstler noch, lief zapplig am Tisch hin und her und versuchte, zaghaft-ängstlich von meinen Augen abzulesen, ob mir wenigstens einiges gefiele.

Er redete auf mich ein, stellte Fragen, ohne auf die Antwort zu warten. Sprudelte über wie eine Fontäne, ein Geysir,

Ob ich Zeichnungen überhaupt etwas abgewinnen könnte. Er sei der Meinung, daß die Zeichnung die Grundlage jeder Malerei bilde, der Öl- wie der Aquarellmalerei. Nur die Zeichnung gäbe einem die Freiheit, die Perspektive räumlich zu erfassen, wobei diese Freiheit einen relativ niedrigen Preis koste, denn Tusche und Papier seien noch einigermaßen erschwinglich, wenn man an die materielle Seite denke, während man auch für Aquarellfarben schon unsinnige Summen zahlen müsse. Er kenne Künstler, die gleich angefangen hätten zu malen, ohne die Natur vorher zu studieren, die aus dem Kopf gezeichnet und danach ebenfalls aus dem Kopf gemalt hätten, was ihnen unter die Finger gekommen wäre. Wenn sie dann ihr Werk aus der Entfernung betrachteten, um herauszufinden, was daraus geworden sei, zögen sie vielsagende Grimassen. In Wirklichkeit könne man den Schlüssel zur Malerei nicht ausschließlich in der Maltechnik selbst finden. Wenn man so verfahre, ende die Sache nur damit, daß man eine Menge teurer Materialien vergeudet habe. Er habe beschlossen, sich erst im Zeichnen zu üben, und bereue es nicht. Er habe so gut wie keinen Unterricht genossen, sei nur kurze Zeit bei Anton Mauve im Haag in die Lehre gegangen. „Übrigens, wer hat Ihnen denn überhaupt von mir erzählt, und wie haben Sie den Weg hierher nach Hoogeveen gefunden? Wenn es Mauve war oder vielleicht sogar Tersteeg aus dem Haag, dann brauchen Sie nicht alles zu glauben, was man Ihnen über mich berichtet hat." Tersteeg sei der Meinung, fuhr er fort, daß er zu faul sei, die Akademiemaler zu studieren, nach Gipsen zu zeichnen, und überhaupt zu schnell arbeite. Was aber das Studium des menschlichen Körpers nach Gipsvorlagen anlange, er halte davon gar nichts. Die Gestalt eines Bauern, der eine Rübe aus dem Schnee gräbt, habe keine klassischen Proportionen und werde sie nie haben. An solche Dinge dürfe man nicht vom Atelierstandpunkt herangehen, man müsse vielmehr den Mut aufbringen, die Schwere der Arbeit zu veranschaulichen; das aber könne man nur, wenn man dem Atelier den Rücken kehre und mit seiner Staffelei Dutzende Kilometer weit durch die Einöde wandere, bis man den geeigneten Ort gefunden habe. Er mache das und könne sich darum nicht der Meinung anschließen, daß er den bequemeren Weg gewählt habe. Jeder fertigen Zeichnung seien Dutzende von Studien vorangegangen, die er nicht nur im stillen Kämmerchen gemacht habe, sondern auf dem Feld, im Sumpf, auf der Wiese, wo einem vor Kälte die Finger klamm würden und man kaum noch den Pinsel halten könne. Er bemühe sich nicht nur, die Landschaft darzustellen, sondern die Stimmung einzufangen. Das träfe auch auf den „Garten im Winter" zu. Vielleicht habe die Zeichnung Mängel, er wisse selbst am besten, daß sie nicht vollkommen sei und keinen großen Handelswert besitze, aber seiner Ansicht nach sei in den nackten Bäumen eine gewisse Dramatik eingefangen, ein Gefühl wiedergegeben, das einen Menschen befällt, wenn er, wie jener Bauer, mit hungrigem Magen hinaus muß, um bei Wind und Wetter die Apfelplantage umzugraben. Jetzt seien die italienischen Aquarelle in Mode gekommen mit ihrem strahlendblauen Himmel und den malerischen Bettlern – alles das sei süßlich, idealisiert. Er dagegen ziehe es vor, das zu zeichnen, was er sähe, was bei ihm Kummer, Liebe, Begeisterung und Mitleid auslöse, und nicht solche Sachen, die den Kunsthändlern gefielen. Er glaube, ein Künstler, der auf sich halte, könne gar nicht anders handeln. Wenn man einen Bettler darstellen wolle, müsse die Armut im Vordergrund stehen und nicht das Malerische. Man dürfe nicht vergessen, wie dieser Mensch leide, dem es beschieden sei, allein in der Gosse zu sterben, ohne jede Hilfe. Wenn sich seine Zeichnungen auch nicht durch akademische Genauigkeit hervortäten, so verfolge doch jede eine bestimmte Absicht. Hier die „Spinnerin" beispielsweise – die Arbeit sei nicht gelungen, es lohne nicht, sie genauer zu betrachten. Die Sache sei die, daß die Stube klein sei, er hätte ein wenig mehr Abstand vom Modell nehmen müssen, aber hier ginge das nicht. Dennoch lasse die Zeichnung seiner Ansicht nach erkennen, daß er nicht stehenbleibe, sondern Fortschritte mache ...

Verstehen Sie, mit all dem überschüttete er mich, ohne mich zu Worte kommen zu lassen. Zur Einsamkeit verurteilt, in diesem Dorf, in dem er sich mit keinem austauschen konnte, redete er und redete, alles um sich her vergessend.

Das Feuer im Ofen prasselte, die Lampe blakte, Ausdünstungen stiegen auf. Mir schwindelte der Kopf, ich hatte das Gefühl, daß ich gleich umsänke. Der Redestrom mußte unterbrochen werden, ich fragte, ob er nicht noch etwas in Öl hätte.

„Ach, in Öl! Ja natürlich!" Über sein Gesicht huschte Besorgnis, er nahm wohl an, daß mir die Zeichnungen nicht gefielen. Geschwind schob er sie wieder unters Bett und kramte aus einer Truhe neben dem Fenster einen Berg Leinwände und Zeichenblätter hervor. Es waren drei Landschaftsstudien, zwei Seestücke und mehrere Porträts.

Und wieder setzte er mir mit Erklärungen zu. Ich solle nur nicht glauben, das Licht dieser Landschaft sei unnatürlich. Wer das behaupte, sei an Bilder gewöhnt, die im Atelier gemalt sind. Die Mehrzahl der heute lebenden Künstler – nicht solche erstklassigen wie Millet, Corot oder Mauve (er schätzte Mauve sehr, obwohl sie sich entzweit hatten), sondern die mittelmäßigen – liebe das Licht, jedoch nicht das lebendige, echte, das man morgens, tagsüber oder nachts auf den Feldern oder zumindest auf der Straße beobachten könne. Die meisten Künstler malten im Atelier, deshalb sei das Licht bei ihnen gleichförmig, metallisch kalt. Denn im Atelier könne man nur von elf bis drei Uhr malen, und das sei gerade, was die Lichtverhältnisse angehe, eine tote Tageszeit. Eine respektable, aber wesenlose, träge Zeit. Er dagegen bemühe sich, unmittelbar nach der Natur zu arbeiten. Selbstverständlich habe er kein Atelier, aber hätte er eins, würde er es genauso halten. Und ich solle nur nicht denken, daß die Seelandschaft zu schnell gemalt sei. Das Bild sei in Kraggenburg während eines Sturms entstanden, er habe es mehrmals angefangen, der Wind habe den Sand aufgewirbelt, der klebte an den Farben fest. Er habe ihn abkratzen müssen. Dann habe er hinter einem alten Schleppkahn in den Dünen ein geschütztes Plätzchen gefunden und sei immer nach ein paar Pinselstrichen an den Strand gelaufen, um seine Eindrücke aufzufrischen.

Ich legte die Landschaft beiseite, und er ging zu den Porträts über. „Sehen Sie", sagte er, „bei uns wird das menschliche Gesicht oft so gemalt, daß die Farben, die auf die Leinwand aufgetragen sind, ungefähr die gleiche Tönung haben wie der Körper. Wenn man es aus der Nähe betrachtet, sieht es echt aus. Entfernt man sich aber ein wenig, wirkt es erschreckend flach, weil die rosa und zartgelben Farbtöne, die an sich weich sind, aus der Entfernung hart und leer erscheinen. Ich dagegen arbeite so, daß es aus der Nähe ein wenig unnatürlich anmutet – der grünlich-rote, der gelbgraue oder der überhaupt nicht zu benennende Farbton. Aber treten Sie jetzt mal ein wenig zur Seite, dann werden Sie es spüren – die Echtheit und Eigenständigkeit der Farben, die Luft im Bild und das vibrierende Licht. Stehen Sie doch bitte mal auf."

Ich erhob mich völlig benebelt und stieß mit dem Schädel gegen die Decke. Es war ein beachtlicher Schlag. Vor meinen Augen vibrierte jetzt wirklich das Licht, und ich sank wieder auf den Schemel zurück.

Van Gogh lief um mich herum, stammelte Entschuldigungen.

„Na schön. Aber haben Sie nichts Neueres?" fragte ich, mir den Kopf reibend. Seltsamerweise hatte mich dieser Schlag ermutigt.

„Zeigen Sie mir eine Komposition. Die Sie zuletzt gemalt haben."

Er überlegte einen Augenblick.

„Ja, ja, sofort." Kroch wieder unters Bett und richtete sich mit einem großen Paket in der Hand auf. „Das hier. Ich wollte es morgen meinem Bruder nach Paris schicken." Er schnürte das Paket auf, wickelte es aus und starrte mich ängstlich an.

Die „Kartoffelesser" stellen, wie jedermann weiß, Kartoffeln essende Leute dar und sonst nichts. Damals begriff ich überhaupt nicht, weshalb man so etwas malt. Anders ist die Sache, wenn der Künstler eine hübsche Brünette oder Blondine mit entblößten Schultern und von Spitze halbverhülltem Busen auf die Leinwand zaubert. Es ist gut, wenn sie den Betrachter dabei herausfordernd ansieht oder, im Gegenteil, die Augen senkt und die kleine, weiche Hand schützend vor den Busen hält – solche Forderungen stellte ich damals an die klassische Kunst, gar nicht zu reden von der Reklamekunst, die ihr Anliegen viel eindeutiger und unverhohlener zum Ausdruck bringen muß. Dieses Bild aber stellte eine Bauernfamilie dar, die sich um eine Kartoffelschüssel geschart hat. Sie essen versunken, andächtig, man spürt förmlich das Schweigen und die Stille im Raum. Die groben Gesichter sind erschlafft, die Hände wirken schwer und klobig. Natürlich wechseln bestimmte Akzente von einer Figur zur anderen und zwingen den Beschauer, den Blick über die ganze Runde wandern zu lassen. Der Hintergrund ist aus irgendeinem Grunde blau gehalten, die Gesichter haben die Farbe einer Kartoffel, und die Hände der Figuren sind braun.

Van Gogh hatte offenbar den Schatten der Unzufriedenheit bemerkt, der über mein Gesicht huschte.

„Wissen Sie, ich glaube, ich habe es richtig angepackt", fuhr er fort. „Ein Bild aus dem Bauernleben darf nicht parfümiert sein, habe ich recht? Ich wollte zeigen, daß die Leute ihre Nahrung mit den gleichen Händen zu sich nehmen, mit denen sie auf dem Felde gearbeitet haben, daß sie sich ihr Brot also ehrlich verdient haben. Die Farbe ihrer Gesichter wird Ihnen vielleicht unnatürlich vorkommen, aber auch von Millet hat man gesagt: ‚Seine Bauern scheinen mit der Erde gemalt zu sein, die sie besäen.' Für den Hintergrund habe ich viel Pariser Blau verwendet, aber mir scheint ..."

Ich unterbrach ihn mit einer Handbewegung und sagte ihm, daß ich das alles selber sähe. Das Bild gefalle mir, und ich wolle es für meine Sammlung erwerben.

Sie müssen bedenken, daß dies seine erste Arbeit war, für die sich ein Käufer fand, obwohl er zu dieser Zeit schon ungefähr zweihundert gelungene Zeichnungen und zwanzig Ölbilder geschaffen hatte.

Van Gogh stockte der Atem, dann fragte er leise: „Kaufen? Für Ihre Sammlung?"

Ich nickte.

„Wieviel verlangen Sie dafür?"

Seine Hände begannen zu zittern, er runzelte qualvoll die Brauen und ging am Tisch auf und ab, zwei Schritte in die eine und zwei Schritte in die andere Richtung. Offenbar wollte er das Bild nicht für weniger Geld abgeben, als es ihn selbst gekostet hatte, andererseits fürchtete er wohl, mich mit einem zu hohen Preis abzuschrecken. Er starrte vor sich hin, murmelte lange irgendwelche Zahlen, dann hob er den Kopf.

„Meiner Ansicht nach", begann er vorsichtig, „wären hundertfünfundzwanzig Gulden nicht zuviel. Oder zweihundertfünfzig Francs."

„Zweihundertfünfzig?"

„Ja ... Sehen Sie, ich rechne so", erklärte er hastig. „Für die Arbeit habe ich mindestens einen Monat gebraucht, wenn ich nur die Zeit für das Bild selbst nehme. Um einen Monat leben zu können, benötige ich ungefähr die Hälfte dieser Summe. Das übrige ist für Farben und Leinwand draufgegangen. Sie glauben vielleicht, ich hätte nicht die teuersten verwendet. Aber die Sache ist die, daß die graue Farbe gemischt ist ..."

„Ausgezeichnet", sagte ich und erhob mich mit einem besorgten Blick zur Decke. Diesmal hatte ich den Kopf eingezogen. „Ich zahle Ihnen tausend Francs."

„Wieviel?"

„Tausend Francs."

Da hörten wir plötzlich am Fenster ein Rascheln, und jemand rief verzweifelt: „Nein, das geht nicht."

Wir sahen uns beide um. Die Frau – ich hatte sie völlig vergessen – stand hochaufgerichtet neben dem Bett, auf dem das Kind lag, und ihre Augen funkelten zornig.

„Tausend Francs? Niemals."

Sie müssen wissen, diese Bauern verdienten mit der ganzen Familie fünfzig Francs im Monat – bestimmt nicht mehr. Für sie war das Wichtigste: Brot, Kleidung und Feuerung. Van Gogh aber, der weder das eine noch das andere, noch das dritte herstellte, war in ihren Augen ein Nichtstuer. Seine Beschäftigung dünkte ihnen ein erholsamer Zeitvertreib, war doch sein Stift bedeutend leichter als der Spaten, mit dem sie sich zehn Stunden am Tag abschindeten.

Die Frau war empört. Die Summe, die ich für ein Stück bemalter Leinwand geboten hatte, überstieg ihre Vorstellungskraft und machte alles zunichte, was ihr eigenes Leben, das Leben ihres Mannes und ihrer Eltern betraf.

Übrigens bereute sie ihren Ausbruch schon. Kreidebleich nahm sie das Kind auf den Arm, wandte sich ab und wiegte es, obwohl es ohnehin schlief.

Van Gogh war ebenfalls betroffen. Er schüttelte den Kopf. „Nein, nein. Das ist zuviel. Hundertfünfundzwanzig Gulden reichen."

„Aber ich möchte Ihnen tausend Francs geben. Da, bitte."

Ich zog eine Tausendfrancsnote aus der Tasche und legte sie auf den Tisch. Der Künstler wich zurück, wie vor einer Klapperschlange.

Hol's der Teufel, wieder eine unvorhergesehene Schwierigkeit. Das Idiotische meiner Lage bestand darin, daß ich nur ein paar Dutzend Tausendfrancsscheine bei mir hatte und etwas Kleingeld in holländischen Gulden, das nicht der Rede wert war. In dem Paris unserer Zeit wäre es mir nie in den Sinn gekommen, daß er so wenig verlangen könnte und sich obendrein noch weigern würde, mehr zu nehmen. Geld war in Europa Ende des vorigen Jahrhunderts rar, und ich konnte mir gut vorstellen, daß in Hoogeveen jetzt niemand imstande war, eine solche Note zu wechseln.

Ich versuchte, ihm den Schein in die Hand zu schmuggeln, doch er wies ihn mit den Worten zurück, daß das Bild nicht soviel wert sei und er sich nicht erdreisten werde, mich zu betrügen.

Nicht soviel wert! Stellen Sie sich das vor! Für mich war es mehr wert, als man in seiner Zeit für diese Kate und das ganze schäbige Dorf eingehandelt hätte. Es kostete mehr an Organisierter Energie, als menschliche Arbeit in dieser ganzen Provinz steckte. Mehr als Drenthe mit all seinen Eisenbahnen, Torfsümpfen, Gebäuden, Kanälen und Feldern wert war. Er will mich nicht betrügen. Ich hätte ihm gern klargemacht, daß ich nicht hundertmal, nicht tausendmal, nicht einmillionenmal so viel erhielte, wie ich verauslagt hatte, sondern bedeutend mehr. Daß Cabusse und ich uns von dem Erlös der „Kartoffelesser" Paläste errichten, Parks anlegen und überhaupt alle Dinge würden leisten können, von denen in seiner armseligen Epoche niemand auch nur zu träumen wagte. Doch wäre ich darauf zu sprechen gekommen, hätten er und die Frau mich für verrückt gehalten.

Ich vergeudete eine Viertelstunde damit, ihn zu überreden, doch er blieb fest, und ich sank verzweifelt auf meinen Schemel zurück.

Was also tun?

Er schlug vor, daß wir nach Zweeloo gingen, wo es eine Pfandleihe gäbe, in der man auch nachts Geld wechseln könnte. Bis Zweeloo waren es nach seiner Schätzung neun Meilen, und mir wurde klar, daß ich nun nicht mehr rechtzeitig nach Zuidwolde zur Postkutsche käme. Das aber bedeutete, daß ich die ganze Strecke nach Paris in fliegender Hast zurücklegen müßte, um den Boulevard de Clichy bis zu dem Zeitpunkt zu erreichen, an dem mich Cabusse in unser Jahrhundert zurückholen wollte.

Aber einen anderen Ausweg gab es nicht, und so marschierten wir los. Draußen herrschte eine ziemlich spürbare Kälte. Van Gogh legte mir seine Jacke über die Schultern; wie er mir versicherte, war er an Wind und Wetter gewöhnt und genügend abgehärtet.

Ich will Ihnen nicht verhehlen, daß mir dieser Spaziergang noch lange in Erinnerung bleiben wird.

Als wir hinaustraten, ging über dem Horizont gerade der Neumond auf. Wir stiefelten eine hohe Pappelallee entlang, die sich ungefähr einen Kilometer weit hinzog, dann breitete sich zu beiden Seiten des Weges flaches Land aus, das hier und da von den dreieckigen Silhouetten der aus Stangen und Torfsoden errichteten Hütten unterbrochen wurde. Durch ein Fensterchen sah man gewöhnlich den vollen Widerschein des Herdes. In den Pfützen auf dem Weg spiegelten sich der Himmel und der Mond. Einige Zeit später dehnte sich rechter Hand ein schwarzer Sumpf aus, der kein Ende nehmen wollte. Die Landschaft war hier sehr eintönig, um nicht zu sagen deprimierend, doch van Gogh entdeckte alle möglichen Schönheiten, auf die er mich hinwies.

Er war sehr glücklich über den ersten Erfolg in seinem Leben. Nachdem er die Schönheiten der Gegend ringsum genügend gewürdigt hatte, erzählte er mir von den Bauern, bei denen er untergekommen war. Er versicherte mir, daß diese Leute, wenn sie auch ungebildet seien und keine Ahnung von Kunst und vielen anderen Dingen hätten, doch gut und taktvoll und auf ihre Weise edel seien. Vor allem lobte er die Alte, die Mutter der jungen Frau. Er sagte mir, daß sie vor kurzem noch zusammen mit den anderen aufs Feld gegangen sei, erst in letzter Zeit sei sie wegen eines Bruches, der zu einer Entzündung geführt habe, ans Bett gefesselt – an dieser Krankheit litten häufig Frauen, die schwere Lasten heben müßten. Eine Operation bei dem Arzt in Zuidwolde kostete nach seinen Worten ganze zweihundert Francs, die Alte hatte aber nur fünfzig zusammengespart, die sie für ihr Begräbnis hinterlassen wollte.

Wir gingen und gingen, und er erzählte mir, daß er nur bei den Bergleuten in der Borinage und bei den Bauern hier auf wahrhaft menschliches Verhalten ihm gegenüber gestoßen sei – so habe ihm die Alte einmal, als sie sah, daß er den ganzen Tag nichts gegessen hatte, heimlich eine Schüssel Milch zugeschoben. Auch die anderen Familienmitglieder störten ihn in keiner Weise bei der Arbeit, obwohl sie Sinn und Zweck seiner Beschäftigung nicht begriffen. Überhaupt habe er es in Hoogeveen gut getroffen, da alle von früh bis spät draußen seien und auch die Alte an sonnigen Tagen mit dem Kind in den Garten gehe. Die Hütte stehe ihm voll und ganz zur Verfügung, und wenn sie nicht so winzig wäre, könnte sie ein vortreffliches Atelier für ihn abgeben.

Als er mit der Gegenwart fertig war, ging er zur Vergangenheit über. Die Gesellschaft der sogenannten „anständigen Leute" lehne ihn ab. In der eigenen Familie – sein Bruder Theo ausgenommen –, bei den Verwandten und Bekannten sei er so etwas wie ein streunender Hund, den man ungern in die Stube nehme, weil er nasse Pfoten habe, zottig und schmutzig sei, auf dem Parkett Dreckspuren hinterlassen oder sogar beißen könne. Man verachte ihn und behaupte, er sei ungehobelt, streitsüchtig, ungesellig und habe die Einsamkeit selbst gewollt. Man verüble ihm, daß er stets auf seinem Standpunkt beharre, mehr noch, daß er, wenn ihm irgend so ein vornehmer Herr zur Begrüßung nicht die ganze Hand, sondern nur einen Finger reiche, sich das gleiche Recht herausnähme, ohne die unterschiedliche gesellschaftliche Stellung zu beachten. Aber das sei nicht wahr, daß er die Einsamkeit gewollt habe. Solche Qual habe er nicht verdient. Ein Künstler müsse in Ruhe arbeiten können, aber er brauche wie alle Menschen Freunde, Zerstreuung, Pflichten, Bindungen. Er wolle Mensch unter Menschen sein und kein Ausgestoßener. Aber selbst hier lasse man ihn nicht in Frieden leben. Bald nach seiner Ankunft habe ihm der hiesige Geistliche geraten, sich nicht mit „Leuten unter seinem Stand" gemein zu machen. Und als van Gogh diese Mahnung in den Wind schlug, habe jener seiner Gemeinde verboten, ihm für Zeichnungen und Gemälde Modell zu stehen. Deshalb sei der Empfang heute abend auch so kühl gewesen – er habe geglaubt, der Bürgermeister schicke mich zu ihm.

Er redete und redete – wieder schwirrte mir der Kopf von dem pausenlosen Wortgeklingel. Um ihn aus dem Konzept zu bringen, versuchte ich, Fragen zu stellen, aber damit regte ich sein Mitteilungsbedürfnis nur noch mehr an. Er sprang von einem Thema aufs andere über, die Gedanken verzweigten sich, bisweilen schweifte er ab, aber er vergaß nie seinen Ausgangspunkt und kehrte unweigerlich zu ihm zurück. Ungefähr die Hälfte dieses Wortschwalls verstand ich nicht, und die andere Hälfte ließ ich tunlichst an meinen Ohren vorüberrauschen.

Plötzlich verstummte er, ging eine ganze Weile schweigend neben mir her, dann blieb er stehen, faßte mich am Arm und sah mir in die Augen.

„Wissen Sie", sagte er leise und eindringlich. „Heute war ein schwerer Tag. An solchen Tagen möchte man einen Freund besuchen oder zu sich nach Hause bitten. Aber wenn man nirgends hingehen kann und niemand zu einem kommt, packt einen plötzlich ein Gefühl der Leere und Hoffnungslosigkeit. Über solche Stimmungen kann einem nur die Arbeit hinweghelfen, aber abends ist das hier unmöglich. Ich war nahe daran, zu verzweifeln, da kamen Sie, und alles hat sich gewandelt. Sie sind ein guter, ein edler Mensch. Auch wenn wir uns im Leben nie wieder sehen sollten, werde ich mich immer an Sie erinnern und mir in schweren Augenblicken sagen: Ich möchte so sein wie er."

Nach diesen Worten gingen wir weiter.

Mittlerweile hatten wir Kilometer um Kilometer zurückgelegt, aber Zweeloo war noch immer nicht in Sicht. Als wir aus der dumpfigen Bauernhütte ins Freie getreten waren, hatte ich als erstes ein paarmal tief Luft geschöpft, um meine Lungen zu reinigen, und mich danach wieder stark und zu allem bereit gefühlt. Wie zuvor in Paris spielte jeder trainierte Muskel, bei jedem Schritt spürte ich noch überschüssige Energie, und ich mußte sogar an mich halten, um meinem etwas kleingeratenen Weggefährten nicht davonzulaufen. Das Unwirkliche dieser Situation – ich wanderte im 19. Jahrhundert nachts durch die Heide – kam mir lächerlich vor. Ich mußte daran denken, daß ich neben van Gogh herstelzte, dem es beschieden war, später ein Genie zu werden mit allem Drum und Dran. Über ihn würden eine Menge Bücher geschrieben, zahllose Vorträge gehalten werden – mindestens dreihundert Kunsthistoriker würden ihre Dissertation über ihn verteidigen, und jede zöge eine beträchtliche Gehaltserhöhung nach sich. Trotzdem war er klein und mickrig, ich dagegen groß, kräftig und gewitzt. Hätte ich jetzt Lust verspürt, ihm eine Ohrfeige zu verpassen, niemand auf der Welt hätte mich daran gehindert. Er wäre trotz seiner künftigen Größe zehn Meter weit geflogen und bestimmt nicht gleich wieder aufgestanden.

Dennoch sollte ich bald merken, daß dieser verteufelte Weg seine Tücken hatte. Sie müssen verstehen, es ist doch etwas anderes, wenn man hundert Meter auf der Aschenbahn eines modernen Sportstadions läuft oder einen Touristenpfad entlangmarschiert – mit elastischem Schuhwerk und federleichter Kleidung, die keine Bewegung hemmt. Hier dagegen war ich wie eine Vogelscheuche ausstaffiert, und die schweren Schuhe hingen mir wie Bremsklötze an den Füßen.

Ich weiß nicht, ob der Weg auf irgendeine Weise befestigt war, jedenfalls waren wir zu Anfang durch Morast gewatet. Danach begann es zu frieren, die Schlammkruste wurde härter, federte unter unseren Sohlen, und das Gehen fiel weniger schwer. Noch später vereiste der Boden völlig, doch die Unebenheiten blieben. Es war jetzt nicht mehr möglich, den Fuß bei jedem Schritt bequem aufzusetzen, bald sank die Fußspitze ein und die Ferse blieb oben, bald war es umgekehrt. Eine Stunde war vergangen, und ich fing an zu rechnen, wieviel Kilometer das waren – neun Meilen. Ich hatte mir eingebildet, eine Meile sei kürzer als ein Kilometer. Nun entsann ich mich plötzlich, irgendwo eine Tabelle gesehen zu haben, in der die alten Längenmaße den unseren gegenübergestellt waren, und mir brach kalter Schweiß aus. Eine Meile entsprach tausendsechshundertneun Metern. Bis nach Zweeloo waren es also fünfzehn Kilometer, und wir hatten erst knapp die Hälfte zurückgelegt. Allmählich verließ mich die Courage, meine hochfliegenden Träume verflüchtigten sich. Nach einer weiteren Stunde konnte ich kaum noch die Beine bewegen, so ermattet und zermürbt war ich. Van Gogh aber war allem Anschein nach frisch wie eine junge Salatgurke. Nachdem er eine Weile geschwiegen hatte, redete er wieder drauflos; ab und an blieb er stehen, um die Sterne zu bewundern oder irgend etwas am Horizont zu betrachten, das ich nicht erkennen konnte, danach holte er mich im Laufschritt wieder ein, wich vom Weg ab, prüfte, wie der Acker gepflügt war und dergleichen mehr. Offenbar war er an derartige Mätzchen gewöhnt. Wahrscheinlich wanderte er täglich noch längere Strecken mit der Staffelei in der einen und dem schweren Malkasten in der anderen Hand. Bald stand für mich fest – hätte ich ihm tatsächlich eine runtergehauen, wäre eher jemand anders durch die Gegend geflogen als er.

Ich erinnere mich nicht, wie wir den Ort schließlich doch noch erreichten, in dem ich van Gogh alle weiteren Bemühungen überließ, selbst aber auf die Eingangsstufen der Pfandleihe sank, die brennenden, schmerzenden Füße von mir streckend.

Der Rückweg war noch fürchterlicher. Im Schein der Sterne, der Mond war schon untergegangen, betrachtete van Gogh mein Gesicht, erkundigte sich mitfühlend, ob ich krank sei, und bot mir an, mich auf seine Schultern zu stützen. Das tat ich denn auch, und er schleppte mich sozusagen nach Hause.

Wir fanden die Hütte geheizt, aber leer vor, die Wirtsleute waren zu Verwandten gegangen, um dort zu übernachten. Das Bett der Alten war mit frischen weißen Laken überzogen, obwohl weiß unter den gegebenen Umständen übertrieben sein dürfte. Bettwäsche mußte damals Jahrzehnte halten, man wusch sie, nachdem man sie eine Weile benutzt hatte, ohne Seife, in fließenden Gewässern. Van Gogh sagte mir, das Bett sei für mich bestimmt, er selbst legte sich auf die Holzbank. Aber erstens mußte ich mich in dem kurzen Bett achtfach zusammenfalten, und zweitens war ich wie benebelt von der stickigen Luft, von allen möglichen ungewohnten Gerüchen und dem Scheuern und Scharren hinter der Wand, wo die Kuh in einem Verschlag untergebracht war. Von dem warmen Mief wurde mir übel, ich lief ein paarmal auf die Straße hinaus, doch die eisige Kälte trieb mich bald wieder zurück. Erst gegen Morgen döste ich endlich ein. Van Gogh weckte mich vorsorglich um sieben Uhr, da er sich erinnerte, daß ich nach Zuidwolde zur Postkutsche wollte.

Wir tranken zum Frühstück eine Schüssel voll Milch, die uns wahrscheinlich die Alte spendiert hatte. Van Gogh erwähnte beiläufig, daß er versuchen wolle, mit dem Doktor wegen der Operation zu reden, doch ich maß seinen Worten, wie ich später feststellen sollte zu Unrecht, keine Bedeutung bei. Er legte die „Kartoffelesser“ auf den Tisch, wühlte danach einige Minuten lang in seinen Zeichnungen, zog zwei große hervor und erklärte, daß er sie mir schenken wolle. Es waren ein „Garten in Hoogeveen“ und eine „Heidelandschaft mit Bäumen“. Beide hatten das Format fünfzig mal vierzig. Ich zweifelte nicht daran, daß man mir für jede zweitausend zahlen würde, aber dann stellte ich mir Cabusses habgierige Fratze vor und beschloß, diesem Gauner ein solches Vergnügen nicht zu bereiten. Es war besser, die Zeichnungen würden nicht für ein ganzes Jahrhundert aus der Geschichte der Kunst gezogen. Dem Maler erklärte ich, daß ich keine Zeichnungen sammelte und es richtiger fände, wenn er sie jemandem zukommen ließe, der sie gebührend zu würdigen wisse.

Ich fühlte mich wie zerschlagen, taumelte nur noch und war fast so weit, daß ich jeden Fuß mit den Händen greifen und vorsetzen mußte. Van Gogh, der sah, in welchem Zustand ich war, lief bestürzt ins Dorf und kehrte bald darauf mit der freudigen Botschaft zurück, er habe einen Bauern überredet, mich drei Viertel des Weges zu fahren. Sie müssen verstehen, Transportmittel waren um diese Jahreszeit knapp, auf den Feldern hatten bereits die Frühjahrsarbeiten begonnen. Zehn Minuten später erschien ein knarrender Leiterwagen, der von einem Paar dürrer, zottiger Gäule gezogen wurde. Ich wälzte mich hinauf – eine würdige Verkörperung all meiner stolzen Gedanken, finden Sie nicht?

Die ersten Häuschen von Zuidwolde tauchten gegen acht Uhr auf. Van Gogh trabte neben dem Wagen her und trug das Bild. Als der Fuhrmann an der Stelle angelangt war, wo er abbiegen mußte, suchte ich meine Knochen zusammen und kroch vom Wagen. Die Sonne stieg hinter dem Horizont auf, aber sie war noch von Wolken verdeckt. Am westlichen Himmel blinkten die Sterne. Van Gogh wies auf einen von ihnen, und sein Gesicht nahm einen sanften, nachdenklichen Ausdruck an.

„Sehen Sie, wie ruhig und schön er ist. Manchmal scheint es mir, als wären die Sterne auf geheimnisvolle Weise miteinander verbunden, von der wir nichts ahnen. Als beeinflusse ihr Reigen unser Schicksal, als beobachteten uns ferne Gestirne und freuten sich, wenn wir Gutes tun.“

Dann wandte er sich mir zu. „Wissen Sie, ich habe spät angefangen zu zeichnen. Mit achtundzwanzig Jahren ist man nicht mehr so aufnahmefähig, und die Hand ist nicht so gelehrig wie in der Kindheit. Andere in meinem Alter haben sich bereits einer Richtung angeschlossen, haben einen eigenen Stil entwikkelt und stehen auf dem Gipfel des Ruhms, ich aber habe immer noch nicht ausgelernt. Deshalb brauche ich mich keinen Illusionen hinzugeben: Ich werde noch lange einsam sein und keine Anerkennung finden. Aber Sie haben mir geholfen, und ich glaube nun, daß ein Mensch, wenn er für seine Mitmenschen Sympathie hegt und unablässig arbeitet, sein Ziel erreichen wird."

Dunkle Torfebene umgab uns, der im Morast versunkene Weg entfernte sich zum Horizont hin. Wir schwiegen.

Den vereinbarten Treffpunkt in Paris erreichte ich gerade noch rechtzeitig. Als sich die Zeitkammer öffnete, purzelte ich Cabusse in die Arme, aber ich wechselte kein Wort mit ihm, sondern wankte zum nächsten Taxi und ließ mich halbtot nach Hause fahren, nachdem ich insgesamt eine Woche im vergangenen Jahrhundert zugebracht hatte.

Aber wie Sie wissen, wirken erfrischende Bäder, Vibrationsmassage und ähnliche Mittelchen Wunder. Ich wusch mich, schrubbte und rubbelte mich ab, schlief achtzehn Stunden auf einer schwach vibrierenden Luftmatratze und fühlte mich am Morgen des zweiten Tages wieder wie ein Mensch. Nun zweifelte ich nicht mehr an meinem Erfolg.

Ich klebte mir einen Schnurrbart an, wie man ihn in der Provinz trug, zwängte mich in lange Hosen, die kaum die Knie bedeckten, und begab mich zu einer Kunsthandlung. Aber nicht in die auf der Avenue Sainte-Marie, wo man mich trotz meiner Verkleidung erkennen könnte, sondern in eine andere auf dem Montmartre. Ich ging hinein, setzte eine einfältige Miene auf, lehnte mich mit dem Bauch gegen den Ladentisch und wartete, bis man mich bemerkte.

Man bemerkte mich und fragte, was ich wünsche.

„Ja, das ist so", begann ich. „Ich war bei 'ner Tante in der Nähe von Antwerpen. In der Dachkammer fiel uns das Bild hier in die Hände. Muß was Altes sein. Es zeigt, wie die Leute anno Tobak Kartoffeln gegessen haben." Ich wickelte das Bild aus und hielt es ans Licht. „Da steht ‚Vincent van Gogh' drunter. Ich kenne den Maler nicht, wird wohl 'n Zeitgenosse sein von diesem, na, wie weißt er doch gleich ... Leonardo da Raffael. Na und da dachte ich mir, vielleicht interessiert das wen."

Ich hatte Ausrufe des Erstaunens, der Freude erwartet, aber die Anwesenden sahen mich nur ironisch an. Der eine Verkäufer nahm das Bild entgegen.

„Ja, da steht wirklich ‚van Gogh' drunter. Für dieses Thema wäre der Titel ‚Kartoffelesser' passend."

Ich kratzte mich im Nacken und erwiderte, daß ich es auch so nennen würde.

Der Verkäufer wendete das Bild.

„Sehen Sie, hier auf der Rückseite ist auch das Datum vermerkt. ‚März 1883.' Stimmt genau mit seinen Briefen an den Bruder überein. Dies ist die erste Variante des berühmten Gemäldes."

„Wirklich?" fragte ich zurück. „Von hinten hab ich's mir noch gar nicht angeguckt. 1883 sagen Sie. Dann hat er ja nach diesem Leonardo gelebt."

Der zweite Verkäufer nahm dem ersten Verkäufer die „Kartoffelesser" ab und überreichte sie mir.

„Da, nehmen Sie. Es lohnt nicht, die Echtheit zu überprüfen. Dieses Gemälde existiert nicht. Es gibt nur eine Kopie, die 1888 aus dem Gedächtnis gemalt wurde."

„Es existiert nicht? Wonach wurde dann die Kopie gemacht?"

„Lesen Sie die ‚Briefe'. Vielleicht können Sie ein Exemplar auftreiben. He, wohin wollen Sie denn? Hören Sie, Ihre linke Schnurrbartspitze ist abgegangen!"

Zu Hause schnappte ich mir die Ausgabe der „Briefe" und blätterte Sie krampfhaft durch. Da, bitte: Januar 1883.

„Lieber Theo, noch nie habe ich ein neues Jahr mit so düsteren Perspektiven und in so düsterer Stimmung begonnen. Draußen ist es trostlos: die Felder sind wie schwarzer Marmor, den Schneeadern durchziehen, tagsüber ist es meist neblig, manchmal herrscht Schlackerwetter; morgens und abends ist die Sonne glutrot ... schwarze Büsche, dahinter trüber Himmel, und die Zweige der Pappeln sind rauh wie Stacheldraht."

Weiter, weiter! Das wußte ich ja alles.

„... es wird mir so sehr zur Gewissenssache, daß ich Dir eine zu große Last sein könnte und Deine Freundschaft vielleicht mißbrauche, wenn ich Geld annehme für ein Unternehmen, das

sich vielleicht nicht rentieren wird. Es ist bitter, wenn man sich sagen muß, daß man ein Pechvogel ist, und zeitweilig ...“

Weiter! Hier mußte doch irgendwo das künftige Gemälde erwähnt sein. Aha, hier! Das Bild ist schon fertig.

„Lieber Theo, von Herzen wünsche ich Dir Gesundheit und Glück zu Deinem Geburtstag. Die ‚Kartoffelesser‘ sind fertig, das Bild ist schon trocken, übermorgen schicke ich es Dir. Ich hoffe, Du erkennst, was ich darin ausdrücken wollte ...“

Das war am 3. April geschrieben, einen Tag später aber hatte ein Unbekannter bei van Gogh angeklopft, ich nämlich, und die „Kartoffelesser“ gekauft. Also mußte im nächsten Brief eine Bemerkung über dieses große Ereignis zu finden sein.

Ich zögerte ein wenig, ehe ich die Seite umblätterte. Dann schlug ich sie um und las mich fest.

„Theo, ich habe das Bild verbrannt!

Es war vor drei Tagen. Plötzlich kam der Augenblick, wo ich erkannte, daß ich in dieser Sache nicht ganz ich selbst geblieben bin. Die Arbeit eines ganzen Winters ist vernichtet. Ich bereue meine Tat, wenn auch nicht allzusehr, da ich beim Malen des Bildes viel dazugelernt habe. Vor allem habe ich erreicht, daß der rotgelbe Farbton heller aussieht als der weiße, den ich mit verschiedenen Farben gemischt habe, mit Pariser Blau, Zinnober ...“

Dann ging es weiter über Farben, und danach kamen folgende Zeilen:

„Bei uns im Hause herrscht freudige Stimmung. Ich hatte Dir nicht geschrieben, daß die Mutter meiner Wirtin, eine alte Frau, die Willemien heißt, in der letzten Zeit schwer krank war. Kürzlich nun konnte sie operiert werden ...

Es gab da noch ein höchst seltsames und erfreuliches Ereignis, von dem ich Dir erzählen werde, wenn Du mich, wie versprochen, hier besuchst. Übrigens, bis dahin brauchst Du mir kein Geld zu schicken. Ich war sparsam und habe noch ungefähr hundert Francs von den dreihundert, die ich für Februar und März von Dir erhalten habe.“

Begreifen Sie, was dieser Philanthrop getan hat? Nachdem wir uns in Zuidwolde getrennt hatten, ging er zu dem Doktor dort und gab ihm, in dem Gefühl, ein reicher Mann zu sein, zweihundert Francs für die Operation der Alten. Sicherlich hatte er sich das vorher nicht überlegt. Dann kehrte er nach Hause zurück und besann sich, daß er, der gänzlich von der Unterstützung seines Bruders lebte, kein Recht hatte, so zu handeln. Van Gogh schämte sich. Er hatte das Gefühl, daß er Theo nicht schreiben konnte, wo er sein erstes selbstverdientes Geld gelassen hatte, und da er erklären mußte, weshalb er das Bild nicht abgeschickt hatte, teilte er dem Bruder mit, er hätte es vernichtet. Allerdings ließ er sich eine Hintertür offen: „... von dem ich Dir erzählen werde, wenn Du mich ... besuchst." Bestimmt hat er Theo alles gestanden, als sie sich wieder sahen, doch das Gespräch ging nicht in die Kunstgeschichte ein, wurde nirgends fixiert ...

Was sagen Sie? Das war nicht sehr anständig mir gegenüber? Nun ja, vielleicht. Aber Sie müssen bedenken, daß van Gogh diese Notlüge als Episode auffaßte, die nur ihn und seinen Bruder betraf. Mag im Brief die Unwahrheit stehen, bei der persönlichen Begegnung hat er sicherlich bekannt, wie es sich in Wirklichkeit verhielt. Damit war die Angelegenheit für ihn erledigt. Er ahnte doch nicht, daß die Nachwelt seine Briefe bewahren würde, daß jede Zeile, die er im Schein der Petroleumlampe auf das grobe graue Papier kritzelte, in sechzig Sprachen übersetzt und in zahllosen Bänden erscheinen würde, so prächtig ausgestattet wie kein Buch, das er jemals in der Hand gehabt hatte.

Er hat gelogen und danach – davon bin ich überzeugt – die Wahrheit gestanden, und alles kam wieder ins Lot. Für mich sah die Sache allerdings etwas anders aus – versuchen Sie mal zu beweisen, daß Sie ein Original anbieten, wenn im Brief schwarz auf weiß steht: „Ich hab's verbrannt."

Wenn Sie jedoch glauben, ich hätte mich dadurch einschüchtern lassen, dann irren Sie sich. Schließlich werden die Leute nicht im Handumdrehen Milliardäre. Ich hatte mir ausgerechnet, daß die Zeitschleifen seit zwei Jahren etwa existierten, doch bisher hatte man noch nichts davon gehört, daß es unerwartet zu großen Vermögensbildungen gekommen war. Gut, sagte ich mir, die Etappe der übereilten Entschlüsse ist beendet, von nun an gehe ich planmäßig vor. Ich habe die Möglichkeit, in die Vergangenheit zu reisen, außerdem bin ich jetzt van-Gogh-Spezialist. Man müßte doch ein Esel sein, wenn man die entstandene Lage nicht für sich ausnutzte. Aus den Fehlern lernen wir.

Ich ging als erstes zu Cabusse, erklärte ihm, wie die Dinge standen, und verlangte, daß wir die Schleife wieder aufzögen. Er geriet in Panik, greinte, er hätte viel riskiert und würde seine letzten Ersparnisse verlieren. Seine Frau, jammerte er, warte nur darauf, daß er reich würde, damit sie die Arbeit an den Nagel hängen könnte. Er hatte zu der Zeit tatsächlich gerade ein Mädchen geheiratet, das Marthe hieß, spindeldürr war wie ein Fernsehturm und einen mißtrauischen, bösen Blick hatte. Er sagte, daß er sich besser mit jemand anders zusammentäte, da die Sache mit mir wahrscheinlich nie klappen würde. Ich entgegnete ihm, daß ich ebenfalls Abmachungen treffen könnte, mit dem Pförtner beispielsweise, der uns schon dreimal durchgelassen hatte und bestimmt über alles im Bilde war. Das brachte Cabusse wieder zur Besinnung, und wir machten es so, wie ich gesagt hatte. Verstehen Sie, ich mußte die Spirale zurückschnellen lassen, damit van Goghs „Kartoffelesser" wieder in die Wirklichkeit zurückkehrten, denn je bekannter seine Werke waren, desto heller strahlte sein Ruhm, und desto teurer wurde alles, was ich mitbrachte. Außerdem wollte ich den ersten Besuch ungeschehen machen, sonst wurde ich am Ende noch etwas gefragt, was ich nicht beantworten konnte, oder was weiß ich.

Diesmal beschloß ich, mich gegen alles zu wappnen. Ich setzte mich als erstes mit der Schweizer Firma „Alpenkleid" in Verbindung, die, wie Sie sich erinnern werden, eine neue Bekleidung für Alpinisten kreiert hatte – der Kunde wird mit einer Speziallösung übergossen, es bildet sich ein Film, durch den die Haut atmet, die Bewegungen nicht gehemmt werden. So präpariert, kann man einen dreißig Meter tiefen Abgrund hinunterkollern und trägt nicht einmal einen blauen Fleck davon. Der Film dehnt sich an den Gelenken nur in bestimmten Richtungen und ist dabei hart wie Stahl. Die Panzerkleidung oder PK hatte großen Erfolg, danach ging die Firma zur Produktion von TK über – thermischer Kleidung. Das Gewebe bestand hier aus Spezialfasern, den Strom lieferte eine Zäsiumbatterie, die die Größe einer Streichholzschachtel hatte und am Gürtel befestigt wurde. Man streifte die TK über, stellte sie, sagen wir, auf fünfzehn Grad ein, und alles weitere kümmerte einen nicht, denn die Regulierung erfolgte automatisch – bei windigem, kaltem Wetter wärmte das Gewebe, bei Hitze trat das Gegenteil ein, so daß man keinen Temperaturschwankungen ausgesetzt war. Die Firma hatte sich auf Touristenkleidung spezialisiert, und ich schickte nach Zürich eine genaue Beschreibung dessen, was ich benötigte. Natürlich versorgte ich mich mit allen möglichen Präparaten gegen Wanzen und Flöhe, mit Geld – nicht nur mit Tausendfrancsnoten, sondern auch mit kleineren Scheinen – und mit Ersatzbatterien. Außerdem ließ ich mir ein altmodisches Kollier aus künstlichen Diamanten anfertigen – ich wollte ergründen, wie sich die Pariser Juweliere Ende des vorigen Jahrhunderts dazu verhielten.

Die Vorbereitungen waren nicht uninteressant. Die Geheimniskrämerei, die ich früher betrieben hatte, gab ich auf und ließ mich ziemlich häufig im Institut blicken, damit man sich dort an mich gewöhnte. Begegnete ich auf dem leeren Korridor einem dieser gebeugten, graubärtigen Akademiemitglieder, entspann sich folgender Dialog: „Guten Tag!“ – „Guten Tag! Wie geht's?“ – „Ach danke, so leidlich.“ Dann ging ich meiner Wege, er trippelte in seine Richtung – ganz nach Wunsch. Nur manchmal geschah es, daß sich der Betreffende leicht verwundert umblickte, selber erstaunt über seine Zerstreutheit; das nächste Mal aber grüßte er mich schon von weitem, ehe ich den Mund aufmachen konnte.

Cabusse hatte mit der Energiebeschaffung zu tun. Ich sah unterdessen die Literatur über jene Epoche durch. Die Aufgabe war im Grunde genommen die gleiche geblieben, ich mußte nur Vorkehrungen treffen, damit der Kauf auch wirklich im Briefwechsel festgehalten wurde.

Endlich kam der lang ersehnte Tag, genauer gesagt, der Abend. Der dicke Pförtner im Vestibül zwinkerte uns verständnisvoll zu, und ich stieg in die Kammer. Diesmal hatte ich mir den Juni 1888 ausgesucht. Der Künstler lebte in dem kleinen Städtchen Arles, im Süden Frankreichs. Gauguin war noch nicht zu ihm übergesiedelt – ich konnte mir denken, daß van Gogh nach dem Eintreffen des Freundes keine Zeit mehr für mich hätte, außerdem wollte ich nicht Zeuge jener dramatischen Vorfälle werden, die sich später daraus entwickeln sollten. Mein

Plan sah folgendermaßen aus: Ein Bild kaufe ich bei Theo in Paris, aber so, daß er Vincent bitten muß, es ihm aus Arles zu schicken. Dann fahre ich zu dem Künstler selbst und wende den gleichen Trick bei ihm an. Ich sage ihm einfach, daß mir alles, was ich da sähe, nicht gefiele, er solle doch bei seinem Bruder ein, zwei Bilder von den alten anfordern. Im Endeffekt würden Anfragen, Bestätigungen in beide Richtungen schwirren, alles das wäre danach in den „Briefen" enthalten, und die Situation mit den „Kartoffelessern" könnte sich nicht wiederholen.

Für die Reise hatten Cabusse und ich drei Wochen vorgesehen. Ich verweilte auf dem Montmartre, sah mir in dem alten Moulin Rouge die gefeierte Tänzerin La Goulue an, die der Maler Toulouse-Lautrec gezeichnet hat, über die Verse gedichtet wurden – und war nicht sonderlich beeindruckt.

In einem Juweliergeschäft bot ich das Kollier an, man gab mir ohne zu feilschen zehntausend dafür. Im großen ganzen hatte ich den Eindruck, daß alles ziemlich billig war, vor allem ein Menschenleben. Na, wieviel Einwohner mag Paris damals gehabt haben – nicht mehr als eine halbe Million. Halt, was rede ich da – nicht mehr als eine viertel Million. Dennoch benahmen sich die Leute so, als seien ihrer zu viele auf der Welt, als brauche man sie nicht. Jedenfalls in der Stadt. Das junge Mädchen auf der Straße folgte dem reichen Greis auf den ersten Wink. Unterhielt man sich mit jemand und merkte der andere, daß man die Taschen voll Geld hatte, beeilte er sich, einem zum Munde zu reden, kaum daß man seine Gedanken geäußert hatte.

Der Mangel war überall zu spüren – im Essen, in der Kleidung, im Wohnraum, der Mangel an Energie auf der Erde. Die Leute erzählten sich, daß man für fünftausend jeden modernen Journalisten und für fünfzigtausend einen einflußreichen Staatsmann kaufen könne.

Wie sich nun herausstellte, mußte ich mein Programm der Bilderkäufe umdisponieren. Ich hatte bei Theo beginnen wollen, der, wie ich wußte, vor kurzem bei der Firma Boussod, Valadon & Co. Chef der Kunstgalerie geworden war, traf ihn aber nicht an, da er gerade in der Absicht zu Johanna gefahren war, um ihre Hand anzuhalten. Von van Gogh entdeckte ich dort nur ein „Kornfeld", und auch das hing in der äußersten Ecke des letzten Saales. Ich berührte es mit seltsamer Ehrfurcht, es war leicht angestaubt. Ich weiß nicht, wie ich dieses Gefühl beschreiben soll. Aus irgendeinem Grunde war mir die Möglichkeit, das Bild zu berühren, das im Jahre 1888 von niemand beachtet wurde, mehr wert als der persönliche Kontakt mit seinem Schöpfer.

Am dritten Tag ging ich zur Gare d'Orleans und setzte mich in den Zug. Er fuhr mit zwanzig Stundenkilometern nach Arles. Es war eine glühende Hitze, aber in meiner TK spürte ich davon nichts. Ich unterhielt mich mit den Leuten im Abteil, blickte aus dem Fenster. Ein schönes Fleckchen Erde war dieses Frankreich. Die Felder, Weingärten und Haine sahen nicht minder malerisch aus als heutzutage. Zurück blieben Nevers, Clermont, Nîmes. Am nächsten Tag morgens um acht überquerten wir die Rhône.

Verstehen Sie, mir war natürlich klar, daß sich van Gogh verändert hatte in den fünf Jahren, die Hoogeveen und Arles trennten. Ich hatte mich doch damals aus der Vergangenheit in das komfortable Jahr 1996 zurückkatapultiert, er aber war in der Torfheide geblieben, um seinen harten Kampf weiterzuführen. Und er hatte ihn weitergeführt. Aus Hoogeveen war der von der Einsamkeit Gejagte nach Nuenen geflüchtet. Er wünschte sich sehnlichst, eine Freundin, eine Familie zu haben. In dieser erbärmlichen Zeit, in der sich viele scheuten, Kinder in die Welt zu setzen, schrieb er dem Bruder, daß er fürchte, keine zu haben. Jahre vorher war die Geschichte mit der Frau gewesen, die er krank, schwanger aus der Gosse aufgelesen und zu sich genommen hatte, um einen Menschen aus ihr zu machen. Aber seine Bemühungen schlugen fehl, die früheren Bekannten kehrten ihm nun endgültig den Rücken. Danach, in Nuenen, verliebte sich die Tochter der Nachbarn, Margo Begeman, in van Gogh. Vincent liebte sie ebenfalls, aber die Eltern verboten Margo, sich mit ihm zu treffen, und das Mädchen nahm Gift. Mit der Hoffnung auf persönliches Glück war es nun aus, ihm blieb nur die Kunst. Van Gogh reiste nach Antwerpen, um Zugang zu Künstlerkreisen zu erlangen. Er besaß kein Atelier, arbeitete auf der Straße. Außerstande, Modelle zu bezahlen, vereinbarte er mit den Leuten – einem Seemann, einem Soldaten, einem Straßenmädchen –, daß er sie erst kostenlos porträtierte, um danach anstelle eines Honorars eine Studie für sich selbst zu machen.

Die Briefe an den Bruder enthielten Äußerungen wie: „Ich sitze schrecklich in der Klemme. Schicke um Himmels willen so viel, wie du entbehren kannst. Ich habe buchstäblich nichts zu beißen." Von der ständigen Hungerei verging ihm der Appetit, und manchmal, wenn er von Theo einen kleinen Geldbetrag erhalten hatte, konnte er nicht essen, streikte sein Magen. Es gelang van Gogh, in die Akademie der Künste aufgenommen zu werden, aber nach drei Monaten mußte er diese Stätte wieder verlassen.

Vincents Zeichnungen glichen ganz und gar nicht dem, was dort gelehrt wurde. Theos Geschäfte gingen wieder besser, er gab dem Bruder Gelegenheit, nach Paris zu kommen. Aber auch hier änderte sich nichts. Vincent arbeitete im Atelier Cormons, um sich weiterzubilden, doch außer Toulouse-Lautrec kam niemand, sich anzusehen, was er zustande brachte. Auf seine Umwelt wirkte er wie ein Geistesgestörter, wenn er, in Ekstase, die Farben mit solcher Energie auf die Leinwand klatschte, daß die Staffelei wackelte. Seine stumme, wilde Leidenschaftlichkeit stieß die sorglosen jungen Künstler ab. In den zwei Jahren, die van Gogh in der Hauptstadt Frankreichs zubrachte, schuf er mehr als zweihundert Bilder – zu den zweihundert, die er in Holland gemalt hatte –, aber jede Ausstellung wurde für ihn ein Mißerfolg, und bisher war nicht ein einziges Gemälde verkauft worden, das seine Unterschrift trug. Als Vincent schließlich zu der Überzeugung gelangte, daß Paris ihn ablehnte, reiste er innerlich gebrochen nach Arles.

Ich wiederhole, das alles war mir nicht neu, auch nicht, daß der Künstler inzwischen gealtert sein mußte. In unserer Zeit fühlten sich die Menschen zwischen dreißig und fünfunddreißig oder vierzig im Vollbesitz ihrer Gesundheit. 1996 machte man in diesem Alter gewöhnlich eine Verjüngung durch – und zwar eine ziemlich merkliche. Verstehen Sie, die Persönlichkeit hat endlich erkannt, wozu ihr Geist und ihr Körper fähig sind, sie ist jetzt ausgeglichen, eine geistige und körperliche Harmonie setzt ein.

Es gab für mich keinen Zweifel, daß es sich bei van Gogh anders verhalten würde, ich kannte ja auch viele Selbstbildnisse aus dieser Zeit. Dennoch hatte ich ihn mir anders vorgestellt, als ich, an seinem Haus angelangt, die Treppe zu dem Zimmer hinaufstieg, das er gemietet hatte.

Die fünf Jahre waren wie ein sengender Wind über ihn hinweggegangen und hatten alles Junge an seinem Äußeren ausgebrannt. Ich erkannte ihn kaum wieder. Er war beileibe nicht mehr derselbe, der er in der getilgten Variante gewesen war, als er mich an jenem Morgen nach Zuidwolde begleitete.

Van Gogh saß vor seiner Staffelei; unwillig erhob er sich, die Palette und den Pinsel in der Hand.

Sein Haar, das damals schon dünn gewesen war, hatte sich noch mehr gelichtet und die gewölbte Stirn völlig entblößt. Tiefe Falten zogen sich von den Nasenflügeln zu den Mundwinkeln, die Wangenknochen waren noch kantiger geworden und gaben seinem eingefallenen Gesicht etwas Unerbittliches, Fanatisches. Sein Bart sah vernachlässigt aus, wahrscheinlich legte er keinen Wert mehr auf sein Äußeres. In den Augen, die mich unter zusammengekniffenen Brauen musterten, las ich die Hartnäckigkeit der Verzweiflung.

Ich erklärte, daß ich gekommen wäre, um mir seine Bilder anzusehen und einiges zu kaufen.

Ungehalten, weil man ihn aus seiner Arbeit gerissen hatte – vor ihm auf einem kleinen Tischchen war ein Stilleben aufgebaut: eine Majolikavase mit Sonnenblumen –, stand er da, als käme er jetzt erst zu sich, schleuderte Pinsel und Palette aufs Fensterbrett, nahm von einer Stellage einige auf Keilrahmen gespannte Leinwände, breitete sie auf dem Fußboden aus und ging ans offene Fenster, die Hände in die Taschen grabend.

Auf solche Kälte war ich, ehrlich gesagt, nicht gefaßt gewesen. Ich hatte gedacht, er würde mich wie einen Wohltäter empfangen, würde, wie bei meinem letzten, inzwischen gelöschten Besuch, auf mich einreden, Erklärungen abgeben. Doch nichts dergleichen geschah. Er pfiff leise irgendeine Melodie, brach ab und trommelte mit den Fingern gegen den Fensterrahmen. Ich bemerkte, daß er breiter in den Schultern geworden war und überhaupt muskulöser, zäher. Wenn er jetzt zuschlüge, stand man bestimmt nicht wieder auf. Dabei hatte er sicherlich kaum zugenommen; auch sein Rücken war noch ungebeugt.

Van Gogh drehte sich jäh um und fing meinen Blick auf, ich

senkte rasch die Augen auf die Bilder. Zu sehen gab es da eigentlich nichts, ich kannte sie ja schon.

„Na, was ist?“ fragte er. „Gefällt Ihnen nichts? ... Also dann, wie es beliebt.“

„Nein, nein“, erwiderte ich. „Meine Wahl steht schon fest.“ Das war mir ungewollt entschlüpft. Ich hatte plötzlich das Gefühl, daß ich ihn nicht noch mehr reizen durfte, indem ich hier etwas bestellte, was sein Bruder in Verwahrung hatte, und danach in Paris bäte, mir etwas von dem zu schicken, was er mir hier zeigte.

„Sie haben gewählt? Welches denn?“

Ich wies auf den „Sämann“.

„Dieses hier?“

Er nahm das Gemälde in beide Hände, trug es näher ans Licht, stellte es an die Wand und betrachtete es. Sein Gesicht verklärte sich wie bei einer Mutter, die ihr Kind ansieht. Dann wandte er sich von dem Bild ab und sagte herausfordernd: „Ich schätze meine Werke nicht zu niedrig ein. Das hier kostet beispielsweise tausend Francs. Freilich ist es etwas teurer als ein Bett, für das man siebenhundert zahlen muß und das ich nicht besitze.“

Nun erst merkte ich, daß im Zimmer kein Bett stand. In der Ecke lag eine zusammengerollte Matratze.

Er deutete mein Schweigen auf seine Weise und lachte bitter. „Ja, manche Leute bilden sich ein, die Beschäftigung mit der Malerei koste den Künstler selbst nichts. In Wirklichkeit könnte man den Verstand verlieren, wenn man zusammenrechnet, wieviel man für Farben und Leinwand ausgeben muß, um sich einen Monat pausenloser Arbeit leisten zu können. Glauben Sie ja nicht, daß man so ein Bild ohne Tasten und Suchen, ohne vorbereitende Studien machen kann. Wenn ein Mensch fähig ist, ein Bild in drei Tagen herunterzumalen, so bedeutet das noch lange nicht, daß er nur drei Tage dafür gebraucht hat. Er hat sein ganzes Leben dazu gebraucht, wenn Sie so wollen. Setzen Sie sich mal vor die Staffelei, wenn Sie mir nicht glauben, und versuchen Sie Gelb-Rot mit Lila in Einklang zu bringen. Natürlich, wenn die Komposition fertig ist, kann einem das, was da zu sehen ist, als Selbstverständlichkeit erscheinen. Das gleiche gilt für gute Musik oder einen guten Roman, die so komponiert sind, als *fließe alles von selbst.* Aber stellen Sie sich einmal vor, wie es wäre, wenn weder das Bild noch die Sinfonie existierten, wenn man beides erst noch schaffen müßte, und der Komponist oder der Maler gingen an die Arbeit, keineswegs überzeugt, daß die von ihnen gewählte Kombination im Prinzip überhaupt möglich ist ... Mit einem Wort: tausend, und dabei bleibt's."

Ich räusperte mich verlegen und sagte, daß mir der Preis recht wäre.

„Recht? Und Sie sind bereit, zu zahlen?"

„Ja."

„Tausend Francs?" Er sah mich eine Weile an, dann zuckte er die Schultern. „Warum?"

„Sie haben tausend verlangt. Das Bild gefällt mir."

Er ging durchs Zimmer und blieb vor seinem Werk stehen.

„Ja, da steckt viel drin."

Dann trat in seine Augen Unruhe, die von jähem Zorn verdrängt wurde. „Sagen Sie, ist das auch kein schlechter Scherz? Es gibt hierzulande Leute, die auf solche Weise Zerstreuung suchen. Wenn Sie deswegen gekommen sind, dann gehen Sie lieber. Ich arbeite."

„Aber nein." Ich trat zu dem Tischchen neben der Staffelei, zückte meine Brieftasche und blätterte zehn Hundertfrancsnoten hin. Und ich versichere Ihnen, diese Scheine hatte ich nicht aus der Zukunft mitgebracht, sondern in dem Juweliergeschäft erstanden. Mit dem Geld aus der Zukunft konnte es Ärger geben, obwohl die Wahrscheinlichkeit sehr gering war. Schließlich waren die mitgebrachten Geldscheine Dubletten der 1888 in Umlauf befindlichen Banknoten, und es war nicht ausgeschlossen, daß zufällig die gleichen Nummern nebeneinander auftauchten. Natürlich wäre jeder Gutachter in eine Sackgasse geraten, weil auch die mitgebrachten Scheine echt waren. Dennoch wollte ich van Gogh nicht einem Risiko aussetzen, er hatte genug eigene Scherereien.

„Außerdem", sagte ich, „interessiert mich noch eine andere Sache in Paris, in der Galerie Boussod. Die ‚Zigeunerwagen'. Wenn Sie die Freundlichkeit hätten, dorthin zu schreiben, damit man Ihnen das Bild schickt, könnte ich hier in Arles darauf warten."

Wieder zückte ich meine Brieftasche und blätterte noch fünfhundert hin.

Das Mißtrauen in seinem Gesicht wurde allmählich von Unglauben und danach von Verwirrung verdrängt. Er blickte abwechselnd auf mich und auf das Geld.

„Hören Sie! Wer sind Sie?"

Ich war auf diese Frage vorbereitet und tischte ihm auf, daß ich nicht in meinem eigenen Namen handelte, sondern im Auftrag eines reichen Geschäftsmannes aus Sydney, der mein Onkel sei. Er sei zweimal in Paris gewesen – im vergangenen Jahr und in dem Jahr davor –, kenne dort einige Künstler und habe viel von van Gogh und seinem Bruder gehört. Er wisse, daß die neue Richtung noch keine Anerkennung gefunden habe, doch er habe seinen eigenen Geschmack.

„Wie heißt er?"

„Smith ... John Smith. Die Sache ist die, daß mein Onkel ein bescheidener Mensch ist. Er hat Cormons Atelier einen kurzen Besuch abgestattet, war auf der Ausstellung des Kleinen Boulevards, aber bei Ihnen wird er wohl kaum gewesen sein."

„Ich erinnere mich nicht." Van Gogh wiegte den Kopf. „John Smith ... Na schön." Er ging zum Tischchen, nahm unschlüssig das Geld, zog die Schublade auf und legte es da hinein. Er sah mich an, und sein verlegener Blick erinnerte mich an den früheren van Gogh. Er drehte sich zur Wand, seine Stimme klang dumpf: „Wie seltsam. Davon habe ich lange Jahre geträumt – zu malen und die Möglichkeit zu haben, damit meinen Lebensunterhalt zu verdienen. Und nun ist es so gekommen, aber ich kann mich nicht darüber freuen. Warum bloß?" Er schüttelte den Kopf.

„Ich schreibe heute noch nach Paris. Und nun entschuldigen Sie mich bitte ... Sie sind gewiß im ‚Sirène' abgestiegen? Wir können uns am Abend dort treffen."

Das Städtchen war wie leer gefegt. Die Sonne hatte alle in die Häuser getrieben. Ich hatte im Restaurant de la Sirène ein Zimmer gemietet, das genau über der Weinstube lag, die van Gogh später in dem Bild „Nachtcafé" darstellen sollte. Ein paar Stunden verbrachte ich im Bett, die Mücken verscheuchend; als die Hitze nachgelassen hatte, ging ich hinunter ins

Erdgeschoß. Van Gogh saß in der Nähe der Weintheke. Ich trat zu ihm. Seine Miene war verbittert, ärgerlich stocherte er mit der Gabel auf dem Makkaroniteller herum.

Ich erkundigte mich, wie die Küche hier sei, und er warf zornig die Gabel hin.

„Wissen Sie, ich habe lange unregelmäßig leben müssen und mir dadurch den Magen verdorben. Wenn ich eine gute, kräftige Fleischbrühe haben könnte, würde ich mich bald erholen. Aber hier in diesen städtischen Restaurants bekommt man niemals das, was man braucht. Die Wirtsleute sind faul und kochen nur Gerichte, die wenig Arbeit machen wie Reis und Makkaroni. Selbst wenn man es beizeiten bestellt, haben sie immer eine Ausrede parat, daß sie es vergessen hätten oder auf dem Herd kein Platz mehr wäre. Und andauernd hauen sie einen übers Ohr. Zuerst wohnte ich hier oben, da haben sie für einen Monat zwanzig Francs mehr von mir verlangt, als ausgemacht war. Aber ich bin doch kein reicher Nichtstuer. Ich arbeite mehr als alle hier, und es wäre schwächlich von mir, wenn ich mich bis aufs Hemd ausplündern ließe. Ich war beim Friedensrichter, er hat entschieden, daß ich die zwanzig Francs nicht zahlen muß. Aber die Gaunerei hört trotzdem nicht auf. Man kann sich doch nicht wegen jeder fünfzig Centimes an die Behörden wenden. Das ist so weit gegangen, daß ich mir anderthalb Monate lang keine Matratze kaufen konnte und gezwungen war, hier zu nächtigen, obwohl ich mir schon ein Zimmer genommen hatte. Überhaupt, in Arles hält man es für seine Pflicht, jeden Fremden zu betrügen. Besonders wenn man Künstler ist, gilt man entweder als Verrückter oder als Millionär. Für eine kleine Tasse Milch zwacken sie einem einen Franc ab."

Ich bestellte Wein. Der Wirt, ein dicker Mann mit aufgedunsenem, bleichem Gesicht, brachte ihn erst nach fünf Minuten. Allmählich füllte sich das Restaurant. An einem Tischchen, an dem sich betrunkene Kartenspieler niedergelassen hatten, entbrannte ein Streit.

Van Gogh lächelte verächtlich.

„Die Menschheit entartet. Ich selber bin der beste Beweis dafür – mit fünfunddreißig bin ich schon ein alter Mann. Verstehen Sie, die einen arbeiten zuviel – die Bauern, Weber, Bergleute und die armen Leute wie ich. Sie werden von Krankheiten geplagt, verkümmern, altern schnell und sterben vorzeitig. Die anderen aber, die Kuponabschneider, verkommen vor Langerweile. Aber so kann es nicht weitergehen. Zu viel hat sich zusammengeballt, das sich in einem Gewitter entladen muß. Es ist nur gut, daß einige von uns sich nicht von der Verlogenheit unserer Epoche haben benebeln lassen. Das wird künftigen Generationen helfen, schneller dahin zu gelangen, wo die Luft frei und frisch ist."

Wir tranken, und er sah sich um.

„Wer wohl auf die Idee gekommen ist, diese roten Wände hier zu machen? Der Raum ist blutrot und mattgelb mit einem grünen Billard in der Mitte. Die gegensätzlichsten Farbtöne prallen hier aufeinander. Manchmal scheint es mir, daß dies der Ort ist, wo man verrückt werden oder Verbrechen begehen kann. Es wird soviel im Menschen angerührt. Ich wollte, ich könnte das alles darstellen, wiedergeben, aber einstweilen fürchte ich noch, daß ich es nicht schaffe. Ihr Onkel weiß, wie die nicht anerkannten Künstler in Paris dahinvegetieren. Ich habe mir dort meine Nerven ruiniert. Es kommt vor, daß ich morgens nicht zum Pinsel greifen kann, ehe ich nicht einen starken Kaffee getrunken und meine Pfeife angeraucht habe. Aber der künstlich erzeugte Auftrieb hält nicht lange vor, wieder greife ich zum Kaffee und zur Pfeife, die Arbeitsperioden werden immer kürzer, schließlich kommt es so weit, daß mich jede neue Tasse nur zu einem einzigen Pinselstrich aufputscht. Schrecklich, wenn man nicht gesund ist. Deswegen lehne ich mich auch nicht gegen die hergebrachte Ordnung auf. Und nicht weil ich mich damit abgefunden hätte – ich sage mir nur, daß ich krank bin, keine Kraft mehr habe und mich auch nicht mehr erholen werde."

Ich bezahlte den Wein, wir erhoben uns und gingen, unser Gespräch fortsetzend, durch die Stadt, auf die Felder zu.

Unterwegs sagte er mir, er habe das Schreiben bereits abgeschickt, und wenn es den Bruder an Ort und Stelle erreiche, müsse die Post mit dem Bild in sechs Tagen eintreffen.

Die Sonne neigte sich, vor uns wogte Getreide, rechter Hand lagen grüne Gärten. „Natürlich kann ich jetzt sehr gut arbeiten", sagte van Gogh. „Das habe ich alles meinem Bruder zu verdanken. Nie zuvor habe ich unter solchen Bedingungen gelebt, und wenn ich jetzt nichts zustande bringen sollte, wäre das allein meine Schuld. Die Natur hier ist außerordentlich schön. Sehen Sie, wie der Himmel leuchtet. Und da, die grünlich-gelben Sonnenstrahlen, die wie Regen niederströmen. Und die Zypressen und die Oleander, wie sie sich zügellos emporranken. Besonders bei den Oleandern ist jedes Zweiglein, jeder Ast unvorstellbar gewunden. Die überwältigende Schönheit dieser Landschaft hat mir schon zweimal die Besinnung geraubt, als ich sie malen wollte."

Van Gogh leistete sich an diesem Abend eine Atempause, und wir schlenderten noch lange umher. Wiederholt vergaß er meine Anwesenheit, dann besann er sich plötzlich, wandte sich mit irgendeiner belanglosen Bemerkung an mich, stellte eine Frage und versank, ohne die Antwort abzuwarten, wieder in Grübeln.

Ich bemerkte an ihm einen eigenartigen unausgeglichenen Stolz, dem etwas Verächtliches und Enttäuschtes anhaftete. Als kenne er jetzt seinen Wert, habe aber die Hoffnung verloren, die Welt davon zu überzeugen. Damals in Hoogeveen war van Gogh nicht sicher gewesen, ob seine Werke gut waren, aber er hatte angenommen, daß ihn beharrliche Arbeit zum Erfolg führen werde. Hier in Arles war es umgekehrt. Er wußte jetzt, daß er ein ernst zu nehmender Künstler war, glaubte aber nicht mehr, daß man ihn jemals anerkennen werde. Er war äußerst reizbar. Und die Zusammenstöße mit der Quartierwirtin, mit dem Hotelier oder mit den Gaffern, die sich sofort um ihn scharten, wenn er irgendwo in der Stadt eine Zeichnung entwarf, förderten keineswegs die Heilung seiner Nervenschwäche. Ich hatte den Eindruck, daß ihn seine Umgebung sogar ein wenig fürchtete.

Freilich, nachdem er die für damalige Zeiten riesenhafte Summe von mir erhalten hatte, taute er auf und wandelte sich erstaunlich rasch. Er kaufte sich ein Bett – wenn auch keins für siebenhundert, sondern ein billigeres, für vierhundert. Stellte eine Frau ein, die ihm Essen kochte. In seine Augen trat ein warmer Glanz, die Wangen röteten sich, er reagierte nicht mehr mit Wutausbrüchen auf kleinliche Sticheleien. Und er arbeitete weiter, mit einer Verbissenheit, wie sie mir noch nie begegnet war. Morgens nahm er seinen Farbkasten in die eine, die aufgezogene Leinwand in die andere Hand, hängte sich die Staffelei über den Rücken und ging los, um Studien zu machen. Er malte auch, wenn er zu Hause war. In seinem Zimmer konnte man ihn nur noch mit Palette und Pinsel antreffen, als brauche er keinen Schlaf, kein Essen, gar nichts mehr. Die Erkenntnis, daß er spät begonnen hatte, trieb ihn, alles das in ein, zwei Jahre zu pressen, was andere sich in einem langen, schaffensreichen Leben aneigneten.

Die Sendung von seinem Bruder kam und kam nicht. Aus Paris traf die Nachricht ein, daß Vincents Schreiben nach Antwerpen weitergeleitet worden sei; doch als es dort einging, war der Adressat bereits abgereist. Mir blieb nichts übrig, als abzuwarten; aus Langerweile begleitete ich van Gogh ein paarmal auf seinen Wanderungen. Allmählich wurde er mir sympathisch. Ich wies ihn auf einige gar zu offensichtliche Mängel in seiner Malweise hin, doch es war nichts zu machen.

Einmal, zum Beispiel, sagte ich ihm, daß das Wäldchen im Hintergrund seiner Ölstudie farblich keineswegs so aussähe, wie er es gemalt habe, und daß es solche schraubenhaft gewundenen Bäume und Wolken in Wirklichkeit gar nicht gäbe.

Er fragte mich, ob die Bäume die Harmonie des Bildes störten.

Als ich zugab, daß das nicht der Fall sei, erklärte er: „Man beginnt mit hoffnungslosen Versuchen, die Natur nachzuahmen, und alles gerät einem kreuz und quer. Doch dann kommt der Moment, wo man, von der eigenen Palette ausgehend, ruhig schafft, und die Natur folgt einem willig. Natürlich gibt es in jedem meiner Bilder falsche Pinselstriche, aber dafür weiß ich genau, warum ich so und nicht anders male. Ich kann in meiner Technik unsicher sein, aber in meinen Bildern steckt Leben, das meiner Ansicht nach die Fehler in den Hintergrund drängen muß."

Nach knappen zwei Wochen endlich, als ich schon unruhig wurde, erschien ein Botenjunge von der Post bei van Gogh. Ich legte noch fünfhundert Francs zu den anderthalbtausend, und abends gingen wir ins „Sirène". Van Gogh war sehr aufgekratzt, er zeigte mir Briefe von Gauguin, den er, wie er sagte, demnächst in Arles erwarte. Er fragte mich, ob unter den Freunden und Bekannten meines Onkels nicht jemand wäre, der sich auch für die Werke der Impressionisten interessiere. Ich erwiderte, daß dies nicht ausgeschlossen sei, und seine Augen leuchteten auf. Er erklärte, wenn es gelänge, im Jahr wenigstens drei Bilder zu verkaufen, könne er nicht nur sich selbst über Wasser halten – er persönlich brauche nicht viel –, sondern auch ein kleines Haus mieten, in dem er noch anderen notleidenden Künstlern Obdach geben würde, von denen viele sonst vor Hunger stürben, Hand an sich legten oder im Irrenhaus endeten. Er schmiedete Pläne, die so weit gingen, daß man eine eigene kleine Galerie in Paris eröffnen solle, die von Theo geleitet werden könne, und daß die Kaufleute aus dem Kunsthandel ausgeschaltet werden müßten, damit die echte Kunst im Volke Verbreitung fände.

Wir hatten drei Flaschen schlechten Weins geleert, die übrigen Gäste waren bereits gegangen, und der Wirt musterte uns schläfrig, während er die Stühle auf die Tische räumte.

Van Gogh verstummte, er sah mich an und fragte leise: „Sagen Sie, ist das wahr?"

„Was denn?"

Er wies mit einer Armbewegung auf die Weinstube, in der nur noch die Hälfte der Gaslampen brannte.

„Das, was hier vor sich geht. Sie sind so überraschend aufgetaucht. Ihr Besuch kam völlig unerwartet und fällt so aus allem heraus, was bisher war. Ich dachte eben, daß die Geldscheine, die ich von Ihnen bekommen habe, plötzlich verschwinden könnten, und alles wäre wieder wie vorher. Verstehen Sie, natürlich bin ich kein großer Künstler, ich hatte keine Möglichkeit, Zeichenunterricht zu nehmen, und mein Talent reicht nicht aus. Andererseits wird es kaum einen Menschen auf der Erde geben, der außer seiner Kunst so gar nichts hatte wie ich. Ich erinnere mich nicht an einen einzigen Tag in meinem Leben, an dem mich nicht Gewissensbisse geplagt hätten, weil ich meinem Bruder ständig auf der Tasche liegen muß, damit ich nicht verhungere, mein Quartier bezahlen, Farben kaufen oder mir ein Modell nehmen kann. Es kann doch nicht sein, daß eine solche Aufopferung nichts wert ist und von niemand anerkannt wird?"

Hol's der Teufel! Wissen Sie, er entpuppte sich als wahrer Prophet. Das Geld, das er von mir bekommen hatte, sollte tatsächlich verschwinden, und alles würde wieder so werden wie vorher, weil ich die Schleife ein drittes Mal aufziehen mußte.

13*

Ich mußte sie aufziehen, obwohl mein Besuch im Briefwechsel der Brüder als wichtigstes Ereignis des Jahres vermerkt war und van Gogh obendrein noch ganze fünfhundert Francs an Gauguin abgeschickt hatte, mit einer ausführlichen Schilderung, woher sie stammten ...

Doch ich will der Reihe nach erzählen. Ich kehrte am Fünfundzwanzigsten aus Arles nach Paris zurück und ging dort wieder in die Galerie Boussod. Nicht weil ich mir vorgenommen hatte, noch ein Bild aus Arles anzufordern – dazu reichte die Zeit nicht mehr –, sondern einfach so. Ich wollte Theo sehen, von dem ich schon soviel gehört und gelesen hatte. Ich warf einen Blick in den ersten Saal und erkannte ihn sofort, weil sich die Brüder ähnelten. Der jüngere war nur größer, nachgiebiger, und man konnte sich vorstellen, daß er ein Mensch war, der noch nie jemanden gekränkt hatte. Er sprach gerade mit einem Angestellten. Ich blieb stehen und tat, als interessierte ich mich für die „Badenden" von Renoir, dann ging ich weiter.

Er hatte mich übrigens ebenfalls erkannt – aus Vincents Beschreibung im Brief – und berichtete prompt nach Arles über meinen kurzen Besuch.

Noch am selben Abend begab ich mich an den vereinbarten Ort und tauchte wohlbehalten in meine Zeit zurück. Wieder nahm ich alle möglichen Wannenbäder und Massagen. Ich überflog die „Briefe", dort war alles in Ordnung. Ich blätterte eine Monographie über van Gogh durch und überzeugte mich, daß dort ebenfalls Änderungen vorgenommen waren. Es hieß darin, im Juni 1888 sei ein junger Ausländer nach Arles gekommen und habe dem Künstler zwei Ölbilder und einige Zeichnungen abgekauft, von denen seither jede Spur fehle. Wie man auf den „Ausländer" gekommen war, leuchtete mir ein, natürlich hatte sich van Gogh über mein modernes Französisch gewundert; ich hatte ihm erklärt, daß meine Mutter Französin sei, ich aber in Sydney aufgewachsen sei. Doch bei den Zeichnungen war dem Forscher ein Fehler unterlaufen. Ich vergaß, Ihnen zu sagen, daß van Gogh am letzten Abend eine Porträtskizze von mir machte, die er mir mitgab. Das war alles.

Ich nahm, kurz gesagt, den „Sämann" und die „Zigeunerwagen", legte die Zeichnung in eine Mappe und ging damit in den Salon, in dem ich zuerst gewesen war. Und was glauben Sie wohl? ... Eine halbe Stunde später raste ich schon ins Institut. Ich raste los, als wäre ein ganzer Zug motorisierter Polizisten hinter mir her.

Verstehen Sie, ich komme in den Salon und gerate wieder an den schnurrbärtigen Alten. Er nimmt die Gemälde und die Zeichnung, dreht sie hin und her, riecht daran, am liebsten hätte er noch reingebissen.

Ich bete unterdessen meinen Vers von der alten Dachkammer her. Er nickt, jaja, sagt er, stimmt alles, die Ölbilder sind bekannt, sie werden in den Briefen ausführlich beschrieben. Er sagt, er habe sein ganzes Leben dem Studium der Werke van Goghs gewidmet und könne nicht leugnen, daß dies seine Handschrift sei. Dann nimmt er die „Zigeunerwagen", nicht den „Sämann", sondern die „Zigeunerwagen" und drückt auf einen Knopf in der Wand. Ein Teil der Bücherwand schwenkt zur Seite und gibt eine Nische frei, in der sich ein Apparat befindet, der das Alter jedes Kunstwerkes bestimmen kann. Ob die Analyse auf Strahlen-, Kohlenstoff- oder anderer Basis erfolgte, weiß ich nicht.

Stellen Sie sich vor, auf dem Bildschirm erschien in Leuchtschrift: Ordnungsgruppe – bis hundert Tage.

Wie gefällt Ihnen das? Hundert Tage, das waren drei Monate, die seit dem Moment verstrichen sein sollten, an dem die Farben auf die Leinwand aufgetragen wurden. Das entsprach übrigens den Tatsachen, da van Gogh die „Zigeunerwagen" zweieinhalb Monate vor meiner Ankunft in Arles gemalt hatte. Aber ich hatte das Bild danach durch die Nullzeit transportiert, und die Farben waren darum nicht hundert Jahre, sondern nur hundert Tage alt.

Von dem „Sämann" hingegen behauptete der Alte, daß die besonders pastös gemalten Stellen noch gar nicht trocken seien und klebten. Dennoch kämen ihm die Bilder echt vor; was aber das Porträt betreffe, so stelle es zweifellos mich dar.

Und er sah mich mit fragendem, Aufklärung heischendem Blick an.

Jeder wußte doch von der Existenz der Zeitschleifen. Über Intervision wurde mindestens einmal in der Woche ein Kurzfilm gesendet, der mit Hilfe eines Teleobjektivs heimlich aus einem Gebüsch oder von menschenleeren Felsen aus aufgenommen worden war. Jeder wußte, daß Reisen in die Vergangenheit möglich waren, obwohl sie nur in Ausnahmefällen gestattet wurden.

Da raffte ich unauffällig meine ganze Habe zusammen, drehte mich stillschweigend um und stahl mich rasch auf die Straße hinaus.

Zu meinem Glück hörten sämtliche wissenschaftlichen Mitarbeiter des Instituts um diese Zeit gerade einen Vortrag im Konferenzsaal. Ich drang zu Cabusse vor und packte den Bestürzten am Schlafittchen. Ich atmete erst auf, als ich wieder aus der Zeitkammer stieg.

Wer gegen das Gesetz zum Schutze der Vergangenheit verstieß, wurde nicht gerade gelobt. Man konnte ohne weiteres geschnappt und für immer in die Kreidezeit abgeschoben werden. So verfuhr man damals übrigens mit einem rückfälligen Verbrecher – kannst du nicht unter Menschen leben, dann schwirr ab zu den Reptilien hundert oder hundertzwanzig Millionen Jahre vor unserer Zeit. Dort erfrierst du nicht in dem tropischen voreiszeitlichen Klima und ernährst dich von Pflanzenkost. Aber da ist niemand, mit dem du ein Wort wechseln kannst, Langeweile übermannt dich, und schließlich wirfst du dich selber irgendeinem Saurier zur Vesper vor. Waren es zwei Verbrecher, ließ man eine kleine Zeitdifferenz zwischen beiden, verbannte sie an den gleichen Ort, aber hundert Jahre voneinander getrennt.

In meinem Falle hätte man natürlich meine Jugend berücksichtigt. Irgendwie hätte ich mich schon herausgewunden. Ich weiß bis heute nicht, ob der alte Kunstkenner die entsprechende Stelle telefonisch verständigt hat. Ich glaube beinahe, er hat sie verständigt. Wenn er es getan hat, waren sie tatsächlich hinter mir her, kamen aber zu spät. Kaum hatte ich die Schleife aufgezogen, als der „Sämann“ prompt in die Züricher Galerie und die „Zigeunerwagen“ in den Louvre zurückkehrten. Die Zeichnung dematerialisierte sich, jede Erwähnung meines Aufenthaltes in Arles verschwand aus den Briefen. Und mein Besuch im Kunstsalon auf der Avenue Sainte-Marie existierte nur noch in meiner Erinnerung als Alternativvariante, die durch eine andere ersetzt worden war.

Ich muß gestehen, das gab mir den Rest. Was Cabusse anlangte, so lag er völlig am Boden. Es war, als renne man gegen eine Wand an – selbst wenn man einen Wertgegenstand aus weit zurückliegenden Jahrhunderten heranschaffte, verkürzte die Schleife die Zeit, und man wurde entweder einer Fälschung bezichtigt oder festgenommen, weil man Verbindungen zum Institut mißbraucht hatte. Man konnte es drehen und wenden, wie man wollte, dabei kam doch nur heraus, daß man die alten Zeiten besser ruhen ließ, wie es die Politiker machten. Gleichzeitig war das sehr betrüblich. Da lag sie nun, die Vergangenheit, zum Greifen nahe. Solange Cabusse im Institut arbeitete, war mir alles zugänglich vom 20. Jahrhundert bis zum 1. und weiter bis hin zu den chinesischen Dynastien, den griechischen Schiffen, die nach Troja fuhren, den Türmen Assyriens und den ägyptischen Pyramiden. Man konnte sich in die Zeiten der Seeräuber versetzen lassen, konnte die Schätze des Kapitäns Kidd ausgraben. Wenn auch Gold keinen Wert mehr besaß, für ein paar Dublonen oder einen alten Dolch bekam man eine ganze Menge EOEne. Aber wie sollte man es anstellen, daß sie auch so alt blieben – es gab doch keine andere Möglichkeit, sich die Sachen zu beschaffen.

Meine eigenen Ersparnisse waren so gut wie erschöpft, für die drei Besuche hatte ich fünfzigtausend Einheiten Organisierter Energie verschleudert. Und Sie wissen ja, wie es ist – vier Monate früher hatte mich meine gesellschaftliche Stellung noch vollauf befriedigt, ich hatte auf die anderen herabgeblickt, mich gebrüstet, und nun haderte ich mit mir und der Welt. Meine Villa, mein supermoderner Privatflighter – alles war mir über. Ich fühlte mich arm im Vergleich zu dem, was ich hätte haben können, wenn die Operation geglückt wäre.

Ich ging umher und biß mir auf die Lippen. Eine Woche war gerade seit meiner Rückkehr verstrichen, da kam morgens im Fernsehen die Nachricht von einem bemerkenswerten Fund bei Rom. Ein Mann, der sich für Altertümer interessierte, hatte in der Umgebung von Valchetta Grabungen vorgenommen und dabei in den Ruinen eines alten Tempels einen Geheimgang entdeckt, ein Versteck, in dem er eine ganze Kollektion der erlesensten antiken Steine gefunden hatte, wissen Sie, solche gemeißelten Steine mit Reliefdarstellungen. Der Fund datierte aus dem 2. Jahrhundert vor unserer Zeitrechnung – darin stimmten die Meinungen der Kunsthistoriker und die Angaben der Apparate überein.

Guck an, dachte ich, einige haben doch noch Glück. Unsereiner wagt den Sprung in die Vergangenheit und kommt mit leeren Händen zurück.

Mittlerweile wurden die Zeitungen gebracht. Die Schlagzeilen auf der Titelseite waren den wundervollen Steinen aus Valchetta gewidmet. Man vermutete, daß sie zu dem Schatz eines römischen Senators aus der Epoche der Cäsaren gehörten, der es in der unsicheren Zeit der Ermordungen und Hinrichtungen vorgezogen hatte, sie zu verstecken. Daneben war das Porträt des Mannes abgebildet, der den Geheimgang ausgegraben hatte. Seine Physiognomie drückte äußerste Entschlossenheit aus und paßte gar nicht recht zu einem Liebhaber von Altertümern. Auf dem Foto hielt er die Augen gesenkt, sichtlich bemüht, bieder zu erscheinen, aber seine Miene – brr!

Abends klingelte Cabusse bei mir. Er kam herein, setzte sich, druckste herum, dann sagte er: „Wir sind vielleicht Idioten."

„Wieso?"

„Wozu mußten wir bloß van Goghs Bilder in die Kammer schleppen? Wir hätten sie dort lassen sollen, in der Vergangenheit."

„Und welchen Sinn hätte das gehabt?"

Er nahm die Zeitung mit dem Foto dieses Erfolgsmenschen zur Hand. Betrachtete es.

„Ich kenne diesen Kerl. Er war bei mir, ehe du kamst. Ich hatte nur Hemmungen, mich mit ihm einzulassen. Das muß vor einem halben Jahr gewesen sein."

Ich schlug mich an die Stirn, mir war einiges klargeworden. Der Bursche hatte sich Zugang zur italienisch-amerikanischen Zeitschleife verschafft. Er war nach Rom in die Epoche der Cäsaren hinabgestiegen und hatte dort – vielleicht tatsächlich bei einem Senator – die Steine stibitzt. Dann war er damit nicht etwa in die Kammer zurückgekehrt, sondern nach Valchetta gepilgert, zu dem Tempel, von dem er genau wußte, daß er bis in unsere Zeit hinein erhalten bliebe. Und dort verbarg er seine Beute, nachts, damit ihn niemand sah. Danach tauchte er seelenruhig in die Gegenwart zurück, verschaffte sich solche kleinen

Haarpinsel, mit denen die Archäologen den Staub abstreichen, fuhr auf der Autobahn nach Valchetta, zog einen blauen Kittel über, nahm seinen Spaten, spuckte in die Hände und stimmte am nächsten Tag das Geschrei über den Fund an. Natürlich brauchte man für solche Geschichten gute Nerven. Im alten Rom mußte man sich nach Sonnenuntergang vor betrunkenen Gladiatoren und allem möglichen städtischen Gesindel in acht nehmen. Der reiche Senator hatte bestimmt Leibwächter gehabt, und die römischen Wachen fackelten nicht lange. Aber man sagt ja, wer Angst vor Wölfen hat, soll nicht in den Wald hineinlaufen. Die Steine waren also nicht durch die Kammer gegangen, sie hatten zweitausend Jahre im Gemäuer gelegen, waren uralt geworden, was auch die Apparate bestätigten.

So stellte ich mir die Sache vor, aber dann stutzte ich plötzlich. Der Gang und überhaupt das ganze Gelände dort war doch auch von Wissenschaftlern besichtigt worden. Sie hätten doch feststellen können, daß die Spatenstiche frisch waren... Nein, korrigierte ich mich wieder. Wichtig ist nicht, wann etwas ausgegraben wird, sondern wann das Versteck eingerichtet wurde. Und der Gang war vor zwanzig Jahrhunderten in das Gemäuer geschlagen worden. Er hatte ihn doch dort angelegt, im 1. Jahrhundert, und ihn gleich danach wieder zugescharrt.

Das ganze Problem wurde damit vom Kopf auf die Füße gestellt. Es war trotz allem möglich, Wertgegenstände aus der Vergangenheit in die Gegenwart herüberzuholen. Man mußte sie nur dort verstecken und hier „finden".

Was sagten Sie? Weshalb man den jungen Mann bei seinem Äußeren nicht verdächtigte? Na, weil es solche Gauner wie ihn und mich und Cabusse kaum noch auf der Welt gab. Die Leute hatten es verlernt, mißtrauisch zu sein, jeder war dem anderen wohlgesonnen, überall herrschte Aufrichtigkeit, wohin man auch kam. Das hatte sich doch schon in meinem Fall deutlich gezeigt, darum hatte mich der schnurrbärtige Alte auch so angesehen.

Na, lassen wir das. Ich will auf Einzelheiten verzichten und sage nur so viel, daß ich mich nach zwanzig Tagen wieder im verflossenen Jahrhundert aufhielt, genauer: im Mai des Jahres 1890, am Rande des kleinen Städtchens Saint-Rémy, wo man van Gogh ins Irrenhaus eingeliefert hatte. An sich hätte ich auch ein zweites Mal in eine der mir bekannten beiden Perioden reisen können, aber ich hatte den Künstler erlebt, als er seine ersten Malversuche machte, hatte ihn auf der Hälfte seines Weges besucht. Nun war es aufschlußreich zu sehen, in welcher Verfassung van Gogh am Ende seines Lebens sein würde, sonst bliebe der Eindruck des Unvollendeten zurück. Was mich jedoch vor allem dazu bewogen hatte, war die Überlegung, daß der Künstler gerade im Juli zwei seiner berühmtesten Gemälde fertigstellen sollte: „Die Sternennacht" und die „Landstraße mit Zypressen".

Auf diese beiden Bilder hatte ich es abgesehen – nach allen Mißerfolgen und sinnlosen Ausgaben konnte Cabusse und mich nur ein großer Coup retten.

Wieder war es Morgen. Der Wächter am Tor ließ mich passieren, ohne irgendwelche Fragen zu stellen. Im vorderen Teil des Parks waren die Alleen sauber geharkt, weiter hinten war alles vernachlässigt, verwildert. Ein Kirschbaum, den niemand hegte, hatte sich mit Oleander verflochten, Heckenrosenbüsche überwucherten wilde Rhododendren, und da, wo der Weg, auf dem ich weiter vordrang, eine Biegung machte, stand ein riesiger vertrockneter Kastanienbaum, dessen vergilbte Blätter zwischen den verfilzten Halmen des ungemähten Grases hingen. Eine Frau mit einem Wäschekorb kam mir entgegen. Ich fragte sie, wo ich van Gogh finden könne. Es war eine Wäscherin mit weichem, schüchternem Gesichtsausdruck und großen roten Händen. Sie vergewisserte sich, ob ich den meinte, „der immer zeichnen will", wies auf ein Gebäude, das von weitem gelblich durch das Laub hindurchschimmerte, und nannte mir auch die Zimmernummer – sechzehn. Ich wollte weitergehen, doch die Frau rief mich zurück und bedeutete mir, daß man van Gogh heute schwerlich zu Gesicht bekäme – er hätte erst kürzlich einen Anfall gehabt. Ich klopfte auf meine Tasche und erklärte, daß ich darin ein Trostpflaster für ihn hätte.

In dem gelben Gebäude befand sich die Abteilung für die tobsüchtigen Kranken – die Fenster waren von innen vergittert. Aber die Tür des Haupteingangs war sperrangelweit geöffnet, genauso wie das Tor, durch das ich den Park betreten hatte, und der Hintereingang des Hauptgebäudes.

In dem langen Korridor standen ebenfalls sämtliche Zellen

offen – sie wurden von zwei, drei oder sogar fünf Insassen bewohnt. Der frischgescheuerte Fliesenfußboden glänzte, an der Wand stand noch der Eimer mit dem Scheuerlappen. Aus dem ersten Stock hörte ich zwei gedämpfte Frauenstimmen. Anscheinend hatte ich einen ruhigen Tag erwischt. Die Kranken hatte man in den Garten gelassen, und das Dienstpersonal war mit Großreinemachen beschäftigt, im ganzen Haus zog es. Ich kann nicht sagen, daß die Atmosphäre bedrückend war, mich störten nur die achtlos aufgerissenen Türen, die deutlich machten, daß die Bewohner der Zellen hier nichts Eigenes mehr besaßen, das sie vor fremden Blicken schützen konnten.

Ich schritt den ganzen Korridor entlang, bog um eine Ecke und befand mich nun bereits in dem einstöckigen Seitenflügel. Ich ging weiter, bis ich am äußersten Ende die Nummer sechzehn entdeckte. Die Tür war nur angelehnt; ich klopfte, niemand antwortete. Im Zimmer bemerkte ich ein Bett, das mit einem grauen Tuch zugedeckt war, und einen Hocker, der in der Ecke stand. Auf dem Fensterbrett lagen Farben verstreut, davor war immer noch die gleiche dreibeinige Staffelei aufgestellt. Auf dem Boden türmte sich ein Berg Ölbilder, aus dem der bestaubte Rand der „Sternennacht“ herausragte.

Ich setzte mich auf den Hocker und wartete. Von fern drangen leise Klavierklänge an mein Ohr – jemand begann immer wieder die gleiche traurige Melodie, verspielte sich nach den ersten Akkorden, brach ab und begann von neuem.

Dann hörte ich auf dem Korridor Schritte, die näher kamen, und erhob mich in meiner Ecke.

Van Gogh trat ein, er sah mich mit leeren Augen an und ging langsam zum Fenster. Und ich muß Ihnen gestehen, mir preßte es das Herz zusammen.

Ich möchte sagen, er war tödlich verwundet. Das Drama mit Gauguin, das Irrenhaus in Arles, in das man den Künstler zweimal eingeliefert hatte, sein fortwährender vergeblicher Kampf, Anerkennung zu erlangen – alles das hatte ihn in den letzten zwei Jahren schwer getroffen. Seine Schläfen waren ergraut, sein Rücken gebeugt, dunkle Schatten hoben sich unter seinen Augen ab, die nicht mehr leuchteten, sondern stumpf waren und Dinge sahen, die andere nicht sehen konnten. Er trug einen Anstaltskittel, und ich erinnerte mich, daß sich das Asyl für Geistesgestörte in Saint-Rémy dadurch auszeichnete, daß die Gebühr für den Unterhalt hier einen Franc pro Tag betrug und die Kranken auf Anstaltskosten gekleidet wurden – Theos Geschäfte gingen nach einer kurzen Periode relativer Erfolge wieder schlecht, und die Brüder mußten mit jedem Sou rechnen.

Dennoch beobachtete ich an van Gogh eine seltsame, weltentrückte Würde. Ich sah ihn an und spürte plötzlich, daß ich ihn achtete. Ich achtete ihn wie niemanden auf der Welt. Mir wurde bewußt, daß er mir schon lange Ehrfurcht einflößte – seit unserer zweiten, vielleicht auch schon seit unserer ersten Begegnung. Mochte er nicht zeichnen können, mochten die Gesichter der Männer auf seinen Bildern kartoffelfarben und grün sein, mochten die Äcker und Felder in Wirklichkeit ganz anders aussehen, als er sie dargestellt hatte. Trotzdem steckte etwas Geniales in ihm. Etwas, neben dem vieles nebensächlich, zweitrangig wurde – selbst die Atomenergie.

Ich überwand meine Zaghaftigkeit und eröffnete ihm, daß ich eine Riesensumme für seine letzten Bilder böte, eine Summe, die ihn und den Bruder nicht nur in die Lage versetzte, ein Haus zu mieten, sondern auch, es zu kaufen. Sie könnten sogar ein komplettes Landgut erwerben, die bedeutendsten Ärzte kommen lassen, die seine Gesundheit wiederherstellen und ihn von den Wahnsinnsanfällen heilen würden.

Er hörte mir aufmerksam zu, dann hob er die Augen, und sein Blick ging mir durch Mark und Bein.

„Zu spät“, sagte er. „Jetzt brauche ich nichts mehr. Ich habe mein Leben und die Hälfte meines Verstandes für meine Arbeit hingegeben.“ Er blickte auf die übereinanderliegenden Gemälde, bückte sich schwerfällig und wischte mit dem Ärmel behutsam den Staub von dem obersten. Es waren die „Weißen Rosen“. Seine Lippen zuckten, und er schüttelte den Kopf. „Manchmal habe ich doch den Eindruck, daß ich so malen mußte. Daß Größeres zu leisten, die menschlichen Kräfte übersteigt und diese Arbeit eines Tages Früchte tragen wird.“

Dann wandte er sich nach mir um.

„Gehen Sie. Ich habe wenig Zeit und will noch ein Kornfeld malen. Es werden grüne Töne sein von gleicher Intensität, sie werden zu einer einheitlichen Farbsymphonie verschmelzen, deren Schwingungen an das leise Rauschen der reifenden Ähren erinnern soll und an den Mann, dessen Herz klopft, wenn er es hört."

Die letzten Worte hatte er beinahe geflüstert. Mit einer ungeschickten Bewegung rückte er die Staffelei ans Licht.

Und ich sage Ihnen, ich wich vor ihm zurück. Sprachlos verneigte ich mich und schlüpfte hinaus, auf den Korridor. Ich lief durch den verwilderten Garten in die Stadt, zum Bahnhof und machte mich aus dem Staub. Still und bescheiden wie ein Lämmchen. Natürlich wäre es bedeutend einfacher gewesen, wenn ich abgewartet hätte, bis van Gogh wieder das Zimmer verließ, und mir blitzschnell genommen hätte, was ich brauchte. Niemand hätte mich am Tor angehalten. Niemand hätte mich gefragt, was ich da trage. Wir hatten ja auch in Saint-Rémy schon einen Ort ausfindig gemacht, an dem die Bilder hundert Jahre unangetastet lagern würden.

Aber ich konnte es nicht. Ich konnte es nicht, obwohl ich mir sagte, daß ein paar tausend Francs, die ich auf dem Fensterbrett zurückgelassen hätte, van Gogh viel mehr genützt hätten als zwei seiner Bilder.

Ich kam in der Hauptstadt Frankreichs an und sprang in meine Zeit zurück. Cabusse empfing mich schlotternd vor der Kammer. Gierig musterte er meine Koffer. Aber ich hatte natürlich im Zug schon einen Plan ausgetüftelt, in den ich ihn sofort einweihte. Ich erklärte Cabusse, daß ich mich außerstande sähe, den Künstler und seine Verwandten noch länger zu beunruhigen. Sollten sie so weiterleben wie bisher. Jetzt mußte man anders vorgehen. Da wir inzwischen genügend Erfahrung gesammelt hatten, stand es in unserer Macht, ein grandioses Betrugsmanöver zu starten, das uns nicht nur unsere Ausgaben ersetzte, sondern uns auch für immer aller Geldsorgen enthob. Wir würden uns nicht mehr mit ein, zwei Bildern befassen. Man mußte sich eine Zeit aussuchen, in der der Künstler schon Berühmtheit erlangt hatte, die Briefe längst veröffentlicht waren und es von seinen Werken bereits zahllose Reproduktionen gab. Beispielsweise das Ende der dreißiger Jahre, als Kunstwerke schon teuer, aber immer noch bedeutend billiger waren als im Jahr 1996. Wichtig war, daß wir dafür in einer Münze zahlten, die in unserer Zeit so gut wie keinen Wert mehr besaß – in Gold.

Verstehen Sie, ich begriff allmählich, daß ich ganz umsonst umhergelaufen war, um mir entsprechende Kleidung, altes Geld und den übrigen Klimbim zu beschaffen. Man konnte doch im alten Paris in ganz schäbigen Klamotten auftauchen, im ersten besten Leihhaus einen goldenen Ring verpfänden, sich von dem Erlös einkleiden, danach in einem Juweliergeschäft ein goldenes Armband zu Geld machen, sich davon eine eigene Equipage kaufen und diesen Handel immer mehr ausweiten. Dabei riskierte man nicht einmal, daß man verhaftet wurde, da die Waren, die man anbot, weder gestohlen waren noch von der Polizei gesucht wurden. Das war einfacher Schmuggel, aber nicht über Landesgrenzen, sondern über die Zeitgrenze hinweg.

Ich verkaufte meinen Flighter, nahm eine Hypothek auf mein Haus auf. Cabusse besorgte sich ebenfalls EOEne, jedenfalls behauptete er das, ganz klar war mir die Sache nicht. Verstehen Sie, ich konnte ja den Energiehaushalt des Instituts nicht überprüfen, wie sollte ich daher feststellen, ob er überhaupt etwas zu meinem Beitrag zusteuerte. Es war bekannt, daß Reisen in die Vergangenheit riesige Energiemengen verschlangen, wie hoch der Verbrauch aber im einzelnen war, hing von der Periode ab. Andererseits hätte er ja sagen können, daß sein Anteil größer wäre als meiner oder genauso groß, aber er behauptete immer, daß er weniger aufzubringen habe. Freilich interessierte mich das nicht allzusehr – sollte er doch meinetwegen das Dreifache dessen einstecken, was mir zustand. Neid lag mir fern, und dieser Kerl mit den Steinen hatte mich auch nur deshalb verstimmt, weil er meine Einfalt gar zu offensichtlich machte. Bargeld hatte ich bei Cabusse übrigens nie gesehen.

Na schön. Als erstes nahmen wir uns zwei Stadtpläne von Paris vor – einen aus den dreißiger Jahren und einen von 1996. Wir mußten ein Gebäude finden, das möglichst klein war, unbedingt einer Privatperson gehörte und in den letzten sechzig Jahren keine wesentlichen Veränderungen erfahren hatte. Wir suchten, suchten und fanden schließlich eins. Früher hatte das Gäßchen Passage Noir geheißen, in unserer Zeit war daraus der Boulevard de Bouasse entstanden. Ein einstöckiges, aber ziemlich massives Häuschen, das sich wie durch ein Wunder neben den verglasten Betonriesen behauptet hatte, die die Rue du Deuxième Etat im Süden abschlossen. Wir fuhren in die

Passage Noir, und natürlich war das Häuschen unbewohnt. Wir wurden uns mit den Besitzern rasch einig, daß ich es für ein halbes Jahr mietete. Sie wollten nicht einmal Geld dafür nehmen.

Zwei Wochen lang gab ich Bestellungen auf, bis ich sechzig Kilogramm Schmuckstücke aus Gold und Platin, mit Diamanten, Saphiren und anderen Steinen besetzt, zusammen hatte. Ich stopfte zwei solcher Koffer voll, die man nicht weit schleppt. Cabusse hatte alle Vorbereitungen getroffen, damit ich in den nächsten Tagen in jenes Häuschen übersiedeln konnte. Er machte mir die Kammer startklar – zum vierten oder fünften Male schon, so genau weiß ich das nicht mehr –, und Ihr ergebener Diener trat seine letzte, entscheidende Reise an, die in das Jahr 1938 fiel. Ich hatte mir absichtlich dieses Jahr ausgesucht, um nicht in den Beginn des zweiten Weltkrieges zu geraten, wo die Leute andere Sorgen hatten.

Im großen ganzen verlief alles wie gewohnt. Ohne besondere Aufregungen materialisierte ich mich mitsamt meinem Gepäck nachts auf dem Boulevard. Ich hatte einen raffiniert gefälschten Paß und mehrere ausländische Visa bei mir. Ich fuhr zum Bahnhof, löste eine Karte nach Brüssel. Von dort reiste ich weiter nach Rotterdam, mit dem Dampfer nach London, von London nach Hamburg, Köln, Lausanne und wieder nach Paris. Ich zuckelte reichliche drei Wochen durch Europa und setzte während dieser Zeit alles, was ich aus dem Jahr 1996 mitgebracht hatte, in Bargeld um. Ich löste sogar eine Panik auf dem Juwelenmarkt aus – stellen Sie sich vor, plötzlich wird soviel Ware zum Verkauf angeboten.

In Paris begab ich mich zur Passage Noir und zu unserem Häuschen. Die Wirtsleute waren die Vorfahren jener jungen Frau, die das Haus sechzig Jahre später besitzen sollte, aber sie waren natürlich ganz andere Menschen. Ich erklärte ihnen, daß ich einen Roman schriebe, daß mir die altertümliche Atmosphäre gefalle und ich hier in völliger Abgeschiedenheit arbeiten wolle. Ich bot tausend Francs für den Monat, aber sie ließen nicht mit sich reden. Ich versprach ihnen fünftausend, da wurden sie nachdenklich, und als ich sagte, daß mir auch fünfzehntausend nicht zu teuer wären, fragten sie, ob sie sich's bis zum Abend überlegen könnten.

Einen besseren Ort konnte es nicht geben. Es war ein ödes, menschenleeres Gäßchen, in dem sich nur Katzen in der Sonne wärmten und von einem Torweg in den anderen schlüpften. Das Haus lag mitten zwischen anderen Grundstücken. Ganz hinten war die fensterlose Rückwand einer Textilfabrik; die eine seitliche Grenze bildete ein Speicher, und an der anderen Seite befand sich ein verwahrloster Garten, der völlig mit Brennesseln überwuchert war. Auf dem kleinen Hof hätte man sogar den Kölner Dom vergraben können, ohne daß es jemand merkte.

Ich ging ins Haus, verteilte meine Habe auf die Zimmer, hängte Gardinen an die Fenster und stieg in den Keller hinunter. Auch hier war der Fußboden gedielt – das war günstig für mich. Ich schaffte mir nach und nach das nötige Handwerkszeug an und machte mich an die Arbeit. Entfernte die Dielen und hackte das Steinfundament auf. Einige Zeit vorher waren gerade die Radioapparate aufgekommen – solche plumpen Kästen, die noch unvollkommen waren, röchelten und fiepten. Drehte man so ein Monstrum oben in voller Lautstärke auf, konnte man unten ungestört hämmern. Damals gab es noch keine elektrischen Steinbohrer. Man mauerte sehr kompakt – für Jahrhunderte. Erst zu meiner Zeit wurden helle, komfortable Häuser modern, die so leicht zusammengefügt waren, daß man beinahe befürchten mußte, sie könnten unter Windstößen oder seismischen Schwankungen einstürzen. Damals aber baute man zwanzigmal haltbarer, als notwendig war. Erst mußte ich den Steinmeißel auf die Fuge richten und mit kräftigen Hammerschlägen hineintreiben. Dann setzte ich die Brechstange an und stemmte mich mit aller Gewalt darauf. Der Ziegelstein löste sich knirschend wie ein Backenzahn. Pro Stunde schaffte ich einen Stein, mehr nicht. Manchmal holte ich so kräftig aus, daß der ganze Schultergürtel vor Schmerzen dröhnte und ich gezwungen war, zu streiken, den Arbeitstag zu verkürzen.

Ich plagte mich ab und dachte dabei: Sechzig Jahre weiter sitzen Cabusse und seine Frau jetzt bestimmt im Keller und warten darauf, daß sich auf den Steinen die Umrisse des Geheimverstecks abzeichnen. Es war doch interessant, daß ich hier war, sie dort, im gleichen Moment, am gleichen Ort, aber durch die Zeit getrennt. Ich machte etwas, was sich dort auswirkte.

Ob die Arbeit nun viel oder wenig Zeit in Anspruch nahm, ich führte sie jedenfalls zu Ende. Danach säuberte ich mich und zog vorübergehend in das Hotel „Bonaparte“ am Jardin du Luxembourg, wo mir tatsächlich ein für damalige Zeiten erstaunlicher Komfort und alle erdenklichen Bequemlichkeiten geboten wurden.

Ich ruhte mich aus und machte danach einen Stadtbummel.

Es war eine hektische Zeit – dieser Oktober des Vorkriegsjahres 1938. Erst vor kurzem war Daladier aus München zurückgekehrt und hatte auf dem Flugplatz erklärt, er und Chamberlain hätten „Europas Frieden gerettet“. Sie hatten die Tschechoslowakei an Deutschlands Führer abgetreten, der von der Tribüne des Reichstags feierlich verkündete, er werde fortan keine weiteren Gebietsforderungen stellen, komme, was da wolle. Ribbentrop aber, der nazistische Außenminister, lud zur gleichen Zeit den polnischen Botschafter in Berlin, Lipski, zu sich und forderte von Polen Verzicht auf die Stadt Gdansk oder Danzig, wie sie damals hieß.

Doch in Paris wußte man davon noch nichts und feierte den Anbruch der versprochenen friedlichen Epoche. Über den Champs-Elysées hingen die Abgasewolken der Automobile, die erleuchteten Flügel des neuen Moulin Rouge drehten sich, in den Kinos wurden die ersten Filme mit diesem ... wie hieß er doch gleich ... Jean Gabin gespielt. Die Röcke wurden allmählich kürzer, aber es waren noch keine Miniröcke, darauf kam man erst ein paar Jahrzehnte später. Die Volksfront beruhigte sich. In den Nachtlokalen tanzte die Bourgeoisie Swing. Der Champagner floß, man trank jetzt auch Calvados, den Remarque später in seinem „Arc de Triomphe“ gepriesen hat.

Und natürlich, Vincent Willem van Gogh war inzwischen auf dem Gipfel seines Ruhms angelangt. Nun hatte er doch noch Anerkennung gefunden, mein ewig vom Pech Verfolgter. Sein Gesicht, das ich so gut kannte, erschien in Journalen, Zeitungen und sogar an den Litfaßsäulen. Zahllose Artikel und Bücher über ihn wurden gedruckt. Durch die Farbfotografie war es jetzt möglich, seine Werke originalgetreu zu reproduzieren. Einige Gemälde hingen im Rodin-Museum, im Museum der Impressionisten; und im Louvre wurde gerade eine große Ausstellung eröffnet, die mit ungefähr vierhundert Bildern aus aller

Welt beschickt war – aus London, New York, aus der Leningrader Ermitage, aus Boston, Glasgow, Rotterdam, aus dem Moskauer Museum der Schönen Künste, aus der brasilianischen Stadt São Paulo, ja sogar aus Südafrika und Japan. Das, was er neben dem hölzernen Waschtrog oder in der Kälte draußen mit klammen Fingern gemalt oder gezeichnet hatte, was er unter das altersschwache Bett geschoben oder mit leerem, knurrendem Magen mitgeschleppt hatte, als er aus dem Elendsquartier in die Torfkate zog, wieder ins Elend zurückkehrte und schließlich im Irrenhaus landete, alles das war jetzt über sämtliche Kontinente, über die ganze Erde verstreut. Die Studien, die er flüchtig skizziert hatte, wenn ihm ein Matrose oder eine Prostituierte auf seine Bitte hin ein paar Minuten Modell stand, die Kompositionen, die er begann, krampfhaft nachrechnend, ob das Geld für die eine oder andere Farbe reichte – sie alle nahmen jetzt einen Ehrenplatz ein. Sie hatten die Reise in Spezialflugzeugen und Spezialwaggons angetreten, von einer vielköpfigen Eskorte begleitet, die den Transport überwachte. Bei der Eröffnung der Ausstellung im Louvre erklangen die Nationalhymnen, und das Band zerschnitt der Botschafter der Niederlande gemeinsam mit Frankreichs Kulturminister. Sie hatten sich tatsächlich erfüllt – die Worte, die bei unserem letzten Wiedersehen gefallen waren, daß seine Arbeit Früchte tragen werde. Ich wünschte mir, daß er das alles noch sehen und mitanhören könnte – die Blitzlichter der Fotografen während der feierlichen Zeremonie, die Menschenschlangen, die von morgens bis abends am Eingang zum linken Museumsflügel standen, die Orchesterklänge und die Gespräche der Menge. Aber das war unmöglich, wie überhaupt Reisen in die eigene Zukunft unmöglich sind. Van Gogh lebte schon seit einem halben Jahrhundert nicht mehr auf dieser Erde, und keine Macht konnte ihn aus seinem bescheidenen Grab in Auvers heraufholen, neben dem sich auch die letzte Ruhestätte seines Bruders befand.

Ich hatte übrigens aus einem unklaren Gefühl heraus meinen ersten Rundgang durch die Ausstellung immer wieder verschoben. Es wurde Zeit, über den Ankauf der Bilder zu verhandeln, aber ich zögerte noch. Eine nachdenkliche Stimmung erfaßte mich, es war so angenehm, durch die herbstlichen alten Straßen zu schlendern, ein Gläschen Wein in einem kleinen

Café zu trinken, den einsamen Klängen einer Gitarre aus einem feuchten Hinterhof zu lauschen, die Gerüche des Herbstlaubs einzuatmen, das, zu Haufen zusammengekehrt, in den Gärten und Anlagen verbrannt wurde. In mir erwachte ein Gefühl für die Geschichte. Ich verglich das Paris in diesem Herbst mit dem Paris, wie es 1888 und 1895 gewesen war, und ich bemerkte mit verhaltener Trauer den unerbittlichen Lauf der Zeit. Dabei war die Stadt im wesentlichen die alte geblieben, es gab noch nicht die eintönigen neuen Häuserviertel und das Gewirr der mehrstöckigen Straßenzüge, mit deren Bau in den siebziger Jahren begonnen wurde.

Als ich eines Morgens wieder so durch die Stadt bummelte, geriet ich auf einen kleinen Friedhof. Es war hell, sonnig, die Vögel sangen. Ich weiß nicht, ob Sie das schon beobachtet haben – ein Vogel fängt an, dann, als hätten sie sich besonnen, stimmen noch zwei, drei ein, und schließlich zwitschert ein ganzes Dutzend. Das Konzert dauert vielleicht eine Minute, dann verstummen alle jäh, bis wieder ein kleiner Sänger als erster die Stille bricht. Ich setzte mich auf eine Bank. Eine Frau mit einem kleinen Mädchen kam vorbei. Nicht weit von mir schritt ein hagerer junger Poet auf und ab, der Verse vor sich hin murmelte.

Aus irgendeinem Grunde hatte der Gedanke an den Tod hier alles Abstoßende verloren.

Ich betrachtete das bescheidene Steinkreuz vor mir und las die Inschrift: Johanna van Gogh Bonger. 1862–1925. Verstehen Sie, es war das Grab von Theos Frau. Der Frau mit dem erschrockenen Blick, die der Künstler in seinen Briefen „liebe Schwester" genannt hatte.

Sie ist also gestorben, sagte ich mir. Übrigens war das nicht weiter verwunderlich. Immerhin waren seit unserer Bekanntschaft mehr als vier Jahrzehnte verstrichen. Sie waren, wie Sie verstehen werden, für jeden normal Lebenden verstrichen, aber nicht für mich, der ich auf meiner Reise in das Jahr 1938 noch der gleiche fünfundzwanzigjährige Schnösel war wie damals, 1895 in der Rue de la Donation.

Ich stand auf und trat näher an die schmiedeeiserne Umzäunung heran. Leise schwankten die Zweige eines üppigen Jasminbusches. Rings um das Kreuz lagen drei Kränze aus künstlichen Blumen, die in Zellophanhüllen steckten, wie es zu Beginn dieses Jahrhunderts üblich war. Ich beugte mich hinunter, um die Worte auf dem halbvermoderten Band zu entziffern.

„Treue, Selbstlosigkeit, Liebe“ stand dort geschrieben.

Das traf mich wie ein Donnerschlag. Ich richtete mich auf, biß mir auf die Lippen. Sie war nicht schlecht gewesen – die Familie van Gogh. Der eine malte, der andere versagte sich alles, um ihn zu unterstützen, und die dritte erlaubte der Welt nicht, das unbeachtet zu lassen, woran sie schon gleichgültig vorübergehen wollte. Ich erinnerte mich an Johanna, an ihre leicht vorquellenden Augen, an die Würde, mit der sie mir damals gesagt hatte, daß sie die Bilder nicht verkaufe. Ja, man bewies wirklich Treue, wenn man erklärte, die Menschheit brauche die Werke eines Halbverrückten und vom Pech verfolgten Sonderlings. Das erforderte wirklich Liebe, lange Jahre Tag für Tag die zerknitterten, vergilbten Blätter zu ordnen, die in nervöser Hast hingeworfenen Zeilen, das wirre Gemisch aus holländischen, englischen und französischen Brocken zu entziffern, zusammenzustellen, abzuschreiben und kritisch durchzusehen. Sie hatte dieses selbstlose Werk auf sich genommen, widmete ihm ihr Leben, überwand alle Schwierigkeiten, vermochte es, die zweifelnden Verleger zu überzeugen, und gab den ersten Band heraus. Nun war sie längst nicht mehr, aber die Zeitgenossen erreichte Vincents bittere Klage, sein Zorn und seine Hoffnung aus Hoogeveen, Nuenen, Arles.

Hol mich der Teufel! Verwirrt verließ ich den Friedhof und lenkte meine Schritte unbewußt zum Louvre.

Ich ging hinein. Die Menge trat auf der Stelle, schob sich langsam vorwärts. Natürlich waren alle höflich und zuvorkommend, und dann die Gespräche. Man verglich van Gogh mit den Impressionisten und Pointillisten, suchte alle möglichen wechselseitigen Einflüsse zu ergründen. Dem einen gefielen die Porträts, ein anderer äußerte sich begeistert über die Landschaftsbilder. Ich schwieg und empfand das alles wie eine Hypnose. Zweifellos war er ein großer, wunderbarer Mensch gewesen, was aber den Künstler anlangte, da blieb ich bei meiner Meinung. Er hatte weder zeichnen noch mit Ölfarbe malen können, und er hatte es auch nie gelernt. Ich hatte doch selbst gesehen, wie er arbeitete, das war Schmiererei und keine Malerei, mir konnten die Kritiker und Kunsthistoriker nichts vormachen.

Wir waren im Vestibül angelangt, wo es die Einlaßkarten gab. Die Museumsangestellten waren feierlich freundlich und zugleich ernst wie in einem Tempel. Wir stiegen die Marmorstufen hinauf, die Gespräche verstummten. Das Schlurren der Füße klang jetzt gedämpfter, behutsamer.

Der erste Saal. Ich stand im dichten Gedränge und konnte mich aus irgendeinem Grunde nicht entschließen, die Augen zu heben. Dann blickte ich auf. Vor mir sah ich die „Kartoffelesser“ und daneben den „Weber“, das „Mädchen im Walde“, den „Turm von Nuenen“. Alles das war mir wohlbekannt.

Ich betrachtete die Bilder, plötzlich nahmen sie immer größere Dimensionen an, lösten sich von der Wand und kamen auf mich zu. Es war wie ein Wunder, wie ein phantastischer Traum. Ein Donnerschlag erdröhnte, Musik setzte ein, und ich war wieder dort, am Rande von Hoogeveen, in der armseligen Kate, spät abends. Die Bauersleute sitzen reglos um die Kartoffelschüssel herum, und doch spürt man deutlich ihre Bewegungen, sie schweigen, aber ich höre ihre wortkarge Unterhaltung, ahne ihre Gedanken, fühle ihre Verbundenheit untereinander. Ja, das sind sie – mit niedrigen Stirnen, unschönen Gesichtern, schweren Händen. Sie arbeiten, stellen alles selber her – die Kartoffeln, die sie essen, das grobgewebte Tuch, die wichtigsten Produkte zum Leben. Vieles von dem, was sie geschaffen haben, verbrauchen sie selbst, aber ein bestimmter Teil ihrer schweren Arbeit wird in Form von Steuern, Pachtzins und ähnlichen Abgaben dazu verwandt, daß die anderen müßig sein können. Aus diesem Teil entstehen Paläste, Skulpturen, Symphonien, ihm ist es zu danken, daß sich die Wissenschaft, die Kunst, die Technik entwickeln.

Der Mann hat seine Hand nach der Schüssel ausgestreckt. Die Frau mustert ihn besorgt, er sieht so abgehärmt aus und hat ihre Frage nicht beantwortet. Der Alte bläst auf eine große Kartoffel. Die Alte gießt bedächtig Tee ein. Sie hat kein Verständnis mehr für die Konflikte, die unter jungen Leuten ausbrechen können. Sie weiß, daß eine kleine Verstimmung oder ein ernstes Zerwürfnis im Gleichstrom des Lebens untergehen, in dem es nur einen kurzen Frühling gibt, rasche Augenblicke der Liebe und danach nichts als Arbeit, Arbeit, Arbeit . . .

Ich erkenne die Lampe wieder, die über dem Tisch hängt, die verräucherte Decke, ja sogar den Mann. Jetzt komme ich zur Tür herein, der Mann ißt bedächtig seine Mahlzeit zu Ende, dann steht er auf, um mir die Möglichkeit zu geben, mit dem Künstler zu reden. Er hat keine Bildung genossen, sein Verstand arbeitet langsam und schwerfällig, aber er geht hinaus auf die dunkle Landstraße, weil er spürt, daß man dem darbenden Sonderling helfen muß, der bei ihnen eine Schlafstelle gemietet hat.

Diese Kartoffelesser haben eigentlich keine lichten, aufsehenerregenden Spuren auf der Erde und in den Annalen der Generationen und Staaten hinterlassen, aber ihre Arbeitsamkeit, die unbewußte, beinahe mechanische Hartnäckigkeit, mit der sie ihr eigenes Leben und das Leben ihrer nächsten Angehörigen zu erhalten trachteten, setzten die Menschheit erst instand, jene gefährliche Etappe in der Geschichte zu überwinden, als alles auf der Muskelkraft basierte. Als die Menschen in ihrer überwiegenden Mehrheit beinahe schlimmeren Bedingungen ausgesetzt waren als die Tiere und die Epoche ihrer biologischen Vervollkommnung bereits abgeschlossen war, aber noch keine anderen Faktoren an ihre Stelle traten. Sie hatten es schwer, die Bauern und Weber mit den grauen Gesichtern, aber sie schufen uns die Voraussetzungen, die Menschheit zu erhalten und in die Zukunft einzutreten, wo die Möglichkeit einer gründlichen, allseitigen Kontrolle der Umwelt gegeben war.

Erschüttert begriff ich, was er vermocht hatte: van Gogh – der Künstler. Er hatte ihnen für alle Zeiten ein Denkmal gesetzt, diesen unscheinbaren, rastlos Tätigen. Mehr noch, seine Bilder deuteten an, daß wir den künftigen Überfluß an materiellen Gütern, an Sportstadien, Theatern, in der Luft schwebenden Megapolen (wie Paris im Jahr 1995) und anderen Wundern, die es auch zu meiner Zeit noch nicht gab, weder dem Energiestrom auf unserem Planeten zu verdanken hätten noch den gigantischen Kräften, die einen Atomkern zusammenhalten, sondern dem menschlichen Herzen.

Hol mich der Teufel: Ich stürzte in den nächsten Saal, in den dritten und rannte wieder in den ersten zurück. Ich stieß die

Menge beiseite, blieb wie angewurzelt stehen und raste erneut los. Ich betrachtete die „Sternennacht", die man aus dem Museum für zeitgenössische Kunst in New York nach dem Louvre geschafft hatte, und mir kam der Gedanke, daß die Sterne für van Gogh nicht nur helle Punkte gewesen waren wie für uns, sondern gleißende Sonnen, die sich über Millionen Kilometer erstreckten. Er hatte die allgemeinen Zusammenhänge erfaßt, die poetische Abhängigkeit unseres Lebens von jenen geheimnisvollen Prozessen, die im Weltall vor sich gehen – eine Abhängigkeit, die erst später der Gelehrte Tschishewski entdeckt hat. Und nicht nur das! Es fiel mir wie Schuppen von den Augen, daß van Gogh, der mit jeder Arbeit reifer geworden war, die Probleme vorausgesehen hatte, vor denen die Menschheit ein Jahrhundert später stehen sollte, als die Natur, die schon bezwungen schien, neue atmosphärische Störungen erzeugte und damit bewies, daß sie keinen Herrscher über sich duldete, sondern nur den Freund und Mitarbeiter.

Ich sah den bescheidenen Wert des Daseins, die Kompliziertheit der ewig lebenden Materie, die in der Helligkeit und den scharfen Kontrasten seiner Stilleben zum Ausdruck kam, spürte in den großen Kompositionen den zuckenden Puls der Biosphäre.

Und auf den Landschaftsbildern sprühte der grünlichgelbe Regen der Sonnenstrahlen, von dem er mir in Arles erzählt hatte, wanden sich die Zypressen wie rasend gen Himmel, überfluteten rötlichblaue Meereswogen den Strand. Und alles das verhieß den Anbruch jener Zeiten, da der Mensch, der Sorge um das tägliche Brot enthoben, endlich begriffe, wie schön die Welt ist, in die er hineingeboren wurde.

Was soll ich Ihnen sagen? Ich verbrachte den ganzen Tag im Louvre, und abends setzte ich mich im Jardin du Luxembourg auf eine Bank und dachte nach. Alles verlief wie geplant, die Bilder waren in greifbare Nähe gerückt, ich würde ungeahnte Summen dafür bieten und bestimmt einen großen Teil erwerben können.

Andererseits würde die Hitlerwehrmacht Europa bald überrennen, und diejenigen, die ihr Widerstand leisteten, würden die Werke der großen Maler, Schriftsteller, Komponisten auf ihrer Seite wissen. In Holland würde sich eine Partisaneneinheit bilden, die van Goghs Namen trug; einen Band der „Briefe" würde man im Feldbeutel eines Rotarmisten finden, der bei Leningrad gefallen war. Das gelblichgrüne Sonnenlicht würde auch den Menschen in der schweren Nachkriegsperiode Kraft geben, in den verzwickten fünfziger Jahren und in den besorgniserregenden sechziger Jahren. Sollte ich mich wirklich zu einer solchen Gemeinheit hinreißen lassen, van Gogh aus der Geschichte der Menschheit auszumerzen, und das ausgerechnet zu einer Zeit, wo man ihn am nötigsten brauchte?

Ich stand auf und ging ins Hotel „Bonaparte", nahm meine beiden Koffer, die ich mit Dollars vollgestopft hatte, setzte mich damit in die U-Bahn und stieg am Pont au Double aus. Ich ging zum Fluß hinunter, suchte mir unter dem Brückenbogen ein bequemes Plätzchen, öffnete die Koffer und ließ die Banknoten ins Wasser flattern. Ich zog die Hundertdollarscheine einzeln heraus, sie glitten mir aus der Hand, schwammen zehn Meter weit und gingen dann langsam unter. Neben mich setzte sich ein zerlumpter, kleiner dicker Landstreicher. Er schwieg, dann fragte er, ob das falscher Kies sei. Ich antwortete, es sei echter. Er erkundigte sich, wieviel ich davon hätte, und ich erklärte, es müßten so ungefähr eine anderthalbe Million in bar und drei und eine halbe Million in Schecks sein. Er sah mir eine Weile zu, wie ich die Päckchen aufriß, dann sagte er: „Gib mir einen Dollar. Ich kaufe uns Wein."

Ich reichte ihm einen Dollarschein, und er brachte eine große Flasche jungen korsikanischen Wein an. Ich übernachtete bei ihm unter der Brücke, in einem durchlöcherten Zelt, und verbrachte dort auch die nächsten zwei Wochen. Das Hotel widerte mich an, ich kehrte kein einziges Mal dahin zurück, auch nicht in den Passage Noir, wo ich im Keller den Steinfußboden für das Versteck aufgerissen hatte. Der Landstreicher und ich hielten uns viel an der Gare d'Orléans auf. Mal trugen wir jemand einen Koffer, dann wieder halfen wir einem Chauffeur den Wagen zu entladen und verdienten gar nicht schlecht dabei. Der Dicke war ein angenehmer Gefährte. Er lobte mich immer wieder, weil ich das Geld in den Fluß geworfen hatte. Seiner Meinung nach hätte man damit doch nur noch Scherereien gehabt.

Die vierzehn Tage vergingen wie im Fluge, es kam der 30. Oktober, an dem ich in das Jahr 1996 abberufen werden sollte. Ich kreuzte kurz vor Mitternacht auf dem Boulevard de Clichy auf und begab mich an die vereinbarte Stelle. Meine Stimmung war ausgezeichnet, ich hatte kurz zuvor noch mit dem Clochard unter der Brücke ein Abschiedsmahl veranstaltet.

Ich warf einen Blick auf meine Armbanduhr – es war übrigens eine von uns, eine Quarzuhr in einem Spezialgehäuse, die weder vor- noch nachgehen konnte. Alles stimmte genau – noch fünfzehn Sekunden und dann ade, 1938.

Ich nahm die Lungen voll Luft und hob ein wenig die Arme. Wenn man in die Kammer gezogen wird, hat man immer das Gefühl, als springe man von einem Turm ins Wasser oder erhebe sich mit einem Raketenranzen in die Luft. Natürlich nur ganz kurze Zeit.

Na, dachte ich, wenn mir nur Cabusse nicht wieder die Ohren vollsingt, er soll sich nicht unterstehen, mir Vorhaltungen zu machen. Sonst reibe ich diesem raffgierigen Kerl unter die Nase, was einem blüht, wenn man das Weltgesetz verletzt, das von den Vertretern der verschiedenen Völker und Epochen feierlich unterzeichnet worden war!

Fünf Sekunden bis zum festgesetzten Zeitpunkt ... zwei ... eine ... und ...

Nichts!

Ich wunderte mich und mutmaßte, ich könnte mich um eine Minute geirrt haben – vielleicht hatte ich mir den Termin nicht genau gemerkt. Noch einmal hob ich die Arme. Die Sekunden versickerten. Drei ... eine ... null.

Wieder nichts.

Und, wissen Sie, so blieb ich in Ihrer Zeit.

Ich wurde weder in jener Nacht abgeholt noch in der nächsten oder übernächsten, in der ich noch zum Boulevard ging. Ich blieb also im Jahre 1938 und habe von da an genau das gleiche erlebt wie die anderen alle, bis heute, bis zum Jahr 1970.

Was sagen Sie – Cabusse wird die Geduld verloren haben? Ehrlich gesagt, das dachte ich anfangs auch. Wir hatten vereinbart, daß ich drei Monate im Jahr 1938 bleiben sollte. Ich nahm an, daß Cabusse und seine Frau am Ende der Frist den Fußboden im Keller aufgehackt hatten, und als sie dann sahen, daß das Versteck leer war, beschlossen sie, mich gar nicht erst zurückzuholen. Aber es kann auch ganz anders gewesen sein. Es gab da nämlich alle möglichen Veränderungen, die man nicht voraussehen konnte. Erinnern Sie sich, wir sprachen darüber, daß, selbst wenn man die Schleife aufgezogen hatte, noch Folgen der gelöschten Reise in der Vergangenheit zurückbleiben konnten. Ich habe Ihnen noch nicht erzählt, daß sich Cabusse jedesmal, wenn ich von van Gogh zurückkehrte, verändert hatte. Von den Mädchen war er auch vorher schon nicht beachtet worden, meine erste Reise aber hatte zur Folge, daß seine Nase noch länger und schief geraten war. Nachdem wir die Schleife aufgezogen hatten, wurde die Nase wieder kürzer, aber sie blieb schief. Und so ging das weiter. Als ich von meinem zweiten Sprung zurückkam, hieß er nicht mehr Cabusse, sondern Babusse und war noch mehr zusammengeschrumpft. Nach meiner dritten Reise glich seine Physiognomie vollends der eines Iltisses, so spitz war sie. Ich machte auch gar keinen Hehl aus meiner Verwunderung, und er fragte mich jedesmal, wenn ich aus der Kammer trat, warum ich ihn so seltsam ansähe. Einmal schöpfte er Verdacht und forschte mich aus, ob er früher nicht schöner gewesen wäre. Und nach meinem vierten Besuch war er nicht mehr mit einer hageren Brünetten, sondern mit einer kleinen, rundlichen Blondine verheiratet, die trübe Augen und eine niedrige Stirn hatte. Natürlich fiel mir das alles bei Cabusse besonders auf, weil er immer der erste war, dem ich in unserer Zeit wiederbegegnete. Es gab auch noch andere Veränderungen.

Selbst bei van Gogh blieb nicht alles beim alten. Sah man vor der nächsten Reise seine Briefe und andere Veröffentlichungen über ihn durch, so fand man darin die eine Darstellung, kam man dann zurück, wich wieder einiges ab. Jetzt lese ich zum Beispiel in den Büchern, daß der Künstler die „Kartoffelesser" 1885 gemalt hat, meine erste Reise zu ihm fiel aber in das Jahr 1883. Selbstverständlich blieb das Bild selbst völlig unverändert. Und dann war da noch ein wichtiges Moment. Je weniger weit entfernt von der eigenen Gegenwart man die Vergangenheit umkrempelte, um so augenfälliger wurden alle möglichen Nebeneffekte. Das war genauso, wie wenn sich eine lustige Gesellschaft ein hübsches Fleckchen an einer Bucht ausgesucht hat, und dann kommt jemand den Fluß herauf und schüttet zum Schabernack einen Eimer Farbe ins Wasser. Tut er das zehn Kilometer von der Stelle entfernt, wo sich die Gesellschaft niedergelassen hat, wird niemand etwas merken. Macht er es aber drei Schritte weiter, färbt sich das Wasser dort rot oder grün. Und ich war doch das letzte Mal in die nahe Vergangenheit gesprungen und hatte dort obendrein noch ziemlichen Staub aufgewirbelt, als ich für die Schmucksachen mehrere Millionen einhandelte. Deshalb stand durchaus nicht fest, daß Cabusse erbost und enttäuscht war. Es konnte sein, daß er in der neuen Variante gar nicht Techniker bei der Zeitkammer geworden war und folglich auch nicht den Trick mit der Energie ausbaldowert hatte. Es konnte sein, daß wir uns nie kennengelernt hatten oder daß die Erfindung der Zeitschleife in die fernere Zukunft gerückt war. Noch wahrscheinlicher aber war, daß ich nach den stattgefundenen Veränderungen einer anderen Alternative zufolge überhaupt nicht das Licht der Welt erblickt hatte, wie jener Sergeant in Rio. Und daß es niemanden gab, den man zurückholen konnte.

Wie dem auch sei, ich gelangte nicht wieder in die Zukunft, sondern blieb hier. Und wissen Sie, es war vielleicht ganz gut so. Wer weiß, was aus mir geworden wäre, 1996.

Die Jugend war damals schon ganz vernünftig, EOEne reizten kaum noch jemand, die Welt veränderte sich rasch. Ich hätte meine Betrügereien fortgesetzt, wäre, gerade weil mir niemand Einhalt gebot, immer dreister geworden, bis man mich schließlich zu den Pterodaktylen ins Mesozoikum verfrachtet hätte.

Hier aber hat sich für mich alles gut gefügt, ich bin zufrieden. 1939 brach der Krieg aus, ich schloß mich der Widerstandsbewegung an, danach heiratete ich und ging arbeiten. Ich habe zwei Töchter, die jüngste studiert, steht kurz vor dem Examen, die älteste ist verheiratet und hat schon Kinder. Vor kurzem habe ich mich hier im Museum als Aufsicht für den van-Gogh-Saal einstellen lassen. Da sehe ich immer, wie die Leute hereinströmen: die Erwachsenen, die Bürschchen in den weiten Hosen, die kleinen Mädchen mit den Kulleraugen. Sie stehen, schauen, und die grünlich-gelben Sonnenstrahlen dringen ihnen bis ins Herz. Und ich bin froh, daß ich die Bilder damals nicht weggeholt habe.

Ah, da klingelt es schon, gleich wird das Museum geschlossen, man muß sich erheben ...

Was sagten Sie? Ob ich mich erinnere, was uns in der Zeit zwischen 1970 bis 1996 erwartet, welche Ereignisse eintreten werden? Natürlich erinnere ich mich und könnte Ihnen alles schildern. Bloß hat das keinen Sinn... Wieso nicht?... Na erstens, weil ich hierher verschlagen wurde und durch meine Anwesenheit einen gewissen Einfluß ausübe. Obwohl das nicht das Wichtigste ist. Ich hatte es Ihnen doch erklärt, entsinnen Sie sich nicht?... Man kann nichts machen? Nein, wieso denn, man muß sogar alles machen. Die Zukunft existiert immer, aber wie sie aussehen wird, hängt davon ab, wie wir in unserer Epoche handeln. Nun, nehmen wir an, Sie wollen etwas Bestimmtes tun. Wenn Sie Ihren Entschluß ausführen, geht eine Variante der Zukunft in Erfüllung, sind Sie aber zu feige oder zu faul dazu, setzt sich – ohne Ihr Zutun – eine andere Variante durch. Und das reicht von den kleinen bis zu den großen Dingen. Die Zukunft stellt eine Vielzahl von Alternativvarianten dar, welche davon in Kraft tritt, wird allein von uns bestimmt. Ich kannte eine Variante, aber es gibt unzählige, deshalb kann man nichts voraussagen, höchstens ganz allgemeine Dinge.

Fragen Sie mich also nicht, wie der morgige Tag aussehen wird. Wenn Sie wollen, daß er strahlend und schön wird, dann machen Sie ihn so. Bitte!

Aus dem Russischen von Hannelore Menke

Zugängliche Kunst

Laigh und Cheeson kamen am Krankenhaus vorbei und gingen weiter an der Fassade eines großen, von vielen Leuten bewohnten Gebäudes entlang. An der Hauswand wärmten sich Greise und Greisinnen in den Strahlen der Abendsonne. Einander ins Wort fallend, erzählten sie sich, was für gute Kinder sie großgezogen und wie sie ihre Wirtschaft immer in Ordnung gehalten hatten. Auf dem Bürgersteig übten kleine Kinder Bockspringen, fingen Ball oder liefen kreischend hintereinander her. An der Toreinfahrt malte ein vierjähriges Bürschchen mit Kreide einen Mädchenkopf an die Hauswand. Vor Anstrengung steckte der kleine Künstler die Zunge heraus: Seine Zuschauer – Knirpse wie er – waren in andächtigem Schweigen erstarrt.

Aus einem Eckkeller drangen die Klänge eines alten, verstimmten Flügels. Jemand spielte ein „Lied ohne Worte" in Moll. Man ahnte, daß es schwache Kinderhände waren, obwohl es sich gar nicht übel anhörte.

„Immer wird hier gespielt", sagte Laigh. „Sooft ich auch vorbeikomme."

Sie überquerten den Kanal auf einer kleinen Stahlbrücke. Das Wasser unten war schwarz wie Schmieröl und wirkte schwer und dickflüssig.

Hier begann das Villenviertel.

„Das ist doch Homöopathie", sagte Laigh. „Was sie sich da wieder ausgetüftelt haben: Beethoven auferstehen zu lassen."

„Wieso Homöopathie?" Cheeson blieb stehen.

„Na, da werden doch alle möglichen Gedanken und Gefühle über Entfernungen hinweg übertragen."

„Wie kommst du auf Homöopathie?" Cheeson schnaufte entrüstet. „Andauernd verwechselst du die Begriffe. Homöopathie gehört zur Medizin und hat was mit Medikamenten zu tun. Red lieber nicht über Dinge, die du nicht verstehst."

„Ja, aber..." Laigh überlegte. „Stimmt, ich meinte nicht Homöopathie, sondern ... sondern Telepathie. Ich hab mich geirrt. Man kann schließlich nicht alles wissen. Dir passiert das auch oft. Gestern hast du zum Beispiel von Stripteasemus gesprochen. Dabei heißt es Spiritismus. Nun, komm schon."

Die Sache war die, daß beide als Kinder nach einem völlig neuen System unterrichtet worden waren. Innerhalb eines halben Jahres hatte man ihnen beinahe den ganzen Inhalt der „Britischen Enzyklopädie" eingetrichtert. Ohne jede Anstrengung ihrerseits.

Durch die geöffnete Pforte betraten sie den Garten der Scroonts.

„Hier wird man erstklassig bewirtet", sagte Laigh. „Laß uns zum Essen dableiben. Letztesmal gab es Haselhuhn auf russische Art."

Dicht vor dem Haus war ein großer Steingarten angelegt. Mit violetten und gelben Krokussen, Schwertlilien und kleinen rosaroten Rhododendren. Der Garten war gepflegt, nur zog sich jetzt ein Graben mitten hindurch, und auf den zerdrückten Blumen lagen Teile irgendeiner Eisenkonstruktion. Die Besitzer planten offenbar wieder einmal eine Veränderung.

Im Vestibül nahm der Diener Ulrich beiden Besuchern die Hüte ab und ging hinauf, sie zu melden.

Er war kaum verschwunden, als die alte Scroont hinter einer Marmorsäule hervorsprang und sich Laigh an den Hals warf.

Die alte Scroont war kürzlich hundertvier Jahre alt geworden, dank einer Serie von Verjüngungsoperationen hatte sie aber die Figur und die Haut einer Zwanzigjährigen. Nur ihr Mund hatte sich den Prozeduren widersetzt, er war ganz schief, daran ließ sich nichts ändern, was man auch dagegen unternahm. Na, und im Kopf stimmte natürlich auch einiges nicht bei ihr.

„Sachte, sachte." Laigh stieß sie zurück. „Beruhigen Sie sich."

„Ach, mir wird schlecht!" rief die Alte und sank, die Augen verdrehend, zu Boden.

Laigh hielt sie fest.

„Sie verstellt sich", erklärte er Cheeson. „So benimmt sie sich immer. Sie will, daß man ihr den Hof macht!" Mit einer Kopfbewegung warf er eine Haarsträhne zurück, die ihm in die Stirn gefallen war. „Macht nichts. Gleich kommt Ulrich zurück, auf den hört sie."

Bei dem Wort Ulrich öffnete die Alte ein Auge.

Unterdessen tauchte der Diener auf dem Treppenabsatz im ersten Stock auf. Er eilte die Stufen hinunter, blieb zwei Schritt vor den Gästen stehen und sagte eindringlich: „Veda Scroont, kommen Sie bitte zu sich!"

„Ach, Alek", stammelte die Alte in ihrer vorgetäuschten Ohnmacht. „Was hast du denn, Alek?"

„Veda Scroont!" Der Diener hob die Stimme.

Die Alte zuckte zusammen, stellte sich gehorsam auf die Füße und hüpfte wieder hinter die Säule. Zum Abschied zwinkerte sie Cheeson kokett zu.

„Wer ist denn dieser Alek?" erkundigte sich Cheeson, als er mit Laigh die Treppe hinaufging.

„Ach, niemand! Voriges Mal war es Jan."

Cheeson seufzte. „Man sollte sie doch in Ruhe sterben lassen, statt sie immer wieder zu verjüngen."

„Sie will nicht", wandte Laigh ein. „Glaubst du vielleicht, mit dem vielen Geld stirbt sie wie jeder andere? Sie wehrt sich dagegen. Augenblicklich trägt sie sich mit dem Gedanken, ihren Organismus völlig umstrukturieren zu lassen."

Lin Lacomb, die Hausherrin, empfing ihre Gäste in der Halle. (Den Namen Lacomb hatte sie von ihrem dritten Mann zurückbehalten.)

„Das ist Cheeson", sagte Laigh. „Erinnern Sie sich? Ich habe Ihnen von ihm erzählt. Er ist um drei Ecken mit diesem Cheeson verwandt. Sie wissen schon: Erdölprodukte und Hartbenzin."

„Sehr angenehm. Wie sind Sie letztesmal nach Hause gekommen?" erkundigte sich die Gastgeberin bei Laigh, wobei sie Cheeson musterte. (Sie hatte die Angewohnheit, mit einer Person zu sprechen und eine andere dabei anzusehen.) Ohne die Antwort abzuwarten, fuhr sie fort: „Wie lange waren Sie nicht bei uns? Einen halben Monat? Heute werden wir Ihnen drei Neuigkeiten zeigen. Genauer gesagt, vier ... Da kommt übrigens mein Mann."

Cheeson reichte dem vierschrötigen Herrn, der plötzlich neben ihm stand, hastig die Hand.

„Nein, das ist er nicht! Das ist der Vertreter der Firma. Pmoice."

Cheeson begrüßte den zweiten Herrn, der sich bescheiden im Hintergrund hielt.

„Kommen Sie", sagte die Gastgeberin. „Wir verfügen jetzt über etwas, was es bei niemandem in der Stadt gibt. Sie werden staunen, Laigh." (Dabei sah sie Cheeson an.) „Es ist ein wahres Wunder."

Sie schritten durch einen Saal, betraten einen zweiten, in dem zwei Arbeiter ein Loch in die geschnitzte Holzwand bohrten. Auf dem Fußboden lagen aufgerollte Kabel, die den Durchmesser einer Faust hatten.

„Eine venezianische Arbeit", erläuterte Lin Lacomb, auf die Wand weisend. „Sie wurde in einem Spezialcontainer über den Ozean transportiert. Siebzehntes Jahrhundert ... Wir mußten sie beschädigen, es war nichts zu machen. Hier werden Leitungen für die Vorstellung verlegt."

Auf einer schmalen Wendeltreppe stiegen sie in ein Zimmer hinauf, in dem es nach Staub roch und Halbdunkel herrschte.

„Warten Sie hier."

Lin Lacomb lief mit ihren Stöckelschuhen zum Fenster und zog an einer Schnur.

Es wurde hell. Alle schwiegen.

„Na, was sagen Sie nun?"

„Große Klasse", meinte Laigh unsicher. „Das scheint ein Matisse zu sein?"

„Den haben wir nur noch nicht weggehängt. Das andere."

An der Wand neben dem Matisse hing ein dunkles Gemälde.

Laigh und Cheeson traten näher.

„Das ist ein Original", erklärte Lin mit überkippender Stimme.

„Von Rembrandt?"

„Selbstverständlich. Die ‚Verleugnung Petri'. Sein Glanzstück. Haben Sie es nicht erkannt?"

„Aber das Original befindet sich, soviel ich weiß, in Amsterdam", bemerkte Cheeson.

„In Amsterdam und bei uns", schnitt ihm Lin das Wort ab. „Jetzt gibt es zwei Originale. Darin besteht ja der Witz: Das

Gemälde in Amsterdam ist ein Original und dieses hier ebenfalls. Und man kann nicht sagen, welches echter ist. Ein zweites Exemplar wird hergestellt, das dem Molekularstand des ersten genau entspricht. Verstehen Sie? Molekül stimmt mit Molekül überein. Erklären Sie es ihnen, Pmoice."

Der Vierschrötige trat vor und legte los, als habe man ihn mitten im Satz in die Unterhaltung eingeschaltet: „... das preisgünstige zweite Original stellt eine neue Errungenschaft der Firma ‚Zugängliche Kunst' dar, die danach trachtet ... Im Laufe von drei Monaten wurde gemäß einer Sondergenehmigung der holländischen Regierung ... mit der Methode der Transstruktursynthese Schicht für Schicht der Molekularaufbau der verschiedenen Abstufungen ... Die sorgfältigsten Analysen fanden nicht heraus ..., es ist nicht echter als das andere. Das Gemälde wird mit der Zeit genauso nachdunkeln wie die Amsterdamer Variante."

„Großartig, nicht wahr?" Lin Lacomb sah die Anwesenden triumphierend an, dann wandte sie sich wieder dem Bild zu. „Es ist wunderbar, daß man so einen Schatz bei sich zu Hause haben kann. So etwas verändert einen Menschen völlig, veredelt ihn. Ich kann jetzt einfach nicht mehr so leben wie früher. Übrigens, wen verleugnet er denn hier – Petrus? Helfen Sie mal meinem Gedächtnis nach, Pmoice."

Der Firmenvertreter pumpte sich die Lungen voll Luft.

„Das Thema des Gemäldes", begann er prompt und monoton, als läse er aus einem Lehrbuch vor, „ist der Zusammenstoß eines von hohen menschlichen Idealen Beseelten mit der grausamen Wirklichkeit. Der Apostel Petrus gibt vor, Christus nicht zu kennen, und erfüllt so die am Abend ausgesprochene Prophezeiung: ‚Ehe denn der Hahn kräht, wirst du mich dreimal verleugnen.' Das Seelendrama, das Petrus erlebt, wird dadurch ausgelöst, daß ihm nur die Wahl bleibt, seinen gefangenen Lehrer zu verleugnen oder selbst ergriffen zu werden. Die junge Magd, die eine Kerze vor Petrus' Gesicht hält, sagt: ‚Und du warst auch mit dem Jesu aus Galiläa.' Der Kriegsknecht, der seinen Helm abgenommen hat und gerade Wein aus der Flasche trinken will, hebt den Kopf und betrachtet den Alten mißtrauisch. Auf dem Gesicht des erschrockenen Apostels spiegelt sich ein qualvoller Kampf. Seine vergeistigten Züge stehen im

Gegensatz zu der groben und brutalen Physiognomie des Römers; das Gesicht der jungen Magd stellt gewissermaßen eine Übergangsstufe zwischen diesen beiden dar. Der schroffe Hell-Dunkel-Kontrast unterstreicht die Dramatik des Geschehens."

Schweigen trat ein.

„Und diese Magd hat er nach seiner berühmten Saskia gemalt", erklärte die Gastgeberin.

„W ... wohl kaum", wandte der Vierschrötige stockend ein. „Saskia war damals schon lange tot."

„Ach, ja! Stimmt", berichtigte sich Lin. „Dann war es seine zweite Frau ... Wie hieß sie doch?"

„Hendrickje. Das Bild stammt aus dem Jahre sechzehnhundertsechzig. Ein paar Jahre später starb sie. Eine gewisse Ähnlichkeit mit ihr ist nicht abzustreiten. Dennoch will mir scheinen, daß er ein unbekanntes Modell gehabt hat."

„Richtig", stimmte Lin zu. „Sechzehnhundertsechzig hat er das Bild gemalt. Ich kenne mich kaum wieder, seitdem wir diese Kostbarkeit im Hause haben. Einen echten Rembrandt! Ich habe schon geweint vor Freude." Sie zog ihr Taschentuch hervor und tupfte sich die Augen ab. „Gestern bin ich allein hier hinaufgegangen. Mit tränenden Augen saß ich da und dachte die ganze Zeit: Der große, unnachahmliche Rembrandt! An dieser Leinwand hat er gestanden, und vor ihm saß Saskia ... Ich wollte sagen: An dieser Leinwand hat er gestanden, und vor ihm saß Hendrickje oder das unbekannte Modell. Mindestens zwei Stunden habe ich hier zugebracht." Die Gastgeberin wandte sich plötzlich an Cheeson. „Wissen Sie, was mich das gekostet hat?"

„Natürlich", erwiderte Laigh. Er hatte sich schon an Lin Lacombs Gepflogenheit gewöhnt. „Große seelische ..."

„Nein, ich meine das Geld. Vierhunderttausend! Fast die ganze Jahreseinnahme aus Vedas Fabriken."

Die Anwesenden warfen sich bedeutsame Blicke zu.

„Lassen Sie es uns noch einmal betrachten."

Sie betrachteten es.

„Selbst die Risse in der Farbe sind echt", sagte Lin Lacomb. Sie sah auf ihre Uhr am Fingerring. „Uns bleiben noch fünf Minuten bis zur Vorstellung. Kommen Sie, Scroont und ich wollen Ihnen noch unsere zweite Errungenschaft zeigen."

Während sie hinuntergingen, erklärte die Gastgeberin: „Wissen Sie, heutzutage ist alles zugänglich. Seitdem Sie das letzte Mal bei uns waren, haben wir aus Scroont einen vortrefflichen Maler und ausgezeichneten Schützen gemacht. Mit Hilfe der hypnotischen Lehrmethode."

Sie betraten ein Zimmer, dessen eine Wand völlig durchlöchert war. Auf dem Tisch lagen eine kleine Sportpistole vom Typ „BZ-3" und ein Häufchen Patronen.

Lin reichte die Pistole ihrem Mann.

„Sehen Sie, wie er schießt. Er trifft eine fallende Münze. Das ist beinahe Weltrekord. Für zehntausend hat ihn die Firma ‚Zugänglicher Sport' zum Rekordschützen ausgebildet. Er macht es wie im Schlaf. Gut, nicht? Na, zeig's ihnen, Scroont."

Der schweigsame Scroont lud die Pistole, spreizte die Beine und hob die rechte Hand.

„Gleich schießt er auf die Münze."

Lin Lacomb kramte in ihren Kleidertaschen, zog eine Münze hervor und stellte sich forsch an die Wand, genau vor die Pistolenmündung.

„Eins ... zwei ... drei!"

Die Münze wurde hochgeworfen. Ein Schuß krachte.

Cheeson schüttelte wie betäubt den Kopf.

„Eine Glanzleistung, nicht wahr?" Lin kniff die Augen zusammen und suchte die Münze am Boden. „Gleich zeige ich Ihnen die Geschoßspur. Ah, da liegt sie."

Auf der Münze war kein Kratzer zu entdecken.

„Merkwürdig. Versuchen wir's noch mal."

Sie ging zur Wand zurück.

„Achtung! ... Zwei ..."

Scroont hob gelassen die Pistole.

„Drei!"

Ein Knall.

Cheeson schüttelte wieder den Kopf.

Lin Lacomb bückte sich und las die Münze auf. Ihr Gesicht war ganz rot.

„Da! Das heißt, nein. Wieder nichts. Merkwürdig ... Na, macht nichts. Im Prinzip haben Sie doch gemerkt, daß es eine großartige Sache ist, ja? Nun folgen Sie mir in den Saal, es ist Zeit. Jetzt kommt das Wichtigste – Beethoven spielt die Mondscheinsonate. In höchsteigener Person. Und nach Beethoven führen wir Ihnen vor, wie Scroont zeichnet."

Sie gingen die Treppe hinunter, an Abgüssen griechischer Statuen vorbei, und begaben sich in den Südteil des Hauses. Hier wurde das Ausmaß der baulichen Veränderungen besonders deutlich. Man hatte zwei Etagendecken entfernt, dadurch war ein hoher Saal entstanden mit drei übereinanderliegenden Fensterreihen. Die Anlage nahm fast den ganzen Raum ein. Nur eine Fläche von zirka fünfundzwanzig Quadratmetern war frei geblieben für ein kleines Podium, das von allen Seiten mit Seilen abgegrenzt war wie ein Boxring. Ringsum türmten sich Berge von Stuck und Schutt. Allerwärts waren Kabel und Leitungen verlegt. Zwei Techniker krabbelten in dem gewaltigen Mechanismus herum.

Auf dem mit Seilen abgeteilten Podium standen ein Flügel und ein Stuhl.

Lin Lacomb geleitete Laigh und Cheeson zu ihren Sesseln, setzte sich ebenfalls, sprang aber gleich wieder auf.

„Großer Gott! Beinahe hätte ich's vergessen. Jeanne sollte doch kommen. Entschuldigen Sie, ich will nur schnell bei ihr anrufen."

Und sie stob davon, geschickt zwischen den Schutthaufen balancierend.

Der Firmenvertreter entfernte sich ebenfalls.

Laigh und Cheeson blieben allein mit dem Hausherrn zurück.

Eine Weile herrschte Schweigen. Scroont rückte unsicher auf seinem Sessel hin und her.

„Schönes Wetter heute, nicht?"

„So?" Cheeson sah zum Fenster hinaus. „Ich glaube eher, es wird bald regnen."

Sie schwiegen wieder.

Laigh nahm eine Zigarette aus seinem Etui, dann besann er sich und steckte sie wieder weg.

Lin kam zurück.

„So ein Irrsinn! Alle sind in die neue Erfindung vernarrt. Bei Beltines wird heute Newton materialisiert, und Jeanne geht dahin. Stell dir vor", sagte sie zu ihrem Mann gewandt, „Clare Beltine und Newton. Worüber könnten sie sprechen – sie ist doch stockdumm."

Der Firmenvertreter näherte sich.

„Können wir beginnen?“

Die Gastgeberin nickte, ruhiger werdend.

„Bitte. Nur sprechen Sie erst ein paar einleitende Worte. Was wir hier sehen werden und wie alles funktioniert. Ihre Methode, kurz gesagt.“ Sie setzte sich bequemer im Sessel zurecht. „Geben Sie mir eine Zigarette, Laigh. Welche Sorte haben Sie?“

Pmoice räusperte sich, auf die Anlage blickend.

„Der hier montierte quadratische Materialisator stellt in gewissem Sinne die Krönung der Bemühungen unserer Firma dar, die sich das Ziel gesetzt hat, unsere Klienten mit den größten Werken der Kunst in der Interpretation ihrer berühmten Schöpfer bekannt zu machen. Milton, der Auszüge aus dem ‚Verlorenen Paradies‘ deklamiert, Shakespeare, der vor versammeltem Publikum Szenen aus ‚Hamlet‘ spielt, Chopin, der seine unsterblichen Klavierballaden zu Gehör bringt – das war es, was uns vorschwebte. Die Materialisierung Beethovens ist die Frucht zweijähriger angestrengter Arbeit. Die wissenschaftlichen Laboratorien der Firma haben erstens: sämtliche zugänglichen Informationen über den Komponisten ausgewertet, zweitens: mit Genehmigung des österreichischen Parlaments Teile der sterblichen Hülle des Genius ausgegraben und drittens: die biopsychologischen Charakteristiken der gegenwärtig lebenden entfernten Verwandten der zu materialisierenden Person studiert. Auf der Grundlage alles dessen ersteht eine biologische Analogie Beethovens: der zu neuem, wenn auch zeitlich begrenztem Leben erweckte Mensch des vorigen Jahrhunderts. Der wiederbelebte Schöpfer der ‚Neunten Sinfonie‘ wird als materialisierte Vorstellung seiner selbst vor Ihnen erscheinen, meine Herrschaften. In diesem Sinne wird er Beethoven gerechter werden als der, den das neunzehnte Jahrhundert kannte. Unser Exemplar ... Verzeihung, was meinten Sie?“

„Nichts“, erwiderte Lin Lacomb. „Meine Zigarette ist ausgegangen. Fahren Sie fort.“

„Unser Exemplar ist frei von den Nichtigkeiten des Alltags und jedweden für die Wissenschaft belanglosen Zufälligkeiten. Strenggenommen wird Beethoven nur in der ersten halben Stunde Beethoven sein. Danach beginnt der unvermeidliche Prozeß der Anpassung an unser Zeitalter und den Kreis, der ihn hier umgibt, was bei der Persönlichkeit zur Herausbildung einiger neuer Eigenschaften führt bei gleichzeitigem Verlust einiger alter. Wenn man in Betracht zieht, daß die Wirkung des quadratischen Ma ... Verzeihung, was möchten Sie ..."

„Ich will nur schnell die Wicks anrufen. Vielleicht kommen sie."

„Bitte sehr."

Lin Lacomb lief hinaus.

Einige Sekunden war es still, dann gaben Laigh und Scroont gleichzeitig einen Kehllaut von sich. Beide sahen sich an.

„Verzeihung, mir scheint, Sie wollten etwas sagen?"

„Ich? Nein. Wollen Sie nicht ..."

„Das muß ein Irrtum sein."

Wieder herrschte Schweigen.

Die Gastgeberin kam zurück.

„Alfred sagt, sie wären bei Ida Alwich. Aber Ida rufe ich nicht an." Sie setzte sich. „Wir können anfangen."

Pmoice nickte.

„Sofort."

„Kann man sich mit ihm unterhalten?"

„Selbstverständlich. Sie dürfen nur nicht das abgegrenzte quadratische Feld betreten." Er hob den Kopf. „Heh, seid ihr soweit?"

„Klar!" ertönte es von oben.

„Und ihr?"

„Auch!"

„Einschalten!"

Ein langgezogenes alarmierendes Klingeln ertönte. Dann setzte ein Summen ein. Quälende Unruhe lastete über dem Saal, es roch nach Elektrizität. Auf dem mit Seilen abgegrenzten Podium erschien ein heller Fleck mit einem dunklen Punkt in der Mitte, der rasch größer wurde.

„Beethoven", flüsterte Lin und leckte sich die Lippen.

Der graue Fleck verdichtete sich zu einem auf dem Stuhl sitzenden Mann in dunklem Kamisol und dunkler Halsbinde über dem Spitzenjabot. Kopf und Hände waren anfangs fast durchsichtig, dann nahmen sie Konturen an. Das Gesicht rötete sich. Das schwarze zerzauste Haar sträubte sich über der gewölbten Stirn.

Jemand von den Zuschauern schluckte laut.

Der Mann am Flügel stieß einen tiefen Seufzer aus, straffte sich, hob den Kopf und ließ den teilnahmslosen Blick über die Dame des Hauses und ihre Gäste gleiten. Sein Gesicht drückte Qualen aus. Er fuhr sich mit der Hand übers Ohr, als verscheuche er etwas.

„Wie klein er ist", flüsterte Lin Lacomb.

„Beethoven war nicht größer", bemerkte Cheeson.

„Leise", bat der Firmenvertreter. „Die Materialisierung ist vollzogen. Möchten Sie die Mondscheinsonate hören?"

„Ja, ja, die Mondscheinsonate." Lin schlug ein Bein übers andere und lehnte sich im Sessel zurück.

Pmoice gab den Mechanikern ein Zeichen.

„Ausschalten!"

Das Summen riß ab.

„Stimmt ihn auf die Mondscheinsonate ein. Opus siebenundzwanzig. Hemmt alles andere."

Sie stimmten ihn ein.

„Nun, machen Sie schon", sagte Lin Lacomb. Sie hatte den Kopf seitlich geneigt und die Augen halb geschlossen.

Der Mann am Flügel biß sich auf die Lippe und warf den Kopf zurück. Er sammelte sich. Danach legte er die Hände auf die Tasten und begann zu spielen.

Eine Minute lang lauschten alle. Dann sah Lin den Firmenvertreter befremdet an.

„Irgend etwas stimmt da nicht."

Pmoice zuckte die Achseln.

„Warum fängt er denn mit dem zweiten Satz an? Mit dem Allegretto?"

„Er ist eben frei von den Nichtigkeiten des Alltags", versetzte Cheeson. Eine unerklärliche Gereiztheit hatte ihn gepackt, die sich nicht mehr unterdrücken ließ.

„Wie bitte?" fragte Lin.

„Ich sagte, er ist frei von den Nichtigkeiten des Alltags. Von jedweden Zufällen."

Pmoice streifte Cheeson mit einem Blick. Dann stand er auf und hob den Kopf.

„Heh, stoppt ihn und verstärkt die Hemmung. Er soll noch mal anfangen."

Oben knackte irgendein Umschalter.

Der Mann im Kamisol strich sich wieder übers Ohr. In seinem Innern lehnte sich etwas auf. Er legte die Hände auf die Tasten, dann nahm er sie wieder herunter, rückte näher an den Flügel heran und spielte die Mondscheinsonate von Anfang bis Ende.

Die letzten Akkorde verhallten.

„Wundervoll!“ rief Lin. Ihre Augen leuchteten. Sie ergriff Laighs Hand und hielt sie an ihre Wange. „Ich glühe förmlich. Fühlen Sie's?“ Sie drehte sich nach Pmoice um. „Jetzt kann man mit ihm sprechen, nicht wahr?“

„Bitte. Vergessen Sie nur nicht, daß bald die Anpassung beginnt und wir die Vorstellung dann abbrechen müssen.“

Die Gastgeberin neigte sich vor.

„Halloo, how do you do?“

Schweigen.

„Er versteht Sie nicht“, sagte der Firmenvertreter. „Man muß deutsch mit ihm reden.“

„Ach, stimmt ja. Das hatte ich nicht bedacht. Kann jemand von Ihnen Deutsch? Sie vielleicht?“

Cheeson zuckte die Achseln.

„Zu dumm“, sagte Lin. „Können wir ihn nicht rasch verwandeln? In Byron zum Beispiel? Nein, das geht nicht? Warum haben wir das Ganze dann inszeniert?“ Plötzlich hellte sich ihre Miene auf. „Warten Sie, mir ist etwas eingefallen.“ Sie sprang auf, lief bis zu den Absperrseilen, reckte den Hals vor und rief: „Sprechen Sie deutsch?“

Der Mann im Kamisol murmelte verächtlich etwas, das sich anhörte wie: „Dummes Geschwätz.“

„Die Zeit geht zu Ende“, schaltete sich Pmoice ein. „Wir müssen mit der Dematerialisierung beginnen.“

Er erhob sich, gab einige Anweisungen. Alles vollzog sich in umgekehrter Reihenfolge. Das Surren ertönte wieder. Es roch immer stärker nach Elektrizität. Der Mann auf dem Podium wurde durchsichtig. Ein paar Sekunden später war alles vorbei. Die Anlage wurde ausgeschaltet.

„Ich komme gleich wieder.“ Lin Lacomb stürzte mit ihren Stöckelschuhen hinaus.

Die Männer steckten sich eine Zigarette an.

Scroont räusperte sich.

„Es scheint Regen zu geben."

„Regen?" Laigh blickte zum Fenster hinaus. „Die Wolken haben sich doch verzogen."

Die Hausherrin kam zorngerötet zurück.

„Ich habe doch noch bei Ida Alwich angerufen", gestand sie. „Dort haben sie ebenfalls Beethoven materialisiert. Kann man denn das?" (Der Firmenvertreter hob die Schultern.) „Eigentlich ist das gar nicht so uninteressant." Lin überlegte kurz, ihre Augen funkelten. „Tatsächlich, das wäre die Sensation! Man müßte zwei Beethoven zum Leben erwecken und zwischen beide die Frau stellen, der er die Mondscheinsonate gewidmet hat. Wie hieß sie gleich?"

„Giulietta Guicciardi", soufflierte Pmoice.

„Ach ja. Oder was würden Sie davon halten, wenn man ein ganzes Orchester mit Beethovens besetzte? Das wäre doch eine Sache! Und daneben müßte man ein modernes Orchester stellen, das beispielsweise von lauter Ravels bestritten wird. Und dann könnte man hören, was besser klingt." Sie wandte sich jäh an Cheeson. „Was ist, kommen Sie, das Essen wartet. Bei uns gibt es heute Haselhuhn auf russische Art. Und danach führen wir vor, wie Scroont zeichnet. Das hat er auch in der Hypnose gelernt. Kommen Sie."

Cheeson sah Laigh an.

„Essen? Ich weiß nicht . . .", druckste Laigh. „Ich glaube, heute wird es nichts. Ein andermal. Vielen Dank."

Die Gastgeberin nahm seine Absage mit der Leichtigkeit eines Vogels auf.

„Wie Sie wollen. Dann lassen Sie uns nur noch einmal den Rembrandt betrachten."

Niemand erhob Einspruch. Sie stiegen wieder die Wendeltreppe zu dem kleinen Raum im zweiten Stock hinauf.

Vor der „Verleugnung" blieben sie stehen.

„Erstaunlich!" rief Cheeson, Begeisterung heuchelnd. Er streckte die Hand aus und berührte das Gemälde. „Dieser Riß ist ganz echt."

Die Gastgeberin musterte die „Verleugnung Petri" mit kritischem Blick. Ihre Lippen waren fest zusammengepreßt.

„Hol's der Kuckuck, und ich war völlig sicher, daß diese

Magd Saskia ist.“ In ihrer Stimme schwang Enttäuschung. „Oder zumindest Hendrickje. Und Sie glauben, daß es ein unbekanntes Modell war?“ Sie warf Pmoice einen ärgerlichen Blick zu. „Warum haben Sie mir das nicht eher verraten?“

Im Vestibül sagte sie zu Cheeson und Laigh: „Dann kommen Sie doch nächste Woche wieder. Wir empfangen immer dienstags. Ich habe übrigens eine glänzende Idee. Wir werden Phidias auferstehen lassen, und er wird eine Porträtbüste von mir modellieren. Vor unseren Augen, hier. Außerdem kann Scroont eine Vorlesung über die Richtungen in der modernen Physik halten. Er wird bald ein hervorragender Theoretiker sein. Dank der Firma ‚Zugängliche Wissenschaft‘. Sie kann aus jedem einen Einstein machen.“

Laigh und Cheeson entfernten sich schweigend.

Es sah tatsächlich nicht nach Regen aus. Der Wind hatte die Wolken vertrieben.

Ringsum wurde musiziert. Die Besitzer der Villen sangen beinahe wie Caruso. Auf einem Flügel spielte jemand beinahe wie Rachmaninow. Wahrscheinlich malten sie auch wie Renoir und Repin. Dank den neuen Methoden konnte man auf jedem beliebigen Wissensgebiet fast ein Genie werden – ohne jede Anstrengung.

Laigh und Cheeson betraten die kleine Brücke, die über den Kanal führte, als hinter ihnen Bremsen quietschten.

„Hallo!“

Sie drehten sich um.

Hinter dem Lenkrad von Scroonts gelber Limousine saß der Diener Ulrich. Eilig kletterte er aus dem Wagen, mit einem unförmigen Paket in der Hand.

„Mr. Laigh ...“

„Was ist?“

„Mrs. Lacomb schenkt Ihnen die ‚Verleugnung Petri‘. Das Original.“

Laigh nahm das Bild zögernd entgegen.

Der Diener Ulrich stieg wieder in die Limousine. Er schaltete den Rückwärtsgang ein, fuhr von der Brücke, wendete und brauste davon.

Laigh starrte erst auf das Paket, dann auf Cheeson. Plötzlich verlor er die Beherrschung.

„Das ist kein Rembrandt. Das ist eine lächerliche Imitation. Das Bild in Amsterdam hat er tatsächlich gemalt. Unter Qualen und Zweifeln. Aber das hier ..."

Er holte aus und schleuderte das zweite Original in das schwarze, dickflüssige Wasser des Kanals. Dann wischte er sich die Hände ab und drehte sich nach dem Freund um.

„Und Beethoven ist auch nicht Beethoven."

Sie gingen weiter und blieben wie auf Verabredung vor dem großen Haus stehen. Vor dem Kellerfenster.

Auf dem verstimmten Flügel wurde immer noch gespielt.

Eine Frauenstimme sagte: „Warte. Wieder war es nicht richtig. Wie trittst du denn aufs Pedal? Das Pedal muß wie das Mondlicht sein ... Und hier steht doch legato ... Nun fang noch einmal an."

Und eine Mädchenstimme antwortete: „Gleich, Mama."

Die Freunde lauschten. Cheeson hob die Hand.

„Das ist Beethoven."

Dann gingen sie weiter.

(In Wirklichkeit war das nicht Beethoven, sondern Mendelssohns „Lied ohne Worte". Aber Cheeson hatte trotzdem recht.)

Aus dem Russischen von Hannelore Menke

Drei Schritte auf die Gefahr zu

Die Sendestation schaltete sich mit leichtem Knacken ein, im Apparat summte es kaum hörbar. Das ferne Summen vermischte sich mit Wortfetzen, und in dem Maße, wie sich der Apparat erwärmte, kam eine nüchterne, energische Stimme rasch näher.

„... *Somit ist das schon die zweite große Gruppe, die im Laufe einer Woche die Produktionssphäre verläßt. Einer der Betroffenen, der zweiunddreißigjährige Grooder Pom, erklärte, daß er nicht die geringste Lust verspüre, künftig auf Staatskosten zu leben. Die übrigen Versammlungsteilnehmer unterstützten ihn mit beredtem Schweigen. Dessenungeachtet gratulierte der Präsident der Assoziation in seiner Rede den Anwesenden zu dem neuen Statut. Er erklärte offiziell, daß keine Abwertung des in Dienstklasse S investierten Kapitals zu erwarten sei und daß man das Sinken der Aktienkurse unverzüglich stoppen werde.*"

Die Männerstimme verstummte, sie wurde von einer genau so leidenschaftslosen, sicheren Frauenstimme abgelöst. Es war, als wetteiferten beide miteinander, und nun war es der Frau gelungen, an den ersten Platz zu rücken.

„*Die Suche nach dem Zerstörer Nr. 9 wird fortgesetzt. Wie der Polizeichef des Stadtsektors W mitteilt, ist keiner der im vergangenen Monat aus dem aktiven in den passiven Bereich Überführten an dem Verbrechen beteiligt. Zeugen beschreiben den Zerstörer übereinstimmend als männliche Person mittlerer Größe und ...*"

Laigh wurde endgültig munter; er lag jetzt, den Blick an die weiße Decke geheftet. Das Radio brubbelte immer noch, er hörte nicht mehr zu, fühlte sich wie zerschlagen. Sein Gehirn war wie Watte. Er erinnerte sich dunkel an eine Theorie, wonach sich tagsüber, wenn der Körper voll beansprucht wird, im Muskelgewebe des Organismus schädliche Stoffe ansammeln, die danach während des Schlafs wieder ausgeschieden werden. Ob es sich nun so oder anders verhielt, er hatte jedenfalls nichts ausgeschieden. Der Schlaf hatte ihn nicht erquickt, das Gift steckte immer noch in seiner Wirbelsäule und im Hals, alles ringsum war in einen milchigen Schleier gehüllt.

Er seufzte, schielte zu dem Tischchen mit den Anregern.

Das Telefon klingelte. Wie im Fieberwahn kam ihm der Gedanke: Das wird Wee sein.

Mühsam hob er die Hand, tastete nach der ersten Schachtel und drückte auf mehrere Knöpfe.

In seinem Kopf rauschte es, dann riß das Rauschen ab, und er konnte schon klarer denken. Jetzt wußte er wieder, wer er war und wo er sich befand.

Die Anreger lagen auf der Tischkante. Laigh drückte einen Knopf nieder, den, der die Verbindung zu den Rückenmuskeln herstellte. Wieder drückte er auf einen Knopf und spürte, daß er sich endlich setzen konnte. Er setzte sich. Aber seine Arme waren noch ganz schlaff, und der Hals konnte kaum den Kopf halten. Er schaltete einen weiteren Anreger ein, erst für den Hals, dann für den rechten Arm und kombinierte danach verschiedene Stimulatoren. Nach einer Minute nahmen die Kräfte merklich zu. Jedenfalls die physischen.

Die Radiostimme – am Mikrofon war wieder ein Mann – berichtete:

„Danach erklärte der Professor, daß in der nächsten Zeit die endgültige Abwanderung der Menschen aus der Unterirdischen Stadt zu erwarten sei und daß dieser neue Schritt zur Automatisierung zweifellos Veränderungen in der Finanzstruktur nach sich ziehen und die Aufmerksamkeit der Gesellschaft auf das Kino, Fernsehen und auf die Anreger lenken werde ... Einen Vortrag über das Verhalten des Durchschnittsmenschen in der Epoche fehlender Stimulanten hielt Dr. Adiger Fawn ...“

Draußen war es schon taghell, durch das Fenster mit dem schwarzen Rahmen schimmerte ein quadratisches Stück blauer Himmel. Auf den Dächern der gegenüberliegenden Straßenseite flammten die Buchstaben einer Neonreklame auf:

R-KREM MACHT DIE WANGEN FRISCH. Als Laighs Blick darauf fiel, erlosch sie gerade.

Er ging durchs Zimmer, prüfte, ob beide Beine gleichermaßen intakt waren, und spürte plötzlich solch einen Lebensüberdruß, daß er aufstöhnte und beinahe auf den Teppich gesunken wäre. „Das Verhalten des Durchschnittsmenschen in der Epoche fehlender Stimulantia." Au verdammt, wieder hatte er das Energin vergessen. Er biß die Zähne zusammen, um nicht aufzuschreien vor Verzweiflung, schleppte sich zum Schrank, nahm eine flache Schachtel heraus und betätigte mit zitternder Hand fünfmal hintereinander den Knopf. Gleich klopfte das Herz unwahrscheinlich laut, die Stimmung stieg. Alles im Zimmer – das ungemachte Bett, der zerbrochene Plaststuhl, die grünen Rollos – sah plötzlich hell und freundlich aus. Im Rücken prickelte es angenehm. Die Lebensfreude war nicht mehr zu bändigen, er verspürte eine irrsinnige Lust, irgend etwas zu packen und zu zertrümmern.

Zuviel.

Mit der gleichen Hand tastete er im Schrankfach nach dem Besänftiger, schaltete ihn ein, schloß die Augen ... Das Herzklopfen ließ nach, die Muskeln erschlafften ein wenig. Das Leben forderte ihn nicht mehr heraus, alles kam wieder ins Lot. Wirklich? Laigh wußte schon nicht mehr, wie weit seine eigene Kraft und Laune reichte und wo die gekaufte begann. Bisweilen schien es ihm, als lebte er gar nicht mehr.

Wieder klingelte das Telefon.

Wees Stimme klang schuldbewußt.

„Habe ich dich geweckt?"

Er schwieg.

„Wir hatten uns doch zu acht Uhr verabredet? Ist es nicht so, Laigh?"

Sie tat ihm plötzlich leid. Nein, er durfte sie nicht kränken. Er nahm den Hörer fester in die Hand.

„Macht nichts. Alles okay. Ich komme in zehn Minuten."

Er drückte auf den Knopf des Elektrokochers. Ein Zischen ertönte, die Druckanzeiger erzitterten, und nach einer halben Minute sprang der Deckel auf. Fertig.

Laigh setzte sich mit dem kleinen Teller an den Tisch.

Die Sendestation schwieg. Man hörte nur Nebengeräusche –

ein Knistern, leises Schurren. Dann knackte es plötzlich, und ehe Laigh begriffen hatte, was los war, spürte er, wie es seinen Rücken heiß durchrieselte, und seine Wangen brannten wie Feuer.

Die Stimme kam aus dem Radio. Aber es war nicht die übliche nüchterne, energische, sondern eine andere, die aufrichtig klang. Sie sprach hastig, gedämpft, und es war zunächst weniger der Inhalt als der Tonfall, der Verwirrung und Unruhe stiftete.

„Achtung ... Alle herhören ... So geht das nicht, so nicht ... Protestiert, sonst kommen wir alle um ...“

Laighs Hand mit dem Löffel erstarrte. Das Zimmer erschien ihm plötzlich feindselig, verräterisch. Sämtliche Gegenstände, Möbel, Wände, Decke und Fußboden sahen und wußten schon, konnten bestätigen, daß er zuhörte, da war und nichts dagegen unternahm.

„Das ist das Ende der Zivilisation. Das Ende. Wir müssen kämpfen.“ Ein Krachen ertönte im Lautsprecher, als wäre ein Schuß gefallen. Man hörte Kampflärm, Stöhnen. Die energische Stimme meldete laut und vernehmlich: *„Zehn Minuten Sendepause.“*

Dann war alles still. Sogar die Nebengeräusche waren verstummt.

Laighs Hände zitterten. Er legte den Löffel hin. Was war das? Welche völlig andersgearteten Sphären erschlossen sich ihm da?

Vor Angst wurde ihm schwindlig. Er taumelte zum Schrank, schaltete den Besänftiger ein. Trank einen Schluck. Die Beklemmung wich ein wenig.

Worin bestand eigentlich seine Schuld? Nun ja, er hatte sich im Zimmer aufgehalten. Aber er hatte doch nicht gewußt, was geschehen würde. Selbst wenn man annahm, daß es etwas Schlimmes war. Aber er hatte es doch nicht allein getan. Die Sendung war in der ganzen Stadt, im ganzen Land ausgestrahlt worden. Er schaltete noch einmal den Besänftiger ein. Schlug sich auf die Brust. Ach, alles kleine Fische. Wovor hatte er Angst gehabt? Man hatte ihn doch noch nie wegen irgendeiner Sache verfolgt. Es lag einfach an seinem Charakter, daß er sich fürchtete. Erziehung, Milieu, Atmosphäre waren so gewesen, daß man vor allem Unerwarteten zurückschreckte. Weil man nicht mehr imstande war, sich anzupassen.

Er lächelte, legte den Teller in die Geschirrspülmaschine, ließ die Tür klickend ins Schloß fallen und fuhr mit dem Lift hinunter. Auf der Straße bog er zur U-Bahn ab und stellte sich auf die Rolltreppe. Zischend fuhr ein Zug ein, die Türen öffneten sich. Außer ihm befand sich keine Menschenseele auf der Strecke. Eigentlich war es verwunderlich, daß dieser gewaltige Mechanismus mit seinen Selbstblockierungen und sonstigen Schikanen einen einzigen Fahrgast bediente. Laigh dachte an diejenigen, die heute aus der Produktionssphäre ausgeschieden waren. Sie waren ausgeschieden, und was wurde nun aus ihnen? Wahrscheinlich saßen sie jetzt zu Hause.

Er stieg ein, setzte sich, fuhr, stieg wieder aus und ließ sich von der Rolltreppe nach oben tragen, zum Platz an der Fontäne.

Auf Blumentischen lagen Dahlien und Astern zum Verkauf aus – ein frisches, farbenfrohes Blütenmeer. Sie belebten als einzige den Platz hier. Alles andere war quadratisch, rechteckig, flach, mit abgeplatteten Rändern oder scharfen Kanten. Übrigens kaufte niemand die Blumen. Sie waren zu teuer. Immerhin waren es natürliche Produkte, keine künstlichen.

Ein Mann in knitterfreiem, wie angegossen sitzendem blauem Anzug sah Laigh unverwandt nach. Er hatte die Augen einer Katze oder eines Tigers – mit seltsam kleinen Pupillen. Laigh fröstelte unter seinem eiskalten, stechenden Blick.

An der Ecke neben dem Tabakautomaten drehte er sich um.

Der Mann im blauen Anzug sah ihm immer noch nach. Was wollte er von ihm?

Wee stand auf der Kreuzung.

„Gut, daß wir die ersten sein werden, ja? Oder was meinst du? Dann sehen wir nicht die Visagen alle, stimmt's?" Sie blickte ihm ins Gesicht. „Ich finde es jedenfalls besser, wenn wir kommen und noch niemand da ist. Was macht Cheeson? Hat er dich nicht angerufen?"

Er überlegte, ob er ihr von der Rundfunksendung erzählen sollte, und entschied, daß es nicht notwendig war. Sicherlich war es nicht notwendig.

„Was meintest du? Cheeson? Nein, er hat nicht angerufen. Er wird zu Haus sein. Er geht doch nicht mehr zum Bahnhof."

„Ich habe gehört, daß er sich mit Pmoice angefreundet hat. Von Lin Lacomb erzählt man sich übrigens, daß sie schon alles Geld durchgebracht hat. Und dann habe ich noch etwas Interessantes erfahren. Über den Alten, den Toller. Er schläft ununterbrochen."

So war sie – Wee. Plapperte unaufhörlich, fieberhaft bemüht, mit Worten die bodenlose Leere auszufüllen, in die man noch soviel schütten konnte, nie war es genug. Freilich, ihr Mund stand nur morgens nicht still. Abends, wenn sie zurückkamen, gab es nichts mehr, worüber sie reden konnten.

Laigh musterte sie von der Seite. Sie lernte es auch nie, die Energindosis richtig einzuschätzen. Ihre Augen glänzten wie bei einem jungen Mädchen, das zum erstenmal auf einen Ball geht. Und sie tänzelte wie ein Zirkuspferd. Bei jedem Schritt blieb überschüssige Energie zurück. Übrigens, wenn es die Anreger nicht gäbe ...

„Weißt du", ihre Stimme klang jetzt weniger gekünstelt, „meine Waschmaschine ist kaputt, da habe ich mir eine Bluse selber gewaschen. Mit der Hand. Es ist schön, wenn man etwas selber machen kann, ja?"

Er nickte. „Freilich ist das schön. Nur wird meist nichts draus. Kürzlich wollte ich einen Stuhl reparieren. Aber sie haben ihn, wie's scheint, aus einem Stück hergestellt, so daß man ihn weder kleben noch nageln kann. Oder die Schnüre von den Rollos. Ich wollte sie kürzer machen, ein Stück abschneiden, da verwandelte sich alles in eine schleimige Masse – in lange Moleküle. Das Leben ist heute so, daß man nichts mit eigenen Händen machen kann."

Sie betraten einen Park, durch den der Weg zum Bahnhof führte. Trotz der frühen Stunde war auf den rechteckigen Bänken kein Platz mehr frei. Die Leute saßen dicht aneinandergedrängt, aber jeder war für sich, starrte stumpfsinnig vor sich hin. Während Laigh und Wee dem Südausgang zustrebten, richteten sich alle Augen flehend auf sie. Wer sind die beiden? Vielleicht kommen sie hierher und sprechen mich an? Vielleicht bringen sie eine Wende in mein Leben, geben ihm irgendeinen Sinn?

Doch Laigh und Wee schritten unbeirrt weiter, und die Leute auf der Bank versanken wieder in dumpfe Gleichgültigkeit.

Wee warf sich plötzlich an Laighs Hals.

„Ich kann nicht mehr, kann nicht mehr!“ Sie zitterte am ganzen Körper, und ihre Stimme klang zornig. „Was sollen diese bettelnden Blicke?“

Die Leute auf den Bänken horchten auf. Da passierte etwas, irgend etwas hatte sich ereignet. Wie sollte man das verstehen? Gab es wirklich auf der Welt noch Dinge, deretwegen man sich aufregen konnte?

„Ich schwöre dir, der Moment kommt, wo ich es nicht mehr aushalte und irgendeinem ins Gesicht spucke. Was wollen die von uns, was? Uns geht's doch auch nicht besser. Aber wir setzen uns nicht hierher, mit demütigem Hundeblick. Wenn ich . . .“ Sie sah, wie sich Laighs Augen verstört weiteten, und brach ab, sich an die Wange fassend. „Ist etwas mit meinem Gesicht, ja?“

Er schwieg.

Wee zog einen kleinen Spiegel aus der Handtasche.

„Dreh dich um! Nun mach schon!“

Laigh kehrte ihr hastig den Rücken zu. Metall klirrte. Wee suchte entweder den Intensivikator für die Gesichtsmuskeln oder ihre Kosmetikutensilien. Sie mühte sich schweigend.

„Kannst dich wieder umdrehen.“

Er tat es.

Wee sah wieder jung und schön aus.

Die Aufsicht am Bahnhofseingang begrüßte sie mit Verschwörermiene.

„Heute schon so früh?“

Es klang mitfühlend, obwohl der Satz weder Zustimmung noch Mißbilligung enthielt. Die Sache war die, daß eine Sonderkommission des Magistrats das Treiben auf dem Bahnhof kürzlich als anstößig bezeichnet hatte. Seitdem war es verboten, Reklame dafür zu machen, und die Bahnhofsangestellten mußten sich darauf beschränken, mit den Kunden vielsagende Worte zu wechseln, die im Grunde genommen gar nichts besagten.

Laigh gab den Talon ab. Der Kontrolleur drückte einen Knopf am Schaltbrett der Kartothek, kontrollierte die Zahlen auf dem Bildschirm und lochte den Talon.

„Bitte.“

Wee hatte es plötzlich eilig. Sie kramte nervös in ihrer Handtasche.

„Gleich – gleich ... Geh schon, ich komm nach."

Laigh ging vor. Kurz darauf hörte er ihre Absätze über die Betonplatten klappern. Sie gingen zu zweit hinein. Die Bahnhofshalle glich einem Theater, mit dem Unterschied nur, daß die Bauleute der Akustik wenig Bedeutung beigemessen hatten. Der Schall breitete sich hier nicht aus, er wurde auf der Stelle erstickt. Bereits auf drei Schritt Entfernung war keine Verständigung möglich. Die Worte, auch wenn sie laut und deutlich gesprochen wurden, gingen für die Zuhörer in einem Zischeln und Tuscheln unter.

„Komm in die fünfzehnte Reihe", sagte Wee.

Sie setzten sich und sahen sich um. Sie waren doch nicht die ersten. Vorn, an der fensterlosen Wand, wo, schwarzen Vögeln gleich, mit Kabeln verbundene Apparate auf hohen Dreibeinen thronten, saßen schon ein paar Leute. Weiter links bemerkte Laigh Adlay McGheeness, den ehemaligen Buchhalter von „Rinkpharmakopea", und drei Reihen weiter ordnete eine Dame, der Laigh auf den Empfängen der Scroonts zweimal begegnet war, ihr hellblaues Haar.

Als sie seinen Blick spürte, wandte sie sich instinktiv ab. Laigh senkte die Augen. Es war unangebracht, sich hier bemerkbar zu machen.

Der Saaldiener, ein kleines schmächtiges Männchen mit knapp sitzender schwarzer Mütze, die ihm das Aussehen eines flinken Mechanikers aus den alten Stummfilmen verlieh, kam vorbei, warf Laigh und Wee einen vielsagenden Blick zu und verschwand hinter einer kleinen Eisentür in der rechten Saalecke.

Eine Minute später blitzte einer der vogelähnlichen Apparate auf, ein Vibrieren lief durch den Saal, pflanzte sich wellenförmig fort. Die Sessel waren inzwischen alle besetzt.

Wee rückte näher an Laigh heran, sie legte ihre heiße Hand auf seinen Handrücken. Ihre Augen leuchteten, und das kam nicht allein vom Energin.

„Vielleicht wird es sehr schön, ja, Laigh? Was meinst du?"

Auch er befand sich in Hochstimmung. Seine Antwort war ein dankbares Lächeln. Weiß der Teufel, vielleicht war wirklich ein Körnchen Wahrheit an den Gerüchten, die über den Bahnhof kursierten.

Die Eisentür öffnete sich, der Mechaniker steckte den Kopf heraus und heftete wieder den Blick auf Laigh und Wee. Laigh lehnte sich im Sessel zurück, sein Herz schmerzte von einer jäh aufflammenden wahnwitzigen Hoffnung. Aber das hatte es doch gegeben! Von hier, vom Bahnhof aus, war vor einem halben Jahr Gwynn Sawyer, einem entfernten Verwandten Wees, die Flucht geglückt. Danach waren Lin Lacombs zweiter Mann und noch jemand entwichen. Vielleicht war der Magistrat deshalb so ergrimmt auf das Treiben in der Bahnhofshalle. Laigh erinnerte sich, daß Cheeson gestern am Telefon von einer „ganz anderen Welt" gesprochen hatte. Irgend etwas mußte er sich doch dabei gedacht haben.

Er merkte, daß seine Finger taub wurden, so hatte er sich in die Armlehnen gekrallt.

Wieder erschien der Saaldiener. Er ließ den Blick langsam über die Menge gleiten, als suche er jemand. In den Sesselreihen schliefen viele, starrten gläsern vor sich hin. Ein fülliger Herr, der neben Wee saß – er hatte eine Glatze mit einigen vom Ohr heraufgekämmten rötlichen Haarsträhnen, durch die seine weiße Kopfhaut schimmerte –, schnarchte mit weit aufgerissenem Mund.

Laigh biß sich auf die Lippen, während er den Saaldiener beobachtete. Er dachte daran, daß ihm damals vor sechs Monaten Gwynn Sawyer auch gesagt hatte, daß er vorhabe...

Was war das? Oder hatte er sich das eingebildet? Der Saaldiener fixierte ihn, wiegte kaum merklich den Kopf und verschwand gleich darauf hinter der Eisentür.

Laigh konnte, wollte es nicht glauben. Fragend sah er Wee an.

Sie nickte kreidebleich.

Da erhob sich Laigh mit einem Blick auf den fülligen Herrn, ging zur Tür, drehte den kalten Nickelgriff herum und machte einen Schritt in die Dunkelheit. Jemand packte ihn an der Schulter.

Die Tür fiel ins Schloß.

„Schneller!"

Eine Hand griff nach seiner Hand, dann rannte er durch

schlecht beleuchtete Räume, die Theaterkulissen glichen. Der Saaldiener öffnete eine weitere Tür.

„Warten Sie hier."

Keuchend vom ungewohnten schnellen Laufen sank Laigh auf eine Bank. Der Raum war fensterlos und fast leer. Eine Minute verstrich, noch eine ... Er wurde nervös und unsicher. Die trostlose Umgebung beschwor düstere Gedanken herauf. Ob er's schaffte?

Aus dem Gang, in dem der Saaldiener verschwunden war, drang Stimmengewirr. Laigh stand leise auf, reckte den Hals. Ihm war, als hätte er seinen Namen gehört.

Als er die offene Tür sah, ging er darauf zu. Im Raum waren lauter Männer. Einige erkannte Laigh von hinten. Winfried Opper, den jungen Rudi aus der Direktion der Firma „Bernheim". Alle standen um einen Tisch geschart, an dem Pmoice saß, der Leiter der „Zugänglichen Kunst".

„Wie konnten Sie den rufen?" fragte jemand den schmächtigen Saaldiener.

Der zuckte die Achseln. Knüllte seine schwarze Mütze in der Hand.

„Man hat mir doch gesagt, er sitzt in der fünfzehnten Reihe."

„Ja, aber auf der linken Seite. McGheeness sollten Sie holen und nicht den."

„Laigh ist am Ende", sagte Opper, lauter als sonst. „Er hält sich nur noch mit Anregern über Wasser. Davon kommt er nicht mehr los."

Laighs Hände schwitzten plötzlich. Meine Güte! dachte er verzweifelt. Und womit hältst du dich über Wasser? Und die anderen alle, Pmoice vielleicht ausgenommen?

Der junge Rudi kaute an seinen Lippen.

„Wie dem auch sei, wir müssen was tun. Die Zeit vergeht." Alle sahen Pmoice an. Er legte seine Pfeife auf den Tisch und dachte nach.

„Natürlich war es ein Fehler. Aber wenn man jemand herzitiert hat, kann man ihn nicht sang- und klanglos abschieben. Das wäre sogar gefährlich. Die Gesellschaft könnte uns auf die Schliche kommen. Da ist er übrigens schon."

Alle drehten sich nach Laigh um. Er stand da wie angewachsen.

Opper fragte: „Wollen ... wollen Sie heute flüchten? Sind Sie einverstanden?“

Eine bekannte, aber seltsam heisere Stimme sagte: „Nein, ich kann nicht.“

Die Männer sahen ihn immer noch an. An dem Erstaunen, das sich auf ihren Gesichtern ausbreitete, merkte Laigh, daß es seine eigene Stimme gewesen war.

Rudi fragte stirnrunzelnd: „Warum nicht? Oder wollen Sie überhaupt nicht?“

Da graute Laigh vor sich selber, und wieder zu dem werdend, der eben noch gesagt hatte: „Ich kann nicht“, erwiderte er: „Ich bin doch mit Wee hier. Mit Wee Loord.“

Sekundenlang herrschte nagende Stille. In Laighs Kopf hämmerte es: Wozu? Das ist doch die einzige Chance im Leben. Über seinen Rücken lief kalter Schweiß.

Pmoice erhob sich schwerfällig.

„Dann holen Sie sie schnell, Mann.“

Laigh begriff selber nicht, wie er sich, ohne geführt zu werden, so schnell durch alle dunklen Gänge gefunden hatte. Wee saß noch in der gleichen Haltung da. Er hatte das Gefühl, daß er sie, wäre er einen Monat weggeblieben, noch genau so starr und leblos angetroffen hätte. Als sie Laigh erblickte, wagte sie es immer noch nicht aufzustehen. Sie reckte sich nur und sah ihn gespannt an.

Er nickte. Sie schnappte ihre Handtasche, ordnete ihr Haar, stieg vorsichtig über die ausgestreckten Beine des glatzköpfigen Herrn und huschte zum Seitenausgang.

Laigh schloß die Eisentür. Im Dunkeln hauchte Wee: „Wirklich, ja?“

Auf den Bänken im Raum saßen Opper, Rudi und noch ein paar Unbekannte. Alle schwiegen, musterten einander befremdet. Fünf Minuten später kamen McGheeness und die Dame herein, der Laigh bei den Scroonts begegnet war. Er erinnerte sich, daß sie Martha hieß.

Auf dem Gang nahte jemand mit festem Schritt. Pmoice trat ein.

Alle erhoben sich schurrend.

„Sind wir vollzählig?“ Pmoice ließ den Blick über die Anwesenden gleiten. „Dann bitte ich um Aufmerksamkeit. Jeder weiß, was uns hergeführt hat. Ich warne Sie, es wird nicht leicht sein. Vielleicht werden einige den Tod finden, die Gesellschaft hat genügend Kräfte und Mittel zur Verfügung. Zum allgemeinen Trost kann ich sagen, daß Gwynn Sawyer trotz allem die Flucht geglückt ist. Wir haben Nachricht von ihm ... In wenigen Minuten werden wir diesen Ort verlassen und uns in einen geschlossenen Bus setzen, der uns zum Flugplatz fährt. Alles ist vorbereitet, aber es kann unvorhergesehene Zwischenfälle geben."

Laigh trat von einem Bein aufs andere. Wozu dieser Salm? Wenn man sich entschieden hat, soll man nicht lange fackeln.

„Und nun", sagte Pmoice, „müssen wir den ersten Schritt tun. Jeder nimmt jetzt seine Anreger aus sämtlichen Taschen und legt sie hier auf den Fußboden. Wenn später bei irgend jemand noch ein einziger Stimulator gefunden wird, schließen wir den Betreffenden sofort aus. Also bitte."

Eine Sekunde oder zwei standen alle unschlüssig da.

Martha trat vor, öffnete ihre schwarze Handtasche und legte eine Anregerschachtel vorsichtig auf den Boden. Sie überlegte kurz, dann nahm sie noch eine zweite aus der Tasche.

Die übrigen folgten ihrem Beispiel. Das Häufchen auf dem Fußboden wuchs rasch. Da stapelten sich Schachteln mit Anregern, Energinen und Intensivikatoren der verschiedensten Art.

Der Buchhalter von der Firma „Rinkpharmakopea", McGheeness, pirschte sich an den Haufen heran und beugte sich darüber. Laigh verschlug es den Atem. Ganz oben lag eine längliche milchfarbene Schachtel mit roter Banderole. Proin! McGheeness nahm Proin! Darum hatte er so gräßliche lilaschwarze Ringe unter den Augen. Und Opper hatte gesagt, daß er, Laigh, am Ende sei. Proin konnte man ein Jahr lang nehmen. Wenn man damit anfing, wußte man, daß man nur noch zwölf Monate zu leben hatte.

„Alles?"

„Sofort." Ein hagerer dunkelhaariger Mann mit intelligentem Gesicht stand wie angewurzelt neben dem Haufen. „Darf ich einen Anreger einschalten? Den letzten?"

Da kribbelte es Laigh unter der Herzgrube, und er gierte nach einem Anreger wie ein Raucher nach einer Zigarette.

Pmoice sah den Hageren abschätzend an.

„Den letzten?“ Er zögerte, dann wandte er sich nach dem Mann mit der schwarzen Mütze um. „Fesseln Sie ihn.“

Zuerst begriff niemand etwas.

Der Saaldiener, in dessen Händen etwas Helles blinkte, trat auf den Hageren zu.

„Was ist?“ Der Hagere sah sich verwirrt um.

Der Saaldiener legte ihm die Hände auf den Rücken. Der Hagere riß sich los. Er wurde puterrot.

„Warten Sie doch! Es muß nicht sein.“ Er schleuderte seinen Apparat weg. „Ich habe doch nur gefragt. Hören Sie . . .“ Er wandte sich an alle. „Habe ich denn etwas Verwerfliches getan?“

Ringsum schwieg man.

„Fesseln Sie ihn“, wiederholte Pmoice. „Wir können diesen Mann nicht mitnehmen. Auf ihn ist kein Verlaß.“

Rudi half dem Saaldiener. Zu zweit fesselten sie den Unglücklichen an Armen und Beinen und legten ihn auf die Bank. Er leistete keinen Widerstand mehr, sah nur die Anwesenden mit seinen großen grauen Augen vorwurfsvoll an. Man band ihm auch den Mund zu.

„Stellen Sie sich hier an der Wand auf“, sagte Pmoice. „Damit später jeder seinen Platz kennt und nicht aus der Reihe tanzt.“

Sie bildeten eine lange Schlangenlinie. Wee stand hinter Laigh.

„Gleich verlassen wir das Gebäude. Ohne Aufenthalt und ohne Gespräche. Und noch etwas – jeder überlege sich, ob er heute nicht etwas Verdächtiges bemerkt hat, als er zum Bahnhof ging.“

Schlagartig fiel Laigh der Mann mit dem Tigerblick ein. Sollte er es sagen oder nicht? Aber wenn er es sagte, platzte das Unternehmen oder man schöbe es auf, und ihn würde man kein zweites Mal rufen.

„Na, schön. Kommen Sie.“ Pmoice schritt zur Tür.

Sie kamen nicht, sie rannten, dem Vordermann auf die Hakken tretend. Laigh konnte sich's nicht verkneifen, noch einen Blick auf den Gefesselten zu werfen. Der starrte mit unwahrscheinlich großen Augen zur Decke.

Im Gänsemarsch liefen sie eine steile Metalltreppe hinunter, hasteten einen schmalen Gang entlang . . . Wieder kam ein

Gang, wieder ging es zwei steile Treppen hinunter. Dann krochen sie durch einen frischen Mauerdurchbruch und eilten weiter abwärts.

Stolpernd tappten sie durch völlige Finsternis, jeder hielt sich am Vordermann fest. Der Boden bebte unter ihren Füßen, neben ihnen summte es, ein Luftzug wehte ihnen entgegen. Niemand wagte, einen Schritt zur Seite zu tun. Es war, als befänden sie sich im Innern eines lebenden Organismus.

McGheeness, der vorn lief, verlangsamte das Tempo, Laigh prallte gegen seinen Rücken. Alle blieben stehen.

An der Spitze des Zuges knipste jemand eine grelle Lampe an. Laigh staunte.

Sie standen in einem niedrigen, aber sehr großen Raum. Die Wände verloren sich in der Finsternis. Es roch nach Verbranntem, atmete sich schwer, die rauchige Luft war stark ölhaltig. Und im ganzen Raum türmten sich bis zur Decke Arbeitsmaschinen. Sie griffen ineinander über, füllten jeden Kubikzentimeter aus, preßten, schnitten, walzten, stanzten und gaben die Werkstücke weiter. Scheiben, Getriebe, rhombische und quadratische Zahnräder, Raupenketten, Wellen, Schwungräder, Fräsen, Fließbänder, Schneidstähle – alles ruckte, lief, drehte sich pausenlos.

Die Unterirdische Stadt! Einer ihrer Arbeitssäle.

Einer sagte es dem anderen weiter, daß Pmoice fortgegangen sei und gleich wiederkäme.

Kaum zu fassen, wie eng und stickig es hier war. Laigh tippte an McGheeness' Schulter.

„Sie haben nicht mal Licht, und nirgends hängen Lampen."

Der Buchhalter sah ihn von der Seite an. Wie ein Pferd.

„Das sind doch Maschinen. Wozu brauchen die Licht?"

Stimmt ja! Das hatte er nicht bedacht. Die Maschinen waren schließlich keine Menschen. Sie konnten bei völliger Dunkelheit und ohne Luft arbeiten. Vielleicht wäre ein Vakuum für sie noch besser gewesen. Im übrigen hatten sie sich emanzipiert, vom Menschen losgesagt. Es gab an ihnen auch keine Vorrichtungen mehr für die menschliche Hand – keine Hebel, keine Ventile.

Laigh sah sich um. In dieser Enge und Finsternis hier arbeiteten die blinden und gefühllosen Maschinen wie Termiten.

Eine dicht hinter der anderen, ohne Zwischenräume, ohne Lichtschimmer. Hier gab es keine Streitigkeiten, keine Zwietracht, alles unterlag der strengen Logik der Produktion. Man mußte sich anstrengen, um die ineinandergreifenden Maschinenteile zu erkennen. Ein Schlagstift knallte, und auf ein Fließband purzelten lauter kleine Einzelteile. An anderer Stelle hoben sich verschwommen die Umrisse einer mächtigen Presse ab, die zwischen anderen Maschinen eingekeilt war. Eine mechanische Hand griff hinein, holte etwas heraus und trug es in die Dunkelheit.

Dicht über dem Fußboden kam eine elastische Metallschlange mit leuchtendem Kopf angekrochen. Laigh fuhr zusammen, als sie gegen seinen Schuh stieß und zurückwich.

Die Männer an der Spitze meldeten, daß Pmoice zurückgekommen sei. Wieder liefen sie los. Ringsum ächzte und fauchte es. Treppen, Übergänge, Tunnel. Sie kamen durch einen Raum mit zahllosen Schalttafeln, an denen Millionen grüner Lämpchen aufleuchteten und erloschen. Ein Stück weiter grub ein Aggregat die Erde auf und montierte auch gleich die entsprechenden Fabrikanlagen.

Laigh dachte beiläufig, daß sich Wells geirrt hatte, als er in seiner Zeitmaschine eine Welt prophezeite, die in geistig verkümmerte Eloi und furchterregende Morlocken aufgespalten war, die die unterirdischen Maschinen bedienten. Alles stimmte, bloß die Morlocken gab es nicht. Sie wurden nicht gebraucht, die Maschinen kamen allein zurecht.

Nur die Eloi waren übriggeblieben – Laigh, Wee und die anderen alle ...

Nun ging es wieder aufwärts. Laigh spürte ein Brennen in der Brust vom Sauerstoffmangel. Endlich tauchte hinter McGheeness' breitem Rücken Licht auf, helles Sonnenlicht. Durch eine Luke krochen sie auf einen kleinen Innenhof, und einer nach dem anderen stieg in den fensterlosen Metallbus. Man hörte, wie jemand um den Bus herumlief. Die hintere Tür wurde geschlossen. Der Boden erzitterte, allen krampfte sich das Herz zusammen. Sie fuhren!

Mit dem sechsten Sinn spürte man, wie der Asphalt unter den Rädern dahinglitt, wie die Hausecken vorbeihuschten und belebte Seitenstraßen in ihrer ganzen Länge aufkreuzten und zurückblieben. Wir fahren, wir fahren! Zum erstenmal in seinem Leben riß sich Laigh von dieser Welt los, handelte er nach seinem eigenen Willen. Er handelte, tat etwas. Wir fahren, und noch hat niemand Alarm geschlagen. Wir fahren, nun trennen uns schon Kilometer vom Bahnhof.

Im Dunkeln kam Leben in den Bus. Jemand drängte sich zu Laigh vor.

Wee.

„Hast du gesehen?" hauchte sie ihm ins Ohr.

„Was?"

„Na, die Maschinen."

Er nickte.

Wee flüsterte: „Guck mal durch die Ritze dort, hinter dir."

Er drehte sich in dem Gedränge mühsam um.

Der Bus hielt vor einer Verkehrsampel. Durch die Ritze sah Laigh Blumentische mit Bergen von Astern und Dahlien. Sie befanden sich also auf dem Platz an der Fontäne. Da, wo er vor zwei Stunden mit Wee gewesen war. Dieses Leben lag jetzt hinter ihnen. Der Bus war eine kleine Insel. Ein selbständiger Staat, der bereits so viel Souveränität besaß, daß er ihnen die Ausreise gestattete.

Laigh spähte durch die Ritze und rang nach Luft. Der Mann im blauen Anzug – er und kein anderer – drehte interessiert den Kopf herum. Auf seinem Gesicht stand Mißtrauen. Er neigte den Oberkörper vor, ging wie eine Katze auf den Bus zu und verschwand aus Laighs Gesichtsfeld. Dann hörten alle: „He, was ist mit Ihrer Nummer? Warum sind Sie mit dieser Nummer hier?"

Im selben Moment schoß der Bus los. Schreie, Pfiffe. Der Wagen brauste davon, die Insassen wurden durcheinandergeschüttelt, umgeworfen. Dann quietschten die Bremsen bei aufheulendem Motor, der Wagen wendete und jagte zurück.

Wieder fuhr der Bus in gleichmäßigem Tempo. Aber in der Stadt war man bereits alarmiert. Die Minuten rasten. Elf. Fünfzehn. Plötzlich verstummte der Motor.

„Aussteigen!"

Alle kletterten zur Hintertür hinaus, zerzaust, zerdrückt, angstvoll um sich starrend.

Sie waren bereits draußen vor der Stadt, das Häusermeer lag

weit hinten am Horizont. Ringsum dehnte sich flaches Land, das in Quadrate aufgegliedert war.

Pmoice sprang wütend aus dem Bus.

„Kann jemand ein Flugzeug führen?“

Schweigen.

McGheeness zuckte unentschlossen die Schultern.

„Früher bin ich mal geflogen ...“

„Na, dann los!“

„Vielleicht kann ich's noch!“

„Wir ändern unseren Plan“, erklärte Pmoice. „Da man uns geschnappt hat, können wir nicht unser Flugzeug benutzen. Wir müssen auf die andere Chaussee. Dort ist ein Privatflugplatz. Mit dem Bus bleiben wir auf dem Feld stecken. Wir laufen zu Fuß.“

Während sie über die Einfassungen der Quadrate hinwegstiegen, staunte Laigh, wie sehr sich hier alles verändert hatte. Und man wußte gar nicht, wozu das gut war – kein Baum, kein Grashalm. Die Quadrate bedeckte ein grauer Film, der unter den Füßen nachgab, aber nicht zerriß. Wahrscheinlich waren es Treibbeete; unter dem Film wuchsen Pflanzen. Vielleicht waren es auch keine Pflanzen – er hatte irgendwo von neuen Methoden der Eiweißgewinnung gehört. Im Grunde genommen wußte doch niemand, woraus die Nahrung jetzt bestand. Man gab Geld aus und erhielt dafür etwas Geleeartiges oder Knuspertrockenes. Es konnte gelb aussehen oder rot, doch woraus und wie es hergestellt war, blieb ein Rätsel.

Der Bus holperte schwerfällig übers Feld. Pmoice, der sich immer wieder umsah, drängte zur Eile.

Als sie die andere Chaussee erreicht hatten, stiegen sie wieder in den Wagen. Sie ließen die Hintertür offen, damit es nicht so stickig war. Nach dreißig Kilometern etwa hielt der Bus. Auf einem Feld, das mit Stacheldraht umzäunt war, stand eine Maschine vom Typ „Rambler“ oder „Effort“.

„Im Laufschritt marsch!“ kommandierte Pmoice.

Alle kletterten über die Umzäunung und rannten zum Flugzeug.

„Nehmt die Schutzhüllen von den Motoren!“

Zwei stürzten zu den Triebwerken. Ein kleiner Mann mit gedunsenem Gesicht stieß Laigh an.

„Lösen Sie die Schraubzwingen von den Seitenrudern!"

Jemand schrie verzweifelt: „Seht mal, da!"

Weit entfernt auf der Straße zeichneten sich drei Punkte ab, die rasch größer wurden.

McGheeness und Pmoice waren schon in der Kabine. Die Motoren dröhnten auf. Der Mann mit dem gedunsenen Gesicht schlug die Bremsklötze von den Rädern weg. Pmoice half den Frauen, in die Maschine zu klettern.

Die drei Autos von der Straße fuhren ohne Halt gegen die Umzäunung, walzten sie nieder und flitzten zum Flugzeug. Ein Wagen hielt, ihm entsprangen ein paar Schwarzuniformierte – Angestellte der Gesellschaft. Schüsse knallten.

McGheeness gab Gas, Laigh konnte gerade noch zur Tür hinaufspringen. Wee zog ihn in die Kabine. Zwei der Wagen waren ihnen dicht auf den Fersen, aber die Maschine rollte schon holpernd über die Startbahn.

McGheeness biß die Zähne zusammen; mit aller Gewalt riß er am Steuerknüppel. Was war los? Die betonierte Rollbahn war schon zu Ende, aber das Flugzeug hob immer noch nicht ab! Mühsam schwenkte der Buchhalter die Maschine herum und führte sie wieder auf die Rollbahn. Vom anderen Ende des Flugfeldes näherten sich die Autos der Verfolger.

„Allmächtiger! Das Höhenruder ist noch blockiert!"

„Moment!" Der Gedunsene sprang behende aus der Kabine.

Einen Augenblick später ertönte von unten: „Alles okay!"

Laigh streckte dem Gedunsenen die Hand entgegen, der ergriff sie, wurde ein paar Schritt mitgeschleift. Doch da krachte aus dem nächsten Verfolgerwagen ein Schuß, die Augen des Gedunsenen weiteten sich, Blut spritzte ihm aus dem Hals, er ließ Laighs Hand los und rollte über die Erde.

Das Flugzeug vergrößerte rasch seine Geschwindigkeit, die Verfolger blieben zurück.

„He, helft mir!" McGheeness zog am Steuerknüppel. „Meine Kräfte reichen nicht."

Ein paar Mann sprangen ihm zu Hilfe. Einander beiseite schubsend, zogen sie mit. Die Räder holperten nicht mehr über den Boden. Der Flugplatz versank unter ihnen. Der Horizont schwankte, verschwand, erschien wieder. Sie gewannen rasch an Höhe.

„Wir fliegen! Fliegen!“

Jemand sang, ein anderer lachte. Wee murmelte nur immer wieder mit glänzenden, strahlenden Augen: „Wirklich? Ist es wirklich wahr?“

„Laßt nicht den Steuerknüppel los!“ schrie McGheeness puterrot, mit Schweißtropfen auf der Stirn.

Das Flugzeug drohte abzutrudeln. Zu dritt zogen sie wieder am Steuerknüppel, die Maschine richtete sich auf. Unter dem durchsichtigen Plexiglasboden entfernte sich der quadratische Flugplatz immer weiter nach links, und die Gestalten, die zwischen den Autos hin und her hasteten, waren nur noch winzige Punkte.

„Bleiben Sie über der Chaussee“, sagte Pmoice. „Wir müssen tief fliegen, sonst entdecken sie uns auf den Radarschirmen.“

Die Kajüte schwankte leicht, Taue knarrten, unten im Laderaum gluckste es. Laigh fand die ungewohnte Stille bedrückend. Neben ihm schlief Wee, zusammengerollt, die Nase gegen das Schott gepreßt. Durch einen Zufall waren sie beide ins Heck geraten. Es roch nach Wasser und trockenem Holz.

Schon zweimal war Rudi dagewesen und hatte ihn fluchend nach oben gerufen. Laigh war an der Reihe, auf Deck Dienst zu tun. Aber er fand noch nicht die Kraft, sich zu erheben.

Sie fuhren bereits die ganze Nacht auf dem Meer, vorher waren sie sechs Stunden geflogen. McGheeness hatte seine Sache gut gemacht. Der Flug war die glücklichste Zeit ihrer Flucht gewesen. Laigh wußte, daß sich so etwas nicht wiederholte. Alle waren aufgelebt, als sie in der Maschine saßen, außer Pmoice, der die ganze Zeit stirnrunzelnd etwas ausrechnete, McGheeness zu Kursänderungen zwang und der Meinung war, daß ein guter Anfang noch gar nichts bedeute. Als sich die Sonne schon zum Horizont neigte, überflogen sie endlose Felder von Quadraten, und der Buchhalter setzte die Maschine an einer sumpfigen, dschungelbedeckten Ozeanküste auf. Sie warfen Zweige auf das Flugzeug, was sie eine Stunde harter Arbeit kostete. Es war längst Zeit, eine Rast einzulegen, doch Pmoice führte sie auf schmalen Pfaden näher zum Ozean. Sie warteten den Sonnenuntergang ab. Aller hatte sich Apathie bemächtigt. Die Gespräche waren verstummt, man hörte nur das Summen der Moskitos. Gegen Abend ratterten in der Luft Hubschrauber – die Verfolger waren ihnen auf der Fährte. Mindestens zehn Hubschrauber kreisten über der ganzen Gegend. Die Angst gab den Flüchtlingen neue Kraft, sie liefen weiter in den Sumpf, verbargen sich im Gestrüpp. Ein Hubschrauber landete ganz in der Nähe. Solange der Motor nicht ausgeschaltet war, trieb der Luftzug der Schraube den Flüchtlingen die Haare zu Berge. Starr vor Schreck hörte Laigh wieder die Stimme des Mannes mit dem Tigerblick. Aber sie hatten Glück. Die Sonne versank urplötzlich hinter den Büschen, und die Hubschrauber entfernten sich. Pmoice führte die Gruppe mit dem Kompaß sicher zur Küste, wo sie die Segeljacht bestiegen hatten.

„Heh!“ Das war wieder Rudis Stimme.

Danach stampfte jemand zweimal gegen die Tür. Wahrscheinlich mit dem Fuß.

Wee stöhnte und murmelte etwas im Schlaf.

„Gleich.“

Für dieses eine Wort mußte Laigh beinahe seine letzte Kraft aufbieten. Er wälzte sich aus der Koje und setzte sich ächzend. Die Arme sanken ihm auf die Knie. Er wollte weder atmen noch leben. Er wollte überhaupt nichts mehr. Hier gab es nichts, was ihn noch reizte – fast vierundzwanzig Stunden verbrachte er schon ohne Stimulans.

Die Kajütentür sprang auf.

„Laigh, fahr zur Hölle!“

Auf Rudis Gesicht stand Verzweiflung. Er war kurz vor dem Zusammenbrechen.

„Ich komme ja schon.“

An Deck war es hell und weit, leer und frisch. Die Jacht schlingerte leicht, man sah, wie die Wellen gegen den Bug schlugen. Ein seltsames Eigenleben führten die Aufbauten, das Schanzkleid, die Takelage. Als existierten sie nur für sich.

Es war diesig, das erschwerte die Orientierung.

Die Segel blähten sich, daraus allein konnte man schließen, daß sich die Jacht fortbewegte.

„Komm her!“ Rudi zog Laigh am Arm. „Pmoice schläft. Wir sollen den Kurs halten. Siehst du diesen feinen Strich? Wenn die Ziffer 75 nach rechts wandert, drehst du das Steuerrad gegen die Uhrzeigerrichtung. Und umgekehrt. An sich ist das ganz einfach. Ich hau mich jetzt hin. Kann mich kaum noch auf den Beinen halten."

Laigh griff seufzend nach dem Steuerrad. Vor sich hatte er den Kompaß – er glich einem weißumrandeten Teller. Mit Einteilungen und Ziffern. Der Teller drehte sich, die Ziffer 75 rückte nach links. Laigh drehte das Steuerrad in Uhrzeigerrichtung.

Ach, wenn er doch noch ein klein wenig Energin hätte! Arme und Beine begannen ihm zu schmerzen, im Kopf drehte sich alles. Die Schwäche nahm zu, am liebsten hätte er sich auf die hellen Decksplanken fallen lassen. Er hatte plötzlich einen Groll auf Pmoice. Natürlich war es leicht, von allen zu verlangen, sie sollten ihre Stimulantia wegwerfen, wenn man selber nicht süchtig war.

Allmählich kamen die anderen an Deck, Martha, Opper, McGheeness, Viktor Brabant, der kleine, schmächtige Tantalus Brick. Es war eine seltsame Ansammlung von Neurasthenikern und Mißgestalten. Aufgedunsen, schlaff, ungekämmt, mit zerknitterter Kleidung und zerknitterten Gesichtern.

McGheeness stand eine Weile neben Laigh. Die Ringe unter seinen Augen waren über Nacht noch dunkler geworden. Im Flugzeug hatte er sich tadellos gehalten, jetzt dagegen schien er das letzte bißchen Mumm verloren zu haben.

„Ja-a . . ."

Der lange, schöne Viktor Brabant trat zu Laigh – sie hatten beide gemeinsam die Hypnoschule besucht. Er seufzte tief und schwer.

„Alles gar nicht so einfach, hm? Ob wir's schaffen?"

Er senkte den Kopf, betrachtete seine gepflegten, blaugeäderten Arme.

Laigh fürchtete ebenfalls, daß sie's nicht schaffen würden. Er wußte plötzlich, daß er alles Reizvolle in seinem Leben den Anregern verdankte. Wenn er kein Energin mehr bekam, wozu war er dann geflüchtet? Ein wahnwitziger Gedanke schoß ihm durch den Kopf. Was, wenn er umkehrte?

„Ja-a-a", nölte McGheeness wieder.

Die Sonne hatte endlich den Dunstschleier durchbrochen, die Sicht war wieder gut. Rechter Hand tauchte eine dunkle, flache Insel am Horizont auf. Die Sonne und das unbewegte Meer strömten eine ungewöhnliche Leere aus, ihre gleichgültige, tote Ruhe wirkte abstoßend.

Viktor hob den Kopf.

„Nein, ich werd wohl nicht durchhalten. Gehöre nicht zu denen. Hätt ich bloß nicht mitgemacht."

Laigh wollte schon sagen, daß er auch nicht dazu gehörte, als Martha leise rief: „Da, ein Dampfer!"

Alle hielten Ausschau. Es war nur ein kleiner Schlepper, der, aus kurzem Schornstein rauchend, auf sie zukam und sie einholte. Anfangs zeigte sich niemand auf Deck des Schleppers, dann trat ein Mann mit Marinemütze heraus. Er hob die Hand mit dem Megaphon und fragte nach dem Namen der Jacht und ihrem Bestimmungsort. Niemand antwortete ihm. Der Mann mit der Mütze wiederholte seine Frage. Laigh fand, daß sie einen merkwürdigen Anblick boten – ein schweigender, absolut unseemännisch wirkender Haufen. Jemand, der weiter hinten stand, raunte, daß man Pmoice wecken müßte.

Der Schleppdampfer beschrieb einen Bogen, aber nicht auf sie zu, sondern von ihnen weg. Von der Jacht aus konnte man jetzt auch den Mann im Ruderhaus erkennen. Er blickte ebenfalls mißtrauisch herüber. Der Schlepper kam zurück.

Als man Pmoice von dem Vorfall berichtete, fragte er nur: „Und haben alle so auf Deck herumgelungert wie jetzt?"

Dann erteilte er seine Befehle: Segel reffen, zur Insel abdrehen ... Und daß sich alle außer dem Steuermann unverzüglich unter Deck zu begeben hätten, wenn wieder ein Schiff aufkreuzte.

Es war gar nicht so leicht, die Segel einzuholen. Pmoice kannte sich als einziger darin aus. Irgendwie schafften sie es abzudrehen, nachdem sie für die Vorbereitungen fast eine Stunde gebraucht hatten. Sie hielten auf die Insel zu. Pmoice hoffte, durch die Kursänderung die Verfolger abschütteln zu können. Vor der nächstgelegenen Insel liefen sie auf eine Sandbank. Sie rannten ein paarmal von einer Reling zur anderen, um das Schiff freizuschaukeln. Doch die Ebbe kam, und das Wasser wurde immer seichter. Da ordnete Pmoice an, sie sollten den Anker mit dem Beiboot an eine tiefe Stelle schaffen und die Kette danach über die Winde laufen lassen, um das Schiff freizubekommen. Die Kette war jedoch zu schwer, hing durch. Pmoice und der Saaldiener mit der schwarzen Mütze – er hieß Micky – kamen auf die Idee, daß die Jacht vielleicht Auftrieb erhielte, wenn man alles Gepäck von Bord an Land trüge. Alle waren schon ganz naß und durchgefroren. Dennoch schleppten sie Fässer mit Trinkwasser, Kisten, Kasten und Pakete an Land. Laigh fiel auf, daß sich Brabant vor jeder Anstrengung drückte. Er griff sich einen Kanister und stand lange unbeweglich an der Reling, bis ihm einer der bis zur Brust im Wasser Stehenden den Behälter abnahm.

Am Ufer stärkten sie sich mit Konserven. Die Ebbe war vorbei, das Wasser strömte wieder zurück. Fortwährend warfen sie besorgte Blicke aufs Meer, ob nicht ein Flugzeug oder ein Schiff aufkreuzte. Als die Sonne schon ganz niedrig hing, schrie Micky von Bord der Jacht, daß sich das Schiff gehoben hätte. Alle sahen Pmoice ängstlich an – würde er sie etwa zwingen, die Ladung sofort wieder an Bord zu schaffen?

Er erhob sich mit entschlossener Miene.

„Dann wollen wir mal alles zurücktragen."

McGheeness, Laigh, Opper standen taumelnd auf. Brabant blieb sitzen, die Arme fröstelnd um die Knie gelegt.

„Und was ist mit Ihnen?"

Viktor hob apathisch den Kopf, starrte Pmoice an.

„Ich kann nicht, basta. Muß leider passen."

„Was – Sie können nicht? Hier muß jeder zupacken."

Brabant zuckte die Achseln.

„Möglich. Aber ich bin zu erschöpft."

Pmoices Nacken lief rot an. Er schritt auf Viktor zu.

„Stehen Sie auf, Mann!"

Laigh spürte, daß gleich etwas passieren würde. Und er wußte, daß er auf Brabants Seite stand. Man konnte doch von den Leuten nichts Unmögliches verlangen.

Martha hüstelte unnatürlich und fing an zu lachen. Alle drehten sich nach ihr um. Sie lachte immer lauter, prustete, schnappte nach Luft. Ein hysterischer Anfall.

Pmoice stürzte zu ihr und gab ihr eine schallende Ohrfeige. Sie verstummte sofort und taumelte zurück, sich die Wange haltend.

Sie beluden das Schiff noch am selben Abend. Es war eine elende Plackerei. Als sich Laigh über eine Kiste mit Konserven beugte, schien es ihm, er werde sie um nichts in der Welt hochasten und über die glitschigen Steine zum Beiboot schleppen können. Aber dann packte ihn die Wut auf Pmoice. Pmoice und die anderen Starken, Aktiven hatten die Welt doch erst so gemacht, wie sie war. Sie hatten Laigh der Möglichkeit beraubt, jede noch so kleine Anstrengung zu unternehmen, und nun verlangten sie von ihm, daß er arbeiten sollte.

Die Wut gab Laigh ungeahnte Kraft. Und er packte die Kisten und warf sie ins Boot, als schleudere er sie in Pmoices Visage. Da hast du! Da!

Anscheinend wurden die anderen von dem gleichen Gefühl beherrscht.

Sie legten nachts ab. Laigh hatte noch kein Auge zugetan, als Micky, der Mechaniker, angelaufen kam. Im Laderaum war ein Leck entstanden, wahrscheinlich während sie auf Grund saßen. Man mußte das Wasser mit der Handpumpe lenzen.

Sie pumpten auch den ganzen nächsten Tag. Die Jacht nahm mit vollen Segeln Kurs auf NW 75. Als die Sonne im Zenit stand, versuchte Pmoice, die Position des Schiffs zu bestimmen. Man merkte, daß er in solchen Dingen nicht sehr bewandert war. Er eröffnete den Flüchtlingen, daß ihr Ziel der Udatische Archipel sei. Doch Laigh ließ der Gedanke an die Freiheit kalt, er war zu abgekämpft. Von der Kistenschlepperei hatte er Blasen an den Händen, und sein ganzer Körper war mit blauen Flecken übersät. Am Abend, als er wieder Pumpenwache gehabt hatte, schleppte er sich an Deck und stützte sich auf die Reling. Von Backbord hing die Logleine ins Wasser. Die Wellen peitschten heran und überholten das Schiff. Der rasche Seegang stand in keinem Verhältnis zu der plötzlich eingetretenen Windstille. Pmoice, der gerade vorbeirannte, rief besorgt, das Barometer sei gefallen. Eine drückende Schwere hing in der Luft, der Horizont schwankte, bald ragte er hoch auf, bald war er gänzlich verschwunden. Laigh wurde übel bei dem Gedanken, daß ihnen noch Wochen auf dem Meer bevorstanden und Rudi in vier Stunden an der Pumpe abgelöst werden mußte. Plötzlich hatte er einen rettenden Einfall. Wozu sich eigentlich noch quälen? Es war anders gekommen. Er hatte sich als unfähig erwiesen auszubrechen. Na wennschon! Schließlich war es so leicht, einen Schritt über Bord zu machen.

Er zwang sich, an nichts mehr zu denken, und setzte den Fuß auf die Reling. Im selben Moment wurde er zurückgerissen.

Wee sagte: „Warte."

In den zwei Tagen hatte sie sich ebenfalls stark verändert. Ihre Augen wirkten fahl, ihr Gesicht war welk und grau geworden. Sie wandte sich ab, faßte in ihren Halsausschnitt und zog ein kleines grünes Kästchen hervor. Schützend stellte sie sich zwischen Laigh und das Ruderhaus.

„Da, nimm."

Sekunden später fegte der Sturm über das Schiff.

Sie saßen im Dschungelgras und hielten Kriegsrat. Pmoice berichtete, was er über diese Insel wußte.

Zwanzig Tage waren verstrichen, seitdem Wee Laigh gerettet hatte, indem sie ihm heimlich den Anreger zusteckte. Ihm erschien diese Zeit so lang wie ein Jahr. Danach hatte er Wee bei der ersten Sturmbö auf die Beine geholfen. Der Himmel hatte sich augenblicklich verdüstert, in der undurchdringlichen Finsternis tasteten sie sich zur Kajüte. Dort lief das Wasser über die Planken, und nebenan in der Kombüse knallten die auf- und zuschlagenden Herdtüren wie Pistolenschüsse. Laigh kroch in die Koje, die sich wie ein wildes Pferd gebärdete, ihn abschütteln wollte. Während er sich mit tauben Fingern am Kojenrand festkrallte, dachte er, daß man das höchstens zwanzig Minuten aushalten konnte, nicht länger. Doch sie hielten es zwei Wochen aus, so lange tobte der Sturm. Sie lösten sich stündlich an der Pumpe ab, der Sturm trieb das Schiff mitten auf den Ozean. Es gab keinen Unterschied mehr zwischen Tag und Nacht, die Sonne war gänzlich verschwunden, erloschen oder in eine andere Galaxis getaucht. Der Moment kam, an dem die Trosse des Treibankers mit dumpfem Knall barst und die Jacht quer zu den Wogen schlingerte. Gewaltige Sturzseen schossen über Deck, doch der Sturm riß das Schiff wieder herum. Später wußte Laigh, daß sie gemeutert hätten, wäre der Sturm nicht gekommen, so aber mußten sie erst ihr Leben retten.

Diese vierzehn Tage blieben bruchstückhaft in Laighs Erinnerung haften. Opper wurde über Bord gespült, Pmoice verstauchte sich den Arm. Laigh nahm beides erst gar nicht wahr, er mußte jetzt nur länger an der Pumpe stehen.

Dann klarte es eines Tages auf, die Sonne schien wieder über dem Ozean. Die Wogen brandeten nicht mehr gegen das Schiff, sie schaukelten und hoben es nur sanft. Die Flüchtlinge krochen an Deck und sahen stumpfsinnig zu, wie ein paar fliegende Fische durch die Luft schnellten. Pmoices Arm schmerzte nicht mehr, er fing wieder an zu rechnen und erklärte schließlich, daß der Sturm sie dreitausend Meilen weit nach Süden abgetrieben hätte. Es fiel schwer, sich diesen gewaltigen Sprung vorzustellen.

Sie gingen daran, die Jacht durchzusehen. Die Segel waren völlig zerfetzt, die Decksplanken in den Kajüten standen unter Wasser. Als sie das Schiff wieder klargemacht hatten, fiel Laighs Blick auf die Kameraden. Ihre Kleidung war zerrissen, sie sahen zerschunden und zerschrammt aus, aber in ihren Augen leuchtete ein Hoffnungsschimmer. Nur Brabant ließ die Schultern hängen und schwieg.

Sie nahmen Kurs auf SO 240. Der Passat blähte die Segel, bei ihrem Anblick konnte man meinen, die alten Zeiten der Seefahrer und kühnen Entdecker seien wiedergekehrt.

So segelten sie eine Woche lang. Da bemerkte Laigh an sich eine ungewöhnliche Veränderung. Morgens lähmte ihn noch die übliche Schwäche, gegen Mittag aber spürte er, wie sein Körper elastisch wurde. Die Finger umschlossen jetzt fester den polierten Pumpengriff. Er hatte wieder Lust, sich zu unterhalten und Witze zu machen. Zu Micky, der sich die ganze Zeit nicht von seiner schwarzen Mütze getrennt hatte, sagte er: „Wollen Sie nicht den Herd reparieren? Sie sehen mit Ihrer Kopfbedeckung wie ein Mechaniker aus. Oder haben Sie uns die ganze Zeit genasführt?"

Das schmächtige Männchen grinste.

„Ich bin tatsächlich Mechaniker. Genau gesagt, ich war's vorher."

Bald nahte ein neues Unheil. Am Himmel tauchte ein schwarzer Punkt auf, der sich als Wasserflugzeug entpuppte.

„Ein japanisches", bemerkte Pmoice finster. „Die Gesellschaft hat sich mit Japan verbündet."

Sie änderten den Kurs, doch am nächsten Abend zeigten sich gleich zwei Flugzeuge am Horizont. Sie kamen rasch näher. Die eine Maschine flog so tief, daß man den Piloten und den Mann neben ihm erkennen konnte. Laigh fühlte, wie ihm die Knie weich wurden – das war doch wieder der Kerl mit dem Tigerblick und den breiten Backenknochen. Angst preßte ihm das Herz zusammen – wer hätte gedacht, daß der Einfluß der Gesellschaft so weit reichte.

Nicht alle hatten sofort begriffen, was los war, als sich ein Knattern in den Motorenlärm mengte. Der flachsblonde Tantalus Brick griff sich an den Leib und krümmte sich. Einige Flüchtlinge sprangen über Bord. Die zweite Maschine griff an. Ein Krachen ertönte. Während Laigh ins Wasser sprang, blitzte es vor ihm auf. Wieder kam die Maschine im Sturzflug heran. Die Spritzer der ins Meer peitschenden Geschosse rückten gefährlich näher. Laigh tauchte, so tief er konnte, in das trübe grüne Wasser. Das wiederholte sich dreimal, und Laigh glaubte schon, daß er als einziger überleben würde. Die Dämmerung brach herein. Die Flugzeuge flogen einen letzten Angriff und drehten ab. Laigh schwamm zur Jacht zurück. Er sah, wie die anderen ebenfalls auf das halbabgesackte Schiff kletterten.

Pmoice sagte schwer atmend: „Tantalus ist ertrunken. Er hat einen Bauchschuß abbekommen."

„Und wo ist Viktor?" fragte jemand.

Martha drückte ihr dichtes Haar aus und schüttelte den Kopf. „Er war nicht verletzt. Wir sind zusammen getaucht, danach ist er nicht zur Jacht, sondern in die andere Richtung geschwommen. Ich habe ihn gerufen."

Sie mußten jetzt daran denken, was aus ihnen werden sollte. Wie durch ein Wunder hielt sich die Jacht noch über Wasser. Vorsteven und Bug hatten Treffer abbekommen, das Wasser war bereits unter die Decksplanken gedrungen, aber man konnte das Schiff noch als Floß benutzen.

Am nächsten Morgen überprüften sie die Vorräte. Im Unterdeck schwammen Fische, und man sah von oben die aufgerissenen Bordwände. Zum Glück fanden sich in Pmoices Kapitänskajüte noch zwei mit Paraffin übergossene Pakete Zwieback.

Mühsam setzten sie auf dem abgebrochenen, verkürzten Mast ein Segel. Kaum hatte es jedoch Wind gefaßt, sackte der Schiffsbug ab und grub sich in die Wellen. Das Segel wurde wieder eingeholt, aber der Rumpf blieb vornüber geneigt. Bald stellte sich heraus, daß das Wrack langsam sank, am zweiten Tag nach dem Luftangriff drang das Wasser schon bis zum Oberdeck. Pmoice hatte ausgerechnet, daß die „Insel der beiden Brüder" das nächste Festland sein müßte. Sie hieben die Takelung durch, schleuderten den Mast über Bord und warfen einen Teil der Navigationsgeräte und sämtliches Mobiliar aus den Kajüten hinterher. Doch am dritten Tag reichte ihnen das Wasser schon bis zum Knöchel. Alle siedelten auf das Dach des Ruderhauses über. Micky und Pmoice dichteten fieberhaft die von Kugeln durchlöcherten Bordwände des Rettungsbootes ab. Am Abend stiegen sie hinein, mit einer Axt und Karten bewaffnet.

Sie hatten noch fünf schreckliche Tage vor sich. Rudern konnte jetzt jeder, die Hände waren vom Pumpen abgehärtet. Haie durchpflügten die Wellen eine Armlänge vom Boot entfernt. Von der Hitze und vom Seewasser, das sie schlückchenweise tranken, wurde ihnen übel. Manchmal legte sich der Wind völlig, ringsum dehnte sich das eintönige Rund des Ozeans, und man glaubte es kaum, daß die Ruderschläge das Boot überhaupt von der Stelle bewegten.

Am sechsten Abend jedoch war Wee von der schwankenden Ruderbank aufgesprungen: „Land!"

Und nun saßen sie im Dschungelgras, durch eine Wand dichten Gestrüpps vom Ozean getrennt. Schwarz, sonnverbrannt, zerlumpt.

Pmoice strich mit der ihm eigenen stumpfen Hartnäckigkeit die Karte auf seinen Knien glatt.

„Die Insel gehört der Gesellschaft. Im westlichen Teil befinden sich Flugplätze und Radaranlagen. Wir müssen uns von Norden nach Süden durchschlagen, bis zur Küste. Bis dahin sind es höchstens zweihundertachtzig Kilometer. Dort schnappen wir uns ein Boot und fahren zu den Udaten."

Einer sah den anderen an – werden wir durchkommen? Martha hob zuversichtlich den Kopf. Sie wirkte plötzlich groß und stark – im Boot hatte sie nicht schlechter gerudert als die Männer.

Wee schielte verstohlen zu Laigh hinüber und senkte die Augen. So war sie nun einmal – ergeben und bescheiden. Auf ihren Knien lag ein Tütchen Zwiebäcke. Sie war jetzt für die Verpflegung zuständig, entschied, wer schwächer war und ein bißchen mehr brauchte. Der Anblick ihrer dünnen, sonnverbrannten Arme rührte Laigh – warum war ihm ihr wahrer Charakter bisher entgangen? Er hatte doch niemand außer ihr.

Micky lächelte. Wir werden schon durchkommen, schien er sagen zu wollen.

McGheeness, der Schwächste von allen, räusperte sich.

„Man kann sich durchschlagen. Mit dem Dschungel ist das so eine Sache. Er kann Freund und Feind sein. Ich kenne die Gegend hier. Die Hauptgefahr bilden Schlangen. Es gibt eine kleine schwarze – ihr Biß tötet innerhalb von fünf Minuten. Wenn das Wasser knapp wird, können wir morgens den Tau von den Blättern lecken."

Am ersten Tag kämpften sie sich fünfzehn Kilometer durch dichtes, stacheliges Gestrüpp. Sie kamen leichter voran, als sie in einen lichten Wald gerieten, dessen gigantische Bäume Tempelsäulen glichen. Allerdings war es hier feucht, die Füße sanken bis zu den Knöcheln in fauligem Laub ein. Micky tanzte plötzlich auf einem Bein und schrie, ihn habe etwas in die Fußsohle gebissen. Alle überrieselte es kalt, doch als man ihn zwang, sich zu setzen, fiel nur eine große rote Ameise aus seinem Stiefel, die sofort das Weite suchte. Später färbte sich die Sohle des Mechanikers blau. Trotzdem hätten sie noch fünf Kilometer zurücklegen können, wäre McGheeness nicht gewesen. Am ganzen Körper spindeldürr, schwoll ihm plötzlich der Leib an, und er konnte kaum noch laufen. Nachts kletterten sie auf einen großen, breitästigen Baum, um sich vor den Ameisen zu schützen. Die Sonne war eben untergegangen, als ganz in der Nähe ein markerschütterndes Geheul ertönte. Laigh wäre fast von seinem Ast gefallen, doch McGheeness beruhigte ihn und nannte den Namen irgendeiner Affenart.

Die Nacht verlief so qualvoll, daß man beschloß, das nächste Mal auf dem Erdboden zu schlafen. Pro Tag erhielt jeder zwei Zwiebäcke. Sie stießen auf Büsche mit roten Beeren. Der ehemalige Buchhalter versicherte, daß sie eßbar seien. Im Dschungel, erklärte er, könne man überhaupt alles essen, was schmecke, Gift enthielten nur die Früchte, die bitter oder scharf seien. Sie zogen weiter, und Micky riß einen appetitlichen mattrosa Apfel vom Baum. McGheeness schlug ihm den Apfel aus der Hand, er sagte, daß man blind würde, wenn das Auge damit in Berührung käme. Micky rieb danach stundenlang seine Finger mit

Erde ab. Das Gelände wurde allmählich hügelig. Dunstwolken hingen über dem Dschungel. Die Luft war so heiß und feucht, daß man bei jedem Atemzug das Gefühl hatte, man inhaliere.

Sie entdeckten einen Pfad im Dickicht. Pmoice erzählte, daß die einheimischen Stämme bisher kaum mit der Zivilisation in Berührung gekommen seien und nur aus Furcht mit der Gesellschaft zusammenarbeiteten.

Abends säuberten sie eine Lichtung vom Gras und legten sich auf die warme, feuchte Erde. Sie schliefen gut, nur der Hunger machte ihnen sehr zu schaffen. Martha kostete als erste von den Bambustrieben. Sie kauten sich leicht, schmeckten aber reichlich fade und rochen nach Erde. Von der Hitze wurden alle ganz kopflos, und Pmoice schlug vor, daß sie nachts weiterzogen und sich nach den Sternen orientierten. Sie lagerten tagsüber in den Büschen und brachen auf, sobald der Mond aufgegangen war. Um ihren Durst zu löschen, leckten sie den Abendtau von den Blättern, dabei wurde Laigh von einem Käfer in die Lippe gebissen.

Jeder verzehrte seinen letzten Zwieback, sie hatten aber noch ungefähr siebzig Kilometer durch den Urwald vor sich.

McGheeness wurde von Stunde zu Stunde schwächer. Die schwarzen Ringe unter seinen Augen färbten sich hellblau, als hätte sie jemand mit Ölfarbe überpinselt. Seine Lippen waren aschfahl, die Nase wurde noch spitzer. Er konnte nicht mehr allein laufen, mußte gestützt werden.

Morgens ließ er sich ins Gras fallen.

„Ich kann nicht mehr. Geht ohne mich weiter."

Laigh riet ihm, still zu sein, und spuckte mühsam aus – seine Kehle war völlig ausgedörrt.

McGheeness knöpfte seine Jacke auf, entknotete das Tuch, das er sich um den Leib gewunden hatte, und ließ ein Dutzend Zwiebäcke herauspurzeln. Er erklärte, daß er schon seit vielen Tagen nur ein Viertel seiner Ration esse.

„Ich muß ohnehin sterben. Als unsere Flucht begann, wußte ich bereits, daß mir nur noch ein Monat bleibt."

Alle schwiegen. Laigh hatte das weiße Schächtelchen mit der roten Banderole vor Augen. McGheeness bat, man möge ihn so hinsetzen, daß er sich mit dem Rücken gegen einen Baum lehnen könne.

„Hol's der Teufel, ich sterbe“, murmelte er befriedigt lächelnd, als hätte er jemand besiegt.

Er starb tatsächlich gegen Abend. Sie scharrten ihm mit den Händen ein Grab. Wee verteilte schweigend die Zwiebäcke, die von allen gemeinsam verzehrt wurden. Als sie drei Stunden später rasteten, gedachten sie noch einmal des Toten, wie er das Flugzeug geführt, wie er sich im Sturm verhalten hatte. Weit kamen sie nicht in dieser Nacht, weil sich bei Pmoice Dysenterie einstellte. Im Morgengrauen machte Micky einen kleinen Abstecher. Er stieß einen Freudenschrei aus. Im Gebüsch floß ein Bach, und der Mechaniker hielt einen riesigen grünen Frosch in der Hand. Sie tranken sich satt und aßen den Frosch roh auf. Eine Minute später erbrach sich Pmoice. Er konnte sich kaum noch auf den Beinen halten. Laigh erbot sich, ihn zu tragen, er lud ihn auf den Rücken, aber nach ein paar Schritten wurde ihm klar, daß es so nicht ging. Wenn sie nichts zu essen bekamen, würden sie bald zusammenbrechen.

Als sie spätnachts dem Pfad folgten, erblickten sie im Dickicht mehrere Pfahlbauten. Laigh, der zu seiner eigenen Überraschung die Führung der Gruppe übernommen hatte, trug den anderen auf, sie sollten sich zurückziehen, falls er nach zwei Stunden nicht zurückgekehrt sei. Er trat aus dem Dickicht auf die Lichtung. Am Feuer saßen nur Männer. Mehrere Augenpaare musterten ihn, den Bärtigen, in seiner zerfetzten Kleidung. Er gab durch Zeichen zu verstehen, daß er hungrig sei. Ein verhutzelter Greis, der über und über mit Amuletten behängt war, führte ihn zu seiner Hütte. Zwanzig Minuten später stellte ein Mädchen, das nur mit einem Lendenschurz bekleidet war, eine Holzschüssel mit irgendeinem Körnerbrei vor ihn hin. Ein Dutzend Kinder versperrten mit ihren zerzausten Köpfen die untere Hälfte des Eingangs. Es war unbegreiflich, wie sie dort auf der schmalen Stiege alle Platz fanden.

Die Flüchtlinge blieben eine Woche im Dorf. Der alte Häuptling gab Pmoice große, glatte Blätter zu kauen, danach hörten seine Magenbeschwerden sofort auf. (An Bäumen mit solchen Blättern waren sie Hunderte Male vorbeigekommen.) Das Leben der Stammesmitglieder gab keine Rätsel auf. Sie gingen mit Pfeil und Bogen auf die Jagd, sammelten Früchte und Wurzelwerk. Fingen Wildschweine in Netzen, die aus der

Rinde eines Baumes geflochten waren, den sie Mantala nannten. Pmoice versuchte, eine Rindenfaser zu zerreißen, und schaffte es nicht. Die Flüchtlinge nahmen an einer Hochzeitsfeier teil – Bräutigam und Braut waren acht Jahre alt. Auch eine Beerdigung fand in ihrem Beisein statt – der Tote wurde in einem geflochtenen Sessel an einen Baum gehängt. Es war eine seltsame Vorstellung, daß jeder dieser Stammesbewohner – die hübschen Mädchen wie die hageren Greise – sein Schicksal hatte, das in dieser Einöde begann und endete, ohne jede Verbindung zur großen Welt.

Als Wegzehrung gaben ihnen die Einheimischen einen schweren, kindskopfgroßen Klumpen einer dunkelgelben Masse mit – irgendein Nahrungskonzentrat. Es hatte einen ziemlich unangenehmen Geruch. Wenn man ein Stück abschnitt, war die Schnittstelle erst glatt und glänzte, danach überzog sie sich mit einem trüben Belag, der auch diesen Geruch ausströmte. Im großen ganzen war es jedoch eine ausnehmend schmackhafte Speise.

Wieder zogen sie den Dschungelpfad entlang, nun aber schon zuversichtlicher. Einmal hob Rudi warnend die Hand. Durch das Dickicht führte eine Chaussee. Sie hörten Lärm, alle hockten sich ins Gestrüpp. Ein offener Wagen mit Soldaten in Tropenhelmen fuhr vorbei. Die Flüchtlinge befanden sich jetzt auf den Besitzungen der Gesellschaft, folglich mußten sie doppelt vorsichtig sein. Nach drei weiteren Stunden Fußmarsch hörte der Dschungel auf. Sie kamen auf offenes Feld, das mit hohen Stauden bepflanzt war.

Pmoice riß ein gezacktes Blatt ab und roch daran.

„Äquata."

„Wie?"

„Eine Äquata-Plantage. Hier auf der Insel haben sie ihre großen Plantagen. Vielleicht möchte jemand nähere Bekanntschaft mit den Leuten von der Gesellschaft schließen?"

Alle zuckten zusammen, sahen einander an, dabei wurde ihnen klar, daß sie bereits anderthalb Monate unkontrolliert lebten. Schon der Gedanke, daß sie in ihren früheren Zustand zurückkehren müßten, hatte etwas Beklemmendes.

Sie gingen um die Plantage herum nach Osten. Die Felder zogen sich endlos hin. Zwischen den Stauden bewegten sich alle möglichen Aggregate, da und dort schimmerten Lagerbaracken. Zweimal sahen sie von ferne mächtige Radaranlagen. Das Nahrungskonzentrat, das sie von den Einheimischen erhalten hatten, ging zur Neige. Irgend etwas mußte geschehen, und sie beschlossen, die Plantage nachts zu durchqueren.

Sie trotteten im Nebel die Straße entlang und lauschten. Nach einer Stunde gelangten sie auf einen freien Platz. Ein Lastwagen kam angefahren, Soldaten sprangen ab, die auf die Baracken zugingen. Der Chauffeur stieg aus, überprüfte die Räder, entdeckte Laigh im Dunkeln und rief ihn argwöhnisch an. Laigh brummte etwas Unverständliches zurück und lief unbeirrt weiter, gefolgt von den übrigen. Alles ging glatt. Merkwürdig, daß hier soviel Soldaten stationiert waren – als rechnete man mit Kampfhandlungen. Pmoice erläuterte, daß die Insel die Hauptproduktionsbasis der Anreger sei. Außerdem konzentriere sich hier der Service zur Ergreifung der Flüchtlinge aus der Stadt.

Das Ende der Nacht traf sie wieder auf den Plantagenfeldern an. Am Horizont zeichnete sich ein weiterer Waldstreifen ab. Vor Erschöpfung hatten sie das endgültige Ziel ihres Marsches aus den Augen verloren. Sie wußten nur noch, daß sie pausenlos nach Süden ziehen mußten.

Dennoch wurden sie gefaßt. Genauer gesagt, Laigh wurde gefaßt.

Im Morgengrauen, als die Wagen auf die Felder hinausfuhren, wurde den sechs Flüchtlingen klar, daß sie sich in den niedrigen Sträuchern leichter einzeln verstecken konnten. Sie teilten die Lasten unter sich auf und trennten sich, nachdem sie vereinbart hatten, daß sie sich im Laufe der nächsten vierundzwanzig Stunden am Rande des Dschungels unter drei hohen Palmen treffen wollten. Wee folgte Laigh eine Zeitlang. Er drohte ihr, sie blieb zurück. Laigh bewegte sich kriechend auf den Wald zu. Als die Hitze unerträglich wurde, legte er sich in eine Furche. Es war schwül, roch nach Schmutz und Schweiß. Er beneidete die Goldfliege, die von einem gezackten Blatt zum anderen flog. Mittags hörte er ganz in der Nähe einen Wagen quietschen. Er kroch wie eine Eidechse weiter, drehte sich um und sah, wie ihn der Chauffeur mit Brille und Helm von seinem hohen Fahrerhaus aus beobachtete.

Zehn Minuten später heulte neben ihm ein Motorrad auf. Zwei Männer mit MPis packten Laigh unter den Armen und steckten ihn in den Beiwagen. Nicht grob, aber gleichgültig, wie man eine Fracht verstaut. Sie fuhren die Straße entlang zum Wald. Dort lag, fünf Kilometer von den drei hohen Palmen entfernt, eine Barackensiedlung, und dahinter befand sich ein Flugplatz. Sie stießen Laigh in einen fensterlosen Raum, in dem kein einziges Möbelstück stand. Decke, Wände und Fußboden bestanden aus Plast, der nicht durchsichtig, aber lichtdurchlässig war. Nebenan tuckerten und dröhnten Motoren, vom Flugplatz drang das Heulen der Düsenmaschinen. Abends öffnete sich die Tür, und ein hochgewachsener, hagerer Offizier fragte gleichgültig von der Schwelle: „Wo sind die anderen?"

Schon während der Fahrt mit dem Motorrad hatte sich Laigh entsetzlich schlapp gefühlt. Danach war der Kräfteverfall weiter fortgeschritten. Besonders das Dröhnen der Flugzeuge draußen hatte ihm bewußt gemacht, wie schwach sie sechs im Vergleich zu der allgewaltigen, unpersönlichen Gesellschaft waren. Bei der Frage des schwarzuniformierten Offiziers empörte sich jedoch sein Inneres. Hol's der Teufel, sollten sie ihn zu Tode quälen, er würde kein Wort über die anderen verlauten lassen. Laigh verstand plötzlich die Helden der Revolutionen, die Geistesriesen und Fanatiker, die unter Folterqualen den Peinigern ihr „Nein" ins Gesicht spien. Er empfand sogar einen Augenblick lang Freude – sollten sie nur kommen – mit glühenden Eisen oder anderen Marterwerkzeugen. Was er in den Tagen der Flucht erlebt hatte – auf dem Flugplatz, als sie den Verfolgern mit knapper Not entrannen, im Sturm, als die Jacht beschossen wurde, als McGheeness starb –, alles das stärkte ihm den Rücken.

Der Offizier stieß anscheinend nicht zum erstenmal auf solche Hartnäckigkeit. Er verstand Laighs Blick auf Anhieb, trat zurück und knallte die Tür zu. Die Wände des Raums verdunkelten sich – die Sonne ging unter. Laigh hatte den ganzen Tag nichts gegessen und nichts getrunken. Nachts versank er ein paarmal in einen kurzen Dämmerschlaf. Bald war die Frist abgelaufen, bis zu der ihn die Kameraden unter den Palmen erwarteten.

Am anderen Morgen wurde die Tür wieder aufgerissen. Der

Hochgewachsene in Uniform, hinter dem drei MPi-Schützen standen, befahl: „Raustreten!“

Sie gingen zum Flugplatz, und Laigh glaubte schon, sie wollten ihn zurückschicken. Doch der Offizier, der den Trupp schweigend anführte, steuerte auf ein Gehölz zu. Die Baracken und die Rollbahnen mit den startbereiten Maschinen blieben immer weiter zurück. Die Erde war von Gruben und Rillen zerfurcht, es stank nach Verwesung. Die Soldaten marschierten schweigend. Nun kamen schon die ersten Büsche. Der Offizier ließ Laigh vortreten und befahl ihm, die Hände auf den Nacken zu legen. Es stank immer penetranter.

„Halt!“

Laigh blickte sich um und sah, daß seine Bewacher die MPis von der Schulter nahmen.

„Hinknien!“

Er fragte entgeistert: „Wollt ihr mich etwa hier abknallen?“

„Arme hoch!“ brüllte der Offizier.

Was weiter geschah, konnte Laigh seinen Leuten später nur andeuten. Er erinnerte sich dunkel, daß sich alles in ihm aufgelehnt hatte. Er war doch bereit gewesen zu sterben, aber einen qualvollen Heldentod und nicht so einen eintönigen, sinnlosen.

Er machte einen Satz nach vorn, rannte ein paar Meter und suchte in einem Graben Deckung. Eine MPi-Garbe pfiff über seinen Kopf hinweg, danach nahmen die Soldaten und der Offizier die Verfolgung auf. Und das rettete ihn, daß sie nicht mehr schossen. Er sprang in ein graugrünes staubiges Buschdickicht, zerteilte es wie ein Wildeber, schlug einen Haken, flüchtete weiter durch noch dichteres Gestrüpp und verhielt sich still. Die Verfolger kamen heran, der Offizier, dessen zynische Kaltblütigkeit wie weggeblasen war, blieb neben ihm stehen.

Durchaus nicht intuitiv, sondern in vollem Bewußtsein dessen, was er tat, klaubte Laigh ein Klümpchen trockener Erde auf, hob vorsichtig die Hand und warf es. Die Erde zerbrökkelte raschelnd auf den Blättern, zehn Schritt von ihm entfernt. Sofort feuerten die Soldaten auf diese Stelle, ergoß sich ein Kugelregen auf das Gebüsch. In diesem Geknatter flüchtete Laigh tiefer ins Unterholz. Als die Schüsse verhallt waren, wiederholte er seinen Trick. Wilde Freude durchzuckte ihn – war er, der Willenlose, dem kürzlich noch alles aus der Hand geglitten war, wirklich fähig, durch Augenblicksentschlüsse sein Schicksal auf Jahre hinaus zu verändern, so zu sein, wie es in den Büchern beschrieben wurde?

Die Soldaten schossen, der Offizier fluchte, und Laigh zog sich weiter zurück. Gegen Abend erreichte er die Lichtung bei den drei Palmen. Eine einsame Gestalt kam ihm entgegen – Wee.

„Und die anderen? Sind sie weitergezogen?"

„Sie schlafen."

Wieder musterte einer den anderen. Sie waren hager und ausgedörrt. Doch als Rudi Laigh vor Freude an seine Brust drückte, waren seine Arme noch wie Stahl. Wäre einer von ihnen jetzt mitten in eine endlose Sandwüste geraten, er wäre sicherlich nicht umgekommen, hätte überlebt.

Sie breiteten die Karte aus, überlegten. Bis zur Küste mußten sie noch zweihundert Kilometer durch die Wüste ziehen.

Auf der nahen Chaussee ratterte ein Fahrzeug. Micky rief: „Wollen wir nicht ein Auto organisieren?"

Sie organisierten ein Motorrad – dabei kam Rudi ums Leben –, und nach zwei Tagen gelangten sie auf abenteuerliche Weise an die Küste. Sie liefen zum Strand. Mächtige Wellen rollten ihnen entgegen, die Sonne brannte nicht so wie in der Wüste, sie wärmte nur. Möwen flogen über dem Wasser, das leuchtende Weiß ihrer Federn vermischte sich mit dem Weiß der Schaumkämme. Vierhundert Meilen jenseits der bewegten Wasserfläche lagen die Udatischen Inseln, und wie ein triumphaler Siegesmarsch klang das unablässige Donnern der heranwogenden Brandung in den Ohren der Flüchtlinge.

Vier Tage lang bauten sie ein Floß. Sie ernährten sich von Mollusken und Fischen. Micky hatte eine Angel aus Mantalafasern gebastelt.

Hinter dem Küstenstreifen endete der Machtbereich der Gesellschaft, weiter nach Süden durften ihre Maschinen nicht fliegen. Um dennoch kein Risiko einzugehen, stachen die Flüchtlinge nachts in See. Sie setzten ein Segel, und der vom Festland wehende Wind hatte das Floß gegen Morgen zwanzig Meilen von der Küste abgetrieben. Diese zweite Fahrt zur See glich so gar nicht den ersten Tagen auf der Jacht. Damals war den Flüchtlingen das Meer öde und eintönig erschienen. Sie hatten geglaubt, wenn es da unten in der schwarzen Kälte Leben gäbe, dann müsse es niedriges, glitschiges, sinnloses, dem Menschen fremdes sein. Jetzt dagegen fühlten sie sich als Teil des Ozeans, als Teil der ganzen Erde, und sie waren fasziniert vom Zug der Thunfische in den warmen Strömen, vom Krabbeln der Krebse auf den Wasserpflanzen, die sich plätschernd auf das Floß schoben, und von der Farbe des Wassers, das, bald grünlich, bald blau, in jeder Tagesphase seine Tönung wechselte. Die Hauptsache aber war, daß sie gemeinsam übers Meer trieben – fünf Menschen, die überzeugt waren, daß jeder von ihnen sein Leben für die andern opfern würde. Sie konnten wieder frei atmen, fühlten sich wic Genesende. An den Abenden lauschte Laigh, auf dem Rücken liegend, dem Gespräch der Wellen, dem Knarren des Mastes, und er spürte, wie irgendwelche „übermateriellen Seufzer des Weltalls" durch ihn hindurchgingen. Er wünschte sich, daß er imstande wäre, alles in sich zu vereinen – die freundschaftlichen Gefühle für die Kameraden, die Regung des Fisches, der in der Tiefe dahinglitt, den titanischen Pulsschlag ferner Gestirne in jenen kosmischen Weiten, zu denen sich das Denken erst allmählich vortastet. Manchmal wurde ihm bang zumute, wenn er sich fragte, was aus ihm geworden wäre in der Stadt bei all den Energinen und Anregern, hätte Micky ihn damals nicht mit McGheeness verwechselt. Es war zermürbend, sich das zu fragen.

Sie erreichten die Udatischen Inseln unmerklich. Eines Abends ruderten sie an Land. Ein bronzefarbener Athlet erschien am Ufer, er nannte sich Gwynn Sawyer, drückte ihnen die Hände und sagte ohne Vorreden: „Da oben hinter dem Kap könnt ihr ein Haus hinsetzen. Ich zeig's euch. In der ersten Zeit braucht ihr nicht auf Hilfe zu rechnen, wir geben euch bloß das Handwerkszeug. Nur der überlebt, der arbeitet. Wenn ihr dann auf eigenen Füßen steht, laden wir euch zu uns ein."

Ob sie je auf eigenen Füßen stehen würden? Es war sinnlos, das zu erörtern. Sie wechselten keine Blicke. Standen nur schweigend und warteten, was er noch sagen würde.

... Ein Jahr war vergangen.

Laigh stieg die Steilküste hinunter zum Meer. Es war Sonntag, ein Tag zum Ausspannen. Laigh hatte Wee versprochen, nach Perlen zu tauchen, außerdem wollte er sich eine interessante Stelle auf dem Grunde der Lagune ansehen.

Die Flutzeit ging zu Ende, aber das Wasser floß noch in die breite Rinne zwischen den Klippen. Laigh sprang hinein, schwamm, häufig den Kopf hebend, um sich zu orientieren. Als er ihn senkte, sah er den Meeresgrund. Das Sonnenlicht zerstreute sich unter Wasser, die Gegenstände warfen keine Schatten. Alles schillerte, glitzerte, zuckte. Weiße Entenmuscheln zappelten mit ihren Rankenfüßen zwischen den Wasserpflanzen; langsam bewegten sich Seesterne im Sand fort. Am Eingang einer Unterwasserhöhle bemerkte Laigh einen großen Lippfisch. Er kannte diesen Fisch, und der Fisch kannte ihn und fürchtete sich nicht. Schon näherte sich Laigh den Klippen. Das Wasser war hier tiefer, der Grund verschwand in einem bläulichen Geflimmer. Laigh wollte sich überzeugen, ob seine Vermutung stimmte, er tauchte, kräftig mit Armen und Beinen rudernd. Es war so, wie er gedacht hatte. Aus der Lagune floß ein Sandstrom am Grund entlang in den Ozean. Ein breiter Strom, der von der Kraft der eigenen Schwere getragen wurde und nicht vom Wasser. Im Gegenteil, die Flut drängte ihn jedesmal zurück.

Draußen vor den Klippen mußte man aufpassen. Ringsum brodelte es, die Wellen brandeten schäumend gegen die Korallenriffe. Laigh schwamm weiter, von Zeit zu Zeit tauchend. Der Sandstrom unter ihm wurde breiter, mächtiger. Als sich Laigh einen halben Kilometer von den Klippen entfernt hatte, pumpte er die Lungen voll Luft und tauchte noch mal. Hier endete das Schelf, der Grund verlor sich stufenförmig in die dunkle Tiefe, und dorthin ergoß sich der sandige Wasserfall. Laigh war überzeugt, daß so etwas auf dem Festland nicht möglich war. Der Sand wäre hinabgerieselt und in seinen eigenen Massen steckengeblieben, hier aber wurde er einbezogen in die ewige Bewegung der Strömungen, der Winde, der Erde um ihre eigene Achse, des Planeten um die Sonne und vielleicht sogar der Sonne selbst um noch irgendeinen Himmelskörper. Der Sand pulste, schäumte, stiebte und wälzte sich in zahllosen Körnern in die Tiefe. Ein verwitterter Korallenfelsen löste sich plötzlich vom Grund und stellte sich schräg. Laigh reagierte blitzschnell, er spannte sich, ließ aber sofort wieder die Muskeln erschlaffen. Eine Schildkröte, ein zwei Meter langes Männchen, dessen Panzer mit Mollusken und Krebstieren überzogen war, schwamm unter Wasser. Als das Tier den Menschen gewahrte, zeigte es keine Furcht. Sie tauchten beide gleichzeitig auf. Ließen sich von den Wellen treiben. Laigh näherte sich vorsichtig dem Giganten. Die Schildkröte bewegte den großen Kopf und sah ihn mit ihren trüben Augen gewichtig an. Sie streckte die schwarzen Schultern vor, als wolle sie aus dem engen Panzer schlüpfen, und zog sie nach ein paar Sekunden wieder ein. Laigh wurde klar, daß die Schildkröte so atmete. Er beobachtete das Tier noch eine Weile, dann schwamm er weiter. Als er sich umdrehte, sah er, daß er nicht allein war. Die Schildkröte folgte ihm. Er hielt auf das Meer zu, blickte sich nochmals um. Die Schildkröte war immer noch da.

Plötzlich verspürte er ein unangenehmes Brennen in den Achselhöhlen. Ein paar Meter von ihm entfernt, reckten sich ihm aus der Tiefe halbdurchsichtige weißliche Fäden entgegen. Dahinter war auch der langsam emporsteigende Besitzer dieser Fangarme zu erkennen – eine gallertartige Blase mit purpurrotem Kamm.

Eine tropische Meduse. Eine Physalia.

Er zuckte zurück, sah sich um. Die Schildkröte war verschwunden, aber hinter seinem Rücken schaukelten die Tentakel eines weiteren Tierstocks. Jetzt brannte es ihm auch hinter den Ohren – das Gift wirkte schon. Er mußte weg hier, doch ein Blick zum Ufer sagte ihm, daß die ganze Wasseroberfläche zwischen ihm und den Klippen mit Reihen roter Kämme bedeckt war. Die Tentakel der nächsten Meduse glitten schwankend heran. Laigh versuchte, sie mit dem Messer abzuwehren. Widerstandslos ließen sie sich zerstückeln, und eine halbe Minute später trieben auch noch die abgetrennten Teile auf ihn zu. Gleichzeitig stiegen immer neue Tierstöcke vom Meeresgrund auf. Er war mitten in einen riesigen Medusenschwarm geraten. Ringsum wimmelte es von silbrigroten Kämmen, und an jedem hingen Fäden, wie Leinen an einem Fallschirm.

Sein ganzer Körper juckte. Er versuchte schon nicht mehr, die unerbittlich nahenden Tentakel zu zerschneiden, da sich die abgetrennten Teile als noch gefährlicher erwiesen hatten. In seiner Verzweiflung holte er tief Luft und tauchte steil nach unten wie in einen engen Brunnenschacht. Die Tentakel erreichten ihn nicht mehr, er schwamm unter den grünen Fransen. Nach einer Minute merkte er, daß er nicht mehr konnte, und schnellte nach oben. Die roten Kämme segelten auf den Wellen, bis zum Ende der Tierkolonien war es weit, und der Weg dahin führte immer mehr von der Küste ab. Aber er hatte keine andere Wahl. Laigh tauchte in die Tiefe, schwamm unter den gefährlichen Fäden hindurch, kam zwischen den schwankenden Tierstöcken hoch und tauchte wieder. Endlich verringerte sich die Zahl der Kämme auf den Wellen, er schwamm noch weiter seewärts und legte sich auf den Rücken, um auszuruhen.

Die Sonne näherte sich dem Zenit. Ihm fiel ein, daß die Ebbe schon in vollem Gange war und er schwerlich dagegen ankäme.

Er steckte den Kopf so weit er konnte aus dem Wasser, wartete, bis ihn eine Welle hinauftrug, und sah – nur den nächsten Wellenberg. Die Strömung hatte ihn schon zu weit von der Insel abgetrieben. Wieder und wieder reckte er sich aus dem Wasser und konnte nur ein einziges Mal einen schmalen Landstreifen erkennen, der gleich wieder verschwand. Da begriff er, daß er verloren war, aber diese Erkenntnis jagte ihm keinen Schreck ein. Na schön, dachte er, das bedeutet noch nicht das Ende aller Dinge. Die Kameraden werden weiter leben. Wee wird einen Sohn zur Welt bringen. Die Siedlung wird wachsen, sich zu einer Stadt entwickeln. Und niemals wird es bei ihnen so sein, daß die Maschinen dem Menschen die Arbeit wegnehmen und ihm nichts bleibt, womit er sich auf Erden beschäftigen kann. Niemals werden sie den einen gestatten, die anderen mit Anregern zugrunde zu richten, zu verdummen, das Leben durch leere Träume zu ersetzen ... Gut, daß sich die Kameraden heute noch nicht um ihn sorgen würden. Sie würden annehmen, er habe sich bei einem Freund aufgehalten, erst in achtzehn, zwanzig Stunden würde sie die bittere Gewißheit beschleichen, daß ihm etwas zugestoßen war.

Das Wasser gurgelte, der Himmel wölbte sich über seinem Kopf – blau im Zenit, blaßblau am Horizont. Ein Gedanke schoß ihm durch den Kopf: Ist es nicht Verrat, wenn ich mich so einfach aufgebe? Natürlich waren die Chancen seiner Rettung gleich Null. Aber handelte er Wee, Pmoice und den anderen gegenüber nicht gewissenlos, wenn er sich völlig dem Willen der Wellen überließ? Wenn er so lange auf die Insel zuschwamm, wie die Ebbe dauerte, würde er nicht ganz so weit abgetrieben werden.

Angst befiel ihn bei dem Gedanken an den verzweifelten Kampf, mit dem die letzten Stunden seines Lebens ausgefüllt sein würden. Aber das änderte nichts. Laigh seufzte ein paarmal tief, drehte sich auf den Bauch und schwamm wieder, holte schwungvoll mit den Beinen aus und ließ sich lange treiben, um seine Kräfte zu schonen. Doch sosehr er auch bestrebt war, sich nicht anzustrengen, nach einer Stunde begannen seine Schultern zu schmerzen, und die Arme wollten sich nicht mehr bewegen.

Eintönig wogten die Wellen heran, ihre Stärke war mit seinen Anstrengungen nicht zu messen. Er zwang sich, an etwas anderes zu denken, an seine letzte Begegnung mit dem Tigeräugigen, an die Nacht in der Wüste, als sie das Motorrad erbeuteten.

Damals hatte die Hauptschwierigkeit darin bestanden, daß der Dschungel zu beiden Seiten der Straße abgeholzt war und sie sich nirgends verstecken konnten. Sie hatten Micky an einer Kurve postiert, er sollte pfeifen, wenn ein Fahrzeug mit höchstens zwei Personen auftauchte. Dann wollte sich Wee an den Straßenrand stellen und die Hand heben. Sie selbst hatten sich hundert Meter weiter auf die Lauer gelegt. Auf der anderen Straßenseite, im Graben, hockte Wee. Sobald Micky ein geeignetes Objekt entdeckt hatte, würde er das vereinbarte Signal geben. Dreimal kamen Fahrzeuge vorbei, aber Micky pfiff nicht. Später stellte sich heraus, daß sie sein Pfeifen nur nicht gehört hatten. Damals hatten sie sich näher an Micky herangepirscht. Es war schon dunkel, der Mond stand am Himmel, und die Straße war wie ausgestorben. In qualvoller Erwartung vergingen fast zwei Stunden, bis Micky endlich das Signal gab. Wee sprang auf. Ein einzelner Scheinwerfer kam hinter der Biegung hervor, das Motorrad hielt an, zwei Schwarzuniformierte sprachen mit Wee. Im nächsten Augenblick wälzte sich Laigh schon mit dem Mann aus dem Beiwagen am Boden. Er hatte ihn beinahe überwältigt, als er plötzlich im trüben Mondlicht die länglichen Augen mit den winzigen Pupillen sah. Der Mann mit dem Tigerblick! Und plötzlich lag Laigh unten. Der Mann hatte ihn an der Kehle gepackt und riß mit der anderen Hand die Pistole vom Koppel. Laigh versetzte ihm einen Faustschlag gegen die Schläfe – woher nahm er nur die Kraft? Der andere ächzte, sackte zusammen. Laigh hob einen Stein auf und hämmerte damit auf ihn ein. Das war die Vergeltung, das Ende des Weges, der in der Stadt auf dem Platz begonnen hatte und weiterführte über den Ozean durch Mühsal, Qual und Hunger. Als wären zwei verschiedene Lebenslinien, die beide unter Strom standen, aufeinandergeprallt und es hätte einen Kurzschluß gegeben.

Eine große Welle überrollte Laigh, er verschluckte sich, tauchte auf, prustete und dachte: Trotzdem schwimme ich. Die Sonne war weitergewandert, stand jetzt in seinem Nacken. Er fühlte weder Arme noch Beine; nicht seine Muskeln, sondern sein Wille zwang sie, Schwimmstöße zu machen. Die Muskeln hatten es leicht; doch schwer, unerträglich schwer fiel es dem Verstand, sich zu befehlen weiterzuschwimmen. Wieder zwang er sich, die Gedanken zurückschweifen zu lassen.

... Sie schleppen sich schon den zweiten Tag durch die Wüste. Das Gelände steigt nach Süden zu an, die Sanddünen beginnen. Wenn jemand auf halber Höhe stehenbleibt, verschüttet ihn der lautlos herabrieselnde Sand rasch und unerbittlich bis zu den Hüften. In Laighs Schläfen hämmert es von der Hitze. Pmoice hatte darauf bestanden, daß sie die Plane der demolierten Beiwagenmaschine mitnahmen für ein Segel. Jetzt wollen sie sie wegwerfen, aber Martha nimmt die Plane und trägt sie. Bis zum Ozean sind es noch dreißig Kilometer, doch Pmoice gewährt keine Rast – weitere vierundzwanzig Stunden ohne Wasser würden sie nicht aushalten. Es hämmert nicht mehr, es dröhnt in den Schläfen. Vom Gipfel des einen Sandhügels sieht man schon den nächsten, und da ist nichts außer Sand, gleißendem Himmel und erbarmungsloser Sonne. Laigh taumelt wie im Halbschlaf und versteht nicht gleich, warum die anderen plötzlich schreiend weiterlaufen. Er hebt den Kopf und sieht vor sich eine bläuliche Wasserfläche. Alle fünf stürzen zu dem See, doch er entfernt sich und verschwindet. Eine Halluzination! Danach werden sie jede halbe Stunde von solchen Seen gemartert. Bisweilen kann man am Ufer sogar Vogelspuren erkennen, einen winzigen Flaum, ein Stück schwarzer, harter Rinde, da wo der Sand feucht war und ausgetrocknet ist. Kommt man näher, ist wieder alles Wüste. Um sechs Uhr abends sinken alle wortlos in den Sand. Nicht weit von ihnen leuchtet ein trügerischer blauer See auf. Martha steht auf, wankt hin. Pmoice schreit, sie solle ihre Kraft nicht vergeuden. Martha bückt sich, und die übrigen trauen ihren Augen nicht, als sie in der Sonne glitzernde Wasserspritzer sehen und Martha ihnen ihr entgeistertes nasses Gesicht zukehrt...

Er erwachte aus seinen Erinnerungen. Plötzlich merkte er, daß er keine Schwimmbewegungen mehr machte, und bekam Angst. Im nächsten Augenblick schwamm er wieder. Ein Schatten huschte unter ihm hinweg, neben ihm tauchte ein Hai auf. Der Hai umkreiste ihn, Laigh sah sein Maul mit der seltsamen Querfalte. Als der Hai wieder verschwand, freute er sich nicht einmal. Er fing an, die Schwimmstöße zu zählen, kam bis dreihundert und verhedderte sich.

Das Wasser hatte seine Farbe verändert. Die schwankenden Wassermassen unter ihm verdichteten sich. Die Sonne stand schon weit hinten. Als Laigh von der nächsten Welle hochgehoben wurde, warf sein Kopf einen langen Schatten nach vorn.

Er hörte plötzlich in dem gewohnten Plätschern ein neues Geräusch und wußte erst nicht, was es war. Es zog ihn mit Macht hinauf – dicht vor ihm bedeckte ein weißer Schaumstreifen die Klippen.

Er kletterte an Land; sogleich umfing ihn die Wärme des zur Neige gehenden Tages. Mit jedem Schritt wurde das Rauschen des Ozeans ruhiger, gedämpfter. Großäugige Krabben sprangen unter seinen Füßen auf. Fest und unerschütterlich war der angewärmte grobkörnige Sand unter seinen Sohlen. Schmetterlinge flatterten vor seinem Gesicht. Taumelnd wankte er durch den Palmenhain, stieg auf schmalem Pfad die Steilküste hinauf und ging immer weiter, an der Plantage vorbei, wo die Sagopalmen, in der vorabendlichen Stille dösend, schwankende Schatten auf die graublauen Erdschollen warfen.

Vor dem Haus auf der Lichtung schliefen Pmoice, Martha und Micky völlig erschöpft. Wee lag in der Veranda auf einer Bastmatte.

Laigh setzte sich zu ihr.

Jäh durchzuckte es ihn – ich hab durchgehalten! Bin zehn Stunden ohne Nahrung und ohne Rast geschwommen.

Er streckte seinen Arm aus und betrachtete ihn stolz. Er war nicht dick, aber sämtliche Muskeln markierten sich deutlich unter der Haut. Vielleicht würden die Menschen künftig lernen, ganz allein den Ozean Tausende Meilen weit zu überqueren, auf den Wellen zu schlafen, sich von Mollusken zu ernähren, die Sterne als Orientierungspunkte zu benutzen.

Die Palmenwipfel am Strand sahen von hier oben wie Büsche aus. In der Ferne zeichnete sich der weite Horizont ab, und das Meer war hellblau wie auf den Abziehbildern, damals, als er Kind war.

Laigh streichelte Wees Schulter. Endlich überkam ihn die Müdigkeit. Er seufzte glücklich, als er daran dachte, was er morgen alles zu tun hatte und daß er deswegen früh aufstehen mußte. Er legte sich hin, schlief ein. Und wachte auf.

Er wachte auf. In der Halle wurden die Sessel gerückt, es war ein allgemeines, gleichmäßiges Schurren. Der füllige Herr mit den vom Ohr heraufgekämmten rötlichen Strähnen fuhr sich mit dem Taschentuch über das schweißnasse Gesicht.

Wee sah Laigh an. „Na, wie war's? Schön, ja?"

In seinen Ohren klang eine seltsame Melodie aus. Ein Akkord, und die Insel mit den Palmen versank im Nichts. Noch ein Akkord, und das Meer verschwand. Er nickte. „Na ja, ganz ordentlich."

Mit gesenktem Kopf, bestrebt, niemandes Blick zu begegnen, strömten die Leute hinaus.

„Und wie war's bei dir? Bist du eher aufgewacht?"

Wee zuckte ungezwungen die Schultern.

„Ich ... Nein. Und wenn, dann höchstens eine Minute eher. Ich bin aufgewacht, und gleich danach wurdest du munter."

Sie verließen die Halle.

Die Aufsicht am Ausgang wünschte mit Verschwörermiene: „Alles Gute."

Hier sagte niemand „Auf Wiedersehn!" oder „Bis morgen!". Es war auch so klar, daß man nicht erst bis übermorgen wartete. Wer einmal hierhergekommen war, ließ keinen Tag aus.

Der Abend senkte sich über die Stadt. Der Tag war vorüber, bis zum Schlafengehen blieb nur wenig Zeit. Die kantigen, rechteckigen Hochhäuser ragten in den fahlgelben Himmel. Alles war auseinandergerissen, existierte für sich, losgelöst von allem anderen. Der Asphalt. Der Beton. Man wußte nicht, woher die Leitungen kamen, wohin die Straßen führten. Das Gesicht mit den entsetzlichen dunkellila Augenringen verbergend, kam der ehemalige Buchhalter der Firma „Rinkpharmakopea", McGheeness, vorbei.

Die Schuhsohlen der Vorübergehenden knirschten. Laigh und Wee schien die untergehende Sonne in die Augen. In ihren Strahlen wirbelten Staub und Autoabgase auf. Auf den rechteckigen Bänken vor den Häusern saßen vor sich hin starrende Leute. Eine stattliche Dame mit hellblauem Haar überholte Laigh und Wee – Laigh war ihr auf den Empfängen der Scroonts zweimal begegnet. Martha hieß sie wohl.

Sie streifte Laigh mit der Schulter, entschuldigte sich und tat, als erkenne sie ihn nicht. Den Blick gesenkt, ging sie weiter – groß, kräftig, in sich gekehrt, ihren Traum und ihre Tragödie vor den anderen verbergend. Sie ging, um allein zu sterben. Es war die gleiche Martha, die in der Wüste die Plane genommen und getragen hatte. Das heißt, sie hätte sie getragen, wenn sie die *Möglichkeit* dazu gehabt hätte. Das ganze Unglück bestand ja darin, daß es diese Möglichkeit nicht gab. Man kam nicht dazu, sich zu entfalten. Die Menschen wären gut, stark, klug, gewandt gewesen, aber was macht man, wenn die Möglichkeit dazu fehlt.

Wee räusperte sich. „Was gab's bei dir heute?"

„Bei mir? Ach, eine Insel. Es war, als flüchteten wir dahin ... Und bei dir?"

Sie lebte auf.

„Ach, daß du Wissenschaftler bist. Daß wir in einer kleinen, engen, dunklen Wohnung hausen. Und du erfindest irgend etwas, wie in den alten Romanen. Und ich geh Geld verdienen, wasche für andere Leute. Das war so ein Land, in dem es keine Maschinen gibt. Ich koche zu Hause, esse selber fast nichts und gebe alles dir. Und du bemerkst mich kaum, denkst nur an deins, stellst alle möglichen Berechnungen an ... Es war einfach wundervoll."

Er nickte. Und ob – schöpferisch arbeiten, beschäftigt, anerkannt sein. Natürlich hätte Wee ihm alles gegeben und selbst gehungert. Erstaunlich, wie sie es dort auf dem Bahnhof fertigbrachten, den Leuten ihre geheimsten Träume vorzugaukeln. Deshalb blühte das Geschäft ja auch. Täglich ging mehr Volk dorthin, obwohl es teuer war. Man weckte in den Leuten die Illusion, daß sie ein richtiges Leben führten, und das schönste an diesem Leben war – schwere Arbeit, Hunger, Entbehrungen. Die Firma hatte wirklich ins Schwarze getroffen. Wahrscheinlich brauchte der Mensch, um Mensch sein zu können, Leiden und Qual. Möglicherweise war es auch nicht so. Ganz genau wußte man das nicht. Um dahinterzukommen, brauchte man etwas mehr Grips, als Laigh aufzuweisen hatte.

„Und wie ist alles ausgegangen?"

„Was?"

„Na, als ich Wissenschaftler war."

„Wie es ausgegangen ist?" Wees Stimme klang übertrieben forsch. „Ach gar nicht. Das war's eben."

Er horchte auf. Gewöhnlich endete es doch immer mit etwas Bestimmtem.

Sie kamen in den Park. Jung und alt saß immer noch genauso da. Natürlich. Weil sich in der Unterirdischen Stadt die Räder in solchem Tempo drehten, ruhten die Hände hier untätig, kraftlos auf den Knien. Auf dem Platz, neben dem Tabakautomaten, stand der Mann in dem wie angegossen sitzenden Anzug. Er beobachtete Laigh und Wee unverwandt aus seinen gelblichen Augen mit den kleinen Pupillen. Aber sein Blick hatte nichts Tigerhaftes mehr, er war gleichgültig, leer.

Wee ließ die Schultern hängen. „Ich habe übrigens vergessen, dir zu sagen, daß sich Gwynn Sawyer hat scheiden lassen. Erinnerst du dich, mein Vetter um drei Ecken. Er ist schon völlig heruntergekommen, wacht kaum noch auf."

Laigh nickte. Interessant, wie sie das machten, auf dem Bahnhof. Wahrscheinlich wurde man sofort hypnotisiert, wenn man sich in den Sessel gesetzt hatte. Die Nerven wurden aufgeputscht, und danach schien es einem, als kenne man Leute, die vom Bahnhof aus geflüchtet waren. Obwohl nichts Wahres daran war. Dabei hätte man tatsächlich flüchten können. Einmal hatten sie es schon versucht, er und Wee. Sie kauften sich Karten, setzten sich in den Zug und fuhren vor die Stadt. Ringsum waren mit grauem Film überzogene Quadrate, eigenartige Maschinen. Sie standen da, sahen sich um und fuhren wieder zurück. Alles gehörte jemand, alles diente irgendeinem Zweck. Niemand hatte sie verfolgt. Wozu auch? Sie waren ganz von selbst zu ihren Anregern und Knöpfen zurückgekehrt. So weit war es mit ihnen gekommen, daß sie nicht ohne das leben konnten. Anscheinend hatte jeder seinen bestimmten Platz im Leben, mußte da sitzen bleiben, wo es ihn hinverschlagen hatte. Eine kleine Gruppe lebte und handelte, die übrigen aber schob man beiseite wie leere Kästen, suggerierte ihnen irgendwelche erdachten Leidenschaften, Konflikte und Kämpfe. Es war so weit, daß jeder, der an ihrem Unglück verdienen wollte, dies nach Belieben tun konnte.

Wee gab sich einen letzten Ruck. „Und was macht Cheeson? Hast du ihn in der letzten Zeit nicht gesehen?"

„Nein. Ich versuche ihn seit einer Woche anzurufen, er nimmt den Hörer nicht ab. Er geht nicht mehr zum Bahnhof, liest nur noch Bücher."

„Weißt du, meine Waschmaschine ist kaputt, da habe ich mir heute eine Bluse selber gewaschen. Mit der Hand. Als ich fertig war, zerfiel sie."

„Du hast mir's heute morgen erzählt. Nach Cheeson hast du auch schon gefragt." Er musterte sie forschend. Irgend etwas stimmte nicht mit ihr, mit Wee.

Er blieb stehen.

„Sag mal, dein Geld geht wohl zur Neige? Hast du heute eine Karte für einen kürzeren Zeitraum gelöst als ich?"

Wee biß sich auf die Lippe, ihre Augen füllten sich mit Tränen. Ihr Geld ging wirklich zur Neige. Sie hatte ein Billett für eine ganz kurze Zeitspanne nehmen müssen. Das war schon lange so. Sie hatten sich vor einem Monat kennengelernt, und seit zwei Monaten schon rechnete und stellte sie immer wieder fest, daß sie sich höchstens zehn Minuten leisten konnte. Die übrige Zeit saß sie da und starrte Laigh an. Nur gut, daß die Bahnhofsverwaltung das immer noch erlaubte.

Er verzog die Brauen, ratlos um sich blickend.

Wee nahm ein Taschentuch und einen Spiegel aus ihrer Handtasche.

„Weißt du, manchmal denk ich, was wird die Gesellschaft machen, die die Anreger verkauft, wenn keiner mehr Geld hat. Wahrscheinlich wird sie dann selber zu den Mitteln greifen und zugrunde gehen wie wir." Sie rieb sich die Augen aus und steckte ihr Taschentuch weg. „Ich möchte dich um etwas bitten. Wenn ich gar nicht mehr mit zum Bahnhof gehen kann, wirst du dir dann in deinen Träumen vorstellen, daß ich bei dir bin? Ja? Ich werde mich solange in den Park setzen."

Er schwieg. Warum hatte sich das Leben nur so entwickelt? Noch vor zweihundert, dreihundert Jahren war alles so erstaunlich einfach gewesen, wenn man den Büchern glauben konnte. Die Störche waren keilförmig am blauen Himmel entlanggezogen, der Landmann hob den Kopf und schaute ihnen nach. Die Sonne schien, der Organist spielte in der leeren Kirche einen Choral, und auf den Wellen am Strand zog ein Schiff die weißen Segel auf. Der Meereshorizont schwankte, ein Vogel breitete seine Flügel aus. Alles lockte, rief. Wohin? Dahin, wo sie angekommen waren? Bei Firmenschildern wie „Rinkpharmakopea" und Parks, in denen die Einsamen, Hoffnungslosen hockten?

Wee seufzte, dann lächelte sie krampfhaft.

„Laß dir nicht die Laune verderben. Das war nur Spaß. Ich hab dich beschwindelt, Ehrenwort. Ich hab noch Geld. Außerdem sind wir doch nicht auf den Bahnhof angewiesen. Uns geht's noch nicht so schlecht wie den anderen. Wir haben unser eigenes Leben. Können uns treffen. Und überhaupt ..."

Es klang sehr kläglich, dieses „Überhaupt"!

Laigh faßte sie unter. Sie gingen weiter.

Und da gingen sie nun. Der Abend hatte sich gesenkt. Die Reklamelichter waren aufgeflammt, in ihrem Schein zuckten und flimmerten die Fassaden. Autos flitzten vorüber. Gedämpfte elektronische Musik erscholl. Die Straße erschien Laigh und Wee seltsam und fremd. Sie begriffen die Kräfte nicht mehr, die diesen ganzen Mechanismus lenkten. Sie waren klein und unbedeutend in der großen komplizierten Welt, Laigh und Wee. Aber auch sie sehnten sich nach dem richtigen Leben und waren dessen gewiß würdig.

Plötzlich kam Laigh der Gedanke, daß sein letzter Traum gar nicht so unbegründet gewesen war. Er spiegelte die Wirklichkeit wider, wenn auch verzerrt. Mochte es auch keinen schwarzuniformierten Offizier geben, der ihn zur Erschießung führte, so saß doch am fernen Ende der Leitung jetzt tatsächlich jemand, der fest entschlossen war, sich an fremdem Kummer zu bereichern nach der Devise: Hauptsache ich, die anderen interessieren mich nicht. Und es stimmte nicht, daß sich das Menschliche nur im Leiden offenbarte. Nein, die Menschen träumten nicht deshalb von Entbehrungen, weil sie sich Armut und Elend wünschten. Der Grund war ein anderer. Sie sehnten sich danach, für etwas Großes zu kämpfen, ein Ziel zu haben. Sie wollten alle ihre Fähigkeiten entfalten, von ihrem Recht Gebrauch machen, die Welt zu verbessern, in der sie lebten.

Laigh biß die Zähne zusammen. Er hatte das bei irgendeinem Philosophen gelesen. Wahrscheinlich wurde der erste Schritt zum Verlust der Selbständigkeit getan, als die Menschen lesen und schreiben lernten. Dann folgte der zweite Schritt – die Industrierevolution, in deren Verlauf die Maschinen die physische Arbeit übernahmen. Und nun kam die wissenschaftliche Revolution dazu – die Maschinen hatten angefangen, zu rechnen und zu denken, und das war irgendwie nicht gut. Andererseits, konnte die Menschheit denn ewig mit der Steinaxt in der Hand stehenbleiben? Vielleicht waren gar nicht die Maschinen schuld, es gab doch Länder, wo sie den Menschen keine Angst einflößten. Eher lag es daran, daß die Profitgesellschaft in eine Sackgasse geraten war, sich überlebt hatte. Früher hatte sie die Lösung gutgeheißen: „Jeder für sich." Nun wurde ihr das zum Verhängnis. Man konnte nicht mehr das Glück der anderen außer acht lassen, sonst machten die gewaltigen Kräfte der Ökonomie den Menschen wieder zum Sklaven der Natur, einer anderen, mechanischen, maschinellen allerdings. Laigh ballte die Fäuste und sah sich um. Er dachte wieder an die Radiostimme, die ihn am Morgen geängstigt hatte, an die Meldung über die Zerstörer und daran, wie seltsam sich Cheeson in der letzten Zeit verhielt. Die Krise hatte schon begonnen. Er mußte unbedingt diejenigen finden, die protestieren und kämpfen wollten. Mußte sich mit ihnen verbünden, solange es noch nicht zu spät war, solange Wee und er noch lebten.

Aus dem Russischen von Hannelore Menke

Inhalt